Bueno para comer

Ciencias sociales

Marvin Harris

Bueno para comer

Enigmas de alimentación y cultura

El libro de bolsillo
Antropología
Alianza Editorial

TÍTULO ORIGINAL: *Good to Eat.*
Esta versión en castellano se publica por acuerdo con el editor original, Simon & Schuster, New York
TRADUCTORES: Joaquín Calvo Basarán y Gonzalo Gil Catalina

Primera edición en «El libro de bolsillo»: 1989
Tercera reimpresión en «El libro de bolsillo»: 1997
Primera edición en «Área de conocimiento: Ciencias sociales»: 1999

Diseño de cubierta: Alianza Editorial
Fotografía: © ZARDOYA

Calle Juan Ignacio Luca de Tena, 15;
28027 Madrid; teléfono 91 393 88 88
ISBN: 84-206-3977-X
Depósito legal: M. 20.654-1999
Fotocomposición e impresión: EFCA, S. A.
Parque Industrial «Las Monjas»
28850 Torrejón de Ardoz (Madrid)
Printed in Spain

A la memoria de
HERBERT ARTHUR HARRIS
1923-1982

Reconocimientos

Me gustaría dar las gracias a una serie de personas por la especial forma en que han contribuido a la redacción de este libro. Se trata de H. R. Bernard, Eric Charnov, Ronald Corn, Murray Curtin, Phyllis Durrell, Daniel Gade, Karen Griffin, Kristen Hawkes, Madeline Harris, Katherinne Heath, Delores Jenkins, Ray Jones, Maxine Margolis, Alice Mayhew, Daniel McGree, Gerald Murray, Kenneth Russell, Otto y Janet Westin.

1. ¿Bueno para pensar o bueno para comer?

Desde una óptica científica, los seres humanos son omnívoros: criaturas que comen alimentos de origen animal y vegetal. Como hacen otros animales de esta índole -por ejemplo, cerdos, ratas y cucarachas-, satisfacemos las necesidades de nuestra nutrición consumiendo una gran variedad de sustancias. Comemos y digerimos toda clase de cosas, desde secreciones rancias de glándulas mamarias a hongos o rocas (o si se prefieren los eufemismos, queso, champiñones y sal). No obstante, como otros casos de omnivorismo, no comemos literalmente de todo. De hecho, si se considera la gama total de posibles alimentos existentes en el mundo, el inventario dietético de la mayoría de los grupos humanos parece bastante reducido. Dejamos pasar algunos productos porque son biológicamente inadecuados para que nuestra especie los consuma. Por ejemplo, el intestino humano sencillamente no puede con grandes dosis de celulosa. Así, todos los grupos humanos desprecian las briznas de hierba, las hojas de los árboles y la madera (con excepción de brotes y cogollos, como tallos de palma y de bambú). Otras limitaciones biológicas explican por qué llenamos con petróleo los depósitos de nuestros automóviles, pero no nuestros estómagos, o por qué arrojamos los excrementos humanos a la alcantarilla en lugar de ponerlos en el plato (esperemos). Con todo, muchas sustancias que los seres humanos no comen son perfectamente comestibles desde un punto de vista biológico. Lo demuestra claramente el hecho de que algunas sociedades coman y aun encuentren deliciosos alimentos que otras sociedades, en otra parte del mundo, menosprecian y aborrecen. Las variaciones genéticas sólo pueden explicar una fracción muy pequeña de esta diversidad. Incluso en el caso de la leche, que examinaremos más adelante, las diferencias genéticas no aportan, por sí solas, sino una explicación parcial del hecho de que a unos grupos les guste beberla y a otros no.

Si los hindúes de la India detestan la carne de vacuno, los judíos y los musulmanes aborrecen la de cerdo y los norteamericanos apenas pueden reprimir una arcada con sólo pensar en un estofado de perro, podemos estar seguros de que en la definición de lo que es apto para consumo interviene algo más que la pura fisiología de la digestión. Ese algo más son las tradiciones gastronómicas de cada pueblo, su cultura alimentaria. Las personas nacidas y educadas en los Estados Unidos tienden a adquirir hábitos dietéticos norteamericanos. Aprenden a disfrutar de las carnes de vacuno y porcino, pero no de las de cabra o caballo, o de las de larvas y saltamontes. Y con absoluta certeza no serán aficionadas al estofado de rata. Sin embargo, la carne de caballo les gusta a los franceses y a los belgas; la mayoría de los pueblos mediterráneos son aficionados a la carne de cabra; larvas y saltamontes son manjares apreciados en muchísimos sitios, y según una encuesta encargada por el Servicio de Intendencia del ejército estadounidense, en cuarenta y dos sociedades distintas las gentes comen ratas. Los antiguos romanos se encogían de hombros ante la diversidad de tradiciones alimentarias que coexistían en su vasto imperio y seguían fieles a sus salsas preferidas a base de pescado podrido. «Sobre gustos -venían a decir- no hay nada escrito.» Como antropólogo, también suscribo el relativismo cultural en materia de gustos culinarios: no se debe ridiculizar ni condenar los hábitos alimentarios por el mero hecho de ser diferentes. Pero esto deja todavía un amplio margen a la discusión y la reflexión. ¿Por qué son tan distintos los hábitos alimentarios de los seres humanos? ¿Pueden los antropólogos explicar por qué aparecen determinadas preferencias y evitaciones alimentarias en unas culturas y no en otras? Creo que sí. A lo mejor no en todos los casos, ni hasta el último detalle. Pero, en general, las gentes hacen lo que hacen por buenas y suficientes razones prácticas y la comida no es a este respecto una excepción. No intentaré ocultar el hecho de que este punto de vista no goza de popularidad hoy día. Según la teoría de moda, los hábitos alimentarios son accidentes de la historia que expresan o transmiten mensajes derivados de valores fundamentalmente arbitrarios o creencias religiosas inexplicables. En palabras de un antropólogo francés: «Al examinar el vasto ámbito de los simbolismos y representaciones culturales que intervienen en los hábitos alimentarios humanos, se ha de aceptar el hecho de que, en su mayor parte, son verdaderamente difíciles de atribuir a nada que no sea una coherencia intrínseca que es fundamentalmente arbitraria». La comida, por así decirlo, debe alimentar la mente colectiva antes de poder pasar a un estómago vacío. En la medida en que sea posible explicar las preferencias y aversiones dietéticas, la explicación «habrá de buscarse no en la índole de los productos alimenticios», sino más bien en la «estructura de pensamientos subyacentes del pueblo de que se trate». O expresado de una forma más estridente: «La comida tiene poco que ver con la nutrición. Comemos lo que comemos no porque sea conveniente, ni porque sea bueno para nosotros, ni porque sea práctico, ni tampoco porque sepa bien».

Por mi parte, no abrigo la intención de negar que los alimentos transmitan mensajes o posean significados simbólicos. Ahora bien, ¿qué aparece antes, los mensajes y significados o las preferencias y aversiones? Ampliando el alcance de una célebre máxima de Claude Lévi-Strauss, algunos alimentos son «buenos para pensar» y otros «malos para pensar». Sostengo, no obstante, que el hecho de que sean buenos o malos para pensar depende de que sean buenos o malos para comer. La comida debe nutrir el estómago colectivo antes de poder alimentar la mente colectiva.

Permítaseme formular este punto de vista de una forma algo más sistemática. Los alimentos preferidos (buenos para comer) son aquellos que presentan una relación de costes y beneficios prácticos más favorables que los alimentos que se evitan (malos para comer). Aun para un omnívoro tiene sentido no comer todas las cosas que se pueden digerir. Algunos alimentos apenas valen el esfuerzo que requiere producirlos y prepararlos; otros tienen sustitutos más baratos y nutritivos; otros sólo se pueden consumir a costa de renunciar a productos más ventajosos. Los costes y beneficios en materia de nutrición constituyen una parte fundamental de esta relación: los alimentos preferidos reúnen, en general, más energía, proteínas, vitaminas o minerales por unidad que los evitados. Pero hay otros costes y beneficios que pueden cobrar más importancia que el valor nutritivo de los alimentos, haciéndolos buenos o malos para comer. Algunos alimentos son sumamente nutritivos, pero la gente los desprecia porque su producción exige demasiado tiempo o esfuerzo o por sus efectos negativos sobre el suelo, la flora y fauna, y otros aspectos del medio ambiente.

Espero poder demostrar que las grandes diferencias entre las cocinas del mundo pueden hacerse remontar a limitaciones y oportunidades ecológicas que difieren según las regiones. Así, por adelantar algo del contenido de próximos capítulos, las cocinas más carnívoras están relacionadas con densidades de población bajas y una falta de necesidad de tierras para cultivo o de adecuación de éstas para la agricultura. En cambio, las cocinas más herbívoras se asocian con poblaciones densas cuyo hábitat y cuya tecnología de producción alimentaria no pueden sostener la cría de animales para carne sin reducir las cantidades de proteínas y calorías disponibles para los seres humanos. En el caso de la India hindú, como veremos, la falta de viabilidad ecológica de la producción cárnica reduce hasta tal punto los beneficios nutritivos del consumo de carne que ésta es evitada: se hace mala para comer y, por lo tanto, mala para pensar.

Un punto importante que debe retenerse es que los costes y beneficios nutritivos y ecológicos no son siempre idénticos a los costes y beneficios monetarios, medidos en «dólares y centavos». En economías de mercado como la de los Estados Unidos, bueno para comer puede significar bueno para vender, independientemente de las consecuencias nutritivas. La venta de sustitutos solubles de la leche materna es un ejemplo clásico en que la rentabilidad tiene prioridad sobre la nutrición y la ecología. En el Tercer Mundo la alimentación con biberón es desaconsejable porque, a menudo, la fórmula se mezcla con agua sucia. Además, la leche materna es preferible porque contiene sustancias que inmunizan a las criaturas contra muchas enfermedades corrientes. Es posible que las madres obtengan un ligero beneficio al sustituir la leche materna por el biberón, ya que éste les permite dejar a sus hijos al cuidado de otra persona mientras buscan trabajo en alguna fábrica. Pero al reducir las mujeres el período de lactancia, también acortan el intervalo entre embarazos. Los únicos grandes beneficiarios son las empresas transnacionales. Con el fin de vender sus productos, recurren a anuncios que inducen a las mujeres a creer erróneamente que las fórmulas para biberón son mejores para el crío que la leche materna. Afortunadamente, estas prácticas se han interrumpido en los últimos tiempos debido a las múltiples protestas internacionales.

Como muestra este ejemplo, muchas veces los malos alimentos, al igual que los malos vientos, reportan algún bien a alguien. Las preferencias y aversiones dietéticas surgen a partir de relaciones favorables de costes y beneficios prácticos; pero no afirmo que la relación favorable sea compartida de forma equitativa por todos los miembros de la sociedad. Mucho antes de que existieran reyes, capitalistas o dictadores, las distribuciones desproporcionadas de los costes entre mujeres y niños y de los beneficios entre varones y adultos no eran algo fuera de lo común, punto sobre el que volveremos en varios de los próximos capítulos. Asimismo, en aquellas sociedades en que existen clases y castas, la ventaja práctica de un grupo puede ser la desventaja práctica de otro. En tales casos, la capacidad de los grupos privilegiados para mantener altos niveles de nutrición sin compartir su ventaja con el resto de la sociedad equivale a su capacidad para mantener a raya a los súbditos en el ejercicio del poder político.

Todo esto quiere decir que no es asunto fácil calcular los costes y beneficios que subyacen a las preferencias y evitaciones alimentarias. Se debe insertar cada producto alimenticio desconcertante en el marco de un sistema global de producción alimentaria, distinguir entre las consecuencias a corto y a largo plazo, y no olvidar que los alimentos no son sólo fuente de nutrición para la mayoría, sino también de riqueza y poder para una minoría.

La idea de que los hábitos alimentarios son arbitrarios se ve reforzada por la existencia de preferencias y evitaciones desconcertantes que casi todo el mundo considera poco prácticas, irracionales, inútiles o nocivas. Mi estrategia en este libro será asaltar estas ciudadelas –conquistar los casos más desconcertantes– y demostrar que pueden explicarse mediante elecciones relacionadas con la nutrición, con la ecología o con dólares y centavos. Es posible que algunos sospechen que he elegido solamente aquellas ciudadelas de la arbitrariedad cuyos defectos mortales conocía de antemano. Hago constar que esto no es verdad. Cuando empecé con cada uno de estos casos, estaba tan desconcertado como cualquiera y no tenía ideas previas con respecto a dónde pudiera encontrarse la solución. De hecho, he elegido precisamente aquellos casos que más me interesaron porque parecían contradecir mis premisas fundamentales.

Permítaseme reconocer, ante todo, que solamente abordaré una pequeña fracción de los hábitos alimentarios enigmáticos de la humanidad. Dado que el número de rompecabezas adicionales es desconocido y completamente abierto, no puedo demostrar mediante una muestra aleatoria de casos que, en general, lo que come la gente se basa en razones prácticas. La solución satisfactoria de unos cuantos enigmas desconcertantes no garantiza el éxito con los restantes. No obstante, sí sugiere que los escépticos deberían ser más escépticos por lo que respecta a las costumbres alimentarias poco prácticas, irracionales, inútiles y nocivas que practiquen con mayor preferencia. Si todo el mundo arrojara la toalla al primer dato desconcertante, nunca se encontrarían soluciones a los problemas difíciles. Y entonces todas las cosas del mundo parecerían, en buena medida, arbitrarias, ¿no? Pero pasemos al primer enigma. Que el pudding constituya la prueba.

2. Ansia de carne

Imagínese una cola de personas vestidas con impermeables raídos, provistas de un paraguas en una mano y de una colección de bolsas y carteras en la otra. A medida que avanzan arrastrando los pies en el gris amanecer, las de delante dejan sitio, de mala gana, a mujeres que están embarazadas o llevan un niño en brazos; las de detrás refunfuñan y hacen chistes sobre almohadones bajo los vestidos y niños que se toman prestados por una mañana. «En este puesto –explica una mujer con un gorro de punto– no ha subido nada de precio porque no hay nada de nada.» Así comienza el pueblo polaco su diaria cacería en busca de carne.

Los problemas que plantea el abastecimiento de carne ponen en peligro la seguridad del régimen socialista polaco. Si las colas delante de las carnicerías se alargan y los mostradores se vacían, es que la cosa está a punto de estallar. En 1981 el Gobierno anunció un recorte del 20 por 100 en las raciones de carne subvencionada; después, tuvo que declarar la ley marcial para restaurar el orden. «La paciencia del ama de casa –informaba el corresponsal de The Economist– se ha agotado. Varios miles de amas de casa, acostumbradas a hacer colas durante horas, arrastrar bolsas de la compra vacías y aguardar entregas de carne que a veces no llegan nunca, se han echado a la calle, en Kudno, Lodz, Varsovia y otras grandes ciudades, para protestar con gritos y banderas contra el hambre.» «Dadnos carne», exigía la muchedumbre (¿No se supone que lo que piden las masas hambrientas es pan o arroz?). En Polonia las gentes se desesperan cuando escasea algo que muchos expertos en nutrición consideran un lujo y otros condenan cada vez más por estimarlo perjudicial para la salud.

¿Por qué viven los polacos y otros pueblos de la Europa oriental obsesionados por el espectro de unos mostradores sin rastro de jamón o de salchichas? ¿Están acaso subalimentados? ¿Es su dieta deficiente en calorías o proteínas ? Según las últimas recomendaciones de la FAO/OMS, un varón adulto que pese 80 kilos necesita unos 60 gramos de proteínas por día. En 1980, los polacos obtenían no ya 60, sino más de 100 gramos diarios. De hecho, solamente a partir de los alimentos de origen animal -carne, pescado, aves de corral, derivados lácteos–, sin contar para nada con los de origen vegetal, obtenían 61 gramos, suficientes para satisfacer el consumo diario recomendado.

En cuanto a las calorías, consumían más de 3.000 per cápita y día. En comparación, el consumo de proteínas de origen animal en los Estados Unidos ascendió en 1980 a 65 gramos por persona y día -tan sólo cuatro gramos más que en Polonia– y el de calorías fue prácticamente idéntico. Reconozco que los promedios per cápita encubren algunos detalles molestos. En Polonia el suministro de carne y otros productos de origen animal es sumamente irregular. Los cargamentos se agotan nada más llegar a las carnicerías; algunos obtienen mucho y otros casi nada. Pero estos problemas son, en parte, consecuencia de unos hábitos de compra dominados por el pánico. En realidad, nos ayudan a acotar nuestro dilema: los polacos, que no corren ningún peligro de desnutrición, podrían comer menos carne y seguir bien alimentados. Sin embargo, están dispuestos a dedicar una buena parte de sus vidas a una búsqueda exasperante de carne y otros productos de origen animal. ¿Por qué?

Podría suponerse que el Gobierno polaco se esforzaría por conseguir que el pueblo estuviera satisfecho con el status quo dietético. No obstante, en vez de aducir que la dieta nacional es ya adecuada y que no hace falta más carne, el Gobierno ha hecho frente a todas las crisis prometiendo más carne. A un coste enorme para el resto de la economía elevó la producción de carne, pescado y aves de corral en un 40 por 100 entre 1970 y 1975. Hacia 1980, la ración mensual de carne barata en las tiendas estatales costaba al Gobierno 2.500 millones de dólares en subvenciones, aproximadamente la mitad del gasto nacional en subvenciones de productos alimenticios.

El Gobierno polaco no es, ni mucho menos, el único en legitimar la exigencia popular de carne. Aun sin el acicate de los disturbios causados por la carestía, la Unión Soviética, por ejemplo, gasta sumas enormes en importar 40 millones de semillas de soja, maíz y trigo. El único objeto de este esfuerzo titánico es suministrar pienso al ganado, en buena medida liberando contingentes de cereales nacionales de baja calidad para la ganadería y destinando las importaciones al consumo humano. En 1981 los habitantes del bloque soviético consumieron 126 millones de toneladas de grano, en tanto que su ganado consumió 186 toneladas. Para los occidentales, las grandes importaciones de cereales demuestran que la agricultura soviética es un completo fracaso; para los soviéticos, que el Gobierno hace todo cuanto puede por poner más carne en el plato de cada uno. La producción cerealera soviética no es mala en absoluto cuando se trata de alimentar a seres humanos; de hecho, la producción de cereales destinada a consumo humano es excedentaria todos los años. Lo malo del sistema agrícola soviético es que es incapaz de alimentar también a todo el ganado.

Esto se debe a que cuesta mucho más criar animales con destino al consumo que cultivar plantas con idéntico fin. Expresado en términos energéticos, cuando el cereal se convierte en carne hacen falta nueve calorías adicionales para obtener una caloría para consumo humano o, en términos de proteínas, hacen falta cuatro gramos de proteínas en el cereal para producir un gramo de proteína cárnica. Para que los Estados Unidos puedan sostener sus hábitos carnívoros, el 80 por 100 del cereal cultivado en ese país debe destinarse al ganado. A pesar de estas cifras, la URSS se ha comprometido a alcanzar a los Estados Unidos. A partir del discurso en que Nikita Jrushov profetizó «os sepultaremos», los soviéticos han dedicado cantidades cada vez más importantes de sus cosechas cerealeras, complementadas con importaciones masivas de grano, a superar la producción de leche y carne de los Estados Unidos. Pero aunque se han acercado al objetivo por lo que respecta a la leche –en parte, gracias al descenso del consumo en Norteamérica–, siguen muy rezagados en cuanto a la producción de carne. De hecho, todavía tienen que alcanzar a Polonia.

¿Acaso se entregan los polacos a una preferencia cultural arbitraria? ¿Es su ansia de carne un símbolo, nada más, del rechazo del socialismo de Estado a la polaca? Tanto los burócratas de la Administración como los opositores al régimen reconocen que ésta es un símbolo que tiene la capacidad de despertar pensamientos revolucionarios. Pero cometeríamos una injusticia con el pueblo polaco si considerásemos su ansia como una forma puramente simbólica de hambre. Hay buenas razones para que los polacos y otros europeos orientales se preocupen por los recortes en sus raciones de carne.

Mi tesis es que los alimentos de origen animal y los de origen vegetal desempeñan funciones biológicas radicalmente diferentes en la alimentación del ser humano. Pese a los modernos descubrimientos que vinculan el exceso de consumo de grasas animales y colesterol en las sociedades opulentas con ciertas enfermedades degenerativas, los alimentos de origen animal tienen una importancia más decisiva para una alimentación sana que los de origen vegetal. No quiero decir que los primeros sean tan buenos para comer que podamos prescindir completamente de los segundos. Lo mejor que podemos hacer es consumir ambos. Trato de afirmar, más bien, que aunque la vida puede sustentarse en alimentos vegetales, el acceso a los de origen animal asegura la salud y el bienestar mucho más allá de la mera supervivencia. En las sociedades agrícolas los alimentos de origen animal son, desde el punto de vista de la nutrición, especialmente buenos para comer, pero también especialmente difíciles de producir. La fuerza simbólica de los alimentos de origen animal procede de esta combinación de utilidad y escasez. No creo, por tanto, que sea un hecho cultural arbitrario el que, en Polonia como en todo el mundo, los alimentos de origen animal sean objeto de mayores honores y anhelos por parte de los seres humanos que los de origen vegetal y que éstos se muestren dispuestos a malgastar una parte desproporcionada de sus energías y riquezas en producirlos.

No, no he olvidado a los cientos de millones de personas que son vegetarianas y que, supuestamente, prefieren los alimentos vegetales a los de origen animal. El término vegetariano, sin embargo, puede inducir a error. Aunque un número significativo de seres humanos desdeñan la carne, el pescado, las aves de corral, etc., sólo una pequeña minoría de devotos, monjes y místicos ha profesado alguna vez un prejuicio contra todos los alimentos de origen animal, es decir, también contra los huevos, la leche, el queso y demás derivados lácteos. A los verdaderos vegetarianos se les designa con el término técnico de «veganos». Como los seguidores del líder «macrobiótico» George Oshawa, que aspiran a subsistir a base, exclusivamente, de arroz sin pulimentar, salsa de soja e infusiones, son pocos y aparecen muy de tarde en tarde. Y por una buena razón. El que haya veganos impugna tanto la existencia de una preferencia universal por los alimentos de origen animal como los ayunos de los santos la prioridad de la comida sobre el hambre. La lección que debe deducirse tanto de los episodios esporádicos de veganismo como de la aparición ocasional de individuos que deliberadamente se dejan morir de hambre es que tales prácticas no sólo son impopulares, sino que no duran.

Ninguna de las grandes religiones mundiales ha instado jamás a sus seguidores a practicar el veganismo ni desterrado completamente la carne de las dietas de la gente corriente. A este respecto, las costumbres alimentarias hindúes sencillamente no concuerdan con los estereotipos populares. Las gentes de la India consumen con gusto tanta leche, mantequilla, queso y yogur como pueden permitirse, y la ghee, mantequilla diluida, es la grasa preferida para cocinar en la cocina tradicional. En cuanto a la carne, algunos miembros de la casta sacerdotal brahmán la rechazan completamente; pero la mayoría come bien huevos, bien aves de corral, o bien pescado, además de cantidades abundantes de leche y derivados lácteos. Los brahmanes constituyen, en cualquier caso, una pequeña minoría de la población hindú; todas las demás castas consumen combinaciones diversas de derivados lácteos, huevos, aves de corral, cordero, pescado, cerdo, cabra e incluso vacuno. Bien es verdad que la cantidad total de carne consumida por los indios de religión hindú asciende a menos de un gramo por persona y día, pero ello se debe a que la oferta de todas las clases de alimentos de origen animal es muy escasa en relación con la población gigantesca. El experto agrícola Narayanan Nair afirma que, para la mayoría de los hindúes, cabras, ovejas y aves de corral son «comidas deliciosas... [que] consumirían en mayores cantidades si pudieran permitírselo».

El budismo es la otra gran religión mundial cuyas preferencias alimentarias los occidentales suelen confundir con el veganismo. Una vez más, sólo un número relativamente pequeño de budistas en extremo devotos se privan voluntariamente de cualquier alimento de origen animal. Los budistas no pueden sacrificar ni presenciar el sacrificio de animales; pero pueden comer carne mientras no se encarguen personalmente de acabar con la vida del animal. El propio Buda nunca renunció a comer jabalí, y en el Tibet, Sri Lanka, Birmania y Tailandia los monjes budistas consumen carne además de derivados lácteos. Por lo que respecta a los budistas del común, suelen comer tanta carne o tanto pescado como pueden permitirse, en especial donde las condiciones ecológicas impiden la cría de ganado lechero. Los budistas de Birmania, Tailandia y Camboya son grandes aficionados al pescado, que consumen fresco, seco, salado y fermentado. Por añadidura, los budistas tai consumen importantes cantidades de cerdo, carne de búfalo, vacuno, pollo, pato, gusanos de seda, caracoles, gambas y cangrejos. Durante la estación lluviosa pueden llegar a ingerir medio kilo de ranas por semana. Los budistas camboyanos consumen pescado, cangrejos, ranas, mejillones y una variedad sumamente apreciada de araña peluda. Los principios de la religión budista son flexibles. Como sucede en el cristianismo, muchas veces la práctica no está a la altura de los elevados ideales o los circunviene.

Piénsese en Gengis Kan y sus hordas de mongoles budistas, que no sólo vivieron y murieron por la espada, sino que eran muy aficionados a las carnes de cordero y caballo (luego volveremos sobre este asunto). Cuando los budistas se hacen viejos se preocupan mucho de acatar la prohibición del sacrificio de animales, pero siempre les queda la posibilidad de arreglárselas para que sea otro quien se encargue del trabajo sucio. En Tailandia y Birmania, para ser auténticamente piadoso, no se debe ni cascar un huevo. Con el fin de eludir esta restricción, los tenderos suelen guardar una provisión de huevos «accidentalmente» rotos. Los budistas ricos piden a sus criados que casquen los huevos por ellos. El amo elude la culpabilidad porque no fue él quien realizó el sacrificio; el criado, porque le fue ordenado hacerlo.

La explicación de la aversión hacia la carne de brahmanes, budistas y miembros de otros grupos religiosos menos influyentes (como los jainíes y los adventistas del séptimo día) me llevaría muy lejos. De momento, todo lo que tengo que decir es que el 1 por 100 de la población mundial desdeña voluntariamente cualquier tipo de comida cárnica y que menos de una décima parte de ese porcentaje se compone de veganos auténticos. Lo que caracteriza las pautas alimentarias con respecto a la carne en los países menos desarrollados no es tanto la abstinencia voluntaria como la involuntaria. Esto puede observarse en la evolución que registran las proporciones de comidas animales y vegetales en relación con los aumentos de la renta per cápita. La experiencia japonesa debería considerarse como un presagio de la futura evolución asiática: entre 1961 y 1971 el consumo japonés de proteínas animales aumentó un 37 por 100, en tanto que el consumo de proteínas vegetales descendió un 3 por 100. A nivel mundial, el consumo de cereales para pienso crece dos veces más deprisa que el correspondiente a la población humana. En la mayor parte de las sociedades, desarrolladas o subdesarrolladas, la presencia de productos de origen animal en la dieta es tanto más elevada cuanto más alto es el nivel de renta. Un estudio clásico de esta relación mostró que en más de 50 países los grupos de renta más alta obtienen, a partir de fuentes animales, una proporción mucho más elevada de las grasas, proteínas y calorías que consumen que los grupos de renta más baja. En proporción a la renta, las calorías procedentes de grasas animales sustituyen a las procedentes de grasas vegetales e hidratos de carbono, y las procedentes de proteínas animales sustituyen a las de origen vegetal. En Jamaica, por ejemplo, la harina de trigo es la primera fuente de proteínas para el 25 por 100 más pobre de la población, situándose el pollo y la carne de vacuno en los puestos décimo y decimotercero. Para el 25 por 100 más rico, en cambio, el vacuno y el pollo ocupan el primero y el segundo puesto, respectivamente, y la harina de trigo el séptimo. Esta relación es válida en todo el mundo. Las elites de Madagascar consumen doce veces más proteínas animales que las gentes situadas en la base de la jerarquía social. Incluso en los Estados Unidos, quienes ocupan la cúspide de la pirámide comen un 25 por 100 más de carne que los que se encuentran en la base. En la India, los grupos de renta más alta consumen siete veces más proteínas animales que los de renta más baja.

Muchos tipos de cultura diferentes, desde las bandas cazadoras-recolectoras hasta los estados industriales, muestran preferencias análogas por los alimentos de origen animal. Periódicamente los antropólogos informan desde puntos remotos de la Tierra sobre casos de ansia de carne que invitan a la comparación con los modernos esfuerzos por aumentar el consumo de ésta. Dicho fenómeno es particularmente frecuente entre los pueblos indígenas de Sudamérica, tal vez porque carecen de animales domésticos que puedan suministrarles productos de origen animal. Janet Siskind refiere cómo la vida cotidiana de los sharanahuas, pueblo de las selvas del Perú oriental que habita en aldeas, gira en torno al problema de las carestías de carne. Las mujeres sharanahuas despliegan una tenacidad implacable a la hora de persuadir a los hombres, por medio de burlas y lisonjas, para que partan de caza y traigan más carne. Cuando transcurren dos o tres días sin carne, las mujeres se reúnen, se adornan con abalorios y pinturas faciales y acorralan, uno por uno, a cada varón de la aldea. Suavemente, tiran de su camisa o de su cinturón y le cantan una canción: «Te enviamos al bosque; tráenos carne». Los hombres hacen como si no escucharan, pero a la mañana siguiente salen de caza. Saben que las mujeres no se acostarán con ellos si no hay carne en la aldea. «Los sharanahuas –comenta Siskind– están continuamente preocupados por el problema de la carne; hombres, mujeres y niños pasan un tiempo exagerado hablando de ésta, planeando visitas a casas donde la hay y contando mentiras acerca de la que tienen en las suyas.» Otros etnógrafos que han vivido con pueblos selváticos sudamericanos informan de actitudes y comportamientos extraordinariamente parecidos. Así, Jules Henry, de los kaingang: «La carne es el producto principal en la dieta, todo lo demás es guarnición»; Robert Carneiro, de los amahuacas: «No hay comida amahuaca completa sin carne»; Allan Holmberg, de los sirionos: «La carne es el producto más deseado por los sirionos»; David Maybury-Lewis, de los shavantés: «La carne supera a todas las demás formas de comida en la estima y en las conversaciones de los shavantés».

Los trabajos sobre otros pueblos del nivel de las bandas y aldeas pertenecientes a otros continentes trazan un panorama semejante. En su estudio sobre los !kung del desierto africano del Kalahari, Richard Lee afirma que tanto los hombres como las mujeres valoran más los alimentos de origen animal que los de origen vegetal. «Cuando la carne escasea en el campamento, todos manifiestan un anhelo vehemente de ella, aunque abunden los alimentos de origen vegetal.» Los nativos de Australia y las islas del Pacífico meridional manifiestan sentimientos análogos. En Nueva Guinea, pese a la disponibilidad de ñame, batata, palmera sagú, harina, taro y otros alimentos de origen vegetal, las gentes dedican una cantidad de tiempo exagerada a la cría del cerdo; encuentran su carne más sabrosa que cualquier otro alimento, y celebran grandes festines de cerdo, en los cuales se atiborran hasta la náusea.

Por razones de necesidad, las porciones de carne suelen ser pequeñas y se comen en combinación con cereales y tubérculos. Pero aun la presencia de unos pocos gramos basta para satisfacer a la gente. Los cazadores-recolectores y los horticultores aldeanos suelen quejarse de estar «hambrientos de carne», circunstancia que sus idiomas designan mediante términos diferentes de los que se emplean para indicar el hambre normal y corriente. Entre los canales de la Amazonia ii mo plan significa «tengo hambre», pero iiyate significa «tengo hambre de carne». Los semais de las junglas de Malasia no consideran satisfactoria una comida en la que falte arroz u otra fécula; pero quien no haya comido carne recientemente exclamará: «¡Hace días que no como!». Los yanomamos, que también tienen una forma especial de expresar las ganas de comer carne, regulan la cantidad de llantenes feculentos (una clase de plátano) que consumen mediante la cantidad de carne disponible.

Les gusta alternar los bocados de carne y de llantén (que rara vez escasea). Esto parece encajar bien con el concepto de dietas «ahorradoras de proteínas» empleado en la teoría de nutrición. Si la carne no se acompaña de hidratos de carbono, ricos en calorías, las proteínas que contiene se utilizarán como básica fuente de energía y no estarán disponibles para otras funciones fisiológicas.

Prácticamente todas las bandas o aldeas estudiadas por los antropólogos expresan su particular estima por la carne al servirse de ella como medio de reforzar los vínculos de unión entre compañeros de campamento y parientes. Los productos de origen animal se comparten recíprocamente entre productores y consumidores con mucha mayor frecuencia que los alimentos de origen vegetal. El consumo de carne constituye el acontecimiento social por excelencia en todos los grupos que he citado hasta ahora. Los cazadores yanomamos, por ejemplo, creen que de no compartir sus capturas perderían sus habilidades cinegéticas. Individuos y familias rara vez comparten los llantenes y otros cultivos, pero jamás consumirán el botín de la caza sin cortarlo en porciones y compartirlo con todos los hombres importantes de la aldea, quienes a su vez lo redistribuyen entre las mujeres y los niños. Lorna Marshall describe la distribución de la carne entre los !kung como una serie de ondas que partiendo del cazador afectan progresivamente a sus ayudantes, sus parientes inmediatos, sus parientes más alejados, sus familiares políticos, etc., hasta que todo el mundo en el campamento ha recibido algo, aunque sólo sea un bocado. Los !kung no pueden imaginar que una familia coma carne y las demás no.

«Eso lo hacen los leones -dicen-, no los hombres.» Al compartir la carne, escribe Marshall, «se alivia el miedo al hambre; la persona con quien se ha compartido hará lo propio cuando obtenga algo de carne; las gentes se sustentan mediante una red de obligaciones mutuas». Aunque los !kung también comparten otros alimentos, ninguna otra circunstancia ocasiona el cuidado y la concentración que acompañan a la circulación de la carne entre los distintos hogares.

Pero la preocupación por este alimento tiene también otra faceta. El anhelo de carne puede ser una poderosa fuerza desorganizadora, además de armoniosa. En las sociedades del nivel de las bandas y aldeas, sobre todo aquellas que no disponen de recursos domésticos importantes de carne, huevos o leche, la falta de fortuna en la caza puede dar lugar a querellas, escisiones de comunidades y choques bélicos entre campamentos y asentamientos vecinos. No es necesario que exista una «escasez» real, desde el punto de vista de la nutrición, de las proteínas de origen animal o vegetal para que las distribuciones de carne degeneren en disputas. Como sucede con los polacos, los yanomamos están, en general, bien alimentados, consumen por término medio 75 gramos de proteínas animales per cápita y día, y muestran pocos indicios de padecer una insuficiencia proteínica. Ahora bien, cuando crece la población de las aldeas, los cazadores agotan las reservas cinegéticas de los alrededores.

Hay más días sin carne, las gentes se quejan crecientemente de tener ganas de ésta y a algunos varones les resulta cada vez más difícil cumplir con sus obligaciones de reciprocidad por los regalos de carne recibidos. La «red de obligaciones mutuas» se convierte en una red de recelos mutuos. Las porciones han de cortarse en trozos cada vez más pequeños y puede que haya que excluir por completo a algunos aldeanos. Aparecen resentimientos y, muy pronto, los cazadores empiezan a insultarse adrede unos a otros. Cuando decrece la oferta comunitaria de carne y aumentan las tensiones, los grupos como los yanomamos, o bien se escinden en facciones hostiles, fundando nuevas aldeas en zonas con más caza, o bien redoblan sus ataques contra las aldeas enemigas como medio de conseguir zonas cinegéticas adicionales. Estudios recientes han demostrado que el problema de la disminución de recursos animales subyace a la situación de guerra endémica que encontramos en la Amazonia nativa y otros hábitats de bosque tropical.

La preocupación por la carne también domina las costumbres alimentarias de sociedades más complejas. No es una casualidad que, a lo largo y ancho del mundo, jefes y héroes celebren sus victorias con banquetes en los que distribuyen grandes raciones de carne entre partidarios e invitados. Tampoco es casualidad que el sacrificio y consumo rituales de animales domésticos constituyeran el punto central de los sacramentos de las castas sacerdotales que se describen, por ejemplo, en el Libro del Levítico de los hebreos o en el Rig Veda de los hindúes. La idea misma de sacrificio, fundamental para las doctrinas formativas del cristianismo, el hinduismo, el judaísmo y el islam, se desarrolló a partir del reparto de la carne en los campamentos y aldeas de la época prehistórica. De la misma forma que los cazadores tenían que compartir entre sí sus capturas diarias, con la domesticación del ganado la carne, la sangre y la leche hubieron de compartirse con los antepasados y los dioses con el fin de crear una red de obligaciones mutuas, de prevenir envidias y querellas, y de preservar la unidad de unas comunidades que comprendían tanto a los gobernantes invisibles del mundo como a sus creaciones terrestres. Al santificar la matanza de animales convirtiéndola en un sacrificio y al alimentar a los dioses con carne, los pueblos de la Antigüedad expresaban su propio anhelo de carne y otros productos animales. Adoptando un punto de vista ligeramente distinto, la carne de los animales era tan buena para comer que los seres humanos sólo la consumían si tomaban las precauciones necesarias para asegurarse de que los dioses estaban dispuestos a compartirla con ellos.

Todas estas repeticiones cíclicas y convergencias culturales vienen a apoyar mi teoría de que los alimentos de origen animal desempeñan un papel especial en la fisiología de la nutrición de nuestra especie. Además, descendemos según parece de un antiquísimo linaje de animales aficionados a la carne. Hasta hace bien poco, los antropólogos pensaban que los monos y los simios eran absolutamente vegetarianos. Hoy día, la observación más estrecha y meticulosa de los primeros en estado salvaje ha permitido establecer que la mayoría de éstos son tan omnívoros como nosotros. Y muchas especies de monos y simios no sólo son omnívoras, sino que también se asemejan a los humanos en que arman un gran alboroto cada vez que comen carne.

Por tratarse de criaturas bastante pequeñas, la principal presa de los monos suelen ser insectos, más que mamíferos.

Ahora bien, dedican mucho más tiempo a capturar e ingerir insectos de lo que se pensaba hasta ahora. Este descubrimiento ha aclarado un viejo enigma referente al modo en que los monos se alimentan en estado salvaje. Al abrirse paso por la cubierta forestal, muchas especies de monos dejan caer una lluvia constante de restos de hojas y frutas a medio masticar. El posterior estudio de los bocados que consumen comparados con los que desechan indica que los monos, más que descuidados, son escrupulosos. Antes de escoger una fruta, los monos olisquean, palpan, mordisquean en plan exploratorio y escupen lo mordido muchas veces. Pero lo que buscan no es la manzana perfecta, madura, inmaculada del Jardín del Edén; lo que les interesa es dar con aquellas que esconden gusanos. En efecto, algunas especies amazónicas están más interesadas en las larvas que en la fruta. Abren los higos infestados de gorgojos, se comen los gorgojos y tiran los higos. Algunos comen tanto las frutas como las larvas, escupiendo la porción que no está deteriorada. Otros ignoran sencillamente los frutos que no muestran indicios de descomposición causada por insectos. Al elegir frutos con insectos, los monos anticipan las costumbres alimentarias humanas que combinan hidratos de carbono, ricos en calorías, con carne por su efecto de «ahorro de proteínas».

Así, mientras los humanos alternan bocados de carne y de plátano, los monos consiguen el mismo efecto por el sistema de elegir frutos completamente infestados de insectos.

Hoy día se sabe, además, que diversas especies de monos no sólo consumen insectos, sino que despliegan una intensa actividad en la caza de pequeños mamíferos. Los babuinos son cazadores particularmente avezados. Robert Harding vio a los babuinos que estudiaba en Kenia matar y devorar 47 pequeños vertebrados, incluidas crías de gacela y antílope, a lo largo de un mismo año de observación. En estado natural, los babuinos se pasan la mayor parte del tiempo ingiriendo alimentos de origen vegetal. Pero como sucede con muchas poblaciones humanas que son involuntariamente «vegetarianas», la razón de que consuman sólo pequeñas cantidades de carne puede ser más una cuestión de necesidad que de elección: encontrar y capturar presas adecuadas es para ellos una empresa difícil. Según William Hamilton, los babuinos observados por él en Namibia y Botswana, siempre que pueden elegir, prefieren en primer lugar alimentarse a base de sustancias de origen animal; en segundo lugar, vienen las raíces, las semillas de gramíneas, las frutas y las flores, y por último las hojas y la hierba. Hamilton descubrió que, en las estaciones en que abundan los insectos, los babuinos dedican hasta el 72 por 100 de su tiempo a comerlos.

El hallazgo más sorprendente acerca de los hábitos carnívoros de los primates subhumanos consiste en que los chimpancés, nuestros parientes más cercanos en el reino animal, son cazadores apasionados y relativamente eficaces. (¡Lástima para la teoría, eternamente popular, de que los humanos son los únicos «simios asesinos»!) Geza Teleki estima -basándose en una década de observación en el Parque Nacional Gombe, de Tanzania- que los chimpancés consagran aproximadamente un 10 por 100 de su tiempo a cazar pequeños mamíferos (en su mayor parte, babuinos jóvenes, otros tipos de monos y cerdos salvajes). R. W. Wrangham observó a los chimpancés del mismo parque capturar y devorar, por orden decreciente de frecuencia, monos colobos, cerdos y patos silvestres, monos de cola roja, monos azules y babuinos. Teleki calcula que los machos adultos consumen carne de animales una vez cada quince días. Con frecuencia, los cazadores cooperan entre sí. Hasta nueve chimpancés, en su mayor parte machos, ocupan y desocupan posiciones y coordinan sus movimientos, a veces durante una hora o más, con el fin de rodear a la presa e impedir efectivamente que escape. Una vez capturada, los chimpancés suelen pasarse varias horas desgarrando el cadáver y devorándolo. Muchos individuos reciben una porción. Algunos «limosnean» un bocado colocando las palmas de sus manos bajo la barbilla de un macho dominante; otros se disputan los pedazos unos a otros, lanzándose una y otra vez a recuperar los fragmentos que se dejan caer, comportamiento que rara vez se da cuando la comida se basa en alimentos vegetales.

Por un medio u otro, hasta quince individuos diferentes –en su mayoría machos– comparten la misma presa.

No veo cómo puede ser puro capricho o coincidencia que los alimentos de origen animal despierten un comportamiento especial entre tantos grupos humanos y también entre nuestros parientes primates. Esto no quiere decir, sin embargo, que considere que los seres humanos se ven obligados a buscar y consumir tales alimentos a causa de una programación genérica análoga a la que empuja a los leones, las águilas y demás carnívoros verdaderos a alimentarse de carne. Los hábitos alimentarios de las distintas culturas muestran demasiadas variaciones en cuanto a las proporciones respectivas de alimentos de origen vegetal y animal como para sostener la idea de que reconocemos instintivamente en los alimentos de origen animal algo que debemos comer. Una explicación más verosímil es que la fisiología y los procesos digestivos propios de nuestra especie nos predisponen a aprender a preferir los alimentos de origen animal. Tanto los humanos como nuestros primos los primates prestan una especial atención a este tipo de alimentos porque éstos reúnen unas características especiales que los hacen excepcionalmente nutritivos.

¿Qué es lo que los hace especialmente nutritivos? En primer lugar, constituyen una fuente de proteínas mejor, por porción cocinada, que la mayor parte de los alimentos de origen vegetal. En comparación con éstos, la carne, las aves o el pescado cocinados contienen un mayor porcentaje al peso de proteínas. Y con una o dos excepciones, la calidad de las proteínas es más elevada que en aquéllos.

Desde el punto de vista de la nutrición, la importancia de las proteínas radica en que el organismo las utiliza para favorecer y regular el crecimiento de los tejidos. Músculos, órganos, células, hormonas y enzimas se componen de diferentes clases de proteínas, constituidas por combinaciones específicas de aminoácidos que forman cadenas largas y complejas. La carne, el pescado, las aves o la leche se componen en un 14-40 por 100 de su peso de proteínas. En cambio, el contenido proteínico de los cereales, una vez cocinados, oscila entre el 2,5 y el 10 por 100. Las legumbres cocinadas –judías, cacahuetes, lentejas, guisantes– arrojan valores similares (los porcentajes por peso seco son más altos; pero no se pueden digerir sin cocinar). Los tubérculos feculentos, como patatas, ñame y mandioca, las frutas y las hortalizas de carácter hojoso y color verde oscuro rara vez contienen más de un 3 por 100 al peso. Las nueces, los cacahuetes y las habas de soja son los únicos alimentos de origen vegetal tan ricos en proteínas como la carne, el pescado, las aves de corral y los derivados lácteos.

Pero con la excepción de la soja, la calidad de las proteínas en los alimentos de origen vegetal –incluidas nueces y legumbres– es significativamente inferior a la de los alimentos de origen animal. Debemos aclarar este punto.

Como he señalado, las proteínas se componen de aminoácidos. A partir de moléculas obtenidas al ingerir otros tipos de nutrientes, tales como féculas, azúcar, grasas vegetales y agua, el propio organismo puede sintetizar doce de ellos. Pero existen diez que no puede sintetizar, los llamados aminoácidos «esenciales». La única manera de obtenerlos estriba en comer plantas o animales que tengan la capacidad de sintetizarlos o que los hayan ingerido por nosotros. Al consumir alimentos que contienen proteínas, éstos se descomponen en los aminoácidos que las constituyen, los cuales son distribuidos después por el organismo para formar un «fondo de reserva», al que recurren, en caso de necesidad, las células de diversos órganos y tejidos. Cuando dejamos de comer alimentos que contienen los aminoácidos esenciales, el ensamblado de éstos para formar las proteínas necesarias a efectos de mantenimiento, reparación y desarrollo prosigue hasta que se agotan las existencias del aminoácido esencial que más escasea. En el momento en que se acaba este aminoácido esencial «límite» se interrumpe el ensamblado antes aludido, con independencia de las cantidades de cada uno de los aminoácidos esenciales que queden en el fondo de reserva. (Si éstos no se emplean para formar proteínas, se transforman rápidamente en energía, que o bien se quema, o bien se deposita en forma de grasa.) Muchos alimentos, sean de origen vegetal o animal, contienen los diez aminoácidos esenciales en su totalidad. El problema radica, empero, en que las proporciones relativas en que aparecen limitan la posibilidad de convertirlos en proteínas.

Las proporciones de los aminoácidos esenciales en los alimentos de origen vegetal y en el organismo humano son sumamente diferentes. De ahí que la utilidad de aquéllos para la formación de proteínas se agote más rápidamente que en el caso de los alimentos de origen animal, ya que los aminoácidos esenciales que menos abundan en las plantas son precisamente los que más necesita el organismo humano. Así, por ejemplo, los seres humanos necesitan el doble de metionina que de treonina; las judías, en cambio, contienen cuatro veces más de la segunda que de la primera.

En sentido estricto, la proteína de mayor calidad que podemos comer se encuentra en la carne humana. Para evitar insinuaciones antropofágicas, los especialistas en nutrición se contentan con tomar como norma de referencia la composición proteínica de los huevos de gallina. Teniendo en cuenta las diferencias en cuanto a su digestibilidad una vez en el intestino humano, se puede decir que la calidad de la mayoría de las proteínas de origen animal viene a ser entre un 25 y un 50 por 100 más elevado que la de los alimentos vegetales con mayor riqueza de proteínas, como las legumbres, el trigo y el maíz (las habas de soja constituyen, una vez más, una excepción notoria).

Como sabe cualquier fanático de la nutrición, hay estrategias para elevar la calidad proteínica de las dietas basadas en los alimentos de origen vegetal. Al ingerir simultáneamente cereales y legumbres, se mejora de forma considerable la proporción de aminoácidos esenciales. Por ejemplo, la carencia relativa de lisina limita la eficacia en la utilización de las proteínas de la harina de trigo a un 42 por 100, aproximadamente, de la de los huevos. Las judías tienen una eficacia proteínica análogamente baja debido a los límites que impone la escasez de metionina. Al comer harina y judías juntas en la misma comida, se mejora su tasa de utilización hasta un 90 por 100. Ahora bien, ¿altera este resultado feliz el respectivo valor nutritivo de plantas y animales en tanto fuentes de proteínas? En modo alguno. Cuantitativa y cualitativamente, los alimentos de origen animal siguen siendo una fuente de proteínas mejor que los de origen vegetal.

Tal vez debiera aclarar cómo afecta a mi argumentación el debate en torno a calorías y proteínas como soluciones contrapuestas a los problemas del hambre y la desnutrición en el mundo. Algunos expertos en nutrición califican de absolutamente descabellado el intento, defendido por científicos occidentales, de elevar el consumo de proteínas con vistas a combatir la desnutrición en el Tercer Mundo. Una manera más realista de mitigar la desnutrición –alegan– consistiría sencillamente en elevar la oferta de cereales o aun tubérculos. Añadiendo a éstos legumbres se podría conseguir una ración diaria de proteínas segura, sin tener que recurrir para nada a productos de origen animal. De acuerdo con este punto de vista, el problema alimentario mundial no consistiría en que los alimentos vegetales son una fuente de aminoácidos inferior, sino en que la falta de calorías en la dieta impide que los aminoácidos presentes en las plantas se «ahorren» y se utilicen como proteína en vez de como energía. Elévese el componente energético de la dieta –afirman– y el problema de la desnutrición desaparecerá. En lugar de una «crisis de proteínas» y una necesidad urgente de cerrar una supuesta «brecha proteínica», estos expertos ven un «mito», incluso un «fiasco de las proteínas».

Durante el decenio de 1970 este punto de vista ocasionó una revisión a la baja del consumo diario de proteínas recomendado. Pero en una reunión del Comité sobre nutrición de la OMS/FAO, celebrada en 1981, esta ración sufrió una revisión radical, pasando de 0,57 a 0,75 gramos de proteínas diarios por kilo de peso corporal, un incremento del 30 por 100 con respecto a las normas de 1973. Los expertos partidarios de las proteínas llevaban ya mucho tiempo argumentando que el nivel de 1973 era demasiado bajo, ya que se basaba en el consumo seguro para un adulto normal, sano y plenamente desarrollado, pero no tenía en cuenta lo que pasaba cuando la persona no era ni adulta, ni normal, ni sana. Por ejemplo, las personas en trance de recuperarse de una enfermedad infecciosa no estaban seguras con las viejas normas. Las infecciones, explicó Nevin Scrimshaw, del Departamento de Ciencia Alimentaria y Nutrición del MIT, aumentan la necesidad de aminoácidos. En situaciones de estrés, el organismo moviliza todos los aminoácidos que puede extraer de músculos y tejidos en general, y los convierte en glucosa con el fin de obtener energía extra. Pero al mismo tiempo, el organismo necesita aumentar la producción de los antígenos encargados de la defensa inmunológica.

«El resultado neto de los efectos múltiples de las infecciones es la necesidad de un margen por encima de las necesidades normales de proteínas que permita una rápida recuperación de las reservas antes de que el siguiente episodio agudo agrave la situación de agotamiento.» Los individuos jóvenes son quienes más pueden beneficiarse de este margen por encima del nivel de seguridad normal. Después de contraer enfermedades infantiles como el sarampión o la difteria, los niños pueden dar estirones hasta cinco veces mayores que los normales..., siempre y cuando su dieta incluya una cantidad suficiente de proteínas.

A las mujeres embarazadas o lactantes también les beneficia consumir por encima de los niveles normales recomendados para los adultos. (Por qué, según parece, obtienen muchas veces menos en vez de más, constituye un enigma sobre el cual volveremos más adelante.) Y cualquiera que padezca la presencia de parásitos en el intestino o la sangre, o haya sufrido heridas o quemaduras, entra dentro de esta misma categoría. Si las personas que se hallan en cualquiera de estas situaciones de riesgo obtienen ya el grueso de las proteínas a partir de alimentos de origen vegetal, es poco probable que les beneficie ingerir cantidades adicionales de los mismos. Su dieta sería ya tan voluminosa que, para conseguir proteínas adicionales a partir de cereales y legumbres, tendrían que pasarse el día comiendo y atiborrarse hasta la saciedad. La carne, el pescado, las aves de corral y los derivados lácteos permiten obtener proteínas extra, de «recuperación», sin tener que hacer colaciones voluminosas que las personas que se reponen de traumas o infecciones causantes de estrés normalmente no pueden hacer. He aquí una de las razones de que «no sólo de pan vive el hombre». El trigo contiene todos los aminoácidos esenciales, pero con el fin de lograr cantidades suficientes de los más escasos, un varón que pese 80 kilos tendría que atiborrarse diariamente de 1,5 kilos de pan integral. Para alcanzar idéntico nivel de seguridad en materia de proteínas, tan sólo necesitaría 340 gramos de carne.

Con todo, la superior calidad y mayor concentración de las proteínas sólo es una de las razones alimentarias –no necesariamente la más importante– de que a los seres humanos les atraigan tanto los alimentos de origen animal. La carne, el pescado, las aves de corral y los derivados lácteos constituyen, además, fuentes concentradas de vitaminas, tales como la A, el complejo vitamínico B en su integridad y la vitamina E. Y son la única fuente de vitamina B_{12}, cuya carencia produce anemia perniciosa, trastornos nerviosos y comportamientos psicóticos.

El hecho de que los veganos no suelan padecer de insuficiencia de B_{12} se debe exclusivamente a que los alimentos vegetales de su dieta están contaminados por residuos de insectos o por ciertas bacterias asimiladoras del cobalto. Esto explica por qué entre los veganos indios de religión hindú emigrados a Inglaterra se observa un aumento de la incidencia de anemia perniciosa. En Inglaterra, el uso de pesticidas y el lavado enérgico de frutas y verduras elimina completamente su aporte de B_{12}. Los veganos también corren peligro de contraer el raquitismo, enfermedad que afecta a los huesos causada por una carencia de vitamina D. Normalmente obtenemos suficiente vitamina D gracias al efecto de la luz solar sobre nuestra piel. Pero en latitudes más septentrionales, donde los inviernos son largos y abundan los días nublados o brumosos, la presencia de vitamina D en la dieta se vuelve a menudo decisiva. Y las mejores fuentes de dicha vitamina son los alimentos de origen animal, en especial los huevos, el pescado y el hígado. Dichos alimentos contienen incluso suficiente vitamina C para satisfacer el consumo diario mínimo recomendado. Ingiriendo cantidades copiosas de carne y médula espinal, los esquimales se mantienen en un estado de salud excelente mediante una dieta exclusivamente cárnica, sin el menor rastro de escorbuto o de otras enfermedades ocasionadas por la carencia de vitamina C. (En los últimos tiempos, debido al contacto con extranjeros, la salud y la dieta esquimales se han deteriorado como resultado del consumo de dulces y féculas.) Los alimentos de origen animal aportan, asimismo, fuentes concentradas de los minerales esenciales. El hierro, indispensable para el transporte del oxígeno en la sangre, se presenta con mayor abundancia y en una forma más utilizable en los alimentos de origen animal –con excepción de la leche– que en las espinacas y demás plantas comestibles de carácter hojoso.

La leche y los derivados lácteos son las mejores fuentes de calcio, esencial para el desarrollo de los huesos. La calidad de los alimentos de origen animal en tanto fuentes de cinc –indispensable para la fecundidad masculina–, cobre, yodo y la práctica totalidad de los oligoelementos varía entre un nivel bueno y un nivel excelente.

Afirmar que los alimentos de origen animal son especialmente buenos para comer no equivale a decir que podamos prescindir completamente de los de origen vegetal, ni tampoco que podamos consumirlos en todas sus variedades en cantidades ilimitadas sin peligro para nuestra salud. Una de las carencias notorias de este tipo de productos es la fibra, la cual, paradójicamente, no es un nutriente. La fibra añade masa y relleno al contenido del intestino grueso, facilita el movimiento peristáltico y se excreta sin ser asimilada. Los indicios de una posible relación entre las dietas deficientes en fibra y el cáncer de colon no deben tomarse a broma.

Según una teoría, en ausencia de fibra, el tránsito de las materias digeridas se prolonga, con lo que las sustancias cancerígenas se acumulan en el intestino. Otra teoría hace hincapié en que el ácido fítico, uno de los componentes de la fibra de los cereales, fija los cancerígenos potenciales y contribuyen a su evacuación. Si bien la carencia de fibra se ha convertido en un problema grave en las opulentas sociedades industriales, a lo largo de la historia y la prehistoria el problema ha sido el exceso, no el defecto de la fibra. Hasta el siglo XX la fibra fue el elemento alimenticio que con mayor facilidad y menor coste podía adquirirse y su ausencia en los alimentos de origen animal era un aspecto positivo más que negativo del paquete nutritivo que éstos ofrecían. Todo el mundo solía obtener más fibra de la necesaria sencillamente al consumir cereales molidos de forma imperfecta. La fibra adicional aportada por frutas y verduras no sólo resultaba inútil, sino que creaba diversos peligros. La fibra, carente de valor nutritivo, ni siquiera proporciona calorías «vacías»; simplemente llena.

De hecho, uno de los rasgos que distinguen a la fisiología humana es que nuestro tracto digestivo sólo puede dar cuenta de pequeñas cantidades de fibra. Al objeto de extraer la energía y los nutrientes esenciales a partir de una dieta rica en fibra vegetal, se requieren intestinos largos y voluminosos, o «cubas» de fermentación especiales como las que poseen las vacas y las ovejas. (Más adelante volveremos sobre estas «cubas».) Para que un animal pueda subsistir a base de plantas fibrosas, debe pasarse la mayor parte del día comiendo. Algunos de los grandes simios presentan muchas de las características de los animales adaptados a dietas basadas en hojas y plantas leñosas, esto es, ricas en fibra y poco concentradas desde el punto de vista de la nutrición. El gorila come continuamente, tiene una digestión lenta y transforma por fermentación la fibra de celulosa en su voluminoso colon. Los experimentos indican que entre el momento en que el chimpancé o el gorila comen algo y la primera aparición de material fecal transcurren treinta y cinco horas. Los humanos tienen un intestino delgado prolongado, al igual que los gorilas y los chimpancés; pero nuestro colon es notoriamente más pequeño. Aunque en él se produce una absorción limitada de nutrientes, su función principal (aparte de la eliminación) consiste en reabsorber los fluidos orgánicos. En el intestino humano, el tiempo de tránsito es bastante rápido. Los seres humanos vienen a tardar unas veinticinco horas en evacuar unos pequeños señalizadores de plástico tragados con la comida. Este experimento indica que nuestro sistema digestivo no se adapta bien a las dietas fibrosas; antes bien, estamos adaptados, por lo que parece, a «productos dietéticos de alta calidad, concentrados en cuanto al volumen y rápidamente digeribles». Los alimentos de origen animal son exactamente lo que exige esta fórmula.

Los informes alarmistas acerca de las dietas deficientes en fibra son muy anteriores al descubrimiento de una posible relación con el cáncer. Se debían al descubrimiento de que la cáscara fibrosa del trigo, el arroz y otros cereales constituye una de las principales fuentes de vitamina B_1. Debido a la preferencia por harinas y cereales finamente molidos a los que se ha desprovisto de su cáscara externa, el beriberi, enfermedad originada por la falta de vitamina B_1, se hizo endémico en todo el Oriente. Hoy día, el gusto por la harina finamente molida, encarnado en esa obra maestra de la industria que es el pan blanco, se suele citar como ejemplo de preferencia alimentaria no sólo arbitraria, sino también nociva. Pero cuando se sitúa la aparición de dicha preferencia en el contexto histórico apropiado, es decir, dentro de los sistemas preindustriales de producción alimentaria, surge un cuadro absolutamente diferente. Estudios realizados en los últimos tiempos han demostrado que las poblaciones que no pueden permitirse la harina finamente molida corren el riesgo de contraer anemias por carencia, originadas a causa de la fijación del hierro y el cinc por el ácido fítico. Que sea peor el beriberi o estas anemias es pura cuestión de cara o cruz. En cualquier caso, al añadir pequeñas cantidades de alimentos de origen animal se compensa completamente tanto la pérdida de tiamina debida a un exceso de molienda como la pérdida de cinc o hierro debida a un defecto de ésta. Una población cuya dieta contenga cantidades significativas de carne, pescado o aves de corral no tiene por qué rehuir el placer de degustar los productos que hace posible la tecnología de la producción masiva de harina fina. Entre estos productos figuran no sólo las criticadísimas barras de pan blanco, de producción industrial, sino también todo el repertorio europeo de pastas y pasteles, cuyo consumo fue otrora privilegio exclusivo de la realeza.

En tanto que la ausencia de fibra no resta apenas méritos al paquete de nutrientes contenido en los alimentos de origen animal, la presencia de otras sustancias –en particular, grasa y colesterol– parecen hacerlos considerablemente menos buenos para comer de lo que requeriría mi tesis. Así, por ejemplo, se dispone de muchos elementos de juicio que vinculan el consumo excesivo de colesterol y grasas animales saturadas con las afecciones coronarias. El colesterol dietético solamente aparece en los alimentos de origen animal, en especial en los huevos. El ser humano se procura el colesterol, bien produciéndolo mediante síntesis en el hígado, bien consumiéndolo directamente. En general, las sociedades que consumen grandes cantidades de colesterol y grasas animales presentan tasas más altas de mortalidad por ataques cardíacos. Asimismo, como demuestran diversos estudios, la reducción de los niveles de colesterol disminuye el riesgo de contraer afecciones coronarias.

En el mejor diseñado de estos estudios, el llamado «ensayo de prevención primaria de coronarias», realizado por clínicas especializadas en la investigación de lípidos, se dividió a un conjunto de varones de edad madura en dos grupos. A uno de ellos se le administró colestriamina, fármaco que reduce el nivel de colesterol; al otro, un placebo. Siete años después, el grupo no medicado había experimentado un 13 por 100 más de «incidentes coronarios», tales como ataques cardíacos, que el otro.

A pesar de esta prueba, la índole de los vínculos causales entre el consumo elevado de grasas animales y colesterol, la presencia de colesterol y grasa en la dieta y las afecciones coronarias permanece sumida en la oscuridad. Quedan muchos hechos por explicar. Por ejemplo, en el ensayo de prevención citado la efectividad de la terapia de colestriamina varió según las clínicas participantes. En cinco de las doce que intervinieron en el experimento, el grupo al que se le administró un placebo padeció el mismo número de incidentes coronarios que el medicado. Por añadidura, la tasa de mortalidad debida a todas las causas, incluidos los incidentes coronarios, fue igual en ambos grupos.

Entre un 50 y un 60 por 100 de los pacientes con afecciones cardíacas no presentan niveles elevados de colesterol. Y muchos grupos con consumos sumamente elevados de grasas animales y colesterol, como los esquimales y los lapones, muestran índices de trastornos cardiovasculares inferiores a lo esperado. Además, aunque una dieta adecuada y los fármacos anticolesterol puedan reducir los niveles patológicamente altos de colesterol en los seres humanos, ningún estudio ha demostrado aún que la dieta, por sí sola, sea responsable de éstos en personas por lo demás sanas. En el ensayo de prevención todos los varones seleccionados para el estudio tenían ya, de entrada, niveles de colesterol patológicos. Esto plantea un problema análogo al de interpretar la incidencia de niveles altos de azúcar en la sangre de los diabéticos: la dieta puede reducir el nivel de azúcar, pero por sí sola no puede causar la enfermedad.

Todo esto indica que, aparte del colesterol y las grasas animales, otros muchos factores intervienen, probablemente, en la elevada incidencia de trastornos coronarios que presentan los países consumidores de grandes cantidades de colesterol y grasas animales. Entre los restantes riesgos dietéticos que se conocen figuran el consumo excesivo de calorías, de sal y de alcohol. (El exceso de calcio es el concursante más reciente en esta competición de factores nocivos para el corazón.) Y además de lo que comemos, otros muchos factores aumentan el riesgo de ataque cardíaco: la hipertensión, el tabaco, la contaminación, la falta de ejercicio, el mal humor crónicamente reprimido, por sólo mencionar unos cuantos. No se sabe en qué medida el riesgo relacionado con el consumo elevado de colesterol y grasas animales refleja el efecto combinado de los demás factores de riesgo, dietéticos y de otro tipo, al interactuar con dicho consumo en personas que llevan un estilo de vida moderno.

El estado de los conocimientos sobre los vínculos entre los alimentos de origen animal y el cáncer no es menos fragmentario. La grasa dietética -pero no el colesterol- es un factor de riesgo en los cánceres de mama y colon. Ahora bien, se ignora si el problema obedece a un exceso de grasas de todos los tipos o, en particular, de grasas animales saturadas. Las grasas saturadas tienen mayor densidad y dureza, así como un punto de fusión más elevado, que las no saturadas. Se dispone incluso de datos que indican que las menos saturadas -las grasas vegetales no polisaturadas-, supuestamente mejores desde el punto de vista de la prevención de los trastornos cardiovasculares, son peores por lo que respecta a la prevención del cáncer. La incidencia del cáncer de colon en los Estados Unidos se ha multiplicado varias veces desde la Segunda Guerra Mundial, precisamente el período durante el cual la margarina y otras grasas y aceites vegetales no polisaturados sustituyeron de forma sustancial a la mantequilla y la manteca de cerdo.

A pesar del carácter contradictorio y fragmentario de las pruebas, lo más racional -o, como señaló el Comité de Investigación del Senado en materia de nutrición y necesidades humanas, lo «más prudente»- es que las opulentas sociedades industriales recorten el consumo de colesterol y grasas animales. Pero debemos mantener la distinción entre recortar «prudentemente» el consumo de algunos de los componentes posiblemente peligrosos de los alimentos de origen animal y renunciar imprudentemente al paquete de alimentos de origen animal en su totalidad.

En nuestro afán por paliar los efectos de la sobrealimentación en las sociedades opulentas no debemos perder de vista el hecho de que nadie sabe lo que puede pasar si reducimos drásticamente la cantidad de colesterol en la dieta de la población en su totalidad, empezando desde la infancia. En la disminución del consumo de grasas pueden acechar, asimismo, peligros ocultos. Después de todo, la grasa es necesaria para una dieta sana, aunque no sea más que porque hace falta para absorber, transportar y almacenar las vitaminas «liposolubles» A, D, E y K, que contribuyen a mejorar, respectivamente, la vista, la fortaleza de los huesos, la fecundidad y la coagulación de la sangre. Las dietas que limitan radicalmente el contenido de grasas, por ejemplo, disminuyen la capacidad orgánica para absorber el precursor de la vitamina A, lo cual puede causar una forma de ceguera denominada xeroftalmia, enfermedad sobre la que se tratará en profundidad más adelante.

Por lo demás, la impopularidad creciente de los alimentos de origen animal como fuentes de grasas dietéticas debe insertarse en su contexto histórico. Lo mismo que, en otras épocas, dichos alimentos eran más deseables, no menos, por su bajo contenido en fibra, hasta hace poco también eran más deseables, no menos si contenían mucha grasa. En buena medida, el apetito de carne extendido por la práctica totalidad del mundo es, en realidad, un anhelo de carne rica en grasa. Esto obedece al hecho de que la carne magra debe complementarse con sustancias ricas en calorías con el fin de impedir que los aminoácidos se transformen en energía, en lugar de en las proteínas necesarias para el desarrollo muscular. Caloría por caloría, los hidratos de carbono (azúcar, fécula, etc.) son un 13 por 100 más eficaces que las grasas en lo que atañe a ahorrar proteínas.

No obstante, las segundas proporcionan 100 por 100 más calorías por gramo que los primeros. Esto significa que para conseguir un efecto dado de ahorro de proteínas se necesitan muchos menos gramos de aquéllas que de éstos. Dicho de otro modo, la carne rica en grasas evita la necesidad de alternar los bocados de carne con bocados de mandioca o de fruta.

Antes de la aparición de los métodos industriales de cebar al ganado vacuno, los cerdos y los pollos con cereales, harina de pescado, hormonas del crecimiento y antibióticos, el problema con la mayoría de las carnes estribaba en que eran demasiado magras para conseguir el efecto de ahorro de proteínas.

En la actualidad, una res muerta se compone en un 30 por 100 o más de grasa. Por contraste, un estudio de quince especies diferentes de herbívoros africanos en estado salvaje reveló que los cadáveres contenían un promedio de apenas un 3,9 por 100 de grasa. Esto explica una práctica observada a menudo entre los pueblos cuyo suministro de proteínas depende de la caza y que parece absolutamente irracional y arbitraria. En el punto culminante de la «temporada del hambre», cuando escasean todos los recursos alimentarios, es frecuente que los cazadores-recolectores se nieguen a comer ciertas tajadas de carne o incluso animales enteros que han cazado y dado muerte.

Se ha observado, por ejemplo, cómo los pitjandjaras de Australia se acercan hasta un canguro abatido, examinan la cola en busca de indicios de grasa corporal y después se alejan, dejando que el animal se pudra, si el resultado es negativo. Durante mucho tiempo los arqueólogos se sintieron también desconcertados ante el fenómeno de los yacimientos-matadero de bisontes encontrados en las Grandes Llanuras de Norteamérica, en los que sólo faltaban algunas partes de los animales sacrificados, en tanto que el resto del cuerpo quedaba sin descuartizar y sin comer en el lugar exacto en que había caído la pieza. La explicación de estas prácticas aparentemente irracionales y arbitrarias consiste en que los cazadores correrían peligro de morir de hambre si su sustento pasara a depender en exceso de la carne magra. Vihjalmur Stefansson, a quien los años de convivencia con los esquimales enseñaron el secreto de mantener un estado de salud excelente a base de no comer más que carne cruda, advirtió que semejante dieta sólo podía funcionar si ésta era grasienta. Stefansson dejó una vívida descripción de un fenómeno que los esquimales, los indios y muchos de los primeros exploradores del Lejano Oeste reconocían como síntoma del consumo excesivo de carne magra de conejo y que denominaron «inanición cunicular».

Si se cambia repentinamente de una dieta normal en cuanto al contenido de grasas a otra compuesta exclusivamente de carne de conejo, durante los primeros días se come cada vez más y más, hasta que al cabo de una semana, aproximadamente, el consumo inicial se ha multiplicado por tres o cuatro. En ese momento se muestran a la vez signos de inanición y de envenenamiento por proteínas. Se hacen muchas comidas, pero al final de cada una se sigue hambriento; se está molesto debido a la hinchazón del estómago, repleto de comida, y se empieza a sentir un vago desasosiego. Transcurridos entre siete y diez días, comienza la diarrea, la cual no se aliviará hasta que no se procure uno grasa. La muerte sobrevendrá al cabo de varias semanas.

Por cierto, los fanáticos de las dietas reconocerán en esta descripción la dieta eficaz, rentable, pero enormemente peligrosa del doctor Irwin Maxwell Stillman, que consiste en dejar comer a la gente todo lo que quiera de carnes magras, aves de corral y pescado, y nada más. (El primer club dietético que monopolice la receta del conejo magro hará todavía más dinero.) Los animales salvajes no sólo tienen menos grasa, sino que la composición de ésta es diferente. La caza contiene cinco veces más grasas no polisaturadas por gramo que el ganado doméstico. De importancia análoga para situar el actual pánico con respecto al consumo de carne en su perspectiva adecuada es el hecho de que los cadáveres de los animales salvajes contienen una grasa no polisaturada (denominada ácido eicosapentaenoico) que actualmente se investiga como posible factor antiesclerótico. El vacuno doméstico no contiene esta grasa, excepto en cantidades despreciables.

A pesar de la moderna amenaza para la salud relacionada con el consumo excesivo de colesterol y grasas de origen animal, no existe, en sentido estricto, una justificación alimentaria para reducir los niveles de consumo de carne, pescado y aves de corral alcanzados en los Estados Unidos y otras sociedades opulentas. ¿Por qué no? Porque como demuestra el fenómeno de la «inanición cunicular», el consumo de colesterol y grasas no saturadas no es consustancial a los altos niveles de consumo de alimentos de origen animal.

Diversas comisiones de la Administración recomiendan que se reduzca la grasa saturada de origen animal al 10 por 100 del consumo energético y que el colesterol no rebase los trescientos mil miligramos diarios. Esta reducción puede alcanzarse fácilmente, sin recortar los niveles de consumo actuales de alimentos de origen animal, seleccionando carnes, pescado y derivados lácteos de bajo contenido en colesterol: cortes magros de vaca y cerdo, más pescados y aves de corral, más leche desnatada y más derivados lácteos desnatados. (Hay sitio incluso para los huevos, ya que el colesterol se encuentra en la yema, no en la clara.) He aquí las cifras: las carnes magras, el pescado y las aves contienen menos de 30 miligramos de colesterol y menos de 60 calorías por cada 30 gramos. Así pues, se pueden consumir hasta 283 gramos diarios de carne roja magra, pescado o aves de corral sin superar el porcentaje recomendado de grasa ni el colesterol. Esto viene a sumar unos 103,5 kilos anuales, más o menos la cantidad de carne, aves de corral y pescado que los norteamericanos consumen en la actualidad.

Antes de culpar indiscriminadamente del cáncer y las afecciones cardíacas al consumo excesivo de carne, mejor haríamos en echar un vistazo a lo que hicieron nuestros antepasados cazadores-recolectores a lo largo de los cientos de milenios anteriores a la domesticación de plantas y animales. Comparando los datos que aportan la arqueología, la paleontología y el estudio de los cazadores-recolectores contemporáneos, se puede realizar un cálculo estimativo de la cantidad de carne que consumían nuestros antepasados paleolíticos. En un artículo publicado en el New England Journal of Medicine, S. Boyd Eaton y Melvin Konner, de la Emory University de Atlanta, proponen que, con arreglo a un cálculo conservador, los pueblos preagrícolas de zonas templadas venían a obtener el 35 por 100 de las calorías a partir de la carne. Esto quiere decir que, durante la mayor parte de la historia de nuestra especie, nuestros organismos estuvieron adaptados a un consumo de unos 788 gramos diarios de carne roja, cuatro veces, aproximadamente, el consumo per cápita medio de vacuno, porcino, ovino y caprino del norteamericano actual. Nuestros ancestros consumían probablemente el doble de colesterol, pero un tercio menos de grasa.

Éste es el patrón al que responde la «programación genética básica del ser humano». Dicho sea de paso, es probable que en la dieta paleolítica la contribución en calorías o proteínas de los cereales fuera insignificante. Sólo tras la adopción de los modos de producción agrícolas, hace apenas diez mil años, los cereales se convirtieron en el alimento básico de la humanidad.

Quien afirme que hay algo intrínsecamente más «natural» en las dietas ricas en arroz o trigo que en las ricas en carne sabe bien poco de la cultura o de la naturaleza. Por supuesto, si lo que se tiene in mente son los adulterantes químicos, los conservantes y las grasas no polisaturadas, lo que comemos a guisa de carne no es en modo alguno lo que comían nuestros antepasados. (Pero, una vez más, ellos tampoco consumían nuestros cereales cultivados mediante productos químicos.) Y antes de cargar indiscriminadamente con las culpas del cáncer y de las dolencias cardíacas a las dietas ricas en alimentos de origen animal, más nos valdría prestar mayor atención al hecho de que estas enfermedades se originan en procesos degenerativos de duración larga. La razón fundamental de que las dolencias cardíacas y el cáncer se hayan convertido en las causas de muerte primera y segunda, respectivamente, en los Estados Unidos y otras sociedades opulentas se debe a que la gente vive más tiempo. No quiere esto decir que la vejez sea la causa de estas enfermedades o que éstas sean de alguna manera inevitables, sino que los factores de riesgo –dietéticos y de otro tipo– tardan mucho en manifestarse. Por lo general, hay que haber vivido mucho tiempo antes de que estas enfermedades rompan las defensas del organismo. ¿Qué es lo que ha hecho posible que vivamos lo suficiente para que esto ocurra? En nuestro afán por reducir el número de víctimas de las enfermedades cardíacas y el cáncer, podemos correr el peligro de olvidar que existe una estrecha relación entre el incremento del consumo de alimentos de origen animal, la disminución del consumo de cereales y el aumento de la longevidad. Entre 1909 y 1975 la esperanza de vida al nacer se incrementó un 40 por 100 en los Estados Unidos. Durante ese mismo período, el consumo per cápita de carne roja, pescado y aves de corral creció un 35 por 100 (el consumo de derivados lácteos decreció un 52 por 100). Esta experiencia no es ni mucho menos privativa de los Estados Unidos. En todos los países cuyos habitantes gozan de elevadas esperanzas de vida se han registrado cambios dietéticos semejantes.

Una simple correlación no es, desde luego, prueba de causalidad, pero sabiendo que los alimentos de origen animal ofrecen las proteínas, minerales y vitaminas esenciales en forma concentrada, ¿no sería imprudente sacar la conclusión de que el aumento de la longevidad se debe enteramente a otros factores? Puesto que el aumento de los niveles de consumo de alimentos de origen animal ha podido surtir sus efectos beneficiosos a despecho de los efectos presuntamente perjudiciales de las grasas y el colesterol que éstos contienen, lo que se debe hacer es, sencillamente, suprimir estas sustancias nocivas para elevar, así, todavía más su valor nutritivo. Y, por supuesto, esto es exactamente lo que está ocurriendo en los Estados Unidos, como evidencia el rápido crecimiento del consumo de carnes magras, pescado y aves de corral desde 1980.

En los países del Tercer Mundo, donde el peligro primordial no es tanto la sobre como la subalimentación, la carne, el pescado, las aves del corral y los derivados lácteos, aun sin reducir su nivel de grasa y colesterol, conservan una clara ventaja sobre los alimentos de origen vegetal desde el punto de vista de la nutrición. El permanente apetito mundial de carne, pescado, aves de corral y/o leche representa, por consiguiente, una preferencia absolutamente racional que surge de la interacción entre la biología humana y la composición nutritiva de una serie de posibilidades alimentarias. Como medida higiénica, reducir el consumo de los alimentos de origen animal (que no es lo mismo que reducir el de las grasas y el colesterol) no podrá interesar jamás a ninguna nación. Y volviendo a Polonia, nadie puede reprocharle que no se apresure a abrazar tal destino. A lo mejor alguien debería decirles a los polacos que sería conveniente que comieran carnes de menor contenido en grasas, más pescado, menos huevos, más leche desnatada y menos mantequilla y manteca. Pero ¡ay del aspirante a salvador del socialismo que decida aliviar el hambre de carne de Polonia por el sistema de decir a sus gentes que se queden en casa y coman más pan y más judías!

3. El enigma de la vaca sagrada

Siendo la carne animal tan nutritiva cabría esperar que todas las sociedades colmasen su despensa con carne de todas las especies animales disponibles. Sin embargo, al parecer prevalece la situación exactamente contraria. En todo el mundo, gentes que sufren una necesidad extrema de las proteínas, calorías, vitaminas y minerales que la carne ofrece en forma concentrada se niegan a consumir determinados tipos de carne. Si ésta es tan nutritiva, ¿por qué hay tantos animales malos para comer? Piénsese en la India y en el más célebre de los hábitos alimentarios irracionales, la prohibición del sacrificio de las vacas y consumo de su carne.

Hay una parte de la Constitución federal india, denominada «Principios rectores de la política estatal», en la que se establecen directrices para las leyes que deben promulgar los órganos legislativos estatales. El artículo 48 de dicha parte exige la prohibición del «sacrificio de vacas y terneros y otros animales de ordeño y tiro». Sólo dos estados indios –Kerala y Bengala occidental– han aprobado algún tipo de ley de «protección de vacas», entendiéndose por «vaca» tanto los machos como las hembras de la especie vacuna autóctona Bos indicus. Pero los santones hindúes y numerosas sociedades consagradas a la protección de las vacas siguen haciendo campaña en favor de la prohibición total del sacrificio de vacunos. En 1966 los disturbios causados en Nueva Delhi por 125.000 proteccionistas desnudos estuvieron a punto de clausurar el Parlamento indio y, en 1978, un líder hindú, Acharaya Bhave, provocó una crisis nacional al amenazar con una huelga de hambre hasta que Kerala y Bengala occidental cumplieran la legislación contraria al sacrificio.

La India tiene la mayor población de vacunos del mundo, unos 180 millones de Bos indicus (más 50 millones de búfalos), situación que podría atribuirse razonablemente al hecho de que nadie parece querer matarlos o comérselos. La India se distingue también por poseer el mayor número de cabezas de ganado enfermas, enjutas, estériles, viejas y decrépitas del globo. Con arreglo a ciertas estimaciones, entre una cuarta parte y la mitad del total son criaturas «inútiles» que se pasan la vida vagando por campos, carreteras y calles, situación que, de ser cierta, también podría atribuirse razonablemente a la prohibición del sacrificio de vacunos y la repugnancia que causa su carne. La India tiene, además, 700 millones de habitantes.

Como todo el mundo está de acuerdo en que buena parte de esta población gigantesca necesita urgentemente más proteínas y calorías, la negativa a sacrificar y comer el ganado parece «sencillamente contraria al interés económico». ¿No ha pasado la propia expresión vaca sagrada [sacred cow] al inglés corriente como giro que denota una adhesión obstinada a costumbres y prácticas que carecen de justificación racional? En un primer nivel de explicación la protección de las vacas, la evitación de su carne, el absoluto número de reses inútiles puede atribuirse con toda seguridad a la devoción religiosa. El hinduismo es la religión dominante en la India y el culto y protección de las vacas forman parte de su núcleo esencial. Pocos occidentales se dan cuenta, por ejemplo, que una de las razones de la reputación de santidad de

Mahatma Gandhi y de su popularidad entre las masas consistía en que era un defensor acérrimo de la doctrina hindú de la protección de la vaca. En sus propias palabras: «el hecho central del hinduismo es la protección de la vaca... La protección de la vaca es el don del hinduismo al resto del mundo... El hinduismo vivirá mientras queden hindúes para proteger a las vacas».

Los hindúes veneran a sus vacas (y toros) como deidades, las mantienen alrededor de las casas, les ponen nombres, les hablan, las cubren de flores y borlas, las ceden el paso en los cruces concurridos y procuran meterlas en refugios para animales cuando enferman o envejecen y ya no es posible cuidar de ellas en casa. Shiva, el dios vengador, cabalga por los cielos a lomos de Nandi, el toro, cuya efigie aparece a la entrada de todos los templos dedicados a Shiva. Krishna, dios de la misericordia y de la infancia, quizás la deidad más popular en la moderna India, se describe a sí mismo en la literatura sacra hindú como un pastor de vacas, protector de éstas, que constituyen su riqueza. Los hindúes creen que todo lo que proviene de una vaca (o de un toro) es sagrado. Los sacerdotes elaboran un «néctar» sagrado compuesto de leche, cuajada, mantequilla, orina y estiércol con el que rocían o embadurnan a las estatuas y a los fieles; iluminan los templos con lámparas en las que arde ghee, mantequilla de vaca diluida, y bañan diariamente las estatuas de los templos con leche de vaca fresca. (En cambio, la leche, mantequilla, cuajada, orina y estiércol de búfalo carecen de valor ritual.) En las festividades con que se celebra el papel de Krishna como protector del ganado, los sacerdotes moldean con estiércol efigies del dios, derraman leche sobre sus ombligos y se arrastran sobre ellos por el suelo del templo. Cuando llega el momento de retirar la efigie, Krishna no tolera que unas manos humanas la destruyan. Antes, deberá pisotearla un ternero, pues a Krishna no le importa que su criatura preferida camine sobre su imagen. En otras festividades, las gentes se arrodillan en medio de la polvareda que levanta el paso del ganado y embadurnan sus frentes con los excrementos frescos. Las amas de casa emplean estiércol seco y cenizas de estiércol para purificar ritualmente suelos y hogares. Los médicos aldeanos llegan al extremo de recoger el polvo de las huellas que dejan los cascos del ganado para utilizarlo con fines medicinales. El solo hecho de contemplar una vaca proporciona a muchos hindúes una sensación de placer. Los sacerdotes afirman que cuidar de una vaca es en sí mismo una forma de culto y que ningún hogar se debe privar del goce espiritual que proporciona criar una.

Dar protección y rendir culto a las vacas simbolizan también la protección y adoración de la maternidad humana. Guardo una colección de calendarios indios a todo color en los que las pinups son vacas cubiertas de joyas, ubres hinchadas y rostros de hermosas vírgenes humanas. «La vaca es nuestra madre –afirman sus adoradores hindúes–. Nos da leche y mantequilla. Su ternero labra los campos y nos da comida.» A los críticos que se oponen a la costumbre de alimentar a las vacas demasiado viejas para parir y proporcionar leche, los hindúes responden: «¿Enviarás a tu madre al matadero cuando se haga vieja?». El carácter sagrado de la vaca se vincula en la teología hindú con la doctrina de la transmigración. El hinduismo representa a todas las criaturas como almas que han ascendido o caído en su avance hacia el Nirvana. Hacen falta 86 transmigraciones para pasar de demonio a vaca, y una más para que el alma adquiera forma humana. Pero el alma siempre puede retroceder. La de una persona que mate una vaca retornará, sin duda, al peldaño más bajo y tendrá que comenzar de nuevo. Los dioses moran en las vacas. La teología hindú calcula en 330 millones el número de dioses y diosas que contiene su cuerpo. «Rendir servicio y culto a la vaca conducirá al Nirvana durante las próximas 21 generaciones.» Con el fin de auxiliar al alma de una persona amada en su viaje hacia la salvación, sus parientes donan dinero para la alimentación de vacas en templos hindúes. Creen que los muertos deben atravesar a nado un cauce proceloso y que gracias a estas limosnas el difunto adquiere el derecho a agarrarse del rabo de una vaca mientras lo cruza. Por la misma razón, los hindúes ortodoxos solicitan, en el momento de su agonía, que se les facilite un rabo de vaca al que aferrarse.

Pero la vaca es un símbolo político, además de ser religioso. Durante siglos, hindúes y musulmanes han azuzado las luchas entre las dos comunidades esgrimiendo los estereotipos del musulmán matavacas y del hindú tiránico resuelto a conseguir por la fuerza que todo el mundo acepte sus peculiares costumbres dietéticas. El hecho de que el raj británico fuera aún más pródigo en la matanza de vacas y consumo de su carne que el musulmán se constituyó en foco de las oleadas de desobediencia civil que culminarían con la independencia de la India después de la Segunda Guerra Mundial. En los albores del nuevo Estado, el Partido del Congreso, que era la formación política dominante, adoptó como logotipo nacional la imagen de una vaca con su ternero. Con ello, sus candidatos cobraron una ventaja inmediata entre los analfabetos que votaban poniendo una X sobre la imagen de su elección. Para devolver el golpe, los partidos de la oposición difundieron el rumor de que la X sobre el logotipo del Partido del Congreso suponía un voto a favor de sacrificar una vaca y un ternero más.

Como todo el mundo puede apreciar, se trata de una cuestión puramente religiosa. Si los norteamericanos creyeran que Nandi es el vehículo de Shiva, que Krishna es un vaquerizo, que hay 86 reencarnaciones entre el diablo y la vaca, y que cada vaca contiene 330 millones de dioses y diosas, nadie consideraría el tabú contra la carne de vacuno como un misterio. Ahora bien, el rechazo de la carne de vaca debido a las creencias hindúes es lo que constituye el enigma, no la respuesta. ¿Por qué es la protección de la vaca el «hecho central del hinduismo»? La mayor parte de las religiones consideran que el ganado vacuno es bueno para comer. ¿Por qué es el hinduismo diferente? Es evidente que tanto la política como la religión desempeñan un papel importante en lo que atañe a reforzar y perpetuar los tabúes contra el sacrificio de vacunos y el consumo de su carne, pero ni la una ni la otra explican por qué han cobrado prominencia simbólica. ¿Por qué la vaca y no el cerdo, el caballo o el camello? No pongo en duda la fuerza simbólica de la vaca sagrada. Lo que pongo en duda es el hecho de dotar de carga simbólica a una clase peculiar de animales y a que una clase peculiar de carne sea fruto de una elección mental caprichosa, más que de un conjunto definido de condicionamientos prácticos. La religión ha influido en las costumbres dietéticas de la India, pero éstas han influido todavía más sobre la religión. Esta afirmación encuentra su plena justificación en la historia del hinduismo.

El hecho central de dicha historia es que la protección de la vaca sagrada no ha sido siempre el hecho central del hinduismo.

Sus primeros textos sagrados –el Rig Veda– exaltan a los dioses y costumbres de los vedas, pueblo ganadero y agrícola que dominó la India septentrional entre 1800 y el 800 a. C.

En la sociedad y la religión védicas se reconocían ya las cuatro castas principales del hinduismo moderno: las brahmanes sacerdotales, los jefes guerreros gobernantes o chatrias, los comerciantes o vaisias y los sudras o criados. Los vedas ni protegían a las vacas ni desdeñaban su carne. De hecho, en la época védica los deberes religiosos de la casta brahmánica no consistían en protegerlas, sino en sacrificarlas. Como señalé en el capítulo anterior, los vedas eran uno de los antiguos pueblos de guerreros-pastores que poblaban Europa y el suroeste de Asia para los cuales el sacrificio ritual de animales y los espléndidos festines a base de carne constituían las dos caras de una misma moneda. En los actos ceremoniales, los guerreros y sacerdotes védicos, lo mismo que los celtas y los israelitas, distribuían generosas cantidades de carne entre sus múltiples seguidores en recompensa material por su lealtad y en señal de riqueza y poderío. Aldeas y comarcas enteras participaban en aquellos festines de carne.

Aunque los vedas sólo permitían el sacrificio del ganado como rito religioso, que se realizaba bajo la supervisión de los sacerdotes brahmanes, esta restricción no limitaba la cantidad de carne disponible para el consumo humano. Los dioses, muy oportunamente, comían la parte espiritual del animal, en tanto que su residuo corpóreo se lo cenaban de buena gana los fieles.

Y como no existe una cultura en la que falten las ceremonias, el hecho de confinar el consumo de carne a los actos ceremoniales seguramente contribuía en muy escasa medida a reducir el ritmo al que se sacrificaban las reses. Las victorias en el campo de batalla, las bodas, los funerales, las visitas de los aliados, todas estas ocasiones reclamaban el sacrificio de ganado y una copiosa comida a base de carne. La atención maniática que los brahmanes prestaban a detalles tales como el tamaño, forma y color de las reses adecuadas para cada acontecimiento guarda una estrecha semejanza con las detalladas instrucciones referentes a los banquetes sacrificiales de los antiguos israelitas que contiene el Libro del Levítico. Entre los animales indicados en los textos sagrados hindúes figuraban: los toros cornigachos con un lucero en la frente; los bueyes descornados; los bueyes blancos; los toros enanos sin joroba, de cinco años; las vacas de cuartos gruesos; las vacas estériles; las vacas que hubieran abortado recientemente; las vaquillas enanas sin joroba, de tres años; las vacas berrendas, y las vacas coloradas.

Todo esto sugiere que los vedas sacrificaban vacunos con más frecuencia que otros animales y que su carne era la de consumo más común en la India septentrional durante el primer milenio a. C.

El período de abundantes sacrificios de ganado y consumo generalizado de carne de vacuno tocó a su fin cuando los cacicazgos védicos no pudieron seguir manteniendo grandes cabañas de bovinos como reserva de riqueza. La población creció, los bosques se redujeron, las tierras de pasto se labraron y el antiguo estilo de vida de semipastoreo dio paso a formas intensivas de agricultura y explotación lechera del ganado. Esta transición obedeció a una sencilla relación energética: limitando el consumo de carne y concentrándose en el ordeño y el cultivo de trigo, mijo, lentejas, guisantes y otras legumbres y hortalizas se puede sustentar a más gente. Como indiqué en el capítulo anterior, si los animales consumen los cereales y después éstos son comidos por los hombres, se pierden para el consumo humano nueve de cada diez calorías y cuatro de cada cinco gramos de proteínas. La explotación lechera del ganado puede recortar sensiblemente estas pérdidas. La eficacia a la hora de transformar pienso en calorías del moderno ganado de leche es cinco veces mayor que la del moderno ganado de engorde a la hora de transformar pienso en calorías cárnicas comestibles, y su eficacia por lo que respecta a transformar el pienso en proteínas comestibles es seis veces superior a la del moderno ganado de engorde. Estas cifras incluyen las calorías y proteínas existentes en la parte comestible del cuerpo de una vaca al final de su vida, pero, como mostraré en seguida, muy probablemente, el tabú contra la carne de vacuno no impidió nunca que la vaca hiciese una última contribución en forma de carne. Mientras la densidad demográfica permaneció baja, el ganado pudo pastar en tierras incultas y se pudo mantener la producción de carne per cápita en un nivel alto. Con poblaciones humanas más densas, el ganado empezó a competir con el hombre por los recursos alimentarios y su carne se hizo en seguida demasiado costosa para distribuirla con la tradicional generosidad de los caciques védicos en sacrificios públicos acompañados de banquetes de carne.

Poco a poco, la razón entre ganado y seres humanos fue decreciendo y, con ella, el consumo de carne, en especial, entre las castas inferiores. Pero en el proceso había una trampa: el ganado no podía sencillamente eliminarse con el fin de hacer sitio para las personas. Los agricultores necesitaban bueyes que tiraran de los arados, necesarios a su vez para labrar los duros suelos que abundan en la mayor parte de la India septentrional. De hecho, fue el uso de arados tirados por bueyes para romper la costra del terreno en las llanuras que bordean el Ganges lo que desató todo el ciclo de crecimiento demográfico y el abandono del consumo de carne, en general, y del consumo del vacuno, en particular. Naturalmente, no todos los estratos de la sociedad renunciaron a sus hábitos carnívoros al mismo tiempo. Brahmanes y chatrias, castas privilegiadas, siguieron sacrificando bovinos y saciándose de su carne mucho después de que fuera imposible invitar a las gentes del común a compartir su buena fortuna.

Hacia el 600 a. C. los niveles de vida del campesinado estaban en franco declive, y guerras, sequías y hambrunas causaban grandes sufrimientos. Los viejos dioses védicos parecían estar fallando y los nuevos líderes religiosos descubrieron que el pueblo llano era cada vez más contrario a cualquier sacrificio del ganado, símbolo y manifestación material de las desigualdades del sistema de castas.

De esta situación socioeconómica cargada de tensiones surgió el budismo, primera religión contraria a la matanza de animales que apareció en el mundo. Gautama, denominado posteriormente el Buda, vivió entre el 563 y el 483 a. C. Sus enseñanzas principales reflejan los sufrimientos del pueblo llano y se oponían frontalmente a las creencias y prácticas hindúes de la época. Como expone el Óctuple Camino budista –el equivalente a los Diez Mandamientos del judaísmo–, Buda condenó la supresión de cualquier forma, animal o humana, de vida, prohibió el sacrificio de animales, censuró a los carniceros y sustituyó los ritos y oraciones por la meditación, los votos de pobreza y las buenas obras como medios de ganar la salvación. Buda no precisó que el consumo de vacuno fuera especialmente malo, pero como los bovinos eran los objetos principales de los sacrificios rituales, su condena de la matanza de animales en general daba a entender que los comedores de vacuno figuraban entre los pecadores más contumaces.

Tengo la seguridad de que la aparición del budismo estuvo relacionada con los sufrimientos de las masas y el agotamiento del medio ambiente porque varias religiones parecidas, también pacifistas y análogamente contrarias al sacrificio del ganado, surgieron en la India durante la misma época. El jainismo, la más célebre de estas sectas menores, ha sobrevivido hasta nuestros días y posee aún muchos templos en la India al servicio de más de dos millones de fieles. Los jainíes llegan a extremos heroicos para evitar la matanza o el consumo de cualquier forma de vida animal: los sacerdotes no pueden pasearse por un camino o una calle sin ir precedidos de ayudantes armados de escobas que barren los pequeños insectos o arácnidos que éste pudiera pisar accidentalmente. Llevan, además, mascarillas de gasa con el fin de prevenir la inhalación accidental y destrucción consiguiente de mosquitos y moscas. Hasta el día de hoy, los jainíes mantienen abundantes refugios para animales, en los cuales cuidan de gatos, perros, ratas, pájaros y vacas perdidos o heridos. Los refugios jainíes más notables son habitáculos especiales para insectos. En Ahmadabad, capital de Gujarat, fieles jainíes de toda la ciudad llevan a uno de tales habitáculos polvo y barreduras cuidadosamente conservados que contienen insectos necesitados de protección. Unos asistentes colocan el polvo y las barreduras junto con algo de cereal dentro del habitáculo y cuando éste se llena lo cierran herméticamente. Al cabo de diez o quince años se da a los habitantes por muertos de muerte natural y los asistentes abren el habitáculo, sacan el contenido con una pala y venden los restos como fertilizante.

La prohibición budista del consumo de carne de vacuno debió encontrar eco en las aspiraciones de los campesinos más pobres. En una época en que las gentes del común morían de hambre y necesitaban bueyes para trabajar sus campos, los brahmanes seguían sacrificando vacas y engordando gracias a ellas.

No puedo afirmar con precisión cómo se las arreglaban brahmanes y chatrias para obtener reses para sus festines sibaritas, pero los impuestos, la confiscación y otras medidas coercitivas habrían sido necesarias una vez que los campesinos ya no pudieran o estuvieran dispuestos a donar las reses excedentes a los templos. Indicios de arrogancia del tipo «que les den morcilla» asoman en antiguos textos brahmánicos. A la argumentación de que no debía comerse carne de vaca porque los dioses habían dotado al ganado bovino de poder cósmico, un sabio brahmán replicaba: «No digo que no, pero yo comeré de ella de todas formas siempre que sea tierna». Los gobernantes de los primeros imperios del Ganges, dándose cuenta de que las religiones contrarias al sacrificio gozaban de gran predicamento entre las masas, dejaron que éstas florecieran e incluso fomentaron su difusión. El budismo resultó especialmente favorecido cuando, en el 257 a. C., Asoka, nieto del fundador de la dinastía máuryca y primer emperador de toda la India, se hizo seguidor de Gautama. Aunque Asoka no impidió que se sacrificase y consumiese el ganado vacuno, sí trató de extirpar la práctica del sacrificio del ganado. (Los budistas, como ya señalé, pueden comer carne mientras no sean responsables del sacrificio del animal del que procede.) Durante nueve siglos, budismo o hinduismo lucharon por el dominio sobre los estómagos y las mentes del pueblo indio.

Al final ganó el hinduismo, pero no sin que previamente los brahmanes superaran la obsesión por el sacrificio del ganado del Rig Veda, adoptaran el principio de no matar –denominado hoy en día ahimsa– y se constituyeran en protectores, en vez de destructores, del ganado. Los dioses, afirmaron, no comen carne; por tanto, los sacrificios descritos en el Rig Veda eran actos meramente simbólicos y metafóricos. La leche, no la carne, se convirtió en el principal alimento ritual del hinduismo, así como en principal fuente de proteínas animales de la casta brahmánica. Los brahmanes lograron ganar la partida a los budistas porque supieron aprovechar la tendencia popular a rendir culto al ganado e identificar a Krishna y otros dioses con los animales domésticos. Los budistas, siguiendo el ejemplo de Gautama de buscar la salvación por medio de la meditación, en lugar de la oración, nunca intentaron una apoteosis parecida del ganado vacuno ni rindieron culto a Krishna o deidades comparables. La base popular del budismo empezó a erosionarse y, a finales del siglo VII d. J. C., la religión de Gautama desapareció completamente de su país de origen.

El relato de la lucha entre hinduismo y brahmanismo que acabo de ofrecer fue reconstruido por Rajandra Mitra, gran estudioso del sánscrito de finales del siglo XIX. He aquí lo que escribió en 1872:

> Cuando los brahmanes tuvieron que competir con el budismo, que con tanto éxito y energía condenaba todo sacrificio, encontraron que la doctrina del respeto hacia la vida animal tenía demasiada fuerza y popularidad como para vencerla, y por ello la adoptaron gradual e imperceptiblemente de manera tal que pareciera parte de sus [enseñanzas].

Lo que yo añadiría a la brillante teoría de Mitra es que, al convertirse en protectores de las vacas y abstenerse de comer su carne, los brahmanes optaron simultáneamente por un sistema de agricultura más productivo y por una doctrina religiosa más popular. No es casualidad que la India sea la patria de las variedades cebú, gibosas y resistentes, que gozan de renombre mundial por su capacidad para prestar servicio como animales de tiro en medio del calor, la sequía y otras condiciones adversas, al tiempo que consumen cantidades minúsculas de pienso. Contrariamente a lo que se desprende de los estereotipos populares, la presencia de gran cantidad de estos animales en el campo indio al amparo de los tabúes contra el sacrificio de vacunos y el consumo de su carne no es indicativa ni de despilfarro ni de locura. Dichos animales rara vez compiten por los recursos con los seres humanos, ya que rara vez pastan en tierras cultivadas ni en terrenos que puedan servir para cultivar alimentos destinados al ser humano.

Hace ya mucho que la densidad de la población humana se hizo demasiado elevada para permitir lujos de esta índole. En lugar de ello, se mantiene a estos animales en estado de semiinanición hasta que se necesita de ellos para el trabajo. Entre las tareas de arado, se alimentan de tallos, paja, hojas y desperdicios caseros. En el momento de la roturación reciben raciones extra consistentes en tortas de aceite prensadas a partir de residuos de semillas de algodón, soja y coco no aptos para el consumo humano. La variedad cebú es resistente a las enfermedades, tiene gran vigor y, literalmente, trabaja hasta caer muerta, lo cual no suele suceder hasta que han rendido una docena de años o más de servicios agotadores. Para el campesino, el valor de los bueyes radica no sólo en su fuerza de tracción, sino también en el abono y combustible que suministran. El estiércol de vacuno sigue siendo el fertilizante más empleado en la India. Por añadidura, la falta de madera, carbón y combustible obliga a millones de amas de casa indias a depender del estiércol seco para su cocina. Empleado para tal fin, el estiércol produce una llama limpia, constante e inodora que requiere escasa atención y se presta bien para hervir a fuego lento platos vegetarianos.

Ahora bien, ¿no es tremendamente ineficaz utilizar hoy día bueyes en lugar de tractores para tirar de arados? En modo alguno. Prácticamente todos los estudios que se hayan realizado jamás para determinar la eficacia respectiva de tractores y bueyes muestran que los segundos son más eficaces con respecto a los costes por unidad de cultivo producida en las condiciones que predominan en la mayor parte de la India. Si bien un tractor de 35 caballos puede roturar un campo casi diez veces más de prisa que una pareja de bueyes, la inversión inicial en el primero es veinte veces más elevada que la necesaria en la pareja de animales. A menos que se use el tractor más de novecientas horas al año, el coste horario de su empleo excede al coste horario de una pareja de bueyes. Es decir, los tractores sólo son más eficientes en explotaciones de grandes dimensiones. La mayor parte de las explotaciones agrícolas indias son muy pequeñas y el uso de tractores sólo puede racionalizarse si se adoptan complejas medidas con el fin de alquilarlos o arrendarlos por leasing. Pero con medidas de este tipo también se puede abaratar fácilmente el coste de la tracción animal. Pese al incremento significativo del número de tractores registrado en la India desde 1968, no se ha producido reducción alguna en el número de animales de tiro, ni siquiera en aquellas regiones en que los primeros se han hecho más corrientes. La explicación radica en que los servicios de reparación y las piezas de repuesto son demasiado escasos como para arriesgarse a prescindir de una reserva de tracción animal. Hay indicios asimismo de que, tras el período de entusiasmo inicial, muchos propietarios de tractores están cambiando su maquinaria por nuevas variedades de bueyes.

Con el fin de tener bueyes, hay que poseer vacas, y en el régimen tradicional la función primordial de éstas es parir bueyes baratos y resistentes. La leche y el estiércol constituyen valiosos subproductos que ayudan a sufragar el mantenimiento de la vaca. Son éstas, más aún que los bueyes, las que desempeñan el papel de «basureros» en las aldeas, subsistiendo a base de pajas, tallos, desperdicios, hojas, manchas ocasionales de hierba en las cunetas y otras materias que los seres humanos no pueden digerir.

¿Reduce la prohibición del consumo y sacrificio de vacunos la cantidad de alimentos disponibles para el consumo humano de forma apreciable? Lo dudo. Como parte de un sistema agrícola preindustrial que tiene la responsabilidad de mantener una densa población humana en un estado de salud razonablemente bueno, la prohibición hindú ofrece más ventajas que inconvenientes. Uno de los problemas principales al que tal sistema ha tenido que enfrentarse ha sido siempre la tendencia a sacrificar animales que son más útiles vivos que muertos con el fin de satisfacer el deseo de comer carne. La interdicción religiosa de la carne de vacuno contribuye a solucionar este problema no sólo al impedir el sacrificio ritual en sí, sino también al contrarrestar la tentación de comerse a los animales temporalmente estériles o demacrados durante los períodos de tensiones ocasionados por la prolongación de las estaciones secas o las sequías. Si los campesinos no conservan la vida de las vacas y bueyes temporalmente inútiles, no podrían reanudar el ciclo agrícola cuando mejoraran las condiciones. El tabú que nos ocupa, en la medida en que fortalece su determinación de conservar su ganado de cría durante el mayor tiempo posible, lejos de disminuir, mejora la eficacia a largo plazo del sistema agrícola y reduce las desigualdades en cuanto al consumo de los nutrientes esenciales que origina el sistema de castas.

Aunque los cultos sacrificiales basados en el sacrificio y consumo de vacunos son cosa del pasado, algunos empresarios indios y extranjeros arden en deseos de meter la mano en el ganado «excedente» de la India con vistas a sacrificarlo y comercializarlo en el extranjero, en especial en los países del Oriente Medio, ricos en petróleo y hambrientos de carne. Así pues, mientras ayude a impedir el desarrollo de mercados interiores o internacionales a gran escala para el vacuno indio, la abominación hindú de su carne de vacuno seguirá protegiendo al pequeño propietario frente a la bancarrota y la pérdida de sus tierras. El libre desarrollo de mercados a gran escala de carne de vacuno dispararía inevitablemente los precios del bovino indio hasta alcanzar los niveles internacionales del ganado de engorde; se dedicarían piensos y suplementos alimenticios a la industria cárnica, y a los pequeños campesinos les resultaría cada vez más difícil criar, alquilar o comprar animales para arar. A medida que aumentara la superficie consagrada a alimentar reses en lugar de personas, unos pocos comerciantes y agricultores ricos cosecharían los beneficios, mientras que el resto de la población campesina se hundiría en niveles más bajos de producción y consumo.

Otro problema relacionado con el proyecto de sacrificar el ganado «sobrante» e «inútil» estriba en que los animales que los agrónomos occidentales consideran sobrantes e inútiles no lo son en absoluto para sus propietarios. A pesar de la prohibición del sacrificio, los campesinos hindúes se deshacen sistemáticamente de la mayor parte de los animales que no les resultan de utilidad. Esto se hace patente en los equilibrados ajustes que introducen en la proporción entre bueyes y vacas de acuerdo con las necesidades y circunstancias. Las diferentes regiones de la India muestran tasas de masculinidad en el ganado notablemente distintas dependiendo del tamaño medio de las explotaciones, la pluviosidad, los cultivos y la proximidad de ciudades en las que pueda comercializarse la leche. En el Norte, por ejemplo, donde el trigo es el cultivo principal y las explotaciones son grandes, los campesinos se concentran en la crianza de ganado para arar y el número de bueyes es casi el doble que el de vacas. En cambio, en algunas zonas del sur de la India en las que el arroz es el cultivo principal y las explotaciones típicas de dos hectáreas –es decir, del tamaño de un «sello»– son demasiado pequeñas para utilizar animales de tiro, los campesinos crían tres veces más vacas que bueyes. Como los efectivos totales del ganado en ambas regiones arrojan cifras absolutamente dispares, no existe la posibilidad de que esta inversión en las tasas de masculinidad del ganado se haya producido por una exportación de bueyes al Norte y vacas al Sur. No existe un comercio interregional de la magnitud que se requeriría. Las investigaciones realizadas por el Centro de Estudios de Desarrollo de Trivandrum, Kerala, muestran, en cambio, que los terneros machos y hembras tienen tasas de mortalidad radicalmente diferentes en las distintas regiones dependiendo de que a los campesinos locales les interese tener más vacas o más bueyes. Al solicitar a los campesinos una explicación de esta discrepancia, éstos me insistieron en que nadie en sus aldeas acortaría deliberadamente la vida de uno de sus amados terneros. Pero sí admitieron que prestaban más cuidados al sexo de mayor utilidad en la localidad, dejando a las crías correspondientes a éste mamar durante más tiempo de las ubres de su madre. Ciertamente, la muerte por inanición puede parecer un método ineficaz de librarse de animales no deseados; pero la muerte lenta del ternero ofrece una clara compensación al propietario. Como la mayor parte de los vacunos indios no pertenecen a variedades lecheras, las vacas no producen leche si no se encuentran estimuladas por la presencia de sus terneros. Al mantener vivo al ternero en estado de semiinanición, el agricultor consigue minimizar el coste de la leche de su madre y maximizar la producción de ésta.

En la India moderna, los campesinos hindúes pueden recurrir a un método adicional para librarse de animales no deseados: venderlos a comerciantes musulmanes, los cuales se llevan el animal de la aldea y lo revenden en ferias locales.

Muchos de ellos terminan siendo sacrificados, legal o ilegalmente, por otros musulmanes, cuya religión no les prohíbe tales actividades y que, gracias a ello, disfrutan de un lucrativo monopolio del negocio de los mataderos. Musulmanes, cristianos e hindúes de casta inferior adquieren, a sabiendas o inconscientemente, cantidades considerables de vacuno en calidad de «cordero», etiqueta cajón de sastre que ayuda a mantener las paces entre los musulmanes y sus vecinos y clientes hindúes. Pero aun antes de la llegada de los musulmanes en el siglo VIII d. J. C., debieron existir sectores similares de la población que también eran consumidores de vacuno. Un real edicto emitido por Chandragupta II en el 465 d. J. C., equiparaba al crimen de sacrificar una vaca con el de matar a un sacerdote brahmán. Esto quiere decir que había gentes que rechazaban tanto la prohibición de la carne de vacuno como la veneración hacia los brahmanes. Es posible que el edicto de Chandragupta tuviera por blanco a los seguidores de las ramas tántricas del budismo y el hinduismo. El tantrismo representa una contratendencia persistente a la corriente principal, de talante ascético, contemplativo y monástico, de la religión y filosofía indias. Sus seguidores buscan la unidad con el universo a fuerza de comer carne, beber alcohol, ingerir drogas, practicar la danza y mantener relaciones sexuales rituales.

A los tántricos, musulmanes, cristianos y otros grupos no hindúes consumidores de vacuno debemos añadir los miembros de diversas castas intocables que también lo consumen pero en forma de carroña. Todos los años mueren millones de bovinos indios debido a una combinación de causas naturales y de falta de cuidados. Los cadáveres pasan a ser propiedad de los comedores de carroña, que son avisados por las castas superiores y que desuellan y después consumen las partes comestibles. El hervido de la carne elimina la mayoría de los peligros. Naturalmente, la cantidad de carne que obtienen de cada animal sólo es una fracción de la que podrían obtener de un novillo sano y bien cebado. Pero esto es algo que los intocables no se pueden permitir, y aun en pequeñas cantidades la carne contribuye a mejorar su exigua dieta.

¿Con cuántos animales «excedentes» e «inútiles» nos dejan exactamente la selección sexual de los terneros y el consumo de carne y carroña de vacuno? Un economista calculó que el mantenimiento de los 72,5 millones de bueyes de tiro existentes en la India requiriría solamente 24 millones de vacas de cría bien alimentadas y productivas, en vez de los 54 millones que realmente hay en la actualidad. Esto le llevó a la conclusión de que, por culpa fundamentalmente del tabú contra el sacrificio y consumo de vacuno, sobran 30 millones de vacas, que se podrían sacrificar o exportar al extranjero para beneficio de todos. El fallo en este razonamiento estriba en que la mayor parte de las vacas menos productivas –aquellas que ni crían con regularidad ni dan demasiada leche– son propiedad de los campesinos más pobres. Si bien su tasa de crianza y su producción de leche son ridículamente bajas, estas vacas representan, no obstante, un bien de importancia vital y eficiente con respecto a su coste para el segmento económicamente más débil de la población campesina. ¿Por qué son los campesinos más pobres quienes mantienen al grueso de las vacas menos productivas? Porque al poseer pocas tierras son ellos los que se ven obligados a alimentar a su ganado a partir de raciones marginales, que se obtienen de la basura producida por la aldea, la hierba que crece en las cunetas, los jacintos acuáticos y las hojas de los árboles. Es el hecho de que el ganado subviene en buena medida a las necesidades de su subsistencia rebuscando entre la basura el que crea la impresión de que hay vacunos inútiles extraviados por todas partes, obstaculizando el tráfico, robando y mendigando en los puestos de comida de las ciudades. Pero casi todos estos vagabundos tienen dueños que están al tanto de lo que hacen sus animales y que les alientan a hacerlo. Y aunque a veces alguno de estos «vagabundos» se meta en terrenos cultivados y destruya cosechas ajenas, la pérdida –si así puede llamársele desde el punto de vista del paupérrimo propietario del animal– debe sopesarse frente a las ventajas de las formas de «basureo» más responsables desde el punto de vista social.

A pesar del estado de semiinanición en que se encuentran la mayor parte de las hembras, la resistencia de su casta cebú se deja notar y tarde o temprano muchas vacas estériles acaban criando y dando leche. Aun en el caso de que una vaca sólo tenga un ternero cada tres o cuatro años y sólo produzca dos o tres litros de leche diarios, el valor combinado de los terneros, la leche y el estiércol rinde un beneficio que eleva en un tercio o más la renta familiar de los pobres. El nacimiento de un macho, que se puede criar a modo de pago de «entrada» con vistas a una sustitución de los bueyes de que se disponga en el momento o como medio de adquirir bueyes cuando todavía no se tiene ninguno, se agrega a la contribución de la vaca. Naturalmente, desde el punto de vista de la ganadería moderna, sería mucho más eficaz alimentar adecuadamente a un menor número de vacas y librarse de los ejemplares subalimentados. Pero también hay otro punto de vista: librarse de las vacas excedentes e inútiles equivale a librarse de los campesinos excedentes e inútiles. Disponer al menos de una vaca, por demacrada que esté, da al campesino pobre un punto de apoyo adicional sobre sus tierras, salvándole posiblemente de las garras de los prestamistas y de verse obligado de unirse al éxodo de las familias sin tierra que no tienen otro lugar donde ir excepto las calles de Calcuta.

¿Pero qué hay de las célebres residencias de ancianos para vacunos? ¿No demuestran acaso que el enorme número de vacas «excedentes» e «inútiles» que existe en la India conserva la vida por razones exclusivamente religiosas? Unas tres mil instalaciones destinadas al albergue de ganado se presentan como instituciones consagradas a la protección de animales.

Alojan, en total, a más de 580.000 reses. Algunos de los refugios son, en verdad, instituciones primordialmente religiosas y caritativas que mantienen al ganado sin realizar beneficio alguno.

Otras son, fundamentalmente, negocios lecheros lucrativos que mantienen un pequeño número de vacunos inútiles como demostración de piedad y como «mascotas» (volveremos sobre éstas en un capítulo posterior). Suelen ser jainíes, más que hindúes, quienes regentan la mayor parte de los refugios que albergan animales verdaderamente inútiles y que dependen de donativos de comida y dinero para conseguir que cuadren las cuentas. La piedad no es ni mucho menos el único móvil de las contribuciones. Los refugios jainíes mantienen a los animales vagabundos fuera de las calles y de los campos y huertas. En este aspecto se parecen a los refugios para animales existentes en Occidente: la sociedad protectora de animales, por ejemplo, también hace cuadrar sus cuentas gracias a los donativos de caridad. Y en ambos casos, a menos que alguien reclame el animal refugiado, la esperanza de vida de éste no será muy grande. Los refugios indios sustituyen la inyección letal por la muerte de hambre, pero comparten con la sociedad protectora de animales la necesidad de acabar con sus huéspedes al objeto de poder cumplir con sus deberes anuales de captura de animales.

Deryck Lodrick, principal autoridad en estos asuntos, calcula que aproximadamente un tercio del ganado albergado en los refugios hindúes y jainíes, esto es, 174.000 cabezas, es verdaderamente inútil. Sospecho que en su mayor parte pertenece a jainíes, pero aceptemos el total combinado. Éste viene a suponer menos del 0,1 por 100 de los 180 millones de bovinos que hay en la India. Aun en el caso de que aceptáramos la proposición improbable de que los encargados de los refugios para ganado hacen un esfuerzo igual por alimentar a los animales útiles e inútiles que están a su cuidado, los costes de estas empresas caritativas no revisten gran importancia desde una perspectiva nacional. Los refugios para animales forman parte de todo un sistema de valores, ideas y rituales cuyo éxito histórico –la prevención del consumo despilfarrador de carne de vacuno por parte de las elites– justifica racionalmente los gastos en que incurren un puñado de piadosos entusiastas de los refugios para vacas. Ningún sistema es perfecto. Ni siquiera el mundo empresarial norteamericano ha logrado todavía resolver el problema de cómo eliminar rituales «derrochadores» tales como patrocinar programas de la televisión pública y equipos de béisbol de la Little League *.

Así pues, a mi modo de ver (compartido hoy día por muchos de mis colegas indios) la «irracionalidad» del tabú hindú contra el sacrificio y consumo de vacuno es un producto de la imaginación de los occidentales, los cuales están acostumbrados a criar el ganado por su carne o por su leche y utilizan tractores para roturar la tierra. A la postre, la abominación de la carne de vacuno permite a la población gigantesca de la India consumir más, no menos, alimentos de origen animal.

Detengámonos aquí para asegurarnos de que las afirmaciones que se acaban de exponer no se distorsionan en otras con las que discrepo profundamente, a saber: que el sistema tradicional carecía de fallos, que no se puede mejorar y que es tan eficaz hoy día como lo fue en el pasado. En tales conclusiones interviene un círculo vicioso que las hace completamente absurdas. El crecimiento de la población humana, la reducción del tamaño de las explotaciones agrícolas, el exceso de pastoreo, la erosión y la desertificación han contribuido a elevar el coste de los piensos y forrajes del ganado en comparación con otros costes de producción. Esto, a su vez, ha hecho aumentar la demanda de variedades de bóvidos más pequeñas y baratas, lo cual a su vez ha producido un de-

* Liga infantil y juvenil de béisbol. (N. de los T.)

terioro gradual de la calidad de los animales de tracción de que pueden disponer los campesinos más pobres. En palabras del geógrafo A. K. Chakravarti:

Debido a la creciente presión de la población humana sobre la tierra y la disponibilidad de una cantidad menor y nutritivamente mal equilibrada de pienso, se ha deteriorado la calidad del ganado, disminuyendo su producción lechera y su eficacia de tiro..., el esfuerzo se ha concentrado en compensar la eficacia cada vez menor con un incremento del número de cabezas..., el incremento del número de cabezas ha producido, a su vez, una mayor escasez de piensos y forrajes.

En lo que atañe a mejorar las variedades de vacuno tanto desde el punto de vista de la producción lechera como de la tracción, es mucho (y siempre ha sido mucho) lo que queda por hacer. Como parte de un programa global destinado a mejorar la fuerza de tracción e incrementar la producción de leche, sacrificar al ganado de un modo menos restrictivo de lo que es posible en la actualidad podría reportar alguna ventaja.

(Ayudaría a eliminar los animales vagabundos y los rebaños inclasificables de los templos.) Pero ni aun con el mayor esfuerzo de imaginación puede atribuirse el declive de la eficacia del sistema tradicional a la abominación de la carne de vacuno. ¡Échese la culpa al crecimiento de la población, al colonialismo, al sistema de castas o a la tenencia de la tierra, pero no al hecho de que el ganado sólo se explote por su leche, no por su carne! Por mala que haya llegado a ser la situación alimentaria de la India, no se dispone de ningún elemento de juicio que indique que la desaparición del tabú contra el sacrificio hubiera podido conducir por sí misma a una mejora sustancial de la dieta india.

En realidad, durante los dos últimos decenios, la India ha realizado progresos considerables en cuanto a aumentar la producción cerealera y lechera per cápita. Por el momento, la desviación de cereales a la producción de alimentos de origen animal es escasa en comparación con lo que sucede en países consumidores de vacuno como México y Brasil, donde el ganado come mejor que entre un tercio y la mitad de las personas situadas en la base de la pirámide social. Aunque es posible que la prohibición del sacrificio del ganado acabe por imponer un techo a las posibilidades de mejorar las variedades lecheras y de tracción, el problema más urgente sigue siendo cómo suministrar pienso y forraje a estos animales sin disminuir el suministro de cereales alimenticios destinados a las personas. Así pues, las ventajas derivadas de impedir la desviación de cereales a la producción de carne probablemente compensan las pérdidas que ocasiona la prohibición del sacrificio en los programas encaminados a incrementar la producción lechera y la capacidad de tracción mediante una mejora de las variedades.

Pero volvamos a Gandhi. Pese a toda su devoción mística y sentimental por las vacas, Gandhi era bien consciente de la importancia práctica que tenía el amor a éstas para sus seguidores. Como éstos, nunca perdió de vista el argumento de fondo: «Por qué se eligió a la vaca para la apoteosis –dijo– es algo evidente para mí. La vaca era en la India la mejor compañera. No sólo daba leche, también hacía posible la agricultura». Esta percepción nos acerca considerablemente a la respuesta a la pregunta principal, todavía pendiente: ¿por qué fue la vaca y no cualquier otro animal la que se convirtió en el símbolo quintaesencial del hinduismo? La respuesta es que ningún otro animal (o ser) podía rendir tantos servicios útiles al ser humano. Ninguna otra criatura poseía la versatilidad, resistencia y eficacia del ganado cebú indio. Al objeto de poder participar en el concurso para madre animal de la India, la especie doméstica tenía que ser, al menos, lo suficientemente grande y fuerte como para tirar de un arado. Esto elimina inmediatamente a cabras, ovejas y cerdos, por no mencionar a los perros y gatos. Nos quedan los camellos, los burros, los caballos y los búfalos de agua. ¿Por qué no exaltar al camello? En las regiones áridas de la India noroccidental, muchos agricultores lo emplean efectivamente para tirar del arado. Pero entre los requisitos que debe reunir el animal de tiro ideal de la India figura también la capacidad de soportar bien climas húmedos. Durante los monzones que afectan a la mayor parte de la India los camellos se convierten en seguida en una masa chorreante. Un camello atascado en el lodo ofrece una triste estampa. Si tratara de liberarse podría romperse una pata con facilidad. ¿Asnos y caballos? También tiran de arados, pero por razones que se expondrán en un capítulo posterior, necesitan consumir mucha más hierba y paja por kilo de peso corporal que el ganado vacuno y carecen de la capacidad de éste para subsistir mediante diversas clases de raciones de emergencia, como hojas y cortezas. Con esto no nos queda más que el búfalo acuático, principal suministrador de leche en la India moderna. La leche de búfalo contiene más nata que la de vaca y, hundidos en el fango, los machos tiran mejor que los bueyes. Pero los búfalos carecen del vigor y aguante del ganado cebú. Su crianza y mantenimiento es más costosa, y su resistencia a la sequía es netamente inferior a la de los vacunos. Ni siquiera pueden sobrevivir a los períodos normales de sequía de la India septentrional si no se les baña diariamente. Aunque los machos ofrecen un buen rendimiento en terrenos lodosos, son muy inferiores a los bueyes cebúes a la hora de roturar el típico campo del campesino indio, duro, recocido por el sol, polvoriento. Por último, la utilización del búfalo para la producción lechera es una innovación moderna relacionada con el crecimiento de los mercados urbanos y el desarrollo de variedades especializadas en la producción láctea. Es obvio que esta limitada criatura no podía granjearse la adoración de las masas indias como madre infinitamente paciente de la vida.

A la explicación gandhiana de la apoteosis de la vaca yo no añadiría más que unos pequeños detalles: no sólo daba leche, sino que además era la madre del animal de tracción más eficaz y barato dados los suelos y el clima de la India. Y a cambio de unas garantías religiosas contra la reaparición de los hábitos alimentarios basados en el consumo de carne de vacuno, energéticamente costosos y socialmente divisivos, hacía posible que el país rebosara de vida humana.

4. El cerdo abominable

La aversión por la carne de cerdo parece, en principio, aún más irracional que la aversión por la carne de la vaca. El cerdo es, de todos los mamíferos domesticados, el que posee una capacidad mayor para transformar las plantas en carne de forma rápida y eficaz. A lo largo de su vida, un cerdo puede transformar el 35 por 100 de la energía que contiene su pienso en carne, en comparación con el 13 por 100 en el caso de los ovinos y un mero 6,5 por 100 en el de los vacunos. Un lechón puede ganar medio kilo por cada kilo y medio o dos kilos y medio de alimento que ingiere, en tanto que un ternero tiene que consumir cinco para ganar medio. Una vaca necesita nueve meses para parir un único ternero y, en la actualidad, hacen falta unos cuatro meses para que éste alcance los 200 kilos.

En cambio, apenas cuatro meses después de la inseminación, una sola hembra porcina puede dar a luz ocho cochinillos o más, que llegarán a pesar más de 200 kilos cada uno en el plazo de seis meses. Es evidente que el fin esencial del cerdo es producir carne para la nutrición y el deleite del ser humano. ¿Por qué, pues, prohibió el Dios de los antiguos israelitas a su pueblo no sólo saborear su carne, sino incluso tocarlo, ya estuviera vivo o muerto?

Serán para vosotros abominación, no comeréis sus carnes y tendréis como abominación sus cadáveres [Lev. 11: 24]... Quien tocare uno... será inmundo [Lev. 11: 24] *.

Al contrario que el Antiguo Testamento, que contiene un verdadero tesoro de carnes prohibidas, el Corán está prácticamente exento de tabúes cárnicos. ¿Por qué es el cerdo el único que sufre la desaprobación de Alá?

Solamente estas cosas te ha prohibido el Señor: la carroña, la sangre y la carne de cerdo [Corán 2, 168].

Para muchos judíos observantes, la caracterización veterotestamentaria del cerdo como animal «inmundo» explica perfectamente el tabú: «A quien haya observado los sucios hábitos del cerdo -afirma una moderna autoridad rabínica- no se le ocurrirá preguntar por qué está prohibido». La fundamentación del temor y repugnancia hacia el cerdo en su «porquería» manifiesta se remonta, como mínimo, a la época del rabí Moisés Maimónides, médico en la corte del emperador Saladino en el Egipto del siglo XII. Maimónides compartía con sus anfitriones islámicos una viva repugnancia por los puercos y las gentes que comían su carne, en especial, los cristianos: «La principal razón de que la ley prohíba su carne ha de buscarse en la circunstancia de que sus hábitos y sustento son sumamente sucios y repugnantes». Si la ley permitiera su cría a egipcios y judíos, las casas y calles de El Cairo se volverían tan sucias como las de Europa, ya que «la boca del cerdo es tan inmunda como el propio estiércol». Pero Maimónides sólo podía brindar una interpretación parcial, ya que nunca había visto un cerdo limpio. La

* Las citas bíblicas se han cotejado con la versión española de E. Nácar y A. Colunga, Biblioteca de Autores Cristianos. Madrid, 1968. (N. de los T.)

afición de éste a los excrementos no es, sin embargo, un defecto consustancial a su naturaleza, sino a la forma de criarlo que tienen sus amos humanos. El ganado porcino prefiere las raíces, las nueces y los cereales, y se cría de forma óptima a base de estos productos; ingiere excrementos solamente cuando no hay nada mejor que comer. De hecho, cuando están lo suficientemente hambrientos, los cerdos acaban comiéndose unos a otros, rasgo que comparten con otros omnívoros y muy especialmente con sus propios amos. Tampoco es el hecho de revolcarse en la suciedad una de sus características naturales. Lo hacen para refrescarse y prefieren claramente un lodazal limpio y fresco a uno contaminado con heces y orina.

Al condenar al cerdo por ser el más sucio de todos los animales, judíos y musulmanes nunca explicaron el porqué de su actitud más tolerante hacia otras especies domésticas que, asimismo, devoran heces. Gallinas y cabras, por ejemplo, también lo hacen, si se les proporciona motivo y oportunidad. El perro es otra criatura domesticada que desarrolla con facilidad una afición a las heces humanas. Y esto se aplica especialmente al Oriente Medio, donde perros de hábitos coprofágicos ocuparon el nicho «basurero» que dejó vacío la prohibición del cerdo. Sin embargo, los perros, cuya carne prohibió Yavé, no fueron objeto de abominación, ni su contacto o aun su visión se hicieron condenables, como sucedió con los cerdos.

En sus esfuerzos por atribuir la abstención de la carne de cerdo a la afición de esta criatura por los excrementos, Maimónides no pudo ser plenamente coherente. El Libro del Levítico prohíbe la carne de muchas otras criaturas, entre ellas los gatos y los camellos, que no manifiestan inclinación alguna a la ingestión de heces. ¿Y no dijo acaso Alá que, con excepción del cerdo, todas las demás criaturas eran buenas para comer? El hecho de que el emperador musulmán de Maimónides pudiera comer toda clase de carnes menos la de cerdo haría poco política, por no decir peligrosa, la identificación exclusiva del sentido bíblico de la pureza con la ausencia de la mácula coprofágica. Así pues, en lugar de adoptar una actitud de superioridad en materia de higiene, Maimónides ofreció una teoría del conjunto de las aversiones bíblicas muy propia de un médico cortesano: los animales prohibidos no eran buenos para comer porque, además de haber uno -el cerdo- cuyos hábitos coprofágicos hacían impuro, ninguno de ellos era saludable. «Sostengo -afirmó Maimónides- que los alimentos proscritos por la Ley son malsanos.» Ahora bien, ¿en qué sentido lo son? El gran rabí fue muy concreto en el caso de los porcinos: «Contienen más humedad de la necesaria y demasiada materia superflua». En cuanto a los demás alimentos prohibidos su «carácter perjudicial» era demasiado evidente como para merecer un examen más detenido.

Esta teoría de la evitación del cerdo, basada en razones de salud pública, tuvo que esperar setecientos años antes de recibir lo que parecía ser una justificación científica. En 1859 se estableció el primer vínculo clínico entre la triquinosis y la carne de cerdo mal cocinada, convirtiéndose a partir de entonces en la explicación más popular de los tabúes judío e islámico. El cerdo, como había dicho Maimónides, era malsano. Los teólogos, impacientes por reconciliar la Biblia con los hallazgos de la ciencia médica, empezaron a elaborar toda una serie de explicaciones basadas en la higiene pública para los restantes tabúes dietéticos que aparecen en la Biblia: los animales salvajes y las bestias de carga se prohibieron porque su carne se torna demasiado correosa para su buena digestión; el marisco había de evitarse porque transmite las fiebres tifoideas; la sangre no es buena para comer porque el flujo sanguíneo es un caldo de cultivo perfecto para los microbios. En el caso del cerdo esta línea de racionalización tuvo un resultado paradójico. Los judíos reformistas empezaron a afirmar que, una vez comprendida la base médicocientífica de los tabúes, dejaba de ser necesaria la evitación de la carne de cerdo; todo lo que había que hacer era consumirla bien cocinada. Como era de prever, la reacción entre los judíos ortodoxos, espantados de que se degradase el Libro de la Ley a la «categoría de texto médico de importancia secundaria», no se hizo esperar. El propósito de Dios en el Levítico –insistieron– nunca podría comprenderse del todo; aun así, las leyes dietéticas debían acatarse en señal de sumisión a su divina voluntad.

Con el tiempo, la teoría de la evitación de la carne de cerdo basada en la triquinosis perdió el favor del público debido fundamentalmente a la imposibilidad de que un descubrimiento médico del siglo XIX resultase ya conocido hace miles de años.

Pero este aspecto de la teoría no me preocupa especialmente.

Las gentes no tienen por qué poseer una comprensión científica de los efectos nocivos de determinados alimentos para poder incluirlos en su lista de alimentos no aconsejables. Si el consumo de cerdo hubiera tenido consecuencias excepcionalmente perniciosas para la salud, a los israelitas no les habría hecho falta conocer la existencia de la triquinosis para prohibir su consumo. ¿Es necesario comprender la química molecular de las toxinas para saber que ciertas setas son peligrosas? Para mi propia explicación del tabú antiporcino es esencial que se descarte completamente la teoría de la triquinosis, pero por razones absolutamente diferentes. Mi tesis es que el cerdo no tiene nada de excepcional en tanto foco de enfermedades humanas. La carne de vacuno mal cocinada, por ejemplo, transmite con frecuencia la tenia, la cual puede alcanzar en el intestino humano una longitud comprendida entre los cinco y los seis metros y medio, causar anemias graves y disminuir las defensas contra otras enfermedades. Los ganados vacuno, caprino y ovino transmiten la enfermedad bacteriana denominada brucelosis, que produce, entre otros síntomas, fiebre, dolores y cansancio. Pero la afección más peligrosa que transmite este grupo de animales domésticos es el ántrax, enfermedad que padecen tanto los seres humanos como los animales y que fue sumamente corriente en Europa y Asia hasta que Louis Pasteur descubrió, en 1881, una vacuna contra la misma. A diferencia de la triquinosis, que no produce síntomas en la mayoría de los individuos infectados y que rara vez tiene efectos mortales, el ántrax tiene un rápido desarrollo, que comienza con una erupción de forúnculos y acaba en la muerte.

Si el tabú antiporcino fue una ordenanza sanitaria de inspiración divina, se trata del caso de negligencia médica más antiguo que se conoce. La mejor protección contra la triquinosis no consistía en convertir en tabú la carne de cerdo en general, sino solamente la mal cocinada. Hubiera bastado una sencilla advertencia: «No comerás carne de cerdo hasta que la cocción haya eliminado el color rosa». Y ya puestos, debería haberse hecho la misma advertencia con respecto a vacas, ovejas y cabras. Sea como fuere, la acusación de negligencia médica contra Yavé no tiene ninguna posibilidad de prosperar.

El Antiguo Testamento contiene una fórmula bien precisa para distinguir las carnes aptas para consumo de las prohibidas. Dicha fórmula no dice nada de hábitos poco higiénicos o de carnes poco saludables. Antes bien, centra la atención en ciertas características anatómicas y fisiológicas de los animales que se estiman comestibles. He aquí lo que se afirma en Levítico (11: 3):

> Todo animal de casco partido y pezuña hendida y que rumie lo comeréis.

Cualquier intento serio de explicar por qué no era bueno comer carne de cerdo debe partir de esta fórmula, no de los excrementos o de la salubridad, de los que no se dice una palabra. El Levítico prosigue afirmando expresamente que el cerdo sólo se ajusta parcialmente a ella: «Divide la pezuña», pero «no rumia».

Los adalides de la escuela que equipara lo «bueno para pensar» con lo «bueno para comer», hay que reconocerlo, han hecho hincapié en la importancia de la citada fórmula como clave para interpretar la abominación divina del cerdo. Ahora bien, no la consideran como un resultado de la manera en que los israelitas utilizaban el ganado doméstico. Todo lo contrario, estiman que la segunda es resultado de la primera. Según la antropóloga Mary Douglas, por ejemplo, la fórmula de marras convierte al cerdo, que tiene la pezuña hendida pero no rumia, en algo «fuera de lugar». Y las cosas que están «fuera de lugar» son sucias –afirma– porque la esencia de la suciedad es la «materia fuera de lugar». El cerdo, sin embargo, está más que fuera de lugar; no se encuentra ni aquí ni allá. Tales cosas son a la vez sucias y peligrosas. De ahí que éste no sólo sea malo para comer, sino también una criatura abominable. Ahora bien, ¿no extrae este argumento toda su fuerza de su propia circularidad? Constatar que el cerdo se encuentra taxonómicamente fuera de lugar equivale, sencillamente, a observar que el Levítico clasifica a los animales comestibles de manera tal que el cerdo resulta no apto para consumo. Con ello se elude el problema de por qué es la taxonomía lo que es.

Permítaseme abordar primero las posibles razones que pudo tener Yavé para desear que los animales comestibles fueran rumiantes. De los animales criados por los antiguos israelitas, tres eran rumiantes: vacas, ovejas y cabras. Éstas eran las tres especies domésticas más importantes del antiguo Oriente Medio, no porque los antiguos consideraran caprichosamente que los rumiantes son aptos para consumo (y ordeño), sino precisamente porque son rumiantes, esto es, el tipo de herbívoros cuya alimentación óptima se compone de productos vegetales con un alto contenido de celulosa. De todos los animales domésticos, los rumiantes son los que poseen el sistema más eficaz para digerir sustancias fibrosas duras, tales como hierbas y paja. Sus estómagos tienen cuatro cavidades semejantes a grandes «cubas» para continuar el proceso de fermentación.

La extraordinaria capacidad de los rumiantes para digerir la celulosa tuvo una importancia decisiva en las relaciones entre hombres y animales domésticos en el Oriente Medio. Al criar animales capaces de «rumiar», los israelitas y sus vecinos podían obtener carne y leche sin tener que compartir los cultivos destinados al consumo humano con su ganado. Vacas, ovejas y cabras se crían bien a base de hierba, paja, heno, rastrojos, matorrales y hojas, piensos cuyo alto contenido en celulosa hace inadecuados para el consumo humano, aunque se hiervan intensamente. En lugar de competir con los humanos por el alimento, los rumiantes aumentaron todavía más la productividad agrícola al suministrar fertilizantes en forma de estiércol y fuerza de tracción para el tiro de arados. Además, proporcionaban fibra y fieltro para la vestimenta y cuero para calzados y arneses.

Comencé la descripción del enigma con la afirmación de que el cerdo es el mamífero que con más eficacia transforma los productos vegetales en carne, pero no mencioné de qué tipo de alimentos de origen vegetal se trataba. Aliméntese a los cerdos con trigo, maíz, patatas, habas de soja o cualquier cosa con bajo contenido en celulosa y éstos realizarán verdaderos milagros de transustanciación; por el contrario, aliméntenselos con hierba, paja, hojas o cualquier cosa rica en celulosa y perderán peso.

El ganado porcino es omnívoro, pero no rumiante. De hecho, su aparato digestivo y sus necesidades nutritivas guardan más semejanzas con los de los humanos que los de cualquier otro mamífero, con excepción de monos y simios, lo cual explica la elevada demanda de cerdos para investigaciones médicas en materia de arteriosclerosis, nutrición deficiente en proteínas o calorías, absorción de nutrientes y metabolismo. Pero en la prohibición del cerdo intervinieron otros factores aparte de su incapacidad para criarse mediante hierbas y otras plantas ricas en celulosa. Los porcinos tenían el defecto adicional de no estar bien adaptados al clima y a la ecología del Oriente Medio. A diferencia de los antepasados de vacas, ovejas y cabras, que vivían en praderas soleadas, semiáridas y cálidas, los del cerdo eran habitantes de las riberas fluviales y los valles boscosos con abundancia de agua. El sistema de regulación del calor corporal del cerdo es, en todos sus aspectos, incompatible con la vida en los hábitats calurosos y resecos que fueron la tierra natal de los hijos de Abraham. Las variedades tropicales de vacas, ovejas y cabras pueden resistir largos períodos sin agua, y o bien pueden librarse del calor corporal mediante la transpiración, o bien están protegidas de los rayos solares por un pelaje de lana corta y colorido suave (los pelajes lanudos que conservan el calor son característicos de las variedades de climas fríos). Aunque suele decirse de una persona que transpira mucho que «suda como un cerdo», la expresión no tiene fundamento anatómico. Los cerdos no pueden sudar: carecen de glándulas sudoríparas. (Los humanos son, en realidad, los animales que más sudan.) Y su pelaje ralo brinda una protección muy escasa contra los rayos solares. ¿Qué hace, pues, el cerdo para refrescarse? Jadea mucho, pero sobre todo se sirve de fuentes externas de humedad para mojarse. Aquí radica, pues, la explicación de su afición a revolcarse en el lodo. Al hacerlo disipa el calor, tanto por evaporación cutánea como por conducción a través del suelo fresco. Los experimentos demuestran que el efecto refrescante del lodo es superior al del agua.

En los cerdos cuyos flancos están bien embadurnados de lodo el máximo de evaporación disipadora de calor continúa durante el doble de tiempo que en los que sólo están empapados de agua, y aquí radica también la explicación de algunos de los sucios hábitos de esta criatura. Cuando la temperatura supera los treinta grados, un cerdo privado de lodazales limpios comenzará, desesperado, a revolcarse en sus propios excrementos y orines con el fin de evitar la insolación. Dicho sea de paso, cuanto mayor tamaño alcanza el cerdo, peor soporta las altas temperaturas ambientales.

Por tanto, criar cerdos en el Oriente Medio era, y todavía es, mucho más costoso que criar rumiantes, porque a los primeros debe proporcionárseles sombra artificial y agua para sus lodazales, y su dieta debe complementarse con cereales y otros productos vegetales aptos para el consumo humano.

Para contrarrestar estos inconvenientes los porcinos tienen menos que ofrecer, en concepto de beneficios, que los rumiantes. No pueden tirar de arados, su pelo no se presta a la elaboración de fibras y tejidos, y no se les puede ordeñar (explicaré el porqué en un capítulo posterior). De todos los animales domesticados de gran tamaño son los únicos cuya utilidad principal radica en su carne (los conejillos de indias y los conejos son equivalentes de menor tamaño; las aves de corral, en cambio, producen huevos además de carne).

Para un pueblo de pastores nómadas, como los israelitas durante la época de su peregrinaje en pos de tierras de cultivo, la ganadería porcina era inconcebible. Los pastores de regiones áridas no crían cerdos por la sencilla razón de que resulta difícil protegerlos de la exposición al calor y al sol, y debido a la falta de agua cuando se trasladan entre campamentos muy distantes entre sí. Durante el período formativo de la nación, los antiguos israelitas no hubieran podido consumir cantidades significativas de cerdo ni aunque lo hubieran deseado. Sin duda alguna, la experiencia histórica contribuyó al desarrollo de la tradicional aversión hacia su carne y hacia otros alimentos extraños y desconocidos. Pero, ¿por qué se conservó y reforzó dicha tradición al fijarse por escrito como ley divina, mucho después de que los israelitas se hubieran transformado en agricultores sedentarios? A mi modo de ver, la respuesta no es que la tradición nacida en la época de pastoreo continuó dominando por la fuerza del hábito y la inercia, sino que se preservó porque la crianza del cerdo siguió siendo muy costosa.

A la teoría de que el tabú antiporcino de los antiguos israelitas fue, en esencia, una decisión basada en consideraciones de coste/beneficio se le ha formulado la crítica de que los cerdos se crían, con éxito razonable, en muchas zonas del Oriente Medio, incluida la Tierra Prometida de los israelitas. Este hecho no se discute. Los cerdos se han venido criando en diversas zonas del Oriente Medio desde hace 10.000 años, es decir, desde hace tanto como las ovejas y cabras, e incluso más que el ganado vacuno. En alguna de las aldeas neolíticas más antiguas excavadas por los arqueólogos –Jericó en Jordania, Jarmo en Iraq y Argissa-Magulla en Grecia– han aparecido huesos de cerdo con rasgos indicativos de la transición de las variedades silvestres a las domesticadas. En varias aldeas del Oriente Medio correspondientes al período anterior a la Edad de Bronce (del 4000 a. C. al 2000 a. C.) se han descubierto masas concentradas de restos en asociación con lo que los arqueólogos interpretan como altares y centros de culto, que sugieren rituales de sacrificio y festines a base de cerdos.

Sabemos que, a principios de la era cristiana, seguían criándose cerdos en tierras bíblicas. El Nuevo Testamento (S. Lucas) nos dice que en la región de los gerasenos, frente a Galilea, Jesús expulsó los demonios de un hombre que se hacía llamar Legión y los hizo entrar en una piara de puercos que estaban paciendo en el monte. Los cerdos se precipitaron en el lago y murieron ahogados, con lo que el endemoniado quedó curado. Aun hoy día, los israelitas siguen criando miles de cerdos en determinadas zonas de la Galilea septentrional. Pero desde el principio mismo fueron criados en menor número que las vacas, las ovejas y las cabras. Y lo que es más importante: con el tiempo, la ganadería porcina declinó en toda la región.

Carlton Coon, antropólogo con muchos años de experiencia en Norteamérica y el Levante, fue el primer estudioso que brindó una explicación convincente del declive general de dicha ganadería en el Oriente Medio. Coon la atribuyó a la deforestación y al crecimiento demográfico. Al principio del Neolítico los cerdos podían hozar en bosques de robles y hayas que proporcionaban sombra y lodazales, además de bellotas, hayucos, trufas y otros productos propios del sotobosque. Al crecer la población humana aumentó la superficie cultivada y se destruyeron los bosques de hayas y robles con el fin de ganar espacio para los cultivos, en especial el olivo, eliminando con ello el nicho ecológico del cerdo.

Para actualizar la explicación de Coon, yo añadiría que a medida que se destruyeron los bosques, las tierras de pastoreo y cultivo marginales sufrieron un destino análogo. La sucesión general fue como sigue: de los bosques a las tierras de cultivo, de éstas a las tierras de pasto y de éstas a los desiertos, aumentando en cada etapa los beneficios de la cría de rumiantes y las pérdidas de la cría de cerdos. Robert Orr Whyte, antiguo director general de la FAO, ha calculado que, entre el 5000 a. C. y el pasado más inmediato, los bosques de Anatolia se redujeron del 70 al 13 por 100 de la superficie total. Sólo una cuarta parte de los bosques ribereños del mar Caspio sobrevivió al proceso de crecimiento de la población e intensificación agrícola; la mitad de sus bosques húmedos de montaña; entre una quinta y una sexta parte de los bosques de robles y enebros del Zagros; tan sólo una vigésima parte de los bosques de enebros de las cordilleras del Elburz y Jorassan.

Si llevo razón y el derrumbe de la base práctica de la producción porcina fue causada por la sucesión ecológica, no hace falta invocar la «anomalía taxonómica» de Mary Douglas para comprender el estatus peculiarmente bajo del cerdo en el Oriente Medio. El peligro que entrañaba para la ganadería era muy tangible y explica bastante bien su condición. El cerdo se domesticó con un solo propósito: suministrar carne. Cuando las condiciones ecológicas dejaron de favorecer su cría, ninguna función alternativa pudo redimir su existencia. Se hizo no sólo inútil, sino algo todavía peor: se convirtió en una criatura nociva, en una maldición para quien lo tocara o viera, en un animal paria. Esta transformación ofrece, evidentemente, un contraste acusado con la que experimentó el ganado vacuno en la India. Tras una serie análoga de agotamientos ecológicos -deforestación, erosión, desertificación- las vacas dejaron de ser aptas para consumo. Pero en otros aspectos, en especial la fuerza de tracción y la leche, se hicieron más útiles que nunca, convirtiéndose en divinidades animales que santificaban a quien las mirara o tocara.

Desde esta óptica, el hecho de que los israelitas siguieran teniendo la posibilidad de criar cerdos, a bajo coste en los bosques de montaña que aún quedaban o en hábitats pantanosos, con gasto extra allí donde escasearan sombra y agua, no entra en contradicción con la base ecológica del tabú. De no haber existido la posibilidad mínima de criar cerdos, el tabú hubiera carecido de razón de ser. Como muestra la historia de la protección de las vacas por parte del hinduismo, la religión gana fuerza cuando ayuda a las gentes a adoptar decisiones que concuerdan con prácticas útiles preexistentes, pero que no son tan absolutamente evidentes como para excluir cualquier clase de dudas y tentaciones. A juzgar por el Óctuple Camino o los Diez Mandamientos, Dios no suele perder el tiempo prohibiendo lo imposible o condenando lo impensable.

El Levítico, muy coherentemente, prohíbe todos los vertebrados terrestres que no rumian. Además del cerdo, proscribe, por ejemplo, los equinos, los felinos, los caninos, los roedores y los reptiles, ninguno de los cuales son rumiantes.

Pero también contiene una complicación exasperante. Prohíbe el consumo de tres vertebrados terrestres que identifica expresamente como rumiantes: el camello, la liebre y una tercera criatura cuyo nombre hebreo es shaphan. La razón que ofrece de que estos tres supuestos rumiantes no sean buenos para comer consiste en que no «parten la pezuña»:

Pero no comeréis el camello, que rumia, pero no tiene partida la pezuña...; el shaphan, que rumia y no parte la pezuña...; la liebre, que rumia y no parte la pezuña [Lev. 11: 4-6].

Aunque en sentido estricto los camellos no son rumiantes porque las cavidades en que digieren la celulosa son anatómicamente distintas de las que poseen éstos, sí fermentan, regurgitan y mascan el bolo de forma parecida a las vacas, ovejas y cabras. Pero la clasificación de la liebre entre los rumiantes arroja inmediatamente una oscura sombra sobre los conocimientos zoológicos de los sacerdotes levitas. Las liebres pueden digerir la hierba, pero comiendo sus propias heces, y la coprofagia, denominación técnica que recibe esta práctica, supone una solución muy poco rumiante al problema de cómo asimilar la celulosa. En cuanto al shaphan, como muestra la siguiente lista de traducciones inglesas de la Biblia, se trata bien del «tejón», bien del «choerogryllus», o bien de un tipo de «conejo».

BIBLIAS QUE TRADUCEN SHAPHAN POR «TEJÓN» [ROK BADGER]

The Holy Bible, Berkeley, University of California Press.
The Bible, Chicago, University of Chicago Press, 1931.
The New Schofield Reference Library Holy Bible (versión autorizada del rey Jacobo), Nueva York, Oxford University Press, 1967.
The Holy Bible, Londres, Catholic Truth Society, 1966.

The Holy Bible (versión estándar revisada), Nueva York, Thomas Nelson & Sons, 1952.

The Ameritan Standard Bible (edición de referencia), La Habra, Ca, Collins World, 1973.

The New World Translation of the Holy Scriptures, Brooklyn, Nueva York, Watchtower Bible and Tract Society of Pennsylvania, 1961.

BIBLIAS QUE TRADUCEN SHAPHAN POR «CONEJO» [CONY]

The Pentateuch: The Five Books of Moses, edición de William Tyndale, Carbondale, Southern Illinois University Press, 1967.

Tre Interpreter's Bible: The Holy Scriptures, 12 vols., Nueva York, Abingdon Press, 1953.

The Holy Bible: King James Version (Revised Standard Version), Nashville, Thomas Nelson & Sons, 1971.

Holy Bible: authorized version, Nueva York, Harpers.

Holy Bible: Revised, Nueva York, American Bible Society, 1873.

Modern Readers Bible, edición de Richard Moulton, Nueva York, Macmillan, 1935.

BIBLIAS QUE TRADUCEN SHAPHAN POR «CHOEROGRYLLUS»

Holy Bible (Duay, traducida de la Vulgata), Boston, John Murphy and Co., 1914.

The Holy Bible (traducida de la Vulgata por John Kycliffe y sus discípulos), edición del Rev. Josiah Forshall y sir Frederick Madden, Oxford University Press, 850.

Los tres términos designan un herbívoro dotado de cascos, aproximadamente del tamaño de una ardilla y de carácter furtivo, que forma colonias en farallones rocosos o entre las piedras en las cimas de las colinas. Se le denomina también «damán». Pudo haber pertenecido a cualquiera de estas tres especies relacionadas: Hyrax capensia, Hyrax syriacus o Procavia capensis. Fuera lo que fuera, carecía de herbario y no rumiaba.

Esto deja al camello como único animal vedado a los israelitas que de verdad mascaba el bolo. Todo vertebrado terrestre que no fuera rumiante era carne prohibida. Y sólo un vertebrado terrestre rumiante, el camello, estaba proscrito. Veamos si puedo explicar esta excepción, así como el curioso lío en torno a las liebres y el shaphan. Mi punto de vista es que las leyes dietéticas del Levítico eran, en su mayor parte, codificaciones de prejuicios y evitaciones alimentarios tradicionales. (El Libro del Levítico no se escribió hasta el 450 a. de C., es decir, muy tarde en la historia israelita.) Imagino que las autoridades levíticas intentaron encontrar algún rasgo sencillo que compartieran las especies terrestres vertebradas aptas para consumo humano. De haber tenido mejores conocimientos de zoología, podrían haberse servido exclusivamente del criterio rumiantes/no rumiantes, añadiendo la cláusula: «con excepción de los camellos». Pues, como acabo de explicar, todos los animales terrestres implícita o expresamente proscritos en el Levítico –equinos, felinos, caninos, roedores, conejos, reptiles, etc.– son no rumiantes.

Pero dados sus inciertos conocimientos de zoología, los codificadores no podían estar seguros de que el camello fuera la única especie indeseable que rumiaba. Así pues, añadieron el criterio del casco hendido, rasgo del que carecían los camellos, pero que poseían todos los demás rumiantes conocidos (el camello posee dos largos y flexibles dedos en cada pie en vez de cascos).

Ahora bien, ¿por qué no era el camello una especie deseable? ¿Qué razón podía haber para menospreciar su carne? A mi modo de ver, la separación del camello con respecto a los demás rumiantes reflejaba la adaptación altamente especializada de éste a los hábitats desérticos. Con su notable capacidad para almacenar agua, soportar el calor y transportar cargas pesadas durante largas distancias, con sus largas pestañas y sus ollares herméticamente cerrables que le protegen en caso de tormentas de arena, el camello era la más importante posesión de los nómadas del desierto en el Oriente Medio. (La joroba, en la que se concentra grasa, no agua, funciona como reserva de energía. Al concentrarse en ella la materia grasa, el resto de la piel sólo necesita una fina capa de grasa y esto facilita la eliminación del calor corporal.) En cambio, el camello resultaba de escasa utilidad a los israelitas en tanto agricultores sedentarios. Excepto en condiciones desérticas, las ovejas, las cabras y las vacas son más eficaces a la hora de convertir la celulosa en carne y leche. Por añadidura, los camellos se reproducen con suma lentitud. Hasta que no alcanzan la edad de seis años, ni las hembras están en condiciones de concebir ni los machos en condiciones de copular. Para colmo, los machos no tienen más que un único período de celo al año (durante el cual despiden un olor repelente) y la gestación dura dos meses. Así pues, es imposible que la leche o la carne de camello constituyeran jamás una parte importante de la oferta alimentaria de los antiguos israelitas. Los pocos israelitas que poseían camellos, como Abraham y José, los utilizarían exclusivamente como medio de transporte para atravesar el desierto.

Esta interpretación se ve reforzada por el hecho de que los musulmanes aceptaran la carne de camello. En el Corán, mientras que la carne de cerdo está expresamente prohibida la de camello está expresamente permitida. El modo de vida de los seguidores beduinos de Mahoma, pastores moradores del desierto, dependía completamente del camello. Éste era a la vez el medio de transporte principal y la fuente principal de productos animales, sobre todo, de leche. Sin ser plato de todos los días, los beduinos se veían a veces obligados a sacrificar las bestias de carga a modo de raciones de emergencia cuando se agotaban las provisiones regulares de alimentos durante los viajes a través del desierto. Un Islam que hubiera prohibido la carne de camello nunca se habría convertido en una de las grandes religiones mundiales. Hubiera sido incapaz de conquistar el interior de Arabia, de lanzarse al asalto de los imperios persa y bizantino, y de cruzar el Sahara hasta el Sahel y el África occidental.

Si el objetivo de los sacerdotes levitas fue racionalizar y codificar unas leyes dietéticas basadas en su mayor parte en creencias y prácticas populares anteriores, necesitaban un principio taxonómico que conectara entre sí las pautas de preferencia y evitación preexistentes para formar un sistema cognitivo y teológico coherente. La prohibición de la carne de camello preexistente hacía imposible la aplicación del principio rumiante/no rumiante como único criterio taxonómico para identificar a los vertebrados terrestres aptos para consumo. Hacía falta otro criterio más que permitiera excluir a los camellos.

Y así fue como los «cascos partidos» pasaron a integrarse en el sistema. Los camellos tienen extremidades notoriamente distintas de las de vacas, ovejas o cabras. En lugar de cascos hendidos tienen dedos. Por eso, con el fin de proscribir su carne, los sacerdotes añadieron «que no parte la pezuña» a «que rumia». La clasificación errónea de la liebre y el shaphan sugiere que los codificadores no conocían bien estos animales. Los autores del Levítico llevaban razón por lo que respecta a las patas: las liebres tienen garras y el Hirax (y el Procavia) tres pequeños cascos en las patas delanteras y cinco en las traseras. Pero se equivocaron en cuanto a su condición de rumiantes (tal vez porque ambos, el shaphan y la liebre, no paran de mover la boca).

Una vez establecido el principio de utilizar las patas para distinguir entre carnes comestibles y no comestibles, no se podía prohibir el cerdo sencillamente recordando que no era rumiante. Tanto su estatus con respecto a este criterio como la anatomía de sus patas debían tenerse en cuenta, si bien el defecto decisivo era su incapacidad para rumiar.

Ésta es, pues, mi teoría para explicar por qué se amplió la fórmula de los vertebrados terrestres prohibidos a otros criterios además del hecho de que rumiasen o no. Es una teoría difícil de demostrar porque se ignora quiénes fueron los autores del Levítico y cuáles eran exactamente sus propósitos. Pero con independencia de que la teoría dietética se originase de la manera que he descrito, subsiste el hecho de que la aplicación de la fórmula ampliada a la liebre y el shaphan (así como al cerdo y al camello) no dio lugar a restricciones dietéticas que tuvieran un efecto negativo en la balanza de costes y beneficios alimentarios y ecológicos. La liebre y el shaphan son especies salvajes; dedicarse a su caza, en vez de concentrarse en la cría, mucho más productiva, de los rumiantes, hubiera sido una pérdida de tiempo. Por recordar momentáneamente el caso de los protectores brahmánicos de las vacas, no pongo en duda la capacidad para codificar, reelaborar y reformular los hábitos dietéticos del pueblo que posee una clase sacerdotal culta. Pero sí que tales codificaciones, realizadas de «arriba abajo», tengan por lo general consecuencias adversas en materia de alimentación o ecología, o que se propongan con alegre indiferencia hacia tales consecuencias. Más importante que los errores zoológicos y los vuelos de fantasía taxonómica es el hecho de que el Levítico identifique correctamente en los rumiantes domésticos la fuente más eficaz de leche y carne al alcance de los antiguos israelitas. Y aunque la aplicación de los principios teológicos abstractos da lugar a una extravagante lista de especies prohibidas, los resultados son de escasa importancia, cuando no benéficos, desde los puntos de vista alimentario y ecológico.

Entre las aves, por ejemplo, el Levítico prohíbe la carne del águila, el quebrantahuesos, el halieto, el milano, el buitre, el cuervo, el avestruz, la lechuza, el loro, la gaviota, el gavilán, el búho, el mergo, el ibis, el cisne, el pelícano, el calamón, la garza, la cigüeña, la abubilla y el murciélago (que, naturalmente, no es un ave). Sospecho, aunque tampoco puedo demostrarlo, que esta relación obedece primordialmente al intento de ampliar un conjunto más reducido de criaturas voladoras proscritas. Muchas de estas «aves», en especial las especies marinas como pelícanos y cormoranes, rara vez se avistarían tierra adentro. Por lo demás, la lista parece basarse en un principio taxonómico que luego ha sido objeto de una extensión hasta cierto punto exagerada: la mayoría de las criaturas que figuran en ella son carnívoros y «aves de presa». Tal vez la lista se gestó a partir de este principio, aplicado en primer lugar a «aves» locales comunes y ampliado después a aves marinas exóticas, a modo de validación de la pretensión de los codificadores de poseer un conocimiento especial de los mundos natural y sobrenatural. Sea como fuere, la lista no prestaba un mal servicio. A menos que se encontraran al borde de la inanición y no hubiera otra cosa disponible, los israelitas seguían un sabio consejo al no desperdiciar su tiempo en la caza de águilas, quebrantahuesos, gaviotas, etc., suponiendo en primer lugar que tuviesen alguna inclinación a comer criaturas que apenas ofrecen algo más que piel, plumas o mollejas casi indestructibles.

Cabe hacer observaciones análogas con respecto a la prohibición de fuentes alimentarias tan improbables para un pueblo continental como las almejas y las ostras. Y si Jonás sirve de ejemplo de lo que les ocurría a los israelitas cuando se hacían a la mar, éstos seguían también un buen consejo al no tratar de satisfacer su necesidad de carne cazando ballenas.

Pero permítaseme volver sobre el cerdo. Si los israelitas hubieran sido los únicos en prohibirlo me resultaría más difícil elegir entre distintas posibilidades a la hora de explicar el tabú antiporcino. Pero la presencia repetida de aversiones porcinas en diferentes culturas del Oriente Medio brinda un fuerte respaldo a la tesis de que la proscripción israelita constituía una respuesta a unas condiciones prácticas muy extendidas, y no a un conjunto de creencias exclusivamente relacionado con los conceptos de pureza e impureza, animales privativos de una religión determinada. Al menos para otras tres civilizaciones importantes del Oriente Medio –fenicios, egipcios y babilonios– el cerdo resultaba tan perturbador como para los israelitas. Esto, dicho sea de paso, echa por tierra la idea de que éstos lo prohibieron para «diferenciarse de sus vecinos», especialmente de sus enemigos. (Naturalmente, tras la dispersión de los judíos a lo largo y ancho del mundo cristiano, consumidor de cerdo, su abominación de éste se convirtió en una «seña de identidad» étnica. Ningún motivo les obligaba a renunciar al tradicional desprecio por su carne. Incapacitados para poseer tierras, su subsistencia tuvo que basarse en la artesanía y el comercio, en vez de en la agricultura. Por tanto, el rechazo de la carne de cerdo no trajo consigo ningún tipo de penalizaciones ecológicas o económicas. Además, quedaban muchísimas fuentes de alimentos de origen animal.) En los tres casos antes citados la carne de cerdo se consumió sin restricciones en la remota antigüedad. En Egipto, por ejemplo, pinturas e inscripciones de tumbas indican que, durante el Imperio Nuevo (1567-1085 a. C.), los puercos fueron objeto de un desprecio cada vez más acusado, así como de una prohibición religiosa. Heródoto, que visitó Egipto hacia el final de la época dinástica tardía (1088-332 a. C.), informó: «El cerdo es considerado entre ellos como un animal impuro, hasta el punto de que si al pasar un hombre lo tocare accidentalmente, correrá a toda prisa al río y se arrojará a él vestido».

Como sucedía en la Palestina romana, donde Jesús hace precipitarse a la piara gerasena en el mar de Galilea, algunos egipcios siguieron criándolos. Heródoto describe a estos porquerizos como una casta endógama de parias a quienes les estaba prohibida la entrada en todos los templos.

Una de las interpretaciones del tabú antiporcino de los egipcios es que refleja la derrota de los seguidores del dios Seth, que habitaban al Norte y eran consumidores de cerdo, a manos de los seguidores del dios Osiris, que provenían del Sur y se abstenían de comer su carne, y, por ende, la imposición de las preferencias dietéticas meridionales a las gentes del Norte. El punto débil de esta explicación radica en que, si hubo tal conquista, ésta ocurrió al comienzo mismo de la era dinástica y, por tanto, no concuerda con los indicios de que el tabú antiporcino cobró fuerza al final de dicha época.

Según mi propia explicación del tabú antiporcino de los egipcios, éste fue un reflejo del conflicto fundamental entre una densa población humana que abarrotaba un valle del Nilo desprovisto de árboles, y las necesidades alimentarias del cerdo, que afectan a productos vegetales que los seres humanos también pueden consumir. Un texto del Imperio Antiguo muestra con claridad meridiana que, en épocas de escasez, hombres y cerdos competían por la subsistencia: «... la comida es robada de la boca del cerdo, sin que se diga, como antes, "mejor es esto para ti que para mí". Así de hambrientos andan los hombres». ¿Qué clase de alimentos se arrebataban a la boca del cerdo? Otro texto del Segundo Período Intermedio, en el cual se hace ostentación del poder del monarca sobre las tierras, sugiere que se trataba de cereales aptos para el consumo humano: «Lo mejor de sus campos se siega para vosotros; nuestros bueyes están en el delta; se envía trigo para nuestros cerdos». Y el historiador romano Plinio cita la utilización de dátiles para cebar a los cerdos en Egipto. Esa especie de trato preferencial que requería la ganadería porcina egipcia tuvo que despertar fuertes sentimientos de animosidad entre los campesinos pobres, que no podían permitirse la carne de cerdo, y los porquerizos que abastecían las despensas de los ricos y poderosos nobles.

En Mesopotamia, lo mismo que en Egipto, el cerdo cayó en desgracia después de un largo período de popularidad. Los arqueólogos han descubierto figuras de arcilla que representan ejemplares domesticados en los asentamientos más antiguos junto a los ríos Tigris y Éufrates. El 30 por 100, aproximadamente, de los restos óseos de animales hallados en las excavaciones de Tell Asmar (2800-2700 a. C.) procede de cerdos.

Éstos se consumieron en Ur durante la época predinástica y en las primeras dinastías sumerias había porquerizos y carniceros especializados en su carne. Al parecer, cayó en desgracia cuando los campos de regadío sumerios se contaminaron con sal y hubo que sustituir el trigo por la cebada, especie vegetal que tolera mejor la sal pero de rendimientos relativamente bajos. Estos problemas agrícolas contribuyeron al derrumbamiento del Imperio Sumerio y al desplazamiento del centro de poder río arriba, a Babilonia. Durante el reinado de Hammurabi (circa 1900 a. C.) se siguieron criando cerdos, pero éstos desaparecen prácticamente del registro arqueológico e histórico de Mesopotamia a partir de las mencionadas fechas.

La reaparición más importante del tabú antiporcino tiene lugar con el Islam. La carne de cerdo, como ya se ha señalado, es la única que Alá prohíbe expresamente. Los seguidores beduinos de Mahoma compartían una aversión hacia el cerdo muy generalizada entre los pastores nómadas de tierras áridas. Cuando el Islam se expandió hacia el Oeste, desde la península arábiga hasta el Atlántico, encontró su más firme sostén entre los pueblos del norte de África, en cuya agricultura el cerdo sólo tenía una importancia secundaria o brillaba por su ausencia, y para los cuales la prohibición coránica del mismo no representó una privación dietética o económica significativa. Al Este, el Islam cobró también gran fuerza en el cinturón de regiones semiáridas que se extiende desde el mar Mediterráneo, a través de Irán, Afganistán y Pakistán, hasta la India. Esto no quiere decir que ninguno de los pueblos que adoptaron el Islam fuera anteriormente aficionado al cerdo. Pero sí que para la inmensa mayoría de los primeros conversos, hacerse musulmán no supuso grandes sacrificios por lo que respecta a la dieta y a las prácticas de subsistencia porque, desde Marruecos a la India, las gentes habían empezado a satisfacer sus necesidades de productos de origen animal a partir de vacas, ovejas y cabras mucho antes de que se escribiera el Corán. Dentro del mundo islámico, la ganadería porcina continuó practicándose esporádicamente allí donde las condiciones ambientales y ecológicas la favorecían.

Carlton Coon ha descrito uno de tales enclaves de tolerancia de la carne de cerdo: una aldea bereber en medio de los bosques de robles de la cordillera del Atlas, en Marruecos, cuyos habitantes, pese a ser oficialmente musulmanes, criaban cerdos que dejaban vagar en libertad por el bosque durante el día y recogían de nuevo por la noche. Los aldeanos negaban que practicaran la ganadería porcina, nunca llevaban los animales al mercado y los escondían a los visitantes. Éste y otros ejemplos de musulmanes tolerantes del cerdo sugieren que no se debe sobreestimar la capacidad del Islam para extirpar el consumo de éste por medios exclusivamente religiosos cuando las condiciones son favorables a su cría.

Cada vez que ha penetrado en regiones en las que esta ganadería era una de las bases del sistema agrícola tradicional, el Islam ha fracasado en el intento de ganar para su causa a porcentajes importantes de la población. Regiones tales como Malasia, Indonesia, las Filipinas y el África subsahariana, parcialmente adecuadas desde el punto de vista ecológico para la ganadería porcina, constituyen los límites exteriores de la expansión activa de dicha región. A lo largo de toda esta frontera, la resistencia de «paganos», musulmanes herejes y cristianos, todos ellos consumidores de cerdo, ha impedido que se convirtiera en la religión dominante. En China, uno de los centros mundiales de la producción porcina, el Islam apenas ha penetrado y su presencia queda fundamentalmente confinada a las regiones áridas y semiáridas al oeste del país. En otras palabras, hasta el día de hoy el Islam tiene un límite geográfico que coincide con las zonas ecológicas de transición entre las regiones boscosas, bien adaptadas a la ganadería porcina, y las regiones en que un exceso de sol y calor seco hacen de ésta una práctica arriesgada y costosa.

Aunque afirmo que los factores ecológicos subyacen en las definiciones de los alimentos puros e impuros, sostengo asimismo que no todos los efectos circulan en una misma dirección. Los hábitos dietéticos sancionados por la religión que se convierten en símbolos oficiales de conversión y pruebas de religiosidad pueden también ejercer una presión peculiar sobre las condiciones ecológicas y económicas que ocasionaron su nacimiento. En el caso de los tabús antiporcinos islámicos, la retroalimentación entre las creencias religiosas y las exigencias prácticas de la ganadería ha llevado a una especie de guerra no declarada entre cristianos y musulmanes en diversas zonas del litoral mediterráneo de la Europa meridional. Al rechazar el cerdo, los agricultores musulmanes rebajan automáticamente la importancia de la conservación de los bosques adecuados para su cría. Su arma secreta es la cabra, gran devoradora de bosques, que trepa con facilidad a los árboles para comer hojas y brotes. Fomentando la ganadería caprina, el Islam difundió en cierta medida las condiciones de su propio éxito.

Extendió las zonas ecológicas inadecuadas para la cría del cerdo y eliminó uno de los obstáculos principales para la aceptación de la palabra del Profeta. Así, la deforestación es particularmente visible en las regiones islámicas del Mediterráneo. Albania, por ejemplo, se divide en zonas bien diferenciadas, según estén habitadas por cristianos, que practican las crías de cerdos, o por musulmanes, que los aborrecen. Cuando se pasa de las segundas a las primeras, la superficie arbolada aumenta inmediatamente.

Pero sería erróneo deducir que el tabú islámico fue la causa de una deforestación forjada por la cabra. Después de todo, tanto la preferencia por vacas, ovejas y cabras como el rechazo del cerdo aparecieron en el Oriente Medio mucho antes que el Islam. Esta preferencia se basaba en las ventajas de costes y beneficios que, en comparación con otros animales domésticos, presentan en climas cálidos y áridos los rumiantes, por lo que se refiere a la producción de leche y carne, a las necesidades de tracción y a otros servicios y productos. Representa una decisión de corrección irreprochable desde los puntos de vista ecológico y económico, en la que se materializan miles de años de sabiduría colectiva y experiencia práctica. Pero como ya he señalado en relación con la vaca sagrada, ningún sistema es perfecto. Del mismo modo que la combinación de crecimiento demográfico y explotación política arruinaron la agricultura india, en los países islámicos el crecimiento demográfico y la explotación política también se cobraron sus tributos. Si la respuesta a las presiones demográfica y política hubiera sido criar más cerdos en vez de más cabras, los efectos negativos sobre los niveles de vida hubiesen sido aún más graves y se hubieran producido a niveles de densidad demográfica mucho más bajos.

Todo esto no quiere decir que una religión proselitista como el Islam sea incapaz de conseguir que algunas personas alteren sus hábitos dietéticos por respeto a mandamientos de origen divino. A menudo, sacerdotes, monjes y santos renuncian a alimentos sabrosos y nutritivos por piedad religiosa, no por necesidad práctica. Pero todavía no he encontrado ninguna religión floreciente cuyos tabúes dietéticos dificulten la buena alimentación del pueblo llano. Todo lo contrario, al resolver los enigmas de la vaca sagrada y el cerdo abominable, he demostrado ya que, a fin de cuentas, las aversiones y preferencias alimentarias más importantes de cuatro grandes religiones –hinduismo, budismo, judaísmo e islamismo– favorecen el bienestar ecológico y nutritivo de sus fieles.

¿Qué sucede con el cristianismo? Sólo existe un animal cuyo consumo hayan prohibido expresamente las principales formas del cristianismo. Dicho animal es tema de nuestro siguiente enigma.

5. La hipofagia

¿Por qué no comen carne de caballo los norteamericanos? ¿No les gusta la carne roja? Pues la de caballo lo es todavía más que la de vacuno. También es más dulce que aquélla, pero ¿puede eso interesarle a gentes que inundan solomillos y chuletones con salsas dulzonas como el ketchup y la steak sauce? En cuanto a su textura, posee una ventaja peculiar. Aunque los caballos nunca se han criado por la calidad de su carne, ésta es tierna no sólo cuando son aún potros, sino también en la madurez. Sólo los ejemplares cuyos músculos acaban de soportar un esfuerzo suelen tener una carne dura. Además, ésta es magra, sin vetas de gordo. En unos tiempos tan sensibles a las cuestiones dietéticas como los actuales, ¿qué podría resultar más atractivo que una carne roja y tierna con un montón menos de calorías y colesterol? El enigma de la carne de equino se hace todavía más desconcertante si echamos un vistazo a nuestro alrededor para ver lo que ocurre en otras culturas. Ésta se consume en la mayor parte de la Europa continental. Franceses, belgas, holandeses, alemanes, italianos, polacos y rusos la consideran, sin excepción, buena para comer y la consumen en cantidades considerables a lo largo del año. En Francia, donde una de cada tres personas come carne de caballo, el consumo per cápita asciende a 1,8 kilos anuales, cifra que supera las cantidades medias de ternera y cordero consumidas per cápita en los Estados Unidos. En Francia, pese al descenso de las ventas registrado desde la Segunda Guerra Mundial, sigue habiendo unos tres mil carniceros especializados en carne de caballo. Muchos europeos estiman que es no sólo más sabrosa, sino también más saludable que otras. En Japón su consumo tiene cada vez más partidarios. Ingrediente corriente en los platos sukiyaki y en productos a base de carne picada, la carne de caballo da cuenta del 3 por 100 de las proteínas cárnicas de la dieta japonesa. En los supermercados y restaurantes de moda de Tokio, los bistecs de cuarto trasero se venden al precio de los cortes más caros de vacuno. Los japoneses, por cierto, comen la carne de caballo cruda, preferencia que indudablemente se basa en su ternura.

El consumo de equino ha sufrido extraños altibajos. En la Edad de Piedra, los cazadores del Viejo Mundo se regalaban con carne de caballos salvajes. Los pastores asiáticos, que fueron los primeros en domesticarlos, siguieron siendo aficionados a su carne, lo mismo que los pueblos precristianos de la Europa septentrional. Los tabúes antiequinos aparecen por primera vez con los antiguos imperios del Oriente Medio. Los romanos también compartieron este rechazo y durante la Edad Media, cuando una bula papal prohibió su carne a todos los cristianos, el caballo estuvo, por lo que parece, a punto de convertirse en una especie de vaca sagrada a la europea. En tiempos de la Revolución Francesa su carne empezó a recobrar el favor de los europeos. Y a finales del siglo XIX, éstos, con excepción de los británicos, habían vuelto a comerla en grandes cantidades.

En vísperas de la Primera Guerra Mundial, los parisienses consumían trece mil toneladas anuales. Pero desde la última contienda, la tendencia, como ya se ha señalado, se ha vuelto a invertir una vez más. Hoy día, los restaurantes de carne de caballo, otrora corrientes en Francia y Bélgica, están desapareciendo poco a poco. ¿A qué obedece esta extraña pauta de apariciones y desapariciones que se observa en Europa? ¿Por qué no prendió el consumo de carne de caballo en Inglaterra y los Estados Unidos? Retrocedamos a la Edad de Piedra. Al pie de un despeñadero cerca de Solutré-Pouilly, en Borgoña, Francia, yace una pila de huesos fósiles de caballo de un metro de profundidad que cubre una superficie de, aproximadamente, seis hectáreas. Este célebre cementerio equino se formó debido a la acción de los cazadores paleolíticos, que provocaban estampidas en las manadas de caballos salvajes con el fin de precipitarlas por el abismo. Después, descendían para cortar las partes más apreciadas, dejando el resto del cuerpo donde había caído (tal como hacían los cazadores de bisontes de las Grandes Llanuras). Las cuevas en que vivieron estos cazadores también están repletas de huesos de caballo resquebrajados o partidos en dos, testigos de los festines sibaritas de tuétano celebrados en la época. Los hombres de la Edad de Piedra no sólo comieron más equinos per cápita y año que cualesquiera otras gentes anteriores o posteriores, sino que también realizaron más pinturas de caballos sobre las paredes de sus cuevas que de cualquier otro animal (inmediatamente después vienen los bisontes; ciervos y renos ocupan el tercer lugar). ¿Quiere esto decir que comían más carne de equino que de cualquier otro animal, o sencillamente, que no lograban conseguir toda la que deseaban? Desconozco la respuesta, pero estoy seguro de que sólo unos consumados admiradores de estos animales, vivos y muertos, hubieran podido crear esas criaturas de asombrosa belleza que galopan por las paredes y techos de las galerías de arte rupestre. Menciono esto para desengañar a los actuales amantes de los caballos de la idea de que éstos no pueden ser al mismo tiempo objetos de contemplación y de consumo.

La gran época de la caza de equinos duró poco, al menos desde un punto de vista geológico. El clima se hizo más cálido; los bosques sustituyeron a las praderas, y los caballos ya no pudieron pastar formando densas manadas en Europa occidental. En Asia, sin embargo, las estepas no arboladas que se extienden desde Ucrania a Mongolia siguieron cubiertas con una rala capa de hierba, suficiente para mantener a las manadas supervivientes. Y fue allí, en esa vasta extensión de praderas semiáridas, donde los seres humanos domaron por primera vez al caballo, integrándolo así en el conjunto de especies domesticadas. No puede afirmarse con exactitud cuándo y dónde ocurrieron estos hechos. Pero sí se conoce un dato decisivo: fue muy tarde en comparación con la domesticación de otros animales. En algún momento entre el 400 a. C. y el 3000 a. C., uno o varios pueblos que habitaban en los márgenes de las estepas asiáticas y ya conocían los bueyes y las ovejas, desarrollaron las primeras variedades domésticas. Los antropólogos han intentado reconstruir el papel de los caballos en estas primeras culturas equinas. Se dispone de estudios sobre algunos pastores nómadas del Asia central, como los yakutos, los kirghizes y los kalmuckos, que hasta hace poco conservaban muchas de las costumbres de sus antepasados. La existencia de estos pastores dependía, en su totalidad, del caballo, no sólo porque les proporcionaba alimentos, sino porque les permitía criar vacas y ovejas mediante el escaso pasto natural que crece en las estepas. La única manera de subsistir en un mundo carente de árboles y azotado por los vientos consistía en dispersar las vacas y ovejas a lo largo de centenares de kilómetros cuadrados y mantenerlas en constante movimiento en busca de pasto y agua. En el Oeste, más cerca de Europa, donde tanto las precipitaciones como la hierba son algo más abundantes, los nómadas montados pastoreaban más vacas que ovejas; en el Este, cerca de Mongolia, donde predominan condiciones semidesérticas, más ovejas que vacas. En ambas situaciones, la contribución del caballo era la movilidad: permitía a sus dueños ocuparse de rebaños muy dispersos y moverse con rapidez para disipar las amenazas de vecinos enemistosos más interesados en robar el ganado de otros que en criar el propio.

El caballo era el más importante instrumento de producción y la posesión más preciada de los pastores asiáticos. Éstos satisfacían las necesidades de comida y bebida de sus monturas antes de atender a las suyas propias o las de los demás animales que poseían. Durante los meses de verano, cuando ovejas y cabras dejaban de dar leche por falta de pienso, los nómadas se concentraban en la alimentación de sus caballos, especialmente de las yeguas, cuya leche tomaban en forma de un brebaje fermentado y ligeramente embriagador denominado kumiss. Los nómadas tenían fama de ser muy cariñosos con sus cabalgaduras; sus canciones de amor hablaban de ellas y nunca las maltrataban sin motivo. Nada de esto, empero, les impedía sacrificar las yeguas más gruesas con ocasión de los festines que celebraban los héroes y los «grandes hombres», ni tampoco servir carne de caballo hervida y en forma de salchichas a los invitados a las bodas. En este aspecto, los pastores del Asia central se parecían a los beduinos del interior de Arabia que se estudiaron en el capítulo anterior. La carne de caballo resultaba indispensable como ración de emergencia durante los viajes largos. A juzgar por el comportamiento de los ejércitos mongoles de época posterior, la libertad para consumirla era para ellos una necesidad militar. Durante las marchas bebían sangre de caballo hasta que el animal se desplomaba, y después devoraban el cadáver. Volveremos sobre ello más adelante.

Probablemente, los primeros tabúes antiequinos no aparecieron hasta que las populosas civilizaciones agrícolas de Asia y el Oriente Medio empezaron a importar caballos de sus vecinos nómadas para adaptarlos a sus propias necesidades. A los primeros imperios del Oriente Medio, con sus densas poblaciones humanas y nutridas cabañas de rumiantes, les resultaba difícil criar grandes cantidades de caballos. Éstos, al alimentarse de hierba, no compiten con el ser humano como los cerdos, pero necesitan, en cambio, mucho más pasto que las vacas, las ovejas o las cabras. Los caballos, como supieron ver los israelitas, no rumian, sino que digieren las sustancias fibrosas en una sección muy ensanchada del sistema digestivo, denominada caecum, que se sitúa entre los intestinos delgado y grueso. Al no ser rumiantes y tener la cuba de fermentación situada al final, y no al principio, del intestino delgado, su eficacia a la hora de digerir la hierba es inferior en un tercio a la de ovejas y vacas. En otras palabras, los caballos criados mediante pasto natural necesitan un 33 por 100 más de hierba que las vacas o las ovejas sólo para mantener su peso. La desventaja real es, sin embargo, aún mayor. Los equinos son animales muy activos con tasas metabólicas elevadas. Queman calorías mucho más deprisa que las vacas y, por consiguiente, necesitan, más alimento por cada kilo de peso. Para expresarlo con mayor claridad: la domesticación del caballo supone la domesticación previa de rumiantes herbívoros que produzcan leche y carne con mayor eficacia. He aquí la razón de que el caballo se domesticase tan tarde. Nadie lo hubiera hecho nunca para conseguir carne o leche; desperdicia demasiada hierba para utilizarlo primordialmente con tales propósitos. Esto explica también por qué nadie, ni siquiera los nómadas supervivientes del Asia central, con su pasión por el kumiss, se ha molestado jamás en seleccionar a las yeguas por su productividad lechera (olvido, por cierto, que hacía del ordeño de las yeguas una actividad sumamente peligrosa que los kirghizes, por ejemplo, confiaban a los varones más experimentados).

¿Para qué deseaban caballos las civilizaciones agrícolas? Poco después de su domesticación y de que se desarrollara el arte de engancharlos a carros, se les destinó a un uso que dominó los fines de los criadores de caballos hasta la época medieval. Todas las civilizaciones agrícolas de la Antigüedad que surgieron en la periferia de Asia querían el caballo como máquina bélica. Desde China hasta Egipto, los guerreros de la Edad del Bronce antiguo se lanzaban a la batalla en carros tirados por caballos; desde ellos, arrojaban lanzas y flechas, y de ellos saltaban para entablar combates cuerpo a cuerpo. La utilización de los equinos como monturas militares empezó hacia el 900 a. C., coincidiendo con la aparición de los imperios asirio, escita y medo. A partir de entonces, con la invención de las sillas de montar y los estribos, los soldados tuvieron que aprender el manejo de espadas, lanzas, arcos y flechas a horcajadas sobre sus cabalgaduras. Durante tres mil años, los imperios ascendieron y cayeron literalmente a lomos de caballos: caballos criados por su velocidad, nervio y firmeza en el fragor de la batalla, no por la carne y la leche que pudieran ofrecer. Los ataques de la caballería huna contra China fueron la razón de que se empezara a construir la Gran Muralla en el 300 a. C. y la conquista romana de Gran Bretaña comenzó con una incursión de la caballería romana de César en el 54 a. C.

Un pasaje maravilloso del Libro de Job muestra por qué los caballos tenían más valor para la guerra que para la cocina en casi todo el mundo antiguo.

> ¿Das tú al caballo la fuerza,
> revistes su cuello de ondulantes crines?
> ¿Le enseñas tú a saltar como la langosta,
> a resoplar fiera y terriblemente?
> Piafa en el valle y alégrase briosamente,
> sale al encuentro de las armas,
> ríese del miedo, no se empavorece,
> no retrocede ante la espada;
> cruje sobre él la aljaba,
> la llama de la lanza y la saeta;
> con estrépito y resoplido sobre la tierra,
> no se contiene al sonido del clarín;

cuando resuena la trompeta, dice: «¡Ea!»;
y huele de lejos la batalla,
el clamor de los jinetes y el tumulto.

Este pasaje subraya, una vez más, la diferencia entre un animal que es demasiado costoso criar como alimento pero presta servicios valiosos, y uno que también lo es y que no los presta. Así, pese a no ser rumiante (ni tener la pezuña hendida) y, por lo tanto, no ser apto para consumo, el caballo siguió siendo para los israelitas, lo mismo que para los demás pueblos de la Antigüedad, un animal que se podía mirar y tocar.

Los romanos manifestaban tan poca inclinación como los israelitas a comer su carne. En la alta cocina romana, célebre en otros aspectos por sus platos exóticos, el caballo era desconocido. Es significativo, en cambio, que los platos a base de asno, pariente más pequeño y militarmente prescindible del caballo, fueran manjares estimados en los banquetes, y eso que un asno era más caro que un esclavo. Al abstenerse de comer carne de caballo, los romanos reconocían, de hecho, que éste era un bien inapreciable para ellos, y los acontecimientos acabarían por darles la razón. Se han propuesto muchas teorías para explicar el derrumbamiento del Imperio Romano. Pero se puede afirmar sin temor a equivocarse que, cualesquiera que fueran las causas de los problemas sociales y políticos de Roma, el caballo fue el que derrotó a sus ejércitos. La Europa meridional, con sus densas poblaciones de humanos y de rumiantes, carecía de pastos naturales y, por ende, estaba mal adaptada para la cría de grandes cantidades de caballos de guerra.

Además, aunque los romanos autóctonos eran excelentes soldados de infantería, a caballo se encontraban en situación de desventaja. Para defenderse de los bárbaros que amenazaban el Imperio desde la ribera opuesta del Danubio, los romanos contrataban a sus propios jinetes bárbaros: escitas, sármatas, hunos, hombres que aprendían a montar antes que a andar, se criaban entre corceles, eran capaces de disparar el arco en pleno galope, comían carne de caballo, bebían leche de yegua, y en caso de emergencia podían alimentarse absorbiendo la sangre de una vena abierta en el cuello de su cabalgadura. Hablando de los hunos, el historiador romano Marcelino escribió: «Los hunos tropiezan a cada paso; sus pies no están hechos para andar: viven, velan, comen, beben y celebran consejo a lomos de caballo». Al otro lado del Danubio siempre había nuevas tribus con más caballos que hombres presionando contra la frontera. Éstos eran los «bárbaros», ante quienes Roma acabaría por sucumbir; los godos y visigodos que, en el 378 d. J. C., derrotaron a las legiones romanas en Adrianópolis y que, en el 410 d. J. C., saquearon la propia ciudad de Roma; los vándalos que, en el 429 d. J. C., asolaron la Galia romana y España camino del norte de África. Los jinetes mongoles, que posteriormente conquistaron Eurasia, desde China a las llanuras húngaras, pertenecían a este mismo grupo de pueblos. Los guerreros de Gengis Kan podían recorrer fácilmente 150 kilómetros diarios. Ya he señalado que, durante las marchas forzadas, subsistían gracias a la sangre de sus caballos.

Cada guerrero, que viajaba con una recua de 18 caballos, abría una vena en un animal distinto a intervalos de diez días; los caballos que no podían resistir el ritmo eran comidos.

Europa, bastión de la cristiandad, estaba de hecho amenazada desde el Sur, el Norte y el Oeste por hordas de jinetes nómadas que subsistían gracias al pastoreo. Tras de la caída de Roma, durante la alta Edad Media, el mayor peligro lo planteó el intento de los ejércitos islámicos de difundir su fe por medio de la guerra santa. Apenas setenta años después de la muerte de Mahoma, en el 632 d. J. C., los musulmanes habían alcanzado al mando del general Al-Tarik la roca que, a partir de entonces, habría de llamarse Jabal-al-Tarik o, dicho deprisa, «Gibraltar», esto es, «Montaña de Tarik», y se preparaban para conquistar España. En esos setenta años habían extendido sus dominios desde Mesopotamia hasta el Atlántico. Si bien fue el camello el que hizo posible la conquista inicial de Arabia, el caballo constituyó a partir de ese momento su principal arma militar. Los soldados del Profeta utilizaban al primero para el transporte de provisiones pero no para el combate, excepto en batallas que tuvieran lugar en las profundidades del desierto. El ritmo extraordinario de sus conquistas se debió casi totalmente al hecho de que utilizaron como cabalgadura una variedad equina pequeña, veloz y resistente que, «en machos y hembras, poseía esa capacidad de aguante y ese valor inigualables que aún hoy distinguen a la raza árabe». Según un proverbio árabe, cada grano de avena que un hombre dé a su caballo se anota en el cielo como una buena obra. Y aunque el Corán no lo prohibía, los árabes sólo comían carne de equino en las emergencias más extremas.

En el 711, las fuerzas islámicas cruzaron el estrecho de Gibraltar y conquistaron la totalidad de España. En el 720, habían atravesado los Pirineos, alcanzando, en el máximo de su penetración septentrional, el valle del Loira. Pero, en el 732, un ejército franco, al mando de Carlos Martel, cortó su avance cerca de Tours, en la que sería una de las batallas más importantes de todos los tiempos. Hay dos explicaciones opuestas de la victoria cristiana sobre los musulmanes. De acuerdo con la primera de ellas, la fuerza de jinetes con armaduras pesadas y caballos de gran tamaño reunida por Martel resultó invencible para los árabes, que portaban un armamento más ligero y montaban corceles más pequeños. Según la otra, la caballería árabe fue incapaz de atravesar la falange compacta que formaba la valerosa infantería franca. Ahora bien, si la infantería triunfó efectivamente en Tours sobre la caballería, el precio en bajas tuvo que ser muy alto. Por lo demás, el propio Martel y sus nobles sobrevivieron a la batalla, pero eso sí, bien cubiertos por armaduras y a lomos de robustos corceles. Todo el mundo coincide en que, a partir de entonces, la táctica militar cambió en Europa, dejando de depender del reclutamiento de un gran número de soldados de infantería para basarse en «contingentes de vasallos nobles montados a caballo, más reducidos en número pero muy bien equipados». Así pues, si Martel no ganó la batalla gracias a la fuerza ecuestre, se debió sencillamente a que todavía no había el suficiente número de nobles provistos de armaduras y de caballos pesados. En todas las grandes batallas registradas posteriormente en Europa la caballería pesada, que utilizaba animales criados especialmente para soportar el peso extra de la armadura, sería el elemento decisivo.

Entre tanto, en el Norte subsistían aún pueblos paganos, desde los polacos hasta los islandeses, que seguían practicando sus antiguas costumbres por lo que se refiere al sacrificio de animales, y que daban muerte a equinos y consumían su carne. Los Padres de la Iglesia, cuya supervivencia estaba amenazada por la caballería musulmana, sólo podían ver con malos ojos esta afición hipofágica y, en el 732 d. J. C., el papa Gregorio III escribió una carta a san Bonifacio, apóstol de los germanos, en la que le ordenaba poner fin a estas prácticas. Por el tono de la misiva se deduce que la idea de que alguien pudiera comer caballo le escandalizaba profundamente:

> Mencionaste, entre otras cosas, que unos cuantos [de los germanos] comen caballo salvaje y todavía más caballo domesticado. Bajo ninguna circunstancia has de permitir, santo hermano, que esto se haga. Antes bien, impónles un castigo adecuado con todos los medios que, con la ayuda de Cristo, tengas para impedirlo. Pues esa costumbre es impura y detestable.

¿Es una coincidencia que el 732 d. J. C. sea también la fecha de la batalla de Tours? Lo dudo. Defender el caballo era defender la fe.

El tabú papal antiequino representó una desviación extraordinaria con respecto a los principios que regían las definiciones eclesiásticas de los alimentos buenos para comer. Los tabúes que tenían por objeto alimentos concretos estaban en contradicción con el espíritu de proselitismo universalista del cristianismo. Desde la época de san Pablo, la Iglesia se había opuesto a cualquier tabú dietético que se pudiera alzar como obstáculo en el camino de un posible converso. Dios, como se afirma en Hechos de los Apóstoles (15:29), sólo exige a los cristianos que se abstengan «de las carnes inmoladas a los ídolos, de sangre y de lo ahogado». El caballo es la única excepción (aparte de los días de ayuno y del tabú no escrito contra la carne humana).

Después de la bula de Gregorio III, el sacrificio de caballos por su carne fue muy poco frecuente en ninguna parte de Europa, a menos que se tratase de animales cojos, enfermos o decrépitos o hicieran falta como raciones de emergencia durante períodos de escasez y asedios. El caballo nunca dejó de ser un animal sumamente caro y su coste se encareció aún más cuando la densidad demográfica de la Europa septentrional empezó a aproximarse a la del Sur y los bosques, eriales y pastos comenzaron a desaparecer. Los caballos tuvieron que ser alimentados cada vez más mediante cereales –cebada en el sur, avena en el norte–, con lo que entraron en directa competencia con el ser humano por los alimentos. Un censo de las posesiones feudales llevado a cabo en 1086 en tres condados ingleses muestra que sólo había 0,2 caballos por explotación campesina, comparados con 0,8 vacunos, 0,9 cabras, 0,3 cerdos y 11,0 ovejas.

Durante la época medieval, la posesión de un corcel era el rasgo definitivo del «caballero» o del señor. La propia palabra «caballería» lo dice todo. Simboliza el altísimo valor que se otorgaba al jinete fuertemente armado –el caballero–, el cual recibía de su señor tierras y mano de obra suficiente para sufragar su caballo y su armadura, y que, a cambio, prestaba a éste servicios militares. Desde esta perspectiva, el feudalismo fue, en esencia, un contrato militar para la provisión de caballería pesada. Encarnaba «la supremacía de la caballería sobre la infantería y la sustitución de ésta por el castillo, que servía de base de operaciones para la primera». Pero no valía cualquier caballo (recuérdese al Rocinante de Don Quijote). Hacía falta uno bien grande para transportar al jinete más los 60 kilos de armadura y cuchillería diversa. En el siglo XVI un buen caballo de guerra seguía costando más que un esclavo. El historiador Fernand Braudel refiere que incluso un potentado como Cósimo de Medici, de Florencia, podía arruinarse al tratar de sostener una guardia de apenas dos mil jinetes. La escasez de caballos impidió a España consolidar su dominio sobre Portugal; a lo largo del reinado de Luis XIV Francia tuvo que importar entre veinte y treinta mil caballos anualmente para mantener las campañas de sus ejércitos, y en Andalucía o Nápoles era imposible comprar «purasangres» sin el permiso del rey en persona. En cierto sentido, se trataba al caballo como si fuese una especie escasa y en peligro de extinción.

Nada de esto quiere decir que las clases más pobres se abstuvieran completamente de comer su carne. La situación no debía ser muy diferente de la que predomina en la India con respecto a la carne de vaca. Mientras que las castas superiores ven en la vaca un animal sagrado y consideran la ingestión de su carne como algo análogo al canibalismo, millones de reses viejas y no deseadas son objeto de consumo por parte de castas que viven de trabajar el cuero y comen carroña. Seguramente, las clases agrícolas pobres de Europa practicaron, en cierta medida, el sacrificio y consumo clandestinos de caballos superfluos. Tal vez se comieran también los caballos que fallecían de muerte natural. Las autoridades de la historia de la hipofagia coinciden en que ésta nunca cesó del todo en Europa, a despecho de la misiva de Gregorio III y de los numerosos decretos reales y municipales encaminados a desterrarla. En la Suiza del siglo XI los monjes comían «caballos salvajes» (posiblemente animales que se habían escapado de sus dueños y vivían en valles inaccesibles). En 1520 se celebró un festín de carne de caballo en Dinamarca y en la armada española se comía «venado rojo», eufemismo para la carne de potros jóvenes, sacrificados, según cabe suponer, a causa de algún defecto o enfermedad. Seguramente, los pobres comían carne de caballo siempre que podían conseguirla, en especial, porque en muchos casos ésta era presentada como venado o jabalí o se consumía en forma de salchichas.

Si se tiene en cuenta la posibilidad de que en ocasiones los campesinos necesitados consumieran clandestinamente pequeñas cantidades de carne de caballo, no parece que las leyes medievales encaminadas a desalentar el sacrificio de éstos con vistas a su consumo causaran grandes apuros o reflejaran una administración notoriamente mala de los recursos equinos. Durante la época medieval, sobre todo después de que las grandes epidemias del siglo XIV recortaran a la mitad la población, las gentes del común consumían cantidades de carne bastante considerables. De hecho, según Braudel, la Europa de la baja Edad Media era el centro mundial del consumo de carne. ¿Qué falta hacía la carne de caballo cuando había tal abundancia de cerdo, cordero, cabra, aves de corral y vaca, sin mencionar el pescado? Casi todas las familias poseían un cebón, que criaban en estado semisalvaje a base de bellotas y cuya carne, una vez sacrificado el animal, salaban o ahumaban para el invierno. Si la carne de caballo era más barata que la de otros animales, ello se debía, exclusivamente, a que las gentes la conseguían de forma clandestina, a partir de animales robados, enfermos o muertos.

Nunca hubieran podido permitirse comprarla en los mercados normales. Mientras la población equina siguió siendo reducida, la carne de caballo no pudo competir con las demás por la sencilla razón de que no había suficientes equinos superfluos destinables al consumo humano (y criarlos para carne era absolutamente impensable).

Los caballos, empero, no habrían de conservar su condición de especie rara y en peligro de extinción durante mucho tiempo. Ya en la propia Edad Media la época del caballo de guerra empezó a dar paso a la del caballo de arado. A lo largo y ancho de la Europa septentrional, los campesinos ricos aprendieron a explotar las variedades más pesadas y fuertes, desarrolladas para transportar a los caballeros con sus armaduras durante las batallas. Enganchados a los nuevos y pesados arados, que disponían de ruedas de hierro, por medio de otro gran invento, la collera, variedades como los drysdales, los belgas y los shires ofrecían sin dificultad mejores rendimientos que los bueyes, sobre todo en los húmedos suelos del Norte.

Con el fin de mantener el creciente número de equinos, los agricultores tuvieron que incrementar su producción de avena. Esto se consiguió por el sistema de dividir las explotaciones en tres campos: uno en barbecho, otro dedicado al trigo, que se plantaba en otoño, y el tercero dedicado a la avena, que se plantaba en la primavera. Los agricultores descubrieron que, al arar con caballos, fertilizar con estiércol y rotar los campos cada año, podían alimentar a sus animales de tiro y, al propio tiempo, aumentar la producción de cereales y ganado con destino al consumo humano. Fue la revolución verde medieval. Pero no todo era perfecto. Como sucede en las revoluciones agrícolas de nuestros días, muchos cultivadores se enriquecieron, pero muchos más se empobrecieron. El paso a la tracción equina y el sistema de tres campos dio lugar no sólo a un rápido aumento de la productividad agrícola, sino también a un incremento análogamente rápido de la población.

Para conseguir economías de escala, los agricultores grandes se tragaron a los chicos. Y gracias, en buena medida, a la mayor eficacia del caballo se registró un descenso en la demanda de braceros en el sector agrícola. Esto provocó emigraciones masivas a las villas y ciudades, y agravó el desequilibrio en la distribución de la renta entre las clases ricas y las pobres. Al objeto de aumentar la superficie cultivada con avena, se talaron los bosques que aún subsistían, con el consiguiente efecto negativo sobre la capacidad de las familias del común para consumir carne. El cebón familiar desapareció, el hambre y la desnutrición aumentaron, y un gran número de personas descubrió, no por primera ni última vez, que el progreso tecnológico las condenaba a una dieta fundamentalmente vegetariana, compuesta en su mayor parte de centeno, avena y cebada, que ingerían en forma de gachas y de pan.

Y, sin embargo, en medio de esta miseria y escasez de carne, la población equina siguió aumentando. Braudel calcula que, en vísperas de la Revolución Francesa, había 14 millones de caballos en toda Europa, y 1.781.000 solamente en Francia. Una sucesión ininterrumpida de reales decretos, emitidos en 1735, 1739, 1762 y 1780, revigorizó la proscripción de la carne de caballo y simultáneamente formuló la advertencia de que quienes la ingirieran enfermarían: pruebas, a mi entender, de que las gentes, que anhelaban consumirla, estaban intensificando sus esfuerzos por conseguir la carne prohibida. La limitación del consumo de la misma no tardó en convertirse en uno de los muchos intereses de clase antagónicos que provocaron el levantamiento revolucionario francés. Los aristócratas, los militares de alta graduación y los agricultores ricos temían probablemente que, en caso de autorizarse un mercado legal para la carne de equino, subiría el precio de la avena, se robarían más caballos con intención de sacrificarlos rápidamente en el matadero y se mancillaría uno de los grandes símbolos de la justa dominación de los hombres y mujeres de noble cuna sobre la plebe. En el París del período del Terror, en 1793-1794, las cabezas de los enemigos del pueblo fueron a parar a cestos, y sus corceles, a los pucheros de la amas de casa.

Ahora fueron los intelectuales y científicos franceses quienes recogieron el testigo en la reivindicación de un consumo público y libre de la carne de caballo. Uno de sus principales defensores fue el barón Dominique Jean Larrey, cirujano-jefe de los ejércitos de Napoleón e inventor de la ambulancia. Seguramente, los soldados y civiles comunes sabían ya que se podía subsistir sin problemas de salud a base de carne de caballo, siempre que el animal no estuviese enfermo y la carne ingerida todavía fresca. Al parecer, el barón Larrey no estaba al tanto de esta información. Para él fue una sorpresa descubrir que los heridos que, tras la batalla de Eylan, en 1807, consumieron abundantemente carne de caballos recién muertos, no sólo se recuperaban de sus heridas, sino que gozaban de buena salud y eran inmunes al escorbuto. A partir de entonces, los oficiales del ejército francés ya no dudaron en permitir a sus hombres el consumo de los animales muertos en combate, y el sacrificio de caballos para paliar el hambre durante asedios y largas retiradas, como la de Moscú en 1812, se convirtió en una maniobra logística habitual.

Tras la derrota de Napoleón, los políticos conservadores franceses intentaron reinstaurar la prohibición de la carne de equino. Pero una larga lista de distinguidos científicos y académicos reanudó la lucha contra los prejuicios y fobias crónicos hacia la carne de caballo y sus consumidores que manifestaban los aristócratas y muchos burgueses franceses (entre los que se contaban probablemente personas interesadas en proteger las carnes de vaca, cordero y cerdo frente a un competidor más barato, aunque sobre esto no poseo una información concluyente). Hombres como Antoine Parmentier, célebre también por su defensa de la patata; Emile Decroix, veterinario-jefe del ejército francés, y el naturalista Isidore Geoffroy Saint-Hilaire afirmaron que denegar el derecho a comer carne de caballo era una supervivencia supersticiosa del ancien régime y una amenaza para el bienestar de la clase obrera francesa. En pro de la causa, la facción parisiense de los partidarios de su consumo celebró, a lo largo del decenio de 1860, una serie de banquetes elegantes a base de carne de caballo, entre ellos uno en el Gran Hotel y otro en el Jockey Club. Todo ello supuso un buen entrenamiento para el asedio de París por los alemanes en 1871. Apremiados por la necesidad, los parisienses se comieron todos los caballos a los que pudieron echar mano: de sesenta a setenta mil. (También acabaron con todos los animales del zoológico.) A finales de siglo, los entusiastas del consumo de equino habían conseguido legalizar la industria de la carne de caballo y establecer servicios públicos de inspección al objeto de garantizar a los consumidores la inocuidad de la mercancía. El ayuntamiento de París la eximió incluso del impuesto sobre la venta. Para completar la transformación, los médicos franceses descubrieron de repente que era más saludable que el vacuno y la recetaron como remedio contra la tuberculosis.

Aunque muchos europeos siguen considerando todavía que la carne de caballo es buena para comer, la cantidad de ésta que se consume hoy en día ha descendido considerablemente con respecto a la primera mitad del siglo. La razón de este declive no es difícil de descubrir. Las presiones para que se crease un mercado legal de dicha carne presuponían la existencia de grandes cantidades de caballos superfluos cuya carne, de lo contrario, se hubiera comercializado de forma clandestina y en condiciones deficientes, si no peligrosas. A finales del siglo XIX había cerca de tres millones de caballos en Francia. La población equina alcanzó su cota máxima en 1910, disminuyó lentamente después de la Primera Guerra Mundial y, finalmente, cayó en picado, pasando de aproximadamente dos millones en 1950 a 250.000 en 1983, no más, probablemente, de los que existían en Francia antes de la invención de la collera. Este declive se debió, como es lógico, al advenimiento del transporte motorizado, a la sustitución de los animales de tiro por tractores en las explotaciones agrícolas y de los caballos por vehículos a motor en las fuerzas armadas. A medida que descendió el número de caballos destinables al matadero, la demanda de su carne tuvo que satisfacerse mediante la importación. Los precios subieron; la demanda decayó. A finales del decenio de 1930, los cortes de cuarto trasero eran ya más caros que las piezas comparables de vacuno y el proletariado no podía permitirse ninguna de las dos. Sin embargo, se la seguía considerando como un alimento propio de pobres. Los gourmets más destacados de Francia jamás incluyeron recetas a base de carne de caballo en sus libros de cocina. Con la subida de los niveles de vida de la última posguerra, los franceses tuvieron acceso a mayores cantidades de vacuno, cerdo y aves de corral que nunca. Y dado que la carne de caballo se sigue identificando con un alimento de pobres, todavía subsisten recelos acerca de su salubridad, los precios han subido a seis o siete dólares el kilo y hay otras carnes más prestigiosas que resultan más baratas, la continuación del declive de su popularidad parece garantizada.

Permítaseme resumir por qué los gustos europeos en materia de carne de caballo se han ajustado a esta peculiar pauta de altibajos. Cuando los equinos eran una especie escasa y en peligro de extinción necesaria para la guerra y abundaban las demás fuentes de carne, la Iglesia y el Estado prohibieron el consumo de su carne; la proscripción se relajó y el consumo aumentó cuando creció el número de caballos y se hicieron más escasas las demás fuentes de carne; pero ahora que los primeros vuelven a escasear y abundan las segundas, el consumo de equino se encuentra en pleno declive.

Esta ecuación se puede aplicar a Inglaterra con resultados sumamente interesantes. Inglaterra, que fue el centro más temprano y urbanizado de la Revolución Industrial, dejó de ser autosuficiente con respecto a la producción alimentaria durante el siglo XVIII. Los ingleses resolvieron el problema del suministro de alimentos creando, gracias a su armada y a su ejército, el mayor imperio ultramarino de la historia e imponiendo condiciones comerciales que les permitían importar alimentos a precios favorables en comparación con el valor de las mercancías manufacturadas que exportaban. El resultado paradójico de esta falta de autosuficiencia fue que, en Inglaterra, las gentes del común nunca sufrieron tantas privaciones como las del continente por lo que se refiere al consumo de vacuno, cerdo y ovino. De hecho, a medida que se expandió su imperio durante los siglos XVIII y XIX, los ingleses fueron extendiendo su dominio a tierras de pasto cada vez más distantes en que poder criar ganado destinado a suministrarles carne barata. La primera región que sirvió a esta función fue Escocia, que vio deforestadas y convertidas en pastos extensas partes de su territorio en aras del abastecimiento con carne de vacuno y ovino (y con lana) de Inglaterra. Así fue como las tierras altas de Escocia se incorporaron a la esfera de influencia de Inglaterra a principios del siglo XVIII y quedaron, a partir de entonces, «relegadas al papel de zona de pastoreo económicamente atrasada».

Una suerte análoga corrió Irlanda. Cuando el campo irlandés cayó bajo el dominio de los terratenientes ingleses, se expulsó a los labradores nacionales de las mejores tierras de cultivo con el fin de hacer sitio para el ganado vacuno y porcino.

Éste no se destinaba al consumo local, sino que se utilizaba para suministrar carne salada a bajo precio al proletariado inglés de Manchester, Birmingham y Liverpool, a la sazón centros industriales en pleno auge. Aun en el punto culminante de la gran crisis de subsistencias de 1846, debida a la pésima cosecha de patatas, Irlanda exportó medio millón de cerdos a Inglaterra y, hasta el día de hoy, sigue siendo uno de los principales exportadores mundiales de carne de vacuno. Hacia finales del siglo XIX la banca inglesa se hizo con el control de la industria cárnica argentina, convirtiendo la carne de vacuno argentina, criado a base de hierba, en uno de los elementos básicos de la dieta inglesa. Por todo ello, aunque a lo largo del siglo XIX se realizaron en Inglaterra tímidos intentos de comercializar la carne de caballo, la relativa abundancia de la carne de rumiante importada amortiguó las presiones para que se la utilizase como subproducto de servicios que rendían los caballos.

Por lo que respecta a la segunda parte de la ecuación –la relativa abundancia de equinos–, carezco de cifras en firme. Pero un dato es evidente: la expansión del Imperio británico dependió en buena medida de la superioridad de las fuerzas ecuestres inglesas, con sus cabalgaduras perfectamente cuidadas y entrenadas y sus brigadas de elite. Abstenerse de comer carne de caballo equivalía a reconocer las pretensiones aristocráticas de estas fuerzas, pero también a respaldar su capacidad de combate. El sacrificio no era muy grande para nadie porque la caballería devolvía el favor convirtiendo al pueblo inglés en el mayor consumidor de vacuno, ovino y porcino después de los norteamericanos.

Pasemos ahora al aspecto norteamericano del rompecabezas. Como en el resto del mundo, en los Estados Unidos nunca se criaron caballos por su carne o su leche debido a su relativa ineficacia en comparación con vacunos y porcinos. Los caballos abundaron a partir de la época colonial, pero no tanto como las restantes fuentes de carne. Así, a diferencia de lo que sucedió en Europa, en Norteamérica nunca se desarrolló una gran demanda de consumo en lo que atañe al sacrificio y comercialización de caballos superfluos y demasiado viejos. A falta de una demanda bien definida, la industria de la carne de equino estadounidense no ha logrado nunca superar los obstáculos puestos en su camino por los intereses establecidos de los ganaderos de vacuno y porcino, por los amantes de los caballos y por los aliados de ambos en las cámaras legislativas a nivel federal y estatal. Mientras los europeos derogaban las restricciones jurídicas a la venta de carne de caballo, los norteamericanos aprobaron leyes que prohibían su venta. Y mientras los europeos establecían sistemas de inspección para la misma, los norteamericanos lo hacían con las carnes de vacuno y porcino, pero no con la de equino. A lo largo del siglo XIX los inspectores municipales de alimentos hicieron caso omiso de ella. Hubo que esperar a 1920 para que el Congreso autorizara al Departamento de Agricultura * estadounidense a inspeccionar y certificar la carne de caballo. Pero siempre existió una contracorriente. Como sucedía en Europa, no había manera de impedir la comercialización clandestina para el consumo de menesterosos e incautos. Antes de la aprobación de la legislación federal relativa a la pureza de alimentos y drogas, los norteamericanos ingerían, sin saberlo, importantes cantidades de equino en forma de salchichas, carne picada e incluso bistec. Un artículo de la Breeder's Gazette de 1917, en el cual se defendía el sacrificio de caballos como medio de combatir los elevados precios que había alcanzado la carne de vacuno con la guerra, lo expresaba de la siguiente forma:

> Pocos son, en verdad, los norteamericanos que en un momento u otro no hayan consumido algún producto cuyo ingrediente principal sea carne de caballo, de mula o de burro.

La tardanza a la hora de someter a industriales y vendedores de carne de caballo a inspecciones públicas reforzó los recelos generales contra la misma, y ciertamente el público tenía mucho que temer. En las primeras décadas del siglo, la prensa amarilla suscitó grandes reacciones de repugnancia con sus reportajes sobre plantas de envasado de carne carentes de toda condición higiénica. Se acusaba a los envasado-

* Equivalente de nuestro Ministerio de Agricultura. (N. de los T.)

res, por ejemplo, de fabricar salchichas mediante carnes mohosas, restablecidas por métodos químicos, que se recogían de suelos inmundos y cubiertos de escupitajos, o a base de ratas y del pan envenenado que las había matado. «A veces, un empleado caía en la cuba de cocción, sin que se le echase de menos hasta que todo menos sus huesos había salido ya en forma de manteca pura de cerdo.» El carácter clandestino de la industria de la carne de equino garantizaba que los abusos de esta índole serían todavía mayores y que éstos persistirían una vez que se hubiera obligado a los envasadores de los demás tipos de carne a adecentar sus instalaciones. «¿Qué es esto, carne de caballo?», solían decir los norteamericanos de la anterior generación cuando se encontraban ante un trozo de carne de «vacuno» particularmente duro, estropeado o de color extraño.

En los Estados Unidos existen todavía ocho millones de caballos: más que en cualquier otro país del mundo. La mayor parte se crían para fines recreativos, para carreras, para «espectáculos» y para reproducción; muchos de ellos son «mascotas». Dada la escasa eficacia del sistema digestivo del caballo en comparación con vacas y cerdos, resulta perfectamente comprensible que en los Estados Unidos nunca se haya desarrollado una industria cárnica basada en la crianza de caballos con destino al matadero. Ahora bien, ¿por qué se hace un uso tan escaso de esta carne en tanto subproducto de la crianza de caballos para otros fines?

En Norteamérica, para empezar, existe efectivamente una importante industria envasadora de carne de equino, pero sus productos se consumen en el extranjero. Estados Unidos es el primer exportador mundial de carne de caballo y, con tipos de cambio favorables, ha llegado a vender, que se sepa, 50 millones de kilos de carne fresca, congelada o refrigerada a clientes extranjeros. Así pues, la cuestión se reduce, en realidad, a averiguar por qué no se come en los Estados Unidos. La historia reciente de los intentos de comercializarla en este país indican que muchos norteamericanos la encuentran aceptable si se les da oportunidad de adquirirla a precios más bajos que los de otras carnes. Ahora bien, es infrecuente que gocen de esa oportunidad debido a la resistencia organizada de la industria del vacuno y porcino y a las tácticas agresivas de los amantes de los caballos, quienes en su afán de proteger la imagen más noble de éstos desempeñan un papel análogo al de la aristocracia europea propietaria de caballos. A este respecto, los sentimientos e intereses de las personas que los poseen en calidad de «mascotas» siguen siendo muy distintos de los sentimientos e intereses de los consumidores corrientes, y es muy probable que afirmar que los norteamericanos, en general, sienten hoy día una profunda aversión hacia el consumo de carne de caballo no sea más exacto que presentar a todos los franceses de la época anterior a la Revolución como opositores a dicho consumo.

Uno de los aspectos irónicos de la oposición al consumo de carne de equino por parte de los amantes de los caballos estriba en que, tras la Segunda Guerra Mundial, ésta fue durante muchos años lo suficientemente barata para que se la utilizase como ingrediente primordial en alimentos para perros. Según parece, nadie tenía nada que objetar al hecho de que una mascota se sustentara a base de otra mascota. Pero a los amantes de los caballos les pasó desapercibido que muchísimos norteamericanos menesterosos habían descubierto que la comida para perros era una ganga y que la compraban para su propio consumo. Hoy día, la carne de caballo es demasiado cara para emplearla en comida para mascotas y la industria de este tipo de alimentos se ha visto obligada a recurrir a recortes y despojos de vacuno, porcino, pollo y pescado. Paradójicamente, el aumento de la demanda humana ha tenido por resultado, al elevar los precios, un mejor trato de los equinos superfluos, ya que los tratantes se sienten más dispuestos a cuidar bien de un animal que valga 500 dólares en el matadero que de uno que sólo alcance 25.

Las encuestas realizadas entre consumidores en el noroeste indican que el 80 por 100 de los estudiantes universitarios están dispuestos a probar muestras de productos de carne de caballo y que, de éstos, al 50 por 100 le gustó moderadamente o más lo que probaron. El hecho es que los norteamericanos responden de forma masiva cada vez que los precios del vacuno suben con exceso y se pone a la venta carne de caballo que ha pasado la inspección correspondiente. Eso fue lo que sucedió, por ejemplo, en 1973, cuando la crisis petrolera produjo un alza en los precios del vacuno y las airadas amas de casa norteamericanas impulsaron un boicot nacional de dicha carne.

Durante un tiempo limitado se pudo ofrecer filetes de caballo de primera a mitad de precio, aproximadamente, que los cortes comparables de vacuno. Los clientes acudieron en manadas a las tiendas de carne de caballo que se abrieron en Connecticut, New Jersey y Hawai, y vaciaron los mostradores antes de que diera tiempo a llenarlos. Pero los defensores de los caballos no tardaron en reaparecer, quejándose del sacrificio de unos animales que habían sido «acariciados y cepillados» por sus dueños, y un senador por Pennsylvania, Jaul S. Schweiker, trató de presentar un proyecto de ley ante el Senado con vistas a prohibir la venta de carne de equino para consumo humano.

Todas estas protestas resultaron innecesarias porque el precio de ésta no tardó en superar al de la carne de vacuno, con lo que quedó eliminado el principal incentivo para comprarla.

Aunque se disponga de caballos criados del bolsillo de sus propios dueños, como animales de carreras o con fines recreativos, no existe forma alguna de que un comercio de equinos para carne en gran escala pueda producir filetes de caballo de primera más baratos que los de vaca.

Una suerte parecida corrió un intento de crear un mercado para productos compuestos de carne de equino picada y cortada. La M. and R. Packing Company, de Hartford, Connecticut, dándose cuenta de que carecía de sentido intentar que los norteamericanos comprasen cortes selectos de caballo a precios más elevados que los cortes comparables de vacuno, trató de comercializar «bistecs» y «hamburguesas» a partir de cortes de los cuartos delanteros. En el comercio internacional, dichos cortes se destinan al consumo en forma de salchichas o de carne picada, y a precios muy inferiores a los productos de vacuno comparables. Tras algunos ensayos en diversas tiendas de Nueva Inglaterra, M. and R. logró colocar sus «bistecs» y «hamburguesas» de caballo marca «Chevalean», con el sello de inspección del Departamento de Agricultura, en tres naval commisaries (economatos gigantescos para el personal de las Fuerzas Navales) de Nueva Inglaterra, situados, respectivamente, en New Brunswick, Maine; New London, Connecticut, y Newport, Rhode Island. Simultáneamente, M. and R. estacionó carritos de venta con fines promocionales en puntos concurridos de Boston, Hartford, New Haven y Nueva York, que ofrecían «hamburguesas especiales de caballo» y «superpepitos de caballo».

El negocio marchó bien en los economatos, donde las ventas de estos productos superaron por un amplio margen a las de los productos de vacuno comparables. En Lexington Avenue y la calle 53 los clientes formaban colas de hasta doce personas para probar lo que los neoyorquinos empezaron inevitablemente a llamar Belmont steak*. Pero el experimento de M. and R. duró poco. Las quejas de los sedicentes amantes de los caballos y del American Horse Council (Consejo Norteamericano del Caballo), la Humane Society (Sociedad Humanitaria) y la American Horse Protection Asso-

* Juego de palabras basado en la homofonía entre Belmont steaks y Belmont Stakes, la más antigua de las carreras de caballos clásicas de los Estados Unidos (N. de los T.)

ciation (Asociación Norteamericana para la Protección del Caballo) acabaron por llegar a oídos del lobby de la industria del vacuno. Los senadores John Melcher, de Montana, y Lloyd Bentsen, de Texas, informaron a John F. Lehman, secretario de la Navy, que estaban muy decepcionados con las Fuerzas Navales. ¿Cómo esperaban éstas reclutar voluntarios si daban la impresión de alimentar a los suyos con carne de caballo? Especialmente, si se tenía en cuenta que la carne de vacuno se vendía por debajo de su precio de producción y que, debido a la recesión y la publicidad adversa relativa al colesterol, el consumo de la misma estaba disminuyendo. Poco después, los tres economatos suspendieron la venta de productos de equino.

Señalé al principio de la obra que, en materia de alimentos, las preferencias y evitaciones desconcertantes se debían interpretar en el marco de los sistemas de producción de alimentos. En dichos sistemas, que tienen consecuencias a corto y a largo plazo, los beneficios no se reparten por igual entre todo el mundo y lo «vendible» puede ser tan importante como lo «comestible». Esta advertencia es aplicable a la explicación de la aversión norteamericana hacia la carne de caballo. Por el momento, no hemos prestado la debida atención al hecho de que los norteamericanos exhiben una jerarquía de evitaciones y preferencias con respecto a otras muchas clases de carnes y que el caballo no es ni mucho menos el único animal doméstico cuya carne se tiene en baja estima. Por tanto, lo que queda por hacer es suministrar una explicación de la jerarquía global que forman las principales carnes a disposición del consumidor norteamericano.

Y así pasamos al enigma de por qué la de vacuno acabó siendo la reina de las carnes.

6. San Vacuno, EE.UU.

Los norteamericanos consumen unos 75 kilos de «carne roja» per cápita y año. En peso, el 60 por 100 corresponde a las de vaca y ternera; el 39 por 100, a la de cerdo; el 1 por 100, a las de cordero y carnero, en tanto que la cantidad de cabra que se consume es demasiado reducida para poder medirla. A lo largo de un período de tres días, el 39 por 100 de los norteamericanos comerá vacuno y el 31 por 100 cerdo al menos una vez, pero hay escasísimas probabilidades de que se consuma cordero o cabra. A lo largo de un período de una semana, en el 91 por 100 de los hogares norteamericanos se comprará vacuno; en el 80 por 100, cerdo; en el 4 por 100, cordero, y prácticamente en ninguno, cabra. ¿Por qué es la de vacuno la «reina» de las carnes en Norteamérica? ¿Por qué ocupa la de cerdo el segundo puesto en la clasificación? ¿Por qué se aprecian tan poco las carnes de cordero y carnero? ¿Por qué es la de caprino tan impopular como la de caballo? La preferencia por el vacuno se trasplantó, al decir de algunos, desde Gran Bretaña junto con el idioma inglés, una bonita explicación que sólo se mantiene a fuerza de pasar por alto que, tradicionalmente, los ingleses consumían casi tanto cordero como vacuno y que la mayor parte de los norteamericanos carece de antepasados británicos. Otra idea fácilmente descartable consiste en que dicha preferencia es una antigua herencia, común a todos los europeos, que se remonta a los tiempos en que el ganado bovino constituía un medio de intercambio y, por lo tanto, simbolizaba la riqueza y el poder. O como le gustaría hacernos creer a un estudioso partidario de la teoría de lo «bueno para pensar», el consumo de vacuno forma parte de un «código sexual que tiene que remontarse a la identificación indoeuropea del ganado vacuno... con la virilidad». Pero aunque la carne de vaca fuera de alguna forma más sexy que sus rivales su estatus como artículo de consumo ha demostrado ser sumamente variable entre la familia de naciones indoeuropeas, que después de todo incluye también a la India hinduista, donde, como vimos, es objeto de prohibición, no de preferencia. Otro duro golpe para esta explicación proviene del hecho de que, a lo largo de la época colonial y del siglo XIX, la carne de vacuno no fuese la que los norteamericanos consumían más. En efecto, como veremos, el consumo de ésta superó de forma sustancial al de carne de cerdo por primera vez en los años cincuenta del presente siglo. El desafío que hemos de afrontar no consiste sencillamente en explicar por qué consideran los norteamericanos que la carne de vaca es buena para comer, sino también por qué existe un orden de preferencia para las carnes de vaca, cerdo, cordero, carnero y cabra que ha cambiado considerablemente desde la época colonial hasta el presente.

En 1623 la colonia de Plymouth poseía seis cabras, cincuenta cerdos y numerosas gallinas. Las primeras vacas suministraron leche, no carne, y no llegaron hasta el año siguiente. Los ganados porcino, caprino y ovino eran más importantes como fuentes de carne que el vacuno en la mayoría de los primeros asentamientos. En el año 1633, William Wood se preguntaba en un escrito acerca de la colonia de la Bahía de Massachusetts: «¿Pueden ser pobres cuando para 4.000 almas hay 1.500 vacas, 4.000 cabras e innumerables cerdos?». Y en el Jamestown de 1634 las únicas «carnes rojas» que se comían en las «mejores casas» eran cerdo y cabrito.

La cabra fue la primera «carne roja» que abandonó la mesa colonial. Desapareció en el más allá gastronómico en cuanto hubo en las colonias el suficiente ganado lechero para mantenerlas bien abastecidas de leche. Los colonos explotaban el ganado caprino principalmente por la leche; su carne era un producto lateral. Pero en comparación con las vacas, las cabras sólo resultan mejores productoras de leche en aquellos países en que las explotaciones agrícolas son pequeñas y el pasto escaso, condiciones opuestas a las que prevalecían en la Norteamérica colonial. Lógicamente, los agricultores norteamericanos, que disponían de tierras y pastos en abundancia, preferían poseer una vaca antes que cuatro o cinco cabras, para obtener la misma cantidad de leche. En cuanto el ganado lechero empezó a multiplicarse, las cabras prácticamente desaparecieron. En nuestros días, la mayoría de los norteamericanos no ha probado nunca su carne. De hecho, se puede buscar en una pila entera de libros de cocina norteamericanos, desde Joy of Cooking hasta James Beard Cookbook, sin encontrar una sola receta a base de cabra. Los pocos norteamericanos que la toman suelen ser sujetos de renta baja, sobre todo negros, descendientes de aparceros o esclavos, cuyos progenitores nunca fueron dueños de un terreno lo suficientemente grande como para mantener una vaca. Las cabras también gozan del favor de la generación de ex hippies partidarios del retorno a la tierra, cuyas pequeñas propiedades se prestan mejor a la explotación de uno o dos animales pequeños que de una vaca grande y cara. Y poco sorprendentemente, su carne también les gusta a los hispanos, descendientes de pequeños agricultores y pastores, que habitan en las áridas zonas de matorral del Suroeste. La asociación de la carne de cabra con las minorías raciales y culturales pobres y explotadas no ha beneficiado a su imagen culinaria y contribuye, creo, a explicar por qué esta carne repugna al norteamericano medio casi tanto como la de caballo o perro.

¿Qué pasa con las ovejas? Éstas –en especial el cordero– se hallan considerablemente mejor clasificadas por lo que respecta a su prestigio culinario que las cabras, pero se encuentran muy por debajo del vacuno y el porcino. En los Estados Unidos, el consumo per cápita de carnero y cordero (principalmente de este último) es minúsculo en comparación con las cantidades consumidas en otros países. El ganado ovino se volvió inadecuado para comer y pensar por razones análogas a las que produjeron la caída en desgracia de la cabra. Las ovejas sólo pueden ser productoras eficaces y masivas de carne cuando el cordero y el carnero son productos laterales. Esto explica la importancia de ambos en la cocina británica tradicional; eran subproductos de la cría de ovejas para lana. Los británicos comían ovinos que habían sido seleccionados para el matadero entre los rebaños que suministraban lana a la industria inglesa. En su afán por esquilar más ovejas, los grandes terratenientes destruyeron los bosques del norte de Inglaterra y Escocia, y obligaron a los campesinos a abandonar el cultivo de la tierra para convertirse en pastores. El pastoreo intensivo impidió que los árboles volvieran a brotar y los campesinos pasaron hambre por falta de cultivos. Las ovejas alcanzaron, así, una posición central en la cocina inglesa y se granjearon la reputación de ser un animal que devoraba, metafóricamente, árboles y personas (a diferencia de la cabra, que devora los árboles en el sentido literal de la expresión).

Un curioso efecto lateral del reinado de la oveja en Escocia fue la aparición de un tabú contra el consumo de cerdo. Privado de árboles, el pueblo llano de Escocia e Irlanda abandonó la cría de éstos, se tornó contrario a su carne y a punto estuvo de abominar del animal en sí a la manera del

Antiguo Testamento. A principios del siglo XVIII, la reputación del cerdo había caído tan bajo en Escocia e Irlanda que la mera visión de uno se consideraba un mal augurio. Esto es algo que a los escoceses de hoy día les cuesta creer, por qué el porcino ha recuperado de nuevo su posición entre los alimentos preferidos. Lo que sucedió es que éste recobró su popularidad con la introducción de la patata. Los cerdos volvieron a ser buenos para pensar cuando adquirieron un nuevo nicho ecológico: hurgar en busca de sobras en los patatales. Pero cabe encontrar residuos del tabú antiporcino en la costa de Maine, donde los descendientes de los inmigrantes escoceses e irlandeses todavía afirman que la visión de un cerdo trae mala suerte a los marineros.

La aversión norteamericana hacia el cordero y el carnero estuvo igualmente vinculada a la industria lanera británica. La política mercantil inglesa impuso la producción de lana en las colonias americanas, al igual que en Escocia, pero no permitió que se manufacturasen tejidos para la exportación a partir de ella. En estas condiciones la cría de ovino no podía ser tan rentable como la de cerdo y vaca, que, como ya se ha señalado en un capítulo anterior, los ingleses importaban gustosamente en cantidades prodigiosas. Poco a poco, el sabor del cordero y, especialmente, del carnero se hizo extraño para la mayoría de los norteamericanos, salvo en Nueva Inglaterra, donde la independencia impulsó la manufactura de la lana y dio lugar a una intensificación del pastoreo con centro en Vermont. Entre los sureños, que carecían de una industria lanera y estaban satisfechos con sus ropas de algodón, la extinción del gusto por el cordero y el carnero fue más completa que en el Norte. De hecho, hasta el día de hoy muchos sureños no distinguen entre las carnes de oveja y cabra y ven la primera con tanto desagrado como la segunda.

En vísperas de la Guerra Civil, el cordero y el carnero daban cuenta del 10 por 100 de toda la carne fresca sacrificada en Nueva York. Pero cuando la ganadería lechera sustituyó a la cría de ovejas a lo largo y ancho de Nueva Inglaterra, el centro de la producción ovina se desplazó hacia el Oeste y los costes de transporte restaron competitividad a ambas carnes. Por último, con el desarrollo de las fibras sintéticas en el siglo XX, la lana ha perdido buena parte de su mercado. El pastoreo de ganado ovino ha quedado confinado a las dehesas del Lejano Oeste y, pese al auge del consumo de carne en el presente siglo, la demanda de cordero y carnero no ha dejado de descender.

La otra cara del decreciente interés norteamericano por la cría de cabras y ovejas (y de su permanente rechazo de la carne de caballo) es la disponibilidad de las carnes de cerdo, vaca y ternera como sustitutos de las de cabra, carnero y cordero. Bajo las condiciones ecológicas y demográficas que prevalecían durante el período colonial, los ganados porcino y vacuno constituían fuentes de carne más eficaces para el colono que las cabras y ovejas, lo cual explica por qué cerdos y vacas han sido hasta hace poco los principales contendientes por el puesto de carne favorita de los norteamericanos (hablaremos de los pollos más adelante).

Los densos bosques norteamericanos aportaron un hábitat particularmente favorable para la ganadería porcina. Todo lo que tuvo que hacer el colono fue limpiar los bosques de indios y lobos; las bellotas, los hayucos, las avellanas y las resistentes variedades denominadas «cerdos silvestres» [wood pigs] se encargaron, por sí solos del resto. En las colonias del Norte los porcinos hozaban libremente durante la primavera, el verano y el otoño, pero eran encerrados en corrales durante el invierno. Desde Virginia hacia el Sur, los agricultores los dejaban en libertad durante todo el año, con excepción de los períodos de parto, en que se encerraba a las hembras en corrales, utilizando maíz como cebo para atraerlas. Muchos agricultores no tardaron en descubrir que, cuando se alimentaba a los cerdos con maíz durante un mes, aproximadamente, antes de la matanza, su carne ganaba en firmeza y éstos aumentaban rápidamente de peso. Hacia el 1700, el «acabado» de los cerdos a base de maíz se había convertido en una práctica comercial establecida.

El maíz y el ganado porcino resultaron un feliz matrimonio. El cerdo puede transformar el maíz en carne con una eficacia cinco veces superior a la del ganado vacuno. A los porcinos, por lo tanto, podía criárselos mediante «pasto» gratuito (el tesoro que ofrecía el sotobosque) durante la mayor parte de sus vidas y luego cebarlos con maíz excedente hasta que alcanzasen un peso comercializable, y todo ello con rendimientos mucho más altos de los que cabía obtener aplicando métodos similares a la cría de bovinos. Aunque algunos colonos dejaban que sus vacas vagasen en libertad por los bosques, en estas condiciones los rumiantes no pueden competir con los porcinos. A falta de pastos naturales, el mejor uso del vacuno consistía en emplearlo como proveedor de leche, mantequilla, queso y fuerza de tracción; así, buena parte de las carnes de vaca y ternera producidas en la costa Este tenían su origen en la selección de reses lecheras para el matadero y el sacrificio de bueyes demasiado viejos.

Cuando la frontera agrícola atravesó los Alleghenies y llegó al Medio Oeste, el foco de la producción de cerdos, vacuno y maíz se trasladó con ella. Los suelos y el clima eran ideales para este cereal. Los agricultores del valle del Ohio podían cosechar sin esfuerzo más de lo que podían vender dado el estado rudimentario de las vías de comunicación y el elevado coste del transporte por carretera. La mejor manera de comercializar este excedente consistía en alimentar con él al ganado porcino y vacuno, y luego conducir dicho ganado al otro lado de las montañas, hasta las ciudades de la costa oriental. (En realidad, la mejor manera de comercializar el maíz era transformarlo en bourbon y enviarlo en vasijas de barro, pero el Gobierno federal se llevaba los beneficios y perseguía la destilación ilegal.) Bajo el restallido de los látigos que empuñaban los conductores del ganado –origen de los crackers* sureños–, la cosecha de maíz alcanzaba, por su propio pie, el mercado, y la misma característica que había hecho de los cerdos unas criaturas inmundas para los antiguos israelitas (su apetito por los cereales) los convirtió en seres adorables a los ojos del agricultor norteamericano. Los canales y el ferrocarril, que no tardaron en suministrar mejores medios para atravesar las montañas, pusieron fin a la era pintoresca del vaquero con su látigo restallante al tiempo que ampliaron el potencial de mercado del ganado vacuno y porcino criado mediante maíz.

Al disponer de mejores medios de transporte, los agricultores del Corn Belt** prescindieron de los «cerdos silvestres» y se pasaron a nuevas variedades, más pesadas y con más tocino. Estos cerdos podían criarse de forma rentable sin necesidad del suplemento de forraje. Se los alimentaba casi exclusivamente a base de maíz y luego se enviaban para su sacrificio y envasado a Cincinnati en número tan elevado que se la empezó a llamar «Porcópolis». El «maíz andante» se convirtió entonces en cerdo en barril o «maíz condensado». La carne de porcino gozaba de una posición de privilegio. Antes de la Guerra Civil los norteamericanos consumían más de ella que de cualquier otro alimento, con excepción del trigo. Nunca hasta ese momento se había cultivado una cantidad tan prodigiosa de cereales con la exclusiva intención de transformarlos en carne animal.

En los primeros tiempos del Corn Belt los agricultores criaban ganado vacuno además de cerdos. El primero se alimentaba de pasto natural y heno hasta que maduraba; luego era cebado a base de maíz y conducido en manadas a las ciu-

* Término despectivo que designa a los blancos pobres del sur de los Estados Unidos y que proviene del verbo onomatopéyico to crack («restallar»). (N. de los T.)

** Literalmente, «cinturón de maíz», zona maicera de los Estados Unidos. (N. de los T.)

dades del Este, al otro lado de las montañas. Con frecuencia, se conducía juntos a los cerdos y a las vacas del valle de Ohio. El ganado vacuno se alimentaba por medio del maíz que vendían una serie de almacenes situados a lo largo del camino; los cerdos, que iban detrás, comían el estiércol, que contenía abundantes residuos de maíz sin digerir.

¿Qué carne se prefería, la de vacuno o la de cerdo? En lo que respecta a la carne envasada o salada, a finales del período colonial y principios del siglo XIX, se prefería la segunda a la primera en casi todo el país. Baso esta afirmación en que, pese a producirse mucho más de la segunda que de la primera, el precio de la carne de cerdo salada era siempre más elevado que el de la carne de vacuno salada. Esta afirmación es válida aún por lo que respecta al Noreste, la región donde el vacuno (por razones que aclararé en un momento) tenía más partidarios. Por ejemplo, en la Filadelfia de 1792 un barril de cerdo valía 11,17 dólares, mientras que un barril de vacuno sólo valía 8,00. Esta disparidad continuó hasta el estallido de la Guerra Civil. Y dado que al norteamericano corriente se le criaba a base de carne salada, y la de cerdo costaba más que la de vaca, sería difícil afirmar que la segunda era el tipo de carne preferido. Henry Adams señaló que se comía maíz tres veces al día... en forma de carne de cerdo salada. Un visitante extranjero observó que en Europa pedir comida era pedir pan, pero que en los Estados Unidos era pedir cerdo salado. Y en The Chainbearer, novela de James Fenimore Cooper, la rústica ama de casa afirma: «Dadme hijos criados con cerdo del bueno antes que con toda la caza del país. La batata está bien como acompañamiento, lo mismo que el pan; pero el cerdo es el sostén de la vida».

Hay que reconocer que también existían importantes diferencias regionales. En el Sur y el Medio Oeste, la pasión por esta carne era tal que la de vaca, tanto en conserva como fresca, ocupaba siempre el segundo lugar en las preferencias. Desde el siglo XVIII «los sureños se enorgullecían de su cerdo». Los virginianos consideraban que los jamones de su tierra superaban en sabor a los de cualquier punto de la tierra y ningún terrateniente colonial sellaba un negocio sin servir jamón u otras carnes porcinas. En la elegante ciudad de Williamsburg era costumbre «tener un plato con jamón frío sobre la mesa, y apenas había dama virginiana que desayunara sin él». En la Carolina del Norte del período colonial se comía «cerdo con cerdo y cerdo encima». A principios del siglo XIX, en lugares como Tennessee la palabra carne significaba cerdo; ambos términos eran sinónimos. Kentucky era la «tierra del cerdo y el whisky» y en Georgia un médico de la ciudad de Columbus, alarmado por el consumo de «tocino y carne de cerdo, tocino y carne de cerdo nada más, de forma continua, por la mañana, al mediodía, por la noche, por parte de gentes de todas las clases, edades y condiciones», propuso que se bautizara a los Estados Unidos de América la «Gran Confederación de Comedores de Puerco» o la «República Porcina». Un viajero que visitó Illinois en 1819 escribió que cuando la carne de cerdo escaseaba durante el verano «la gente era capaz de alimentarse mediante pan de maíz durante un mes antes que comer una sola onza de carnero, ternera, conejo, ganso o pato», en tanto que en el Michigan de 1842 era «más apreciada que los dulces o el whisky, teniéndose por imposible hartarse de ella» y se decían tales alabanzas de los cerdos que «ni la vaca sagrada de Isis fue objeto de una atención más reverencial».

Al parecer, entre los habitantes de Nueva York y Nueva Inglaterra nunca se desarrolló una pasión de proporciones semejantes. A juzgar por los neoyorquinos, cuando disponían de carne fresca los norteños preferían la carne de vaca a la de cerdo, ya fuera fresca o en conserva. En la ciudad de Nueva York las ventas al por mayor de carne de vacuno fresca durante el período 1854-1860 registraron un promedio anual de 60 millones de kilos, frente a 24 millones en el caso del porcino. Sin embargo, el 4 de julio, fiesta pública más importante del país, se celebraba con cerdo, no con vaca. Un visitante de Nueva York durante el decenio de 1840 nos dejó este retrato de la forma en que la «República Porcina» celebraba su independencia:

> Broadway, con sus cinco kilómetros de longitud, estaba flanqueada de puestos callejeros; y en cada uno de ellos un cerdo asado... era un foco de atención. ¡Diez kilómetros de cerdo asado solamente en Nueva York! ¡Y cerdo asado en cada ciudad, caserío y pueblo de la Unión!

Una de las razones evidentes de la relativa falta de interés por la carne de cerdo de los norteños radica en que, en vísperas de la Guerra Civil, los porcinos eran más escasos en la región que las ovejas. Hacia 1860, en las granjas de Vermont, por ejemplo, solía haber un promedio de 25 ovejas, pero sólo 1,5 cerdos. En cuanto a la producción per cápita, en el Sur y en el Medio Oeste se criaban, aproximadamente, dos por habitante, mientras que en el Norte dicha proporción descendía a 0,10. Los cerdos escaseaban porque se habían talado los bosques para suministrar madera a los astilleros y las industrias manufactureras yanquis, y se cultivaba poco maíz porque se habían transformado las tierras agrícolas en pastos para los rebaños de ganado lechero. Pero fuera cual fuera la combinación exacta de factores, lo que impidió que los norteños desarrollaran una preferencia por esta carne fue, en cualquier caso, algo más que una mera exteriorización de la predilección por la carne de vacuno de sus antepasados británicos. Después de todo, los británicos colonizaron el Sur tanto como el Norte, y la Virginia colonial, consumidora de cerdo, no era en modo alguno menos británica que la Nueva York colonial, consumidora de vacuno.

Como fenómeno de dimensiones nacionales, la preferencia norteamericana por la carne de vacuno no se originó al otro lado del océano, en Gran Bretaña, sino al otro lado de Mississippi, en las Grandes Llanuras. Aquí se encontró por fin un hábitat ideal para el ganado vacuno, pero no para el porcino. Los cerdos comen cualquier cosa si están hambrientos, y a base de ciertas herbáceas, como la alfalfa, pueden incluso engordar. Pero nadie tenía la intención de dejarlos pastar en libertad por las llanuras de Texas y Kansas. La hierba era al ganado vacuno lo que las bellotas a los cerdos. Y lo que hubo de hacerse para que las llanuras fueran un lugar seguro para el primero no distó mucho de lo que se había hecho dos siglos antes con el fin de convertir los bosques en un lugar seguro para los cerdos: someter a los indios y a los lobos. Los búfalos presentaban un tercer problema: al no ser animales domésticos, era imposible conducirlos en manadas hasta el mercado y tenían escaso valor comercial a largo plazo. Nadie, excepto los indios, los prefería al ganado vacuno. Los ganaderos, los agricultores y el ejército estadounidense no tardaron en darse cuenta de que la mejor forma de librarse de los indios consistía en librarse del búfalo. Contrariamente a lo que afirman los libros de texto escolares, la extinción de éste no fue resultado de un exceso de caza imprudente e injustificado. Antes bien, fue fruto de una política consciente, fraguada conjuntamente por los ferrocarriles, el ejército y los ganaderos, con vistas a someter a los indios y mantenerlos dentro de las reservas. El general Philip Sheridan lo expresó con claridad meridiana ante la asamblea legislativa de Texas: «Permítaseme [a los cazadores] matar, desollar y vender hasta que se haya exterminado al búfalo porque es el único modo de alcanzar una paz duradera y conseguir que la civilización avance». Los cazadores como Buffalo Bill desollaban y descuartizaban a los búfalos in situ, cargando las partes más apreciadas en carretas con destino a los campamentos de trabajo del ferrocarril y las ciudades fronterizas; de esta manera contribuían al objetivo de convertir las llanuras en un lugar seguro para el ganado vacuno.

Desaparecido el búfalo, los rebaños de ganado vacuno que ocuparon su lugar pudieron regalarse con el inagotable mar de hierba y se multiplicaron con tal rapidez que los matarifes no daban abasto. Tan barata resultaba su carne que el ejército pagaba a algunos rancheros para que suministrasen carne de vacuno a las reservas indias, con objeto de impedir que sus pobladores murieran de inanición. Para alcanzar los mercados civiles los vaqueros y el ganado tenían que recorrer larguísimas rutas; algunas se extendían desde Texas hasta ciudades tan alejadas como Chicago y Nueva Orleans. Pero, como sucediera en el Este con el cerdo, el ferrocarril no tardó en poner fin a las conducciones maratonianas del ganado vacuno en el Oeste. Antes incluso de que las vías atravesaran las veredas en Dodge City, Abilene y Kansas City, los tratantes de ganado estaban ya construyendo corrales temporales y llenándolos con bovinos a la espera de que llegase el primer tren. Las reses partían para ser sacrificadas y envasadas en Chicago, que tras la Guerra Civil sustituyó a Cincinnati como primer matadero mundial, o para las ciudades del Este, donde se sacrificaban y vendían en forma de carne fresca. Después de pasar dos o tres días en vagones atestados y bamboleantes, el ganado descendía haciendo eses y cubierto de magulladuras, lo cual dio lugar a protestas públicas en favor de un modo de transporte más humano. Los tratantes, sin embargo, veían el problema desde un ángulo ligeramente distinto. Quien fuera capaz de imaginar cómo transportar desde Chicago la carne fresca y ya cortada de las reses del Oeste no sólo daría satisfacción a los proteccionistas, sino que ahorraría los costes de transporte del 35 al 40 por 100 en peso de cada animal –piel, huesos, despojos–, que podían elaborarse con idéntica rentabilidad en Chicago que en Nueva York o Boston. Al colocar la carne directamente sobre hielo, ésta se «quemaba». En cambio, en los verdaderos vagones refrigerados, que introdujo Gustavus Swift en 1882 para el trayecto entre Chicago y Nueva York, el hielo, mantenido en compartimientos especiales, enfriaba el aire que circulaba en torno a los costados de vaca, colgados mediante ganchos de unos raíles en el techo de los vagones. Los barones del vacuno y los propietarios de las casas envasadoras –Armour, Swift, Cudahy, Morris– compraron los ferrocarriles, monopolizaron el mercado del maíz y se hicieron tan ricos como los jeques del petróleo de nuestra época.

Pero el mar de hierba en que se basaba la prosperidad de la industria del vacuno resultó ser tan vulnerable como los indios y los búfalos. El exceso de pastoreo en las zonas más exuberantes de las Grandes Llanuras y la formación de haciendas desplazó las actividades ganaderas hacia el Oeste, hacia regiones áridas alejadas de los ferrocarriles y de los puntos de embarque del Medio Oeste. Con el fin de que las reses alcanzasen un peso comercializable, se volvió a recurrir al sistema de cebarlas con maíz antes de enviarlas al matadero; la carne de vaca perdió la ventaja de precio de que disfrutaba con respecto a la de cerdo, y el consumo per cápita descendió desde un máximo de 30,4 kilogramos a finales del pasado siglo a 24,9 kilogramos en 1940. El boom del vacuno había disminuido las diferencias entre los consumos de porcino y vacuno, pero no duró lo suficiente para cerrar la brecha. En 1900 había todavía una diferencia de 2,1 kilogramos por persona a favor del cerdo y, a medida que avanzó el siglo XX, la diferencia aumentó hasta alcanzar de nuevo los 8,4 kilogramos en vísperas de la Segunda Guerra Mundial. Todo indicaba que mientras la producción de vacuno y porcino siguiese dependiendo fundamentalmente de la transformación de cereales en carne, el cerdo, con su incomparable sistema digestivo, reiría el último.

Pero la carrera no había acabado todavía; el triunfo del vacuno sobre el porcino distaba apenas unos años. Durante el decenio de 1950 los norteamericanos consumieron cantidades iguales de uno y otro; durante el de 1960 consumieron 4,5 kilogramos más de vacuno; y hacia el de 1970 esta ventaja se había incrementado a 11,3 kilogramos. Por último, en 1977, año que registra el consumo de carne más elevado de todos los tiempos, los norteamericanos consumieron casi el doble de vacuno que de porcino: 44,3 kilogramos per cápita frente a 24,3 kilogramos, una diferencia de 20 kilogramos per cápita y año.

¿Cómo logró alzarse con la victoria la carne de vacuno? Debido a una combinación de cambios en los sistemas de producción y comercialización de dicha carne que se adaptaron a la perfección a los estilos de vida que empezaron a surgir en Norteamérica después de la Segunda Guerra Mundial. A medida que avanzaba el siglo XX, los pastos naturales han ido desempeñando un papel cada vez menos importante en la producción cárnica estadounidense. El tiempo dedicado a la crianza de terneros de engorde y el tiempo dedicado a cebarlos se han hecho cada vez más cortos. Hoy día, gracias a la mejora de las razas, el pasto cultivado y la gestión científica, puede conseguirse que los terneros alcancen 200 kilogramos al cabo de cuatro meses. Los ganaderos los venden después para su envío a establecimientos de engorde, donde se les hace comer una mezcla calentada a una temperatura óptima de habas de soja y harina de pescado, ricos en proteínas, de maíz y sorgo, ricos en calorías, así como de vitaminas, hormonas y antibióticos, que suministran día y noche unos camiones de aspecto parecido a las hormigoneras. Las reses comen durante todo el día y, bajo el resplandor de las luces eléctricas que convierten la noche en día, siguen comiendo durante toda la noche. Y por mucho que coman, su pesebre siempre rebosa, y así, al cabo de cuatro meses más, han ganado otros 200 kilogramos y están listas para el matadero.

Ahora bien, tanta importancia como los cambios en la forma de producir la carne de vacuno tuvieron las transformaciones en la forma de consumirla. Primero vino el desarrollo de las urbanizaciones suburbanas y la utilización de los jardines particulares para fines culinarios y de ocio. Para los refugiados suburbanos que procedían del centro de las ciudades, la parrilla de carbón representaba la satisfacción de sus aspiraciones reprimidas en materia de cocina y entretenimiento. Aparte de su novedad –era el único modo de preparación que estaba absolutamente vedado a los habitantes de apartamentos– la parrilla de carbón en el patio trasero brindaba las ventajas de que no ensuciaba, no requería utilizar cacharros y permitía preparar comidas rápidas presididas a menudo por maridos que, como los jefes tribales de antaño, desempeñaban el papel de «grandes donadores de festines y proveedores de carne». Estos redistribuidores de patio trasero colmaban sus parrillas con carne de vacuno. Si acaso ponían cerdo al fuego, era en forma de salchichas, ya de por sí compuestas en un 40 por 100 de carne de vaca picada. El bocado preferido era el bistec a la parrilla, tanto más suculento, qué duda cabe, cuanto que en otro tiempo había sido un artículo prohibitivo. Pero el consumo de cantidades prodigiosas de hamburguesas a la brasa demuestra que en la manía de la parrilla de carbón vegetal había algo más que un puro atractivo esnob. Ciertos aspectos técnicos de la cocina de jardín, por ejemplo, dificultaban el empleo de carne de cerdo picada. Las hamburguesas de porcino no se pueden asar en parrillas abiertas sin que se deshagan y caigan a través de las varillas, y prepararlas en sartenes desbarataría el objetivo de huir de los cacharros de cocina.

Quizá revestía todavía más importancia el hecho de que la carne de cerdo debía cocinarse durante más tiempo debido al peligro de triquinosis. Por increíble que parezca, el Departamento de Agricultura norteamericano no realiza inspecciones para detectar la triquina en la carne de cerdo. La única manera de hacerlo consiste en examinarla al microscopio, procedimiento largo, costoso y no del todo eficaz. El resultado es que el 4 por 100 de los norteamericanos llevan larvas de triquina en sus músculos y confunden las molestias de la triquinosis con gripes benignas. En lugar de inspecciones, el Departamento de Agricultura, la oficina del surgeon general* y la American Medical Association realizaron un programa educativo de carácter intensivo durante el decenio de 1930 encaminado a conseguir que los norteamericanos cocinaran la carne de cerdo hasta que ésta perdiera su color rosa y se volviera completamente gris. Estas advertencias excluyeron la posibilidad de asar chuletas de cerdo a la parrilla, porque éstas al tornarse completamente grises también se ponen duras y se quedan absolutamente secas. La barbacoa y las costillas superiores de cerdo que, al tener mucho gordo, se conservan tiernas y jugosas cuando están muy hechas, brindan una solución técnicamente viable; pero estas costillas ofrecen muy poca carne en comparación con las hamburguesas o los bistecs, resulta difícil comerlas sin ensuciarse y, además, no se pueden tomar entre pan, lo que las coloca en desventaja frente a las hamburguesas como plato improvisable.

La instalación en las urbanizaciones de las afueras fue inmediatamente seguida por otros cambios sociales que contribuyeron a la primacía del vacuno en los Estados Unidos: la incorporación de las mujeres a la fuerza de trabajo, la formación de familias en que trabajan los dos progenitores, el auge del feminismo y la creciente animadversión de las mujeres hacia ollas, sartenes, fregaderos y cocinas. Todos estos cambios prepararon el escenario para una verdadera orgía de consumo fuera de casa de carne de vacuno y para el desarrollo de la contribución más genuinamente norteamericana a la cocina mundial, la comida rápida basada en la hamburguesa. Para las nuevas familias con doble fuente de ingresos que surgen en la posguerra la hamburguesería brinda una ocasión de comer fuera y ahorrarse el jaleo de andar con cacharros en la cocina, aunque no se posea una casa con barbacoa en el jardín, a un coste comparable al de una comida casera en una familia de ingresos medios, espe-

* Equivalente de nuestro Ministerio de Sanidad. (N. de los T.)

cialmente si se pone precio al trabajo del ama de casa, cosa que las mujeres trabajadoras son cada vez más propensas a hacer.

Los norteamericanos salen a cenar hamburguesas de carne de vaca desde hace mucho tiempo. Según algunos historiadores, las hamburguesas se remontan a una feria del condado de Ohio celebrada en 1892 y se debieron a un oscuro dueño de restaurante que, al quedarse sin salchichas de cerdo, decidió sustituirlas por carne picada de vaca. Otros afirman que aparecieron por vez primera durante la Feria de San Luis de 1904. Menos confusión rodea los orígenes de su nombre, que irónicamente no tiene nada que ver con la carne de vacuno. Sin duda, la palabra «hamburguesa» se originó, o bien entre los emigrantes alemanes que viajaban en la línea Hamburgo-América, y a los que se servía una mezcla de carne picada y cebolla, o bien en un plato a base de carne picada que era popular en la ciudad de Hamburgo. Sean cuales sean sus orígenes exactos, las hamburguesas de restaurante fueron una novedad confinada, durante casi toda la primera mitad del presente siglo, a las ferias, los parques de atracciones y las playas.

Un primer indicio de su potencial como plato de restaurante producido en serio lo dio la fundación en 1921, en Kansas City, de la cadena de hamburgueserías White Castle. La cadena se extendió lentamente, tardando casi una década en alcanzar Nueva York. Pero ni White Castle era un restaurante de comida rápida, ni los tiempos estaban aún maduros para su advenimiento. Se trataba, más bien, de un establecimiento de comidas baratas cuya clientela se nutría del tráfico peatonal de los centros urbanos. Las hamburguesas se preparaban mientras los clientes, sentados a la barra, hacían tiempo frente a una taza de café. De esta forma quedaba interrumpido el flujo de nuevos pedidos. Las primeras cadenas auténticas de comida rápida fueron un efecto lateral de la era del automóvil. Servían a una clientela de familias motorizadas que preferían hacer sus comidas en cuartos de estar cromados y acristalados, con cuatro ruedas y elevadas aletas, que alrededor de la mesa de la cocina. McDonald's, iniciada en 1955 por Ray Kroc, no puso mesas y sillas para que los clientes pudieran sentarse hasta 1966.

A partir de entonces, la fórmula del éxito incluyó mostradores para sacar la comida para los automóviles, estacionamientos amplios, áreas separadas de pedido y consumo, menús limitados, porciones normalizadas y una limpia «atmósfera familiar».

Hoy día la mayor parte de los restaurantes de la cadena son propiedad de concesionarios que, en pago por utilizar el nombre y beneficiarse de la publicidad de alcance nacional, compran a la compañía madre buena parte de su comida, equipo y suministros y acatan una serie de normas relativas a la preparación, el servicio y el mantenimiento. A un restaurante McDonald's las hamburguesas llegan ya prefabricadas y congeladas procedentes de los distribuidores centrales. Los empleados las fríen, las ponen en un bollo de pan con una loncha de queso o algún condimento, y las empaquetan en envases de espuma de estireno a un ritmo lo bastante rápido para tener existencias suficientes con que satisfacer inmediatamente el pedido de cualquier cliente. En teoría, en Burger King las hamburguesas deben servirse a los diez minutos de haberse cocinado.

A principio del decenio de 1980, los norteamericanos consumían 22,6 kilogramos de carne picada per cápita, en su mayor parte en forma de hamburguesas. Cada segundo los restaurantes de comida rápida servían un pedido de una o dos hamburguesas a doscientos clientes, totalizando la friolera de 6.700 millones de unidades anuales por valor de 10.000 millones de dólares. Solamente en McDonald's comen cada día catorce millones de norteamericanos.

Desde el punto de vista social, el desarrollo del restaurante de comida rápida fue, a mi entender, un acontecimiento tan importante como la llegada del primer hombre a la Luna. Tengo in mente la predicción que realizó Edward Bellamy en su influyente novela utópica Looking Backward: que uno de los grandes logros del socialismo consistiría en poner fin al estilo de comer capitalista. El protagonista de la novela de Bellamy se queda dormido en 1887 y sueña que no se despierta hasta el año 2000. De todas las maravillas que encuentra, ninguna le impresiona más que el hecho de que los norteamericanos ya no separen la compra, la preparación y el servicio de la comida. En vez de ello, consumen comidas preparadas en cocinas vecinales, encargadas a partir de menús que se publican en los periódicos y servidas en elegantes clubs. McDonald's, Wendy's o Burger King no ofrecen, precisamente, la alta cocina ni disponen de los elegantes salones que imaginó Bellamy, pero se acercan más al objetivo de colmar las aspiraciones de cenar fuera a precios asequibles que cualquier cosa que se haya visto en el mundo hasta la fecha. Si algo distingue a estos establecimientos, criados a los pechos del capitalismo, es justamente su carácter centralizado, eficaz y comunitario: la comida es barata y nutritiva, y está disponible de forma instantánea y en cantidades ilimitadas; nadie tiene que esperar a nadie y nadie lava la vajilla porque platos y cubiertos sencillamente se tiran, y los propios clientes llevan la comida hasta la mesa y recogen cuando han acabado. (Por supuesto, sigue quedando mucho trabajo por hacer, hay presiones para que éste se haga rápido y los salarios son bajos, pero, después de todo, ¿quién cree en las utopías?) El consumo de vacuno y la industria de la comida rápida despegaron juntos, dejando a la carne de cerdo en la rampa de lanzamiento. Esta tuvo que esperar hasta el decenio de 1980 para empezar a aparecer en los menús de comida rápida y, aun así, sólo como componente de menús especiales de desayuno. (McDonald's realizó un ensayo sobre el terreno en 3.500 restaurantes con su McRib, un sandwich de carne de cerdo bañada en salsa de barbacoa; pero abandonó en seguida el intento cuando los clientes se quejaron de que se manchaban y de que no sabía bien.) La solución obvia al problema de encontrar una forma de que la carne de porcino participara en el boom de los restaurantes de comida rápida era vender hamburguesas que fuesen una mezcla de cerdo y vacuno. Al fin y al cabo, las salchichas, producto que contiene tal mezcla, son desde hace mucho uno de los puntales de la industria cárnica basada en el cerdo. Sin embargo, ninguna empresa de comidas rápidas ha intentado nunca comercializar semejante producto. A diferencia de las salchichas, todas las hamburguesas vendidas en los Estados Unidos se componen única y exclusivamente de carne de vacuno. Esto obedece, aunque la mayoría de los norteamericanos lo ignoren, a un razón muy sencilla. Con arreglo a la ley, no existen hamburguesas que no sean de vacuno al cien por cien. Los reglamentos del Departamento de Agricultura definen la hamburguesa como carne de vacuno picada y empanada, que no contiene carnes ni grasas distintas de la carne y grasa de vacuno. Si lleva aunque sólo sea una pizca de carne o grasa de cerdo, podrá llamársela patty (empanada), burger o sausage (salchicha), pero no «hamburguesa». En otras palabras, la industria del vacuno tiene, por decreto del Gobierno, una especie de patente o marca de fábrica en lo que atañe al plato rápido más popular de Norteamérica. He aquí lo que afirma el reglamento vigente (Code of Federal Regulations, 1946, 319.15, subapartado B):

Hamburguesa. La «hamburguesa» se compondrá de carne de vacuno picada fresca y/o congelada, con o sin el aditamento de grasa de vacuno como tal y/o condimento, no contendrá más de un 30 por 100 de grasa y no contendrá aditivos como agua, fosfatos, ligantes o extensores. La carne de carrillo de vaca (recortes de carrillo) podrá utilizarse en la preparación de hamburguesas solamente de conformidad con las condiciones prescritas en el apartado a) de esta sección.

Puede comerse carne de cerdo picada; puede comerse carne de vaca picada; sin embargo, mezclar las dos y llamar a la mezcla hamburguesa es una abominación. Todo esto suena sospechosamente a reedición del Levítico. Ahora bien, como sucedía con el tabú original, lo que se presenta como puro abracadabra a cierto nivel resulta tener un núcleo consistente de sentido práctico a un nivel distinto. La disposición clave es que las hamburguesas, si bien deben ser un producto exclusivamente compuesto de vacuno, pueden llevar añadido hasta un 30 por 100 de grasa de vacuno; en cambio, la proporción de materia grasa de la carne picada de vacuno queda exclusivamente determinada por la grasa que ésta contuviera antes del picado. Es decir, las hamburguesas pueden elaborarse mezclando carne y grasa procedentes de reses distintas. He destacado mediante cursivas la cláusula pertinente de la norma relativa a la carne de vacuno picada:

> Carne de vacuno picada. La «carne de vacuno picada» [chopped beef o ground beef] estará compuesta de carne de vacuno picada fresca y/o congelada con o sin condimento, y sin la adición de grasa de vacuno como tal, no contendrá más de un 30 por 100 de materia grasa y no contendrá aditivos tales como agua, fosfatos, ligantes o extensores [cursivas del autor].

El resultado de la combinación de todas estas definiciones arcanas y abominaciones misteriosas es la sanción federal de la hamburguesa como una mezcla de dos ingredientes –un tipo de carne de vacuno y un tipo de grasa de vacuno– cuya comercialización como alimentos es inseparable. La carne de vacuno más barata de que se puede disponer ha sido siempre el magro de novillo criado mediante pasto natural y no sometido a engorde. Pero si se pica y se trata de preparar hamburguesas con dicha carne, se comprobará que éstas se deshacen al cocinarlas. En otras palabras, para preparar una hamburguesa con carne de vacuno criado mediante pasto natural hace falta grasa, ligante universal de los alimentos. A tal efecto sirve cualquier grasa, pero si de lo que se trata es de hacer una hamburguesa, no una empanada o una salchicha, deberá proceder de vacuno. El foco se traslada ahora a los establecimientos de engorde y a las reses que se han pasado cuatro o cinco meses ingiriendo maíz, habas de soja, harina de pescado, vitaminas, hormonas y antibióticos las veinticuatro horas del día. En los vientres de éstas se ha acumulado una capa de materia grasa que se debe cortar y retirar una vez sacrificadas las reses. Es la grasa de vacuno más barata que existe. La unión de esta grasa y de la carne magra de novillo criado mediante pasto natural se realiza en molinos industriales de los que emerge transustanciada en suministro nacional de carne para hamburguesas. Permítase que éstas se preparen a base de carne de porcino con grasa de vacuno, o de carne de vacuno con grasa de porcino; impídase que se preparen a base de carne y de grasa procedentes de reses distintas, y la industria del vacuno en su totalidad se derrumbará de la noche a la mañana. Las empresas de comidas rápidas necesitan la materia grasa residual de los establecimientos de engorde para hacer hamburguesas baratas y éstos precisan de aquéllas para mantener bajo el coste de la carne que producen. Como la relación es simbiótica, al comer un bistec se posibilita a otro comer una hamburguesa o, si se prefiere, al consumir una hamburguesa en McDonald's se subvenciona el bistec que otro encarga en el Ritz.

A pesar de todas las consultas dirigidas al Departamento de Agricultura, no he conseguido reconstruir la historia de la negociación del Reglamento federal en que se define la hamburguesa. La exclusión de la carne y grasa de cerdo en la composición de la misma, junto con el hecho de que la Administración federal no haya establecido medidas de protección adecuadas en materia de triquinosis, sugieren que los productores de carne de vacuno tenían más influencia en los círculos gubernamentales que los de porcino. De ser cierta, esta situación vendría a ser el resultado natural de una diferencia básica en cuanto a la organización de ambas industrias que se mantiene desde finales del siglo XIX. La producción de carne de vacuno ha estado tradicionalmente dominada por un número relativamente pequeño de latifundios y grandes empresas de engorde, en tanto que la producción de porcino ha estado en manos de un número relativamente grande de unidades agrícolas de tamaño pequeño y mediano. La primera, al estar más concentrada, tiene probablemente una capacidad mayor para influir en los reglamentos del Departamento de Agricultura.

Queda por abordar una cuestión delicada. Las fuentes más baratas de carne magra para hamburguesas se encuentran en países como Australia y Nueva Zelanda, que tienen bajas densidades demográficas y grandes extensiones de tierras de pasto. Si de ellas dependiera, las cadenas de comida rápida adquirirían en el extranjero la mayor parte del magro de vacuno que necesitan. Para impedir que esto suceda el Gobierno federal ha fijado cuotas que limitan las importaciones de vacuno. A pesar de estas cuotas, el 20 por 100 de la carne picada de vacuno que consumen los norteamericanos proviene del extranjero. Nadie sabe a ciencia cierta de qué manera va a parar al estómago del consumidor este vacuno extranjero. Una vez que ha pasado aduana, ningún organismo se ocupa de registrar a dónde va o qué hace con él la industria cárnica. Algunas de las cadenas de restaurantes de comida rápida se creen en la obligación de afirmar que sus hamburguesas son 100 por 100 vacuno y 100 por 100 norteamericanas. Otras callan, añadiendo un misterio más a los hábitos alimentarios norteamericanos.

En resumidas cuentas, el vacuno alcanzó su reciente predominio sobre el porcino gracias a la influencia directa e indirecta de las hamburguesas de vacuno servidas en los restaurantes de comida rápida. Al combinar la carne de vacuno criado mediante pasto natural y no sometido a engorde con la materia grasa residual procedente de los establecimientos de engorde, las cadenas de comida rápida lograron vencer la superioridad natural del cerdo como transformador de cereales en carne. Así pues, el hecho de que el Departamento de Agricultura condene las hamburguesas de porcino por constituir una anomalía taxonómica guarda algo más que un parecido metafórico con los tabúes del Levítico. Al terciar en la lucha secular entre los cerdos –consumados devoradores de cereales– y las vacas –consumadas devoradoras de hierba–, el Departamento de Agricultura se había basado en precedentes antiquísimos. Y al dotar a las hamburguesas de una identidad exclusivamente vacuna, colocó un impedimento de índole espiritual en la elección de la carne y confirió a la de vaca un carácter más sagrado que a la de cerdo.

La historia de los cambios en los gustos norteamericanos en materia de carne no han acabado con el triunfo del vacuno sobre el porcino. Estas dos carnes rojas están amenazadas por el auge del pollo, ya sea fresco, congelado o en forma de comida rápida. Hoy día, los norteamericanos consumen 24,5 kilogramos de pollo al año. En tanto que los descubrimientos médicos de carácter adverso y la subida de los precios de venta al público han tenido como consecuencia que el consumo anual per cápita de vacuno haya registrado un descenso de 6,8 kilogramos en Norteamérica desde 1976, el consumo de pollo ha aumentado en cinco kilogramos. Si se mantiene esta tendencia, a finales de siglo los norteamericanos comerán más pollo que vacuno.

La revolución del pollo se esperaba desde hace mucho tiempo. Por naturaleza y selección los pollos vienen a ser tan eficaces como los cerdos y cinco veces más que las vacas en lo que atañe a transformar los cereales en carne. Algunas de las variedades más recientes están ideadas para superar en eficacia a los porcinos y transforman 870 gramos de pienso con alto contenido proteínico en 450 gramos de carne, concentrada en su mayor parte en la pechuga. Una serie de problemas técnicos –la vulnerabilidad de las gallináceas a las enfermedades contagiosas, su tendencia a matarse a picotazos al establecer «jerarquías de picotazo» en los gallineros atestados, la dificultad para determinar el sexo de los pollos con vistas a la gestión del gallinero– impedía que su potencial productivo se hiciera realidad. Estos obstáculos se han superado administrándoles antibiótico, cortándoles el pico mediante un hierro cauterizador y seleccionando a los machos para que tengan las alas más largas que las hembras. Hoy día, los pollos se «fabrican» en remesas de 30.000 por granja avícola, en las que se asigna a cada ave un espacio de jaula de apenas treinta por treinta centímetros. La regulación de la temperatura, la ventilación y la eliminación de los desechos están completamente automatizadas. Para que los pollos se mantengan despiertos y no paren de comer, las luces permanecen encendidas las veinticuatro horas del día. A los 47 días de romper el cascarón (la mitad de días que en 1950), las aves pesan cerca de dos kilogramos y pueden comercializarse. En la factoría de una de las grandes marcas se sacrifica, despluma, eviscera, refrigera y empaqueta de forma automatizada 1,5 aves por segundo.

Gracias a estas innovaciones, los precios del pollo apenas han subido a lo largo de la última década y hoy día los productos a base de pollo constituyen el componente que más deprisa crece de toda la industria de la comida rápida. Es posible que la cadena Wendy's tenga que aplicarse pronto su propio eslogan: Where's the beef? * Wendy's retiró precipitadamente el eslogan, que estaba en boca de todos durante la campaña presidencial de 1984, porque interfería con su plan de lanzamiento de un nuevo sandwich de pollo.

* Juego de palabras intraducible. Beef (carne de vacuno) significa también en el lenguaje coloquial «queja». Así pues, Where's the beef? significaría a la vez «¿Dónde está la carne de vacuno?» y «¿De qué se queja?». (N. de los T.)

Cuando los expertos en nutrición nos dicen que los hábitos alimentarios son los aspectos de las culturas que cambian más lentamente –tanto que la preferencia norteamericana por la carne de vacuno dataría de la época védica–, se hace evidente que no han prestado mucha atención a la historia del consumo de carne en los Estados Unidos. (Las gallinas, por cierto, se domesticaron en las junglas del sudeste asiático y nunca formaron parte del complejo de agricultura-pastoreo indoeuropeo. Probablemente, no llegaron a Europa hasta la era grecorromana.) El peso de la tradición no ha frenado de forma perceptible las grandes oleadas de cambio en los gustos que han afectado a los Estados Unidos desde la época colonial hasta nuestros días. En Norteamérica, hoy más que nunca en toda su historia, se come bien lo que se vende bien. No obstante, hay que subrayar que, al igual que en los demás casos estudiados, los altibajos de los gustos norteamericanos en materia de carnes no son simples modas aleatorias que las agroindustrias más agresivas hayan podido explotar a su capricho. No menos que en la India hinduista, la interacción entre naturaleza y cultura, por avanzada que sea la tecnología que medie entre ambas, pone límites precisos a la rentabilidad, mídase ésta en términos de energía, proteínas y recursos, o de dólares y centavos. Y en ningún caso debemos olvidar las contrapartidas negativas. Aunque he destacado las mejoras a corto plazo en la eficacia con que se transforman en carne los alimentos de origen vegetal, no debe perderse de vista que las carnes utilizadas en las comidas rápidas son una forma energéticamente ineficaz de alimentar seres humanos. El triunfo tecnológico que representa el último superpollo se basa totalmente en la disponibilidad de piensos para pollos que contienen no sólo maíz, habas de soja, sorgo y otros alimentos vegetales ricos en proteínas, sino también productos de origen animal, principalmente harina de pescado. Esta mezcolanza desdice del nombre que recibe. Es demasiado valiosa en términos alimentarios y energéticos para que se la califique de «pienso para pollos». Desde el punto de vista de la nutrición, todos esos alimentos proteináceos de origen vegetal o animal significan que el pollo norteamericano come mejor que tres quintas partes de los habitantes de la Tierra. Y desde el punto de vista de la energía, cada caloría de pechuga de pollo cuesta como mínimo seis calorías de combustible fósil. Es decir, la dieta suntuosa de los pollos (y los cerdos y las vacas) depende por entero del permanente expolio de las fuentes no renovables pero todavía relativamente baratas de energía fósil. Como señalé al principio, la orgía carnívora de Norteamérica puede resultar tan efímera como lo fue en la India védica. Entretanto, espero haber demostrado que los principales rasgos de la jerarquía de preferencias cárnicas que exhiben los norteamericanos -de la carne de caballo a las de vaca y pollo-, lejos de ser un legado caprichoso, heredado de un pasado remoto, que ha permanecido inmutable e insensible, se ha adaptado con rapidez a las diversas combinaciones de factores alimentarios, ecológicos, económicos y políticos que han ido apareciendo.

No discuto que algunas costumbres alimentarias sean sumamente persistentes. Además de las preferencias y evitaciones que apenas duran unas décadas hay otras que duran milenios. Pero como muestra el siguiente enigma, el peso de la tradición no resulta más convincente como explicación de las segundas que de las primeras.

7. Lactófilos y lactófobos

Mi inocencia sobre la leche duró hasta que tropecé con los escritos de Robert Lowie, célebre antropólogo que se complacía en recopilar ejemplos de la «caprichosa irracionalidad» de los hábitos dietéticos del ser humano. Lowie estimaba como un «hecho sorprendente que los asiáticos orientales, como los chinos, japoneses, coreanos e indochinos mostrasen una inveterada aversión hacia la utilización de la leche». Yo compartía su sensación de maravilla. Como admirador y frecuente consumidor de comida china tenía que haberme dado cuenta de que los menús de ésta no contenían platos preparados mediante derivados lácteos: ni cremas a base de nata para acompañar carnes o pescados, ni queso fundido o en soufflé, ni tampoco mantequilla para añadir a verduras, pastas, arroces o budines. Pero todos los menús que yo había visto ofrecían helados entre los postres. Nunca se me ocurrió pensar que esta solitaria especialidad láctea fuera una concesión al paladar norteamericano y que poblaciones enteras de congéneres humanos pudieran despreciar el «alimento perfecto» de mi infancia y mi juventud.

Lowie había expuesto el asunto de forma un tanto moderada. Los chinos y otros pueblos del este y sudeste asiáticos no sólo muestran una aversión hacia la utilización de la leche, sino que la aborrecen intensamente, reaccionando ante la posibilidad de tragar un buen vaso de leche fría poco más o menos como reaccionaría un occidental ante la perspectiva de un buen vaso de fría saliva de vaca. Me eduqué, como la mayoría de los miembros de mi generación, en la creencia de que la leche es un elixir, un hermoso y blanco maná líquido que tiene la facultad de hacer crecer el vello en el pecho de los hombres y aterciopelar y sonrosar el cutis de las mujeres. ¡Qué conmoción descubrir que otros la consideran como una secreción glandular de aspecto feo y olor rancio que ningún adulto que se respete querría beber!

Durante mi juventud, la industria lechera, el Departamento de Agricultura y la Asociación Médica Americana apoyaban con fervor el estereotipo popular que presentaba la leche como el «alimento perfecto». Bébase un litro diario; téngase en cada aula escolar; bébase antes de las comidas, con las comidas, entre comidas y por la noche como tentempié. Cómprese en envases de cuatro litros provisto de grifo. Beba un poco cada vez que abra la nevera. Bébala para asentar el estómago, tratar las úlceras, curar la diarrea (hervida), calmar los nervios y aliviar el insomnio (caliente). La leche no podía hacer daño.

Cuando los Estados Unidos fueron llamados a ayudar a la alimentación de los países subdesarrollados, durante el período posterior a la Segunda Guerra Mundial, los funcionarios de la U. S. Agency for International Development naturalmente la escogieron como arma en la guerra contra el hambre. Entre 1955 y 1975, diversos organismos oficiales enviaron millones de toneladas (fundamentalmente en polvo) a los países necesitados del mundo. La leche, ciertamente, era excedentaria y a los propios norteamericanos no les gustaba en polvo; pero independientemente de estos hechos, los agricultores, los políticos y los técnicos de la ayuda internacional podían sentir la íntima satisfacción de enviar su maná a los seres desnutridos del mundo entero. Poco después de que llegaran a su destino en África, Latinoamérica, Oceanía y otros lugares necesitados los primeros cargamentos, sin embargo, se empezaron a oír rumores referentes a personas que enfermaban por beber leche, leche norteamericana.

Ocurrió en Brasil, en 1962, nada más llegar 40 millones de kilos de leche en polvo, enviados por la Administración Kennedy en el marco del programa Alimentos para la Paz. Los brasileños no tardaron en quejarse de que ésta les hacía sentirse hinchados y que les daba retortijones y diarrea. Al principio los funcionarios de la Embajada estadounidense se negaron a creerlo; luego, se mostraron ofendidos por la forma en que se despreciaba y difamaba esta muestra de la generosidad norteamericana. «Lo que hacen –me dijo un funcionario– es comerse el polvo a puñados, metiéndoselo en la boca sin mezclarlo con agua. Y esto, claro, les produce unos dolores de barriga del diablo.» «El problema –según otro funcionario– es que lo mezclan con agua contaminada. La leche no tiene nada de malo. Lo que pasa es que no saben que tienen que hervir el agua antes de mezclarla.» «No –respondían mis amigos brasileños–, mezclamos el polvo y empleamos agua hervida, pero aun así nos da un gran dolor de estómago.» Debo aclarar que las personas que enfermaban estaban acostumbradas a tomar leche, a lo sumo, muy de vez en cuando y en tales casos siempre en pequeñas cantidades con la taza de café del desayuno. Hasta entonces no habían bebido nunca vasos enteros. Los brasileños, a diferencia de los chinos y otros pueblos asiáticos, nunca tuvieron prejuicios contra la leche antes de su experiencia con la ayuda norteamericana. Sus tradiciones culturales, de origen fundamentalmente europeo, no les hacían sentir repugnancia ante la idea de beberla. Pero los brasileños, sobre todo las clases más pobres, que eran los destinatarios de la ayuda, son descendientes genéticamente mixtos de africanos y amerindios, tanto como de inmigrantes europeos. Es importante tener presente que muchos pueblos africanos carecen de cualquier tradición de consumo de leche, en tanto que los pueblos amerindios, sin excepción, desconocían por completo esta práctica antes de la llegada de los europeos con sus animales domésticos.

El Gobierno de los Estados Unidos, al tiempo que enviaba al extranjero cantidades masivas de leche en polvo en el marco de sus programas de ayuda exterior, distribuía también el excedente de leche entera entre los norteamericanos menesterosos en el marco de diversos programas de lucha contra la pobreza. Hacia mediados del decenio de 1960, muchos médicos estadounidenses que trabajaban con poblaciones indígenas y habitantes de los ghettos se habían ya percatado de que un solo vaso de leche bastaba para producir desagradables síntomas gastrointestinales en negros e indios. En 1965, un equipo de investigación clínica de la Johns Hopkins Medical School descubrió la causa: un amplio porcentaje de las personas que declaraban tener problemas intestinales relacionados con la leche era incapaz de digerir el azúcar que ésta contiene. Dicho azúcar, llamado lactosa, se define químicamente como un polisacárido o azúcar complejo, y está presente en la leche de todos los mamíferos, con excepción de los pinnípedos (focas, leones marinos y morsas), excepción cuya importancia se pondrá de manifiesto más adelante. Las moléculas de lactosa son demasiado complejas para atravesar las paredes del intestino delgado. Antes de que la sangre pueda absorberlas y de que se puedan utilizar como fuente de energía deben descomponerse en monosacáridos o azúcares simples, en concreto, glucosa y galactosa. La transformación de la lactosa en azúcares simples depende de la acción química de una enzima denominada lactasa. Lo que descubrieron los investigadores de la Johns Hopkins fue que, aproximadamente, el 75 por 100 de los individuos adultos de raza negra, en comparación con el 20 por 100 de los norteamericanos de raza blanca, padecen una insuficiencia de esta enzima. Los individuos con esta carencia son incapaces de absorber la lactosa después de beber un vaso de leche. Si la insuficiencia es grave, la lactosa se acumula en el intestino grueso, empieza a fermentar y despide gases. El intestino se llena e hincha de agua, y la lactosa es evacuada en forma de deposición líquida. En algunos individuos, hasta la leche que se toma con los copos de cereales del desayuno puede ocasionar trastornos graves. Un doctor sudanés llamado Ahmed publicó la descripción clásica de la sintomatología que produce la insuficiencia de lactasa. He aquí lo que el doctor Ahmed escribió en la prestigiosa revista médica británica Lancet:

Soy un médico de treinta y un años, casado y con una hija de dos años, procedente del Sudán... que ha tenido la suerte de recibir una buena educación en su propio país y ahora aquí en Gran Bretaña. No obstante, mi vida ha estado profundamente marcada por una inquietud y una preocupación permanentes relacionadas con los trastornos intestinales. La primera manifestación clara de esto tuvo lugar –que recuerde, a los nueve o diez años– cuando empecé a sufrir ataques ocasionales de cólico, acompañados de diarrea acuosa; a partir de entonces me importunaron ruidos abdominales, frecuentes descargas de flato, así como grandes dificultades para realizar evacuaciones satisfactorias o siquiera voluminosas. Recuerdo que tenía que ir al retrete varias veces al día y esforzarme sobre la taza durante horas sólo para verme recompensado al final en cada ocasión con una deposición filamentosa y minúscula cuya forma era la de la pasta dental que se exprime de un tubo casi vacío.

El efecto psicológico se hizo cada vez mayor, especialmente cuando tuve que dejar mi casa para ir al colegio y alojarme en una pensión con otros estudiantes. En seguida adquirí fama de obstruir durante horas el acceso al retrete. Como me resultaba imposible retener los gases en la tripa, tuve que ocultar mis aprietos bajo un disfraz de humor basado en mi capacidad para expulsar libremente descomunales ventosidades. Aunque bromeaba sobre mi apodo, Gurab El Ful, por dentro me sentía absolutamente desdichado...

Cuando llegué a este país [Inglaterra] observé un deterioro muy acusado en mi estado, que atribuí a la tensión propia de trabajar en un contexto cultural extraño y de preparar mis exámenes [de Medicina]. El trabajo diario se convirtió en una tortura. Aunque desayunaba de forma ligera, a base de copos de maíz con leche, las guardias me resultaban intolerables. Tenía que reprimir verdaderas masas de flatulencias y ruidos abdominales, y después de las guardias corría a casa para efectuar varias descargas intestinales explosivas en el retrete... Decidí... seguir un tratamiento de salvado (muy recomendado en la unidad como principal componente del tratamiento del síndrome del intestino irritado). Poco a poco, fui aumentando la dosis de salvado, que tomaba con leche cada mañana. Para mi sorpresa, esto no hizo sino empeorar mi estado... Empezaba a desesperar cuando por casualidad mencioné mi dolencia a la nueva asesora de la unidad en el transcurso de una conversación informal. Ella apuntó la posibilidad de que la causa fuera el azúcar lácteo. Y aunque tenía escasas esperanzas de que se descubriese esa patología, accedí a regañadientes a someterme a un examen.

La prueba de tolerancia a la lactosa fue todo un acontecimiento. La experiencia fue exactamente igual que la que había tenido en casa hacía años con motivo de una enteritis torrencial causada por el cólera. A la media hora de ingerir la lactosa empecé a notar un volumen de ruidos excesivo en mi abdomen, que posteriormente se hizo audible para personas que se encontraban al otro lado de la sala. Dos horas después, mientras instruía a un grupo de estudiantes durante una ronda, tuve un cólico periumbilical muy fuerte y escapé en un estado absolutamente desolador...

A los pocos días de haber empezado una dieta no láctea, descubrí que me había abandonado la permanente distensión abdominal y la necesidad de expulsar ventosidades con frecuencia. Los ruidos abdominales desaparecieron y casi por primera vez en mi vida conseguí tener evacuaciones regulares. Aunque no perdí peso, mi cintura empezó a encogerse y esto me planteó un nuevo problema durante la guardia cuando descubrí que los pantalones se me estaban escurriendo. Tuve que salir corriendo, ¡pero no al retrete, sino a comprar un par de tirantes! Hoy día mi estado de ánimo es excelente, he tirado el frasco de tranquilizantes y trabajo en mi segunda publicación: la incidencia de la insuficiencia de lactasa entre los médicos sudaneses en Gran Bretaña.

Las autoridades en medicina y nutrición no se ponen de acuerdo sobre la frecuencia con que se asocian la ingestión de leche por parte de individuos que no toleran la lactosa y la sintomatología que describe el doctor Ahmed. Algunos expertos estiman que la proporción de individuos no tolerantes en quienes el beber un vaso de 240 ml de leche produce malestar asciende al 50 por 100, en tanto que otros afirman que, según sus estudios, menos del 10 por 100 experimenta siquiera síntomas leves después de ingerir la misma cantidad.

La falta de acuerdo resultó funesta para el famoso intento de la Federal Trade Commission (Comisión Federal de Comercio) de impedir que la California Milk Producers Advisory Board (Junta Consultiva de Productores de Leche de California) utilizara el lema «la leche es buena para todos» en una campaña dirigida a aumentar el consumo de leche en California. El juez presidente denegó la petición de una orden de prohibición alegando que, según demostraban experimentos neutrales en que ni los experimentadores ni los sujetos conocían el objetivo de las pruebas, «del 20 al 25 por 100 de la población californiana que padece insuficiencia de lactasa, posiblemente el 15 por 100, como máximo, manifiesta cualquier clase de síntomas al ingerir de una sentada 240 ml de leche. De éstos, los elementos de juicio de que se dispone establecen que sólo en el 15 por 100 serían los síntomas motivo de preocupación social o psicológica o causa de malestar físico suficientes como para considerarlos significativos». El juez sacó la conclusión de que la proporción de la población californiana aquejada de síntomas significativos se reducía al 0,7 por 100. Pero como todos los expertos concordaban en que los síntomas aumentaban de forma proporcional a la dosis, el tribunal criticó los anuncios que trataban de estimular el consumo de varios vasos de leche a la vez. (En un anuncio televisivo, Vida Blue, héroe del béisbol, declaraba beber nueve litros de leche diarios.)

Los demandados no jugaban limpio e inducían a error al presentar el consumo de grandes cantidades de leche de una sola vez como algo benéfico ante las personas que padecen insuficiencia de lactasa, las cuales forman un segmento muy importante de la población. La ingestión de cantidades grandes o ilimitadas de leche por parte de tales personas puede causar síntomas preocupantes o incómodos, aunque no peligrosos para la salud.

Al parecer, la gravedad de los síntomas entre los individuos que no toleran la lactosa puede reducirse gracias a una especie de efecto de habituación. Los individuos con insuficiencia de lactasa que carecen de experiencia previa con respecto al consumo de leche tienen más probabilidades de manifestar síntomas acusados al beber cantidades pequeñas. La mayor parte de los experimentos realizados en los Estados Unidos han utilizado individuos con insuficiencia de lactasa que, en acatamiento de las costumbres predominantes en el entorno cultural empapado de leche en el que viven, no han dejado de beber leche. Se sabe que los síntomas gástricos son sensibles a los estados psicológicos y que, hasta cierto punto, de la misma manera que se puede aprender a ignorar o convivir con molestias artríticas benignas, se puede aprender a ignorar o convivir con el flato, con la hinchazón del vientre o con retortijones moderados. Por añadidura, la flora intestinal de los bebedores de leche habituados puede diferir de la de los no habituados, con el resultado de que individuos con niveles idénticos de insuficiencia de lactasa presenten diferentes tasas de fermentación causante de síntomas.

Factores como éstos pueden explicar por qué los individuos con insuficiencia de lactasa de otros países o pertenecientes a las culturas amerindias muestran tasas más altas o síntomas más espectaculares después de beber un vaso de leche que los estadounidenses. En la ciudad de México, por ejemplo, el 20 por 100 de los que la padecían presentaba síntomas moderados, y el 16 por 100, síntomas graves después de ingerir un único vaso de leche. Los indios pimas adultos presentan una insuficiencia cercana al 100 por 100; después de beber un vaso de leche, un 68 por 100 de ellos manifiestan síntomas.

Tras el descubrimiento de la base biológica de la intolerancia láctea, los investigadores médicos no tardaron en identificar otras poblaciones incapaces de digerir la lactosa. En un principio, se calificó de «anómalos» a quienes padecían una deficiencia en lactasa, pero pronto se puso de manifiesto que la presencia de ésta en la madurez es la condición «normal» y que en los adultos humanos, como sucede con la práctica totalidad de los mamíferos, la suficiencia es la condición «anómala». Menos del 5 por 100 de la población adulta de China, Japón, Corea y otras naciones del este de Asia es capaz de absorber la lactosa; en algunos grupos de Asia y Oceanía, como los tais, los neoguineanos y los aborígenes australianos, el porcentaje de adultos capaces de absorberla se aproxima a cero. Éstos no son menos difíciles de encontrar en el África occidental y central, patria ancestral de la mayoría de los negros estadounidenses y brasileños. Y esto nos devuelve a los dolores de barriga de los brasileños. Los brasileños de ascendencia mixta afroamerindia que se quejaban después de ingerir leche en polvo eran, sin duda, víctimas de una mala absorción de la lactosa, no de utilizar agua sucia o de comer la leche en polvo a puñados.

Hoy día sabemos que el principal contingente de individuos «anómalos» capaces de absorber la lactosa vive en Europa, al norte de los Alpes. Más del 95 por 100 de los holandeses, los daneses, los suecos y los escandinavos en general tienen la suficiente lactasa como para digerir grandes cantidades de lactosa a lo largo de sus vidas. Al sur de los Alpes predominan niveles altos a intermedios, que descienden a niveles intermedios a bajos en España, Italia y Grecia, y entre los judíos y árabes que habitaban en zonas urbanas del Oriente Medio. En la India septentrional volvemos a encontrar niveles intermedios a altos, en tanto que en enclaves aislados, tales como los nómadas beduinos de Arabia y determinados grupos pastores del norte de Nigeria y del África oriental, se dan niveles de absorción elevados.

Es evidente que los mamíferos tienen que estar capacitados para beber leche durante la primera infancia, ¿pero por qué pierden éstos, incluida la mayor parte de los humanos, su capacidad para producir la enzima lactasa al alcanzar la juventud y la madurez? Una posible explicación de esta insuficiencia postinfantil consiste en que la selección natural no favorece los rasgos físico-químicos carentes de utilidad para el organismo. A medida que las crías de mamífero se desarrollan y ganan peso y tamaño, sus madres ya no pueden producir la suficiente leche para satisfacer sus necesidades de nutrición. Además, las madres deben prepararse para nuevos embarazos y para cuidar y alimentar a nuevas criaturas poniendo término a la lactancia y obligando a sus descendientes mayores a que empiecen a buscar alimentos propios de adulto. Una vez destetados, los seres humanos sólo tienen una forma de incluir leche en sus dietas: «robársela» a otros animales lactantes lo suficientemente mansos como para dejarse ordeñar por ellos. Y hasta que se domesticaron tales especies ordeñables, los individuos capaces de sintetizar la lactasa no gozaron de ventaja alguna. Por tal razón, durante los millones de años que precedieron a la domesticación de los rumiantes, la selección natural no fue favorable a los seres humanos que seguían conservando dicha capacidad. Sin embargo, los genes que posibilitan la ampliación del período de suficiencia hasta la madurez aparecían con frecuencias muy bajas como resultado de mutaciones periódicas (como se deduce de su presencia ocasional en ciertas especies de monos). Pero sólo después de la domesticación de los rumiantes, hace aproximadamente diez mil años, empezó la selección natural a favorecer la difusión del gen de la suficiencia adulta en lactasa en el seno de determinados grupos que poseían ganado de ordeño. Hoy día, toda población humana que arroje porcentajes elevados de jóvenes y adultos suficientes en lactasa lleva a sus espaldas una larga tradición de ordeño de uno o más rumiantes domesticados y de consumo de leche (cuanto más abundante sea la cantidad consumida en comparación con otros alimentos, más elevada será la frecuencia de los genes que posibilitan la suficiencia en lactasa entre jóvenes y adultos).

Todo esto parece conducir a una explicación engañosamente sencilla del hecho de que la suficiencia en lactasa presente una incidencia superior al 90 por 100 entre las gentes del norte de Europa y sus descendientes. Si con el fin de satisfacer las necesidades de su nutrición un grupo humano necesita beber grandes cantidades de leche, la selección natural se mostrará favorable al éxito reproductor de aquellos individuos que posean el gen aberrante de la suficiencia en lactasa y contraria a quienes dispongan del gen «normal» de la insuficiencia. Ahora bien, ¿qué necesidad hay de beber grandes cantidades de leche? Nuestra especie y sus antepasados lograron sobrevivir durante millones de años antes de que el primer animal doméstico fuera lo suficientemente manso como para dejarse ordeñar. Como demuestra la existencia, a lo largo y ancho del mundo, de individuos sanos y longevos que no beben leche, la mayoría de los humanos no dependen de ella para satisfacer ninguna necesidad alimentaria básica. Con todo, la capacidad de otras poblaciones para prescindir de ella no excluye la posibilidad de que ciertas circunstancias particulares, relacionadas con el medio ambiente y la prehistoria de Europa, forzaran a los europeos a convertirse en bebedores de leche. El problema, pues, estriba en determinar cuáles son las circunstancias en que la leche adquiere una importancia decisiva para la salud, el bienestar y el éxito reproductor de los seres humanos.

La leche no contiene ningún nutriente que no pueda obtenerse a partir de otros alimentos, de origen vegetal o animal. Sin embargo, sí contiene dosis masivas de un elemento que los europeos, sobre todo los habitantes de la Europa septentrional, seguramente necesitaron en cantidades excepcionales. Se trata del calcio, mineral que el organismo utiliza para formar, mantener y reparar los huesos. El contenido sólido de la leche constituye la más concentrada de todas las fuentes dietéticas de calcio. También puede obtenerse en dosis adecuadas a partir de productos vegetales de carácter hojoso y color verde oscuro, como las hojas de nabo y remolacha y las espinacas. Estos productos, sin embargo, deben ingerirse en grandes cantidades y (para los individuos que toleran la lactosa) son «paquetes» alimentarios mucho menos eficaces que la leche, cuyas grasas y azúcares constituyen una importante fuente, tanto de energía, como de proteínas, vitaminas y minerales. Una forma marginal de satisfacer las necesidades de calcio consiste en mascar espinas de pescado y roer los gruesos ligamentos próximos a los huesos de los animales. Así es como obtienen este mineral los esquimales. Pero no todo el mundo tiene acceso al pescado y roer huesos de gran tamaño es peligroso para los dientes, además de una pérdida total desde el punto de vista energético.

La presencia del calcio en un alimento no garantiza por sí misma su absorción intestinal. Como sucede con otros alimentos de origen vegetal, las verduras de carácter hojoso y color oscuro contienen ácidos que ligan el calcio y otros minerales, impiden su absorción y disminuyen su valor biológico. La leche destaca como fuente dietética de calcio no sólo porque contiene más que la mayoría de los alimentos, sino porque contiene también una sustancia que favorece su absorción intestinal. Dicha sustancia no es otra que la lactosa; en seguida volveremos sobre este asunto.

Antes, permítaseme subrayar que la utilización de la leche como fuente esencial de calcio absorbible es uno de los rasgos más característicos de la clase de vertebrados que forman los mamíferos. Los mamíferos recién nacidos, que no pueden ingerir por sí mismos alimentos sólidos, tienen esqueletos inmaduros y blandos que deben endurecerse y desarrollarse rápidamente. La secreción de las glándulas mamarias aporta, por lo tanto, una soberbia fórmula natural para favorecer la absorción del calcio y un máximo desarrollo óseo en las criaturas lactantes. Los jóvenes y los adultos que necesiten de éste también pueden beneficiarse de dicha fórmula, siempre que dispongan de animales ordeñables y sean suficientes en lactasa.

Permítaseme ser algo más concreto sobre una de las consecuencias que puede tener la falta de calcio en niños y adultos. Se trata de la enfermedad denominada raquitismo cuando afecta a individuos jóvenes y osteomalacia cuando sus víctimas son personas de más edad. En los primeros, las piernas se arquean y atrofian de forma grotesca; el pecho se hunde y la pelvis femenina se retuerce, obstruyendo el conducto natal para el paso del feto. En años posteriores, las piernas, caderas y brazos se vuelven quebradizos, rompiéndose a la menor caída o impacto. Los niños y jóvenes raquíticos no sometidos a tratamiento tendrían menos posibilidades de casarse y reproducirse que sus homólogos sanos. Y las madres raquíticas afrontarían el riesgo de morir con un niño nonato atascado en el conducto natal. ¿Hay indicios de la existencia de algún tipo de vínculo entre la insuficiencia en lactasa y las enfermedades óseas? Sí. Los estudios demuestran que el 47 por 100 de los individuos de raza blanca que padecen osteomalacia presentan un déficit de lactasa. Así pues, en una población que dispusiera de animales ordeñables y fuentes alternativas de calcio poco satisfactorias, la intolerancia de la lactosa sería una influencia decisiva en el éxito reproductor.

Como acabo de mencionar, la efectividad de la leche como fuente de calcio dietético viene asegurada por su elevado contenido de este mineral y por el hecho de que encierra, además, una sustancia especial –la lactosa– que favorece su absorción intestinal. Si no se puede digerir la lactosa, beber leche será una forma de procurarse calcio no sólo desagradable, sino también ineficaz. Este detalle no se ha aclarado hasta hace poco.

En general, los investigadores se habían mostrado de acuerdo en que una intolerancia grave de la lactosa podía provocar una falta de absorción y, por ende, una pérdida de los azúcares y calorías lácteos. En cambio, se disponía de elementos de juicio contradictorios en lo que respecta al problema de si dicha intolerancia significaba o no que el calcio pasaba por el organismo sin ser absorbido. Al objeto de medir los efectos de la insuficiencia de lactasa en la capacidad para absorberlo, los científicos del Centro de Estudios sobre Enfermedades Óseas de la Universidad de Ginebra suministraron dosis normales de calcio disuelto en agua a grupos de voluntarios formados por individuos deficientes y suficientes en lactasa. En uno de los experimentos, los sujetos tomaron el calcio con una dosis de lactosa y en otro lo tomaron solo. Todos los sujetos deficientes en lactasa mostraron un descenso importante -de un 18 por 100 como promedio- en la absorción total de calcio cuando lo ingirieron acompañado de lactosa. La importancia de este descenso sólo puede apreciarse si se compara con lo que les sucedió a los individuos suficientes al beber simultáneamente calcio y lactosa. Los doce sujetos que componían este grupo experimentaron un salto muy pronunciado en la cantidad de calcio que fueron capaces de absorber: un incremento del 61 por 100 con respecto a la absorción total obtenida cuando lo tomaron sin lactosa. Estos descubrimientos (que ya habían anticipado experimentos anteriores con animales y muestras más pequeñas de humanos) sugieren que, por lo que se refiere al aprovechamiento del calcio lácteo, los individuos que toleran la lactosa pueden llegar a tener una ventaja del 79 por 100 sobre los que no la toleran.

Estos nuevos elementos de juicio, por cierto, desmienten directamente uno de los principales argumentos esgrimidos en el juicio de la California Milk Producers Advisory Board. La mayoría de los testimonios prestados por los expertos acabaron por convencer al juez de que «la leche era esencial, indispensable, necesaria para el pueblo de California... incluida la mayoría de las personas que manifiestan síntomas de intolerancia a la lactosa», porque «obtienen todas las sustancias nutritivas contenidas en ella, con la posible excepción de las calorías presentes en la lactosa» y, por lo tanto, la necesitan efectivamente para procurarse el calcio que requieren sus organismos. Los nuevos datos indican que los individuos que sufren un déficit de lactasa no pueden conseguir suficiente calcio a partir de la leche a menos que la beban en cantidades mayores de las que necesitan ingerir las personas que no la padecen. Y, naturalmente, cuanto más beben, más violentos son sus síntomas (¡recuérdese al doctor Ahmed!). La respuesta prudente a estos hechos consiste en aconsejar a estas personas no que beban más leche, sino que consuman más productos vegetales de carácter hojoso y color verde oscuro o espinas de pescado masticables.

En resumidas cuentas: si los antepasados de los europeos suficientes en lactasa de hoy día dependían de la leche para obtener calcio y si corrían el riesgo de contraer raquitismo u osteomalacia, los individuos que afrontarían mayores peligros serían aquellos que fueran incapaces de beber grandes cantidades de leche o que sólo pudieran absorber una pequeña proporción del calcio contenido en la que bebían.

¿Quiénes fueron los antepasados de los europeos suficientes en lactasa de hoy día y por qué dependían de la leche animal para procurarse calcio? Los datos arqueológicos y lingüísticos indican que hace unos diez mil años la Europa central y septentrional estaba cubierta de bosques y contaba con una población muy escasa de cazadores-recolectores. La domesticación del ganado de ordeño tuvo su centro geográfico en el Oriente Medio y el Mediterráneo oriental. Hace ocho o nueve mil años empezó una emigración hacia el norte de agricultores y ganaderos neolíticos que utilizaban el fuego para despejar el bosque, cultivaban cereales en pequeños huertos y dejaban que su ganado pastase en las praderas que crecían tras la quema del bosque. En este modo de subsistencia no había apenas lugar para el cultivo de las verduras de carácter hojoso y color oscuro, ricas en calcio pero de escaso contenido energético. De hecho, las más conocidas de éstas no formaban aún parte, en su mayoría, del inventario mundial de plantas domesticadas, precisamente porque reportaban muy pocos beneficios como fuentes de energía y proteínas en comparación con los cereales y los alimentos de origen animal. Si los pioneros neolíticos de Europa corrían un riesgo excepcionalmente elevado de contraer raquitismo y osteomalacia, es mucho más probable que las selecciones cultural y natural favorecieran un aumento en la utilización de leche en vez de un aumento en la utilización de verduras de carácter hojoso y color oscuro.

La pregunta siguiente es: ¿se dispone de elementos de juicio que indiquen que los pioneros neolíticos corrían un riesgo especialmente elevado de contraer raquitismo u osteomalacia? Sí, se dispone de ellos, aunque provienen de un terreno absolutamente inesperado y sin aparente relación con el ámbito del comportamiento alimentario. Las pruebas las aportan, por una parte, la tez extraordinariamente blanca de los habitantes del norte de Europa y, por otra, el gradual oscurecimiento del color de la piel que se observa al viajar desde las Islas Británicas y Escandinavia a los países que bordean el Mediterráneo. Desde un punto de vista cuantitativo, la piel que varía de la blancura absoluta a los tonos sonrosados es tan «anómala» como la suficiencia en lactasa durante la madurez. La mayor parte de la humanidad posee una piel de color oscuro o moreno, y es posible que hace apenas diez mil años no existieran en parte alguna seres humanos cuyo color de la piel se pareciera al de los actuales habitantes de la Europa septentrional. La combinación doblemente excepcional de tez clara y suficiencia en lactasa no es, sin embargo, una coincidencia. La tez clara, lo mismo que la suficiencia en lactasa, aumenta la absorción del calcio al permitir que ciertas longitudes de onda de luz penetren en la epidermis y conviertan en vitamina D_3 un tipo de colesterol que se encuentra en ésta. La sangre transporta la vitamina D_3 desde la piel hasta el intestino (convirtiéndola técnicamente en una hormona más que una vitamina), donde desempeña un papel decisivo en la absorción del calcio. La vitamina D también se puede obtener directamente de fuentes dietéticas, pero éstas son extraordinariamente limitadas. Se encuentra fundamentalmente en los aceites de pescado (pero no de las especies de agua dulce) y en el hígado de los mamíferos marinos. Un dato esencial que debe retenerse es que, en sí misma, la leche (a menos que esté enriquecida) no contiene cantidades importantes de vitamina D. ¿Por qué habría de hacerlo si ya contiene lactosa, capaz por sí misma de sustituir a la vitamina D al contribuir a la absorción del calcio que la leche suministra en abundancia? Esto ayuda a explicar la curiosa anomalía de la ausencia de lactosa en la leche de los pinnípedos. En contraste con la de otros mamíferos, la leche de leones marinos, focas y morsas es rica en vitamina D y, por lo tanto, no tiene necesidad alguna de lactosa para mejorar la absorción del calcio. Esta sustitución de la lactosa por vitamina D apunta al hecho de que la dieta de los mamíferos marinos se compone casi exclusivamente de pescado, rico en dicha vitamina. Los pinnípedos, que por sus hábitos ictiófagos tienen garantizado un suministro abundante de vitamina D, pueden prescindir, a diferencia de los demás mamíferos, de la compleja necesidad de que las hembras produzcan lactosa en sus glándulas mamarias y las crías lactasa en sus intestinos.

El efecto beneficioso de la piel clara en la absorción del calcio puede parecer extraño a la vista de lo que se acaba de afirmar en el sentido de que la tez morena es lo «normal» en nuestra especie. Si el calcio es un nutriente tan importante y si la tez pálida favorece la síntesis de la vitamina D y la absorción del calcio, ¿por qué esa piel clara tan «anómala»? La respuesta es: debido al cáncer, al cáncer de piel.

La pigmentación cutánea obedece a la presencia de partículas de una sustancia denominada melanina, la misma que permite a los lagartos cambiar el color de su piel y que hace que la tinta del calamar sea negra. En el ser humano, la función primordial de la melanina consiste en proteger las capas exteriores de la piel de las radiaciones ultravioletas de la luz solar que penetran en la atmósfera. Esta radiación plantea un problema crítico para nuestra especie porque carecemos del denso abrigo de pelo que sirve de pantalla solar a la mayoría de los mamíferos. La falta de pelo tiene sus ventajas; permite que las abundantes glándulas sudoríparas refresquen nuestro cuerpo gracias a la evaporación, dotando con ello a nuestra especie de la singular capacidad de perseguir piezas de caza rápidas, a lo largo de grandes distancias y bajo el calor del mediodía, hasta agotarlas. Pero también tiene su precio. Nos expone a dos tipos de peligros de radiación: las quemaduras solares comunes, con sus ampollas, sarpullidos y riesgos de infección, y los cánceres de piel, incluido el melanoma maligno, una de las enfermedades más mortales que se conocen. La melanina es la primera línea de defensa del organismo contra estas dolencias. Cuanto más numerosas sean las partículas de melanina, más oscura es la piel y menor es el riesgo de quemaduras y cáncer.

El melanoma maligno es, principalmente, una enfermedad propia de individuos de piel clara y ascendencia europeo-septentrional con un historial de exposición a intensas radiaciones solares. Australia, donde la población blanca es, en su mayoría, de filiación europeo-septentrional, presenta uno de los índices más elevados de cáncer de piel en todas sus formas. La radiación solar se halla implicada aquí por dos razones: en los últimos treinta años el índice se ha cuadruplicado coincidiendo con un aumento de los deportes al aire libre y del uso de vestimentas exiguas, y varía de Norte a Sur dependiendo de la cantidad e intensidad de la radiación solar.

En los Estados Unidos, donde una tercera parte de todos los nuevos casos de cáncer registrados anualmente son cánceres de piel, el índice de melanomas malignos se multiplicó por seis entre 1935 y 1975, igualmente en combinación con la creciente popularidad de los deportes al aire libre y la relajación de los códigos indumentarios. Como cabe predecir, el melanoma maligno es más frecuente entre individuos de raza blanca que viven en ciudades como Dallas y Fort Worth y menos entre los que viven en Detroit o Minneápolis. En los hombres, que es más probable que vayan sin camisa que las mujeres, el melanoma aparece en la parte superior del torso; en las mujeres, en las piernas, con menos frecuencia en la espalda y casi nunca en los pechos, que rara vez se exponen al sol. En contraste, el melanoma maligno apenas se da entre los habitantes del África central, cuya piel está sumamente pigmentada, y entre sus descendientes en el Nuevo Mundo. Por lo demás, cuando los individuos de piel muy oscura lo contraen, éste suele aparecer en las partes menos pigmentadas de sus cuerpos: como las plantas de los pies, las palmas de las manos y los labios.

En lo que atañe a Europa, los datos parecen contradictorios: los noruegos contraen el melanoma maligno con una frecuencia diez veces superior a los españoles, bañados por el sol. Pero hay una explicación evidente. Los noruegos y suecos no sólo suelen ser de tez más pálida que los españoles, sino que se dedican a tomar el sol desnudos o semidesnudos con verdadero fanatismo, tanto en sus países, durante el corto verano nórdico, como en el extranjero, durante las vacaciones invernales. Así pues, el color particular de la piel de una población humana constituye, en buena medida, una transacción entre los riesgos opuestos del exceso y del defecto de radiación solar: por una parte, las quemaduras graves y el cáncer de piel; por otra, el raquitismo y la osteomalacia. En este compromiso radica fundamentalmente la explicación del predominio en el mundo de las gentes de color moreno y de la tendencia general a que el color de la piel alcance su máxima oscuridad entre las poblaciones ecuatoriales y su máxima blancura entre los pueblos que habitan en latitudes superiores.

En las latitudes medias la piel sigue una curiosa estrategia del cambio de color según la estación. En torno a la cuenca mediterránea, por ejemplo, la exposición al sol veraniego aumenta el riesgo de cáncer pero disminuye el de raquitismo, se produce más melanina y las gentes se tornan más oscuras (es decir, se broncean). El invierno reduce el riesgo de quemaduras y cáncer; se produce menos melanina y el moreno desaparece poco a poco, asegurando la síntesis de cantidades adecuadas de vitamina D_3.

Reunamos ahora todas las piezas sueltas: cuando los pioneros neolíticos emigraron al Norte los riesgos del raquitismo y la osteomalacia desplazaron a los del cáncer cutáneo. Los inviernos se hicieron más largos y fríos, y era más frecuente que el sol estuviera oscurecido por nieblas y nubes. Al propio tiempo, tuvieron que reducir la parte de piel que dejaban expuesta a la radiación sintetizadora de la vitamina D, ya que debían abrigarse bien con objeto de protegerse contra el frío. Por último, al ser agricultores y ganaderos continentales, los pioneros no podían emular a los esquimales y sustituir la luz solar por aceite de pescado como fuente de vitamina D_3 (todavía tendrían que pasar miles de años antes de que estuvieran disponibles los recursos tecnológicos necesarios para la explotación de los bancos de pesca del Atlántico Norte y el Báltico). Dadas las circunstancias, la selección natural tuvo que favorecer especialmente a los individuos de tez pálida que no se ponían morenos, los cuales podían aprovechar las dosis más débiles y breves de luz solar para sintetizar la vitamina D_3. Con el tiempo, una gran parte de la población perdió completamente la capacidad para broncearse. Y como durante el invierno sólo un pequeño círculo facial asomaba a través de las ropas, las gentes del norte adquirieron esas peculiares manchas sonrosadas y translúcidas sobre sus mejillas que constituyen auténticas ventanas cutáneas para facilitar la síntesis de la vitamina D_3.

Y dado que esta última sólo impide el raquitismo y la osteomalacia si el consumo de calcio es adecuado, es muy posible, por lo tanto, que la piel clara y la suficiencia en lactasa se desarrollaran de forma paralela, en tanto adaptaciones al mismo conjunto de fuerzas selectivas. Los cálculos de Cavalli-Forza, especialista en genética de poblaciones, demuestran que la transición de los mediterráneos de piel morena y deficientes en lactasa a los escandinavos de piel clara y suficientes en lactasa pudo completarse perfectamente en menos de cinco mil años, suponiendo que en cada generación los individuos con los genes correspondientes al segundo tipo tuvieran el 2 por 100 más de descendencia, en promedio, que los individuos con los genes correspondientes al primero.

Hay una explicación alternativa que también debo mencionar. Algunos arqueólogos ponen en duda que realmente tuviera lugar una migración Sur-Norte de gentes de piel morena portadoras de una cultura basada en la leche y los cereales y originaria del Oriente Medio. En vez de ello, es posible que las poblaciones cazadoras-recolectoras que ya habitaban en Europa sencillamente se transmitieran de unos grupos a otros el complejo lácteo-cerealero. Y quizás algunos aspectos de dicho complejo cultural –por ejemplo, la domesticación del ganado vacuno lechero– fueron incluso una aportación independiente de los propios europeos. Esta explicación tiene las mismas implicaciones que la anterior por lo que respecta a la presión selectiva favorable a la piel más clara y la suficiencia en lactasa. Sabemos que los predecesores de los pueblos de la cultura lácteo-cerealera habitaban primordialmente a lo largo de las costas y disponían de vastas existencias de mamíferos y pescados ricos en vitamina D. Los más septentrionales de estos grupos vivían, probablemente, bajo condiciones árticas, más o menos como los esquimales de hoy día (aunque mucho más al Sur). Y como los esquimales, que tampoco sufren una presión acuciante con respecto a la vitamina D, es posible que dichas poblaciones fueran considerablemente más morenas que sus descendientes, que renunciaron a la caza y a la pesca, emigraron a zonas menos favorables del interior de Europa y adoptaron un estilo de vida basado en el consumo de leche y cereales.

Los principales elementos para explicar los orígenes de las preferencias y evitaciones lácteas están ya listos para su ensamblado final. Pero antes debo ocuparme de las objeciones de algunos estudiosos que prefieren pensar con mi antiguo vindicador, Robert Lowie, que las costumbres alimentarias son fundamentalmente cuestión de capricho y fantasía culturales. Puedo echar fácilmente por tierra una objeción tradicional basada en la aparente capacidad de algunos individuos que padecen insuficiencia de lactasa para no manifestar síntoma alguno mientras beban la leche en pequeñas cantidades. El desafío al que se enfrentaban nuestros pioneros neolíticos no consistía solamente en ser capaces de tolerar la leche en cantidades abundantes sin experimentar el «síndrome del Dr. Ahmed», sino en maximizar la absorción del calcio contenido en la que bebían. El descubrimiento de que, por lo que respecta a absorber el calcio en presencia de lactosa, los individuos suficientes en lactasa pueden llegar a tener una ventaja del 78 por 100 frente a los que no lo son, sugiere que esta diferencia es lo suficientemente amplia como para dar lugar a una ventaja reproductora del 2 por 100 en una población que afronta el riesgo crítico de contraer raquitismo y osteomalacia.

Otra crítica tradicional sostiene que entre los europeos la suficiencia de lactosa no pudo ser un factor decisivo para la obtención del calcio lácteo, ya que no es difícil convertir la leche en sustancias que descomponen la lactosa en azúcares más sencillos. El queso, el yogur y la leche fermentada, por ejemplo, son derivados lácteos ricos en calcio que no producen síntomas desagradables en los individuos que no toleran la lactosa. Pero la transformación de la leche en queso, yogur o leche fermentada significa que la lactosa deja de estar disponible para facilitar la absorción del calcio. (El grado en que la lactosa se transforma en el azúcar simple llamado galactosa en los derivados de la leche agria depende del tiempo y la temperatura de incubación. A altas temperaturas ambientales la mayor parte de la lactosa presente en el yogur es «autodigerida» en unas pocas horas.) A falta de fuentes solares y dietéticas de vitamina D, los individuos que obtuvieran el calcio gracias a estos derivados lácteos seguirían encontrándose en desventaja, en lo que atañe a satisfacer sus necesidades de calcio, en comparación con los individuos que toleraran la lactosa y, por lo tanto, pudieran beber la leche con ésta intacta. El modus operandi de la selección natural se basa en la acumulación de pequeñas diferencias en cuanto al éxito reproductor a lo largo de muchas generaciones. Dado que la lactosa aumenta la absorción del calcio, los individuos tolerantes capaces de beber leche fresca seguirían disfrutando de una ventaja reproductora sobre los consumidores, no tolerantes, de leche fermentada, de queso o de yogur, y la frecuencia del gen responsable de la prolongación de la suficiencia en lactasa al período postinfantil se continuaría incrementando y difundiendo (a condición, naturalmente, de que la población corriera un riesgo crítico de contraer el raquitismo y la osteomalacia).

La lógica de esta interpretación puede ampliarse al objeto de explicar por qué muchas poblaciones con una larga tradición de industria láctea y consumo de leche, como los judíos, los italianos, los árabes y los habitantes de la India meridional, presentan tolerancias intermedias a la lactosa. En cada uno de estos casos cabría esperar que la presión selectiva favorable a la tolerancia a la lactosa varíe dependiendo del número de fuentes de calcio distintas de la leche fresca que puedan facilitar el entorno, la tecnología y las prácticas económicas. En la India, por ejemplo, fuera de las zonas de tradición ganadera del Noroeste, la frecuencia de dicha tolerancia oscila entre niveles intermedios y bajos, aunque probablemente la población lleva consumiendo productos lácteos desde hace al menos cuatro mil años. La explicación de este fenómeno estriba en que los habitantes de la India meridional sólo han sufrido presiones selectivas muy leves orientadas a la obtención del calcio a partir de la leche. La agricultura de esa región suministra verduras y legumbres de carácter hojoso y color verde oscuro –buenas fuentes de calcio– que se pican y sirven en forma de dals bien sazonados. La luz solar es, además, muy abundante, con lo que la necesidad de proteger la piel contra el peligro del cáncer tiene más importancia que conseguir vitamina D. De ahí el color relativamente oscuro de la piel de los indios meridionales. Al mantenerse la presión selectiva en niveles intermedios, la leche se consume fundamentalmente en forma de yogur. Ahora bien, éste puede conservar una cantidad considerable de lactosa cuando no ha fermentado del todo, precisamente la forma en que se suele tomar en la India meridional. Así pues, los individuos suficientes en lactasa siguen obteniendo más calcio de la leche que los deficientes y gozarán de una ligera ventaja sobre éstos, que se traducirá en frecuencias genéticas medias a bajas en cuanto a la suficiencia en lactasa.

Y esto nos devuelve al «hecho sorprendente» de Lowie. Una vez conocida la distribución geográfica de la intolerancia a la lactosa, la respuesta al problema de por qué despreciaron la leche los chinos y otros pueblos del Asia oriental y sudoriental puede parecer engañosamente fácil. La despreciaron porque eran deficientes en lactasa y no podían digerirla. Pero la explicación del rechazo de la leche por parte de los orientales no puede ser así de sencilla. Los chinos no despreciaron la leche porque fueran intolerantes a la lactosa; lo son porque la despreciaron. O más exactamente, mantuvieron el gradiente de la intolerancia a la misma desde la infancia a la madurez que es normal en nuestra especie en ausencia de cualquier ventaja significativa que pueda ofrecer el consumo de leche. Esto quiere decir que en el Extremo Oriente las gentes nunca se vieron obligadas por su hábitat o modo de vida a depender de la leche, al objeto de conseguir calcio, a cualquier otro nutriente.

¿En qué se diferenció China de la India a este respecto? Los países orientales que despreciaron la industria lechera practican una forma intensiva de agricultura de regadío que depende menos del arado con animales que el sistema agrícola indio. Como se examinó en el capítulo sobre la vaca sagrada, el clima monzónico de la India establece diferencias radicales entre las estaciones húmeda y seca, y obliga a los agricultores a un empleo masivo de los arados tirados por bueyes con objeto de preparar los campos antes de la llegada de las lluvias. En China, donde prevalecen condiciones menos rigurosas en cuanto a clima y suelo y donde la agricultura de regadío se encuentra muchísimo más avanzada que en la India, la preparación de los campos puede conseguirse aplicando exclusivamente mano de obra humana o con menos arados de tracción animal. Además, a diferencia de la India, China no se vio obligada a criar animales de tracción en las zonas de asentamientos humanos más densos, pues siempre tuvo acceso al ganado criado por los pueblos pastores que habitaban las vastas praderas del interior de Asia. Esta oportunidad le estuvo vedada a la India, separada del Asia interior por la cadena montañosa del Hindu Kush e Himalaya, la más elevada del mundo. Sin la necesidad que tenía la India de mantener gran cantidad de animales de tracción en las aldeas o cerca de éstas, no había razón para que los chinos criasen grandes cantidades de vacas con el fin de producir bueyes y, por lo tanto, faltó la motivación para que éstos utilizasen la leche como producto lateral de la explotación del ganado de tracción. Además, los chinos tampoco se vieron en la obligación económica de criar ovejas o cabras con vistas a la producción de leche. Por el contrario, la densidad de los asentamientos excluyó cualquier distracción importante de recursos en favor de la cría de estos rumiantes más pequeños como fuente alimentaria. Desde tiempos inmemoriales, los chinos y otros pueblos del Asia oriental hicieron gala de una habilidad excepcional para construir terrazas de regadío y cultivar alimentos vegetales en laderas que los pueblos que practican una agricultura menos intensiva suelen explotar como zonas de pasto y ramoneo para los rumiantes. En todos estos aspectos China difiere no sólo de la India, sino aún más de Europa, región de agricultura basada en la lluvia y, hasta hace poco, de escasa densidad demográfica.

En lugar de depender de los rumiantes con el fin de abastecerse de alimentos de origen animal, los chinos se dedicaron a la cría del cerdo. Durante milenios, el cerdo, a diferencia de lo sucedido en la India y el Oriente Medio, ha formado parte inseparable del sistema agrícola chino. Esto se consiguió manteniendo al ganado porcino en corrales adyacentes a las casas de labor y alimentándolo a base de desperdicios domésticos, lo cual ha demostrado ser una fórmula de extraordinario rendimiento, como testimonia el destacado lugar que ocupa el cerdo en la cocina china.

De haberse visto los chinos en la tesitura de tener que desarrollar el arte de robarles a los animales domésticos las secreciones de sus glándulas mamarias, el objetivo más probable hubiera sido la omnipresente y próxima hembra del cerdo que poseía cada familia, no los distantes y menos numerosos rumiantes. Ahora bien, ¿por qué no han ordeñado nunca los chinos (o cualquier otro pueblo) al ganado porcino? La respuesta es que las glándulas mamarias de los cerdos no se prestan al ordeño. Toda la fisiología de estos animales refleja una estrategia de crianza absolutamente diferente de la de los rumiantes. Vacas, ovejas y cabras poseen grandes depósitos –ubres– en que se recoge la leche secretada por las glándulas mamarias. Este sistema permite a las madres rumiantes seguirse moviendo y alimentando al tiempo que amamantan a sus pequeños. La hembra porcina, que da a luz grandes camadas de chochinillos indefensos y construye nidos donde los deposita mientras busca su alimento, carece de ubres para almacenar la leche antes de amamantar a los cochinillos. Éstos estimulan al mamar la producción de leche, que es descargada a ráfagas y en cantidades relativamente pequeñas. A los quince minutos, la hembra necesita alimentarse de nuevo. Ni siquiera los chinos, con su extraordinario sentido del ahorro en materia de alimentación, podrían ordeñar los pechos de una puerca (por lo menos no en las cantidades suficientes para hacer de su leche un producto lateral valioso de la cría de cerdos para carne).

Pero con independencia de que se hubiera podido o no seleccionar al ganado porcino con vistas a su ordeño, el hecho es que, a diferencia de los europeos, los chinos no estaban sometidos a una presión alimentaria favorable a la utilización de la leche. Tradicionalmente, una parte muy importante de la dieta china se ha compuesto de coles, lechugas de diversos tipos, espinacas y otras plantas alimenticias de carácter hojoso y color verde oscuro que se cortan en trozos, se combinan con pequeños pedazos de carne y se sofríen. La utilización masiva de este tipo de verduras para consumo humano produce inevitablemente grandes cantidades de hojas y tallos parcialmente podridos que constituyen un excelente alimento para el ganado porcino. Los campesinos complementaban esta dieta con diversos subproductos de las habas de soja, otra destacada especialidad china. Ya he indicado que las verduras de carácter hojoso y color oscuro son ricas en calcio; ahora sólo tengo que añadir que las habas de soja también lo son y que en el clima chino hay muchos días soleados para dejar claro por qué los chinos no estaban sometidos a una presión selectiva que les obligara a ordeñar el ganado porcino o cualquier otro animal doméstico. Al no ofrecer el consumo de leche ventajas reproductoras ni económicas, la frecuencia de los genes responsables de la suficiencia en lactasa se mantuvo entre los chinos en los niveles reducidos que son habituales en la gran mayoría de los miembros de nuestra especie. Los chinos que ocasionalmente resultasen ser suficientes en lactasa y que experimentasen con el consumo de leche no hubieran obtenido ventaja reproductora alguna sobre sus vecinos deficientes en lactasa. Y cuando alguno de éstos fuera lo suficientemente imprudente como para experimentar con el consumo de leche, recibiría como recompensa el síndrome del Dr. Ahmed, sentándose así las bases de una creencia generalizada y –para los chinos– bien fundada según la cual las secreciones mamarias de los animales son inmundas.

Aunque en Europa el riesgo de enfermedades óseas fue el principal factor selectivo favorable a la suficiencia de lactasa, tampoco se debe perder de vista el hecho de que la leche es una fuente de calorías y proteínas de elevada calidad, además de calcio y lactosa. Cualquier población que dependa de su consumo para procurarse calorías y proteínas acabará, previsiblemente, por acusar los efectos de una presión selectiva contraria a la insuficiencia de lactasa. Así se explica, pues, por qué ciertos pastores nómadas africanos de piel oscura, que no padecen carencia alguna de vitamina D, sintetizada por la luz solar, tienen niveles de suficiencia en lactasa comparables a los de Escandinavia. A diferencia de los chinos, los miembros de estos grupos que fueran suficientes en lactasa y capaces de consumir cantidades abundantes de leche sin manifestar los síntomas del Dr. Ahmed tendrían tasas más elevadas de éxito reproductor que los individuos insuficientes. Esta ventaja persistiría aunque la leche se tomara habitualmente en forma de queso o yogur. Los estudios sobre los pueblos pastores del África oriental, cuya subsistencia se basa de forma casi exclusiva en la leche, suplementada por pequeñas cantidades de sangre y carne, indican que las reservas de queso y otros derivados lácteos secos disminuyen durante la estación seca y las sequías y que la gente se ve obligada a consumir leche fresca o sólo parcialmente agriada. El síndrome del Dr. Ahmed tendría efectos aún más devastadores entre los nómadas que utilizan camellos, como es el caso de los beduinos, los cuales dependen obligatoriamente de la leche fresca de camella durante las travesías del desierto.

Dos observaciones finales. En primer lugar, que las poblaciones deficientes en lactasa del África central, del entero Nuevo Mundo y de la totalidad de Oceanía nunca tuvieron oportunidad alguna de desarrollar una tolerancia hacia el consumo de leche por la sencilla razón de que ni ellas ni sus antepasados criaron jamás o vieron siquiera animales domésticos susceptibles de ordeño. Así pues, entre estos pueblos, a diferencia de los chinos y otros habitantes del Extremo Oriente, nunca se desarrolló una aversión activa hacia la leche. Y al faltarle a su experiencia cultural un código que les advierta de los efectos perniciosos del consumo de leche y de las ventajas que ofrecen, en cambio, como fuente de calcio los huesos y las plantas comestibles, son particularmente vulnerables al prejuicio etnocéntrico occidental de que «la leche es buena para todo el mundo».

En segundo lugar, debo advertir que las variaciones genéticas que intervienen en la explicación de la lactofobia y la lactofilia de determinados pueblos no hacen al caso a la hora de resolver los restantes enigmas de este libro. La «coevolución» de la lactofilia y de la base genética de la suficiencia en lactasa es sumamente instructiva a este respecto precisamente por ser tan diferente de la evolución de la mayoría de las costumbres alimentarias. No hay pruebas de que la aparición del vegetarianismo, los tabúes contra las carnes de cerdo y de vaca, la preferencia por las hamburguesas de vacuno cien por cien, o el auge y caída de la hipofagia, se vieran acompañados o facilitados por cambios genéticos análogos. Y por lo que se refiere tanto a los rompecabezas que todavía nos aguardan como a la inmensa mayoría de las variaciones que presentan las cocinas regionales y naturales, las diferencias más características, más importantes, más chocantes, no se basan en absoluto en variaciones genéticas (lo cual no quiere decir, por supuesto, que carezcan de fundamento biológico). No existe, por ejemplo, ninguna variación genética capaz de explicar la repugnancia que sienten la mayoría de los norteamericanos ante la perspectiva de comer ciertas pequeñas criaturas que en otras latitudes son consideradas como delicias gastronómicas. De este enigma relativo a los bichitos trata el siguiente capítulo.

8. Bichitos

Pregúntese a los europeos o los norteamericanos por qué no comen insectos y seguro que responden: «Los insectos son repugnantes y están llenos de gérmenes. ¡Fu...!». El presente capítulo no pretende modificar los sentimientos de nadie en lo que respecta al consumo de insectos. Me propongo, sencillamente, brindar una mejor explicación de los mismos. A mi entender, todo el asunto está planteado al revés. El rechazo euronorteamericano de los insectos como alimentos tiene poco que ver con el hecho de que éstos transmitan enfermedades o con su asociación a la falta de higiene y la suciedad. La razón de que no los comamos no consiste en que sean sucios y repugnantes; más bien, son sucios y repugnantes porque no los comemos.

En la época en que daba un curso de introducción a la antropología en la Universidad de Colombia solía distribuir entre los estudiantes latas abiertas de saltamontes fritos japoneses con el fin de sensibilizarlos frente al problema de las diferencias culturales: «No seáis avariciosos. Coged unos cuantos, pero dejad algunos para los demás». Yo pensaba que se trataba de una forma espléndida de identificar a los estudiantes con madera de antropólogos de campo hasta que nuestro decano me señaló que si alguno se ponía enfermo podrían llevarnos, a mí y a toda la universidad, ante los tribunales. Y dado el número de estudiantes que parecían estar a punto de indisponerse, tuve que acatar el consejo. Los murmullos de asco daban paso a miradas cargadas de hostilidad y un evidente desinterés por el concepto que trataba de explicar. Al preguntarles por su reacción, los estudiantes no se mordían la lengua: «Usted dirá lo que quiera, pero los que comen estas cosas no son normales. El deseo de comer insectos es antinatural».

Ahora bien, si de algo estoy seguro es de que ninguno de nosotros tiene una aversión instintiva hacia el consumo de pequeños invertebrados, ya se trate de insectos, arañas o lombrices de tierra. En primer lugar, si la genealogía constituye una guía de nuestra naturaleza, tenemos que aceptar el hecho de que descendemos de una antiquísima estirpe de insectívoros. En el capítulo consagrado a las costumbres carnívoras se ofrecieron ya algunos datos sobre este asunto. La mayoría de las especies de grandes simios que viven en la actualidad consume cantidades importantes de insectos. Incluso los monos, que no son depredadores sistemáticos de insectos, los consumen en abundancia, de forma accidental o buscada, envueltos en hojas o enterrados en la pulpa de las frutas. Por lo demás, los monos pasan buena parte de su tiempo despiojándose mutuamente, lo cual no constituye una expresión de puro altruismo; los despiojadores comen tantos parásitos como quieren y, además, se aseguran de que los bribonzuelos son enviados a un lugar donde ya no puedan cometer más fechorías.

Los chimpancés, nuestros parientes más cercanos entre los grandes simios, cazan insectos con tanta avidez como crías de babuino y jabatos. En su afán por alimentarse a base de termitas y hormigas, los chimpancés llegan incluso a fabricarse una herramienta especial, consistente en una pequeña rama, fuerte y flexible, despojada de todas sus hojas. Para cazar termitas, insertan la herramienta en los orificios de ventilación del termitero; esperan algunos segundos, hasta que los residentes invaden en masa la rama, y luego la sacan llevándose la presa a la boca de un lametón. Cuando se trata de «pescar» una especie agresiva de hormigas conductoras capaces de inflingir mordeduras dolorosas, el procedimiento es parecido pero requiere mayor habilidad y determinación. Una vez descubierto el nido subterráneo de éstas, el simio introduce por el orificio de entrada una rama que es invadida por cientos de hormigas furiosas. A continuación –relata William McGrew–, «el chimpancé observa su avance y cuando éstas casi han alcanzado la mano, retira rápidamente la rama. En una fracción de segundos la otra mano la recorre de arriba abajo, capturando a las hormigas en una masa revuelta entre el pulgar y el índice. Luego se las mete en la boca, que espera ya abierta, y las mastica furiosamente».

Todas estas costumbres insectívoras de monos y simios son esperables si pensamos que, muy probablemente, el orden de los primates desciende de una musaraña primitiva que pertenecía, a su vez, al orden de los mamíferos denominados insectívoros. Al modelar a nuestros antepasados primates, la selección natural favoreció precisamente aquellos rasgos que eran de utilidad para la persecución y caza de insectos y otros pequeños vertebrados en hábitats arbóreos tropicales. Un animal que subsiste a fuerza de cazar insectos por las ramas y hojas de los árboles necesita un conjunto específico de rasgos: un sentido de la vista agudo y estereoscópico, más que un buen olfato; un cuerpo ágil; dedos capaces de asir y coger pequeños bocados para acercarlos a los ojos con fines de inspección, antes de meterlos en la boca, y, por encima de todo, una mente despierta y compleja que permita vigilar los movimientos de las presas en la cubierta arbórea, moteada de luz, azotada por el viento y salpicada de lluvia. En este sentido, el insectivorismo sentó las bases para el posterior desarrollo de la dexteridad manual, la diferenciación de manos y pies, y la capacidad cerebral extra que definen el lugar característico del homo en la gran cadena de los seres vivos.

Ocupando antepasados insectívoros un puesto tan destacado en el árbol familiar, no debería extrañarnos que la aversión hacia los insectos y los pequeños invertebrados que manifiestan los europeos y los norteamericanos sea la excepción, no la regla. Franz Bodenheimer, padre de la entomología en el moderno Israel, fue el primer estudioso que documentó la extensión del apetito humano por los insectos. (También es conocido por su demostración de que el maná celestial del Antiguo Testamento era una excreción cristalizada del azúcar excedente de una especie de insecto escamoso que habita en la península del Sinaí.) Bodenheimer presenta casos de insectivorismo procedentes de todos los continentes habitados. A lo largo y ancho del mundo, las gentes parecen ser especialmente aficionadas a las langostas, los saltamontes, los grillos, las hormigas y las termitas, así como a las larvas y crisálidas de polillas, mariposas y escarabajos. En algunas sociedades, los insectos rivalizan a menudo con los vertebrados como fuente de grasas y proteínas animales.

En la California anterior a la colonización europea, por ejemplo, los pueblos autóctonos, que desconocían la agricultura y carecían de otros animales domésticos que no fueran los perros, dependían en buena medida de los insectos para subvenir a las necesidades básicas de su subsistencia. Especialmente apreciadas eran las larvas, jóvenes y gruesas, de abejas, avispas, típulas y polillas. Al final del verano las larvas de una pequeña mosca (Ephydra hians) eran arrastradas hasta las orillas de las playas de California y los lagos salados de Nevada formando hileras que permitían a los indios recolectarlas en gran número. También capturaban cantidades abundantes de langostas por el sistema de batir el suelo y conducir los enjambres de dichos insectos, encerrados en un círculo cada vez más estrecho, hasta un lecho de brasas de carbón. Con objeto de capturar las orugas de las polillas pandera, los indios provocaban humaredas prendiendo fuego bajo los pinos y esperaban a que las criaturas cayeran, atontadas, al suelo. Mujeres, niños y ancianos se ocupaban luego de matarlas y secarlas sobre un lecho de cenizas calientes. Los indios almacenaban, asimismo, langostas y larvas de polilla secas para los meses de invierno, cuando hasta los insectos escaseaban.

Muchos pueblos indígenas de la cuenca del Amazonas parecen ser particularmente entusiastas de una dieta insectívora. Los indios tatuyas, que viven cerca de la frontera entre Colombia y Brasil, consumen, según un estudio, unas veinte especies diferentes de insectos. Este estudio es extraordinariamente completo, pero sólo tengo permiso para citar los resultados cuantitativos en su forma preliminar. Casi el 75 por 100 de los insectos se ingerían en forma de larvas grasas; el resto se dividía entre insectos sexuados alados –que también son grasos en la fase de preparación para el vuelo y el apareo– y castas de soldados de hormigas y termitas, cuyas grandes cabezas constituyen bocados tentadores siempre que se logre morderlas antes de que ellas le muerdan a uno (recuérdese al chimpancé masticando furiosamente). Un descubrimiento significativo es que el consumo de insectos tiene más importancia para las mujeres que para los varones. Esto encaja bien con la generalización ya señalada de que, en la Amazonia, las mujeres tienen menos acceso que los varones a los alimentos de origen animal. En el caso de los tatuyas, las mujeres compensan, por lo que parece, esta diferencia consumiendo una proporción más elevada de insectos con respecto al pescado y a la carne. En determinadas épocas del año, éstos daban cuenta del 14 por 100 del promedio de proteínas consumido diariamente por las mujeres.

Pero no deseo crear la impresión de que sólo los pueblos pertenecientes al nivel de las bandas y aldeas consideran que los insectos son comestibles. En muchas de las civilizaciones más complejas del mundo éstos también forman parte del régimen alimenticio cotidiano. Los chinos, por ejemplo, comían -al menos hasta hace poco- crisálidas de gusanos de seda, cigarras, grillos, ditiscos gigantes (Lethocerus indicus), chinches, cucarachas (Periplaneta americana y P. australasie), así como larvas de mosca. Es posible que las costumbres insectívoras de los chinos derivaran, en parte, de un interés sibarita por los platos exóticos. Pero los principales consumidores de insectos eran las clases pobres e indigentes, que carecían de fuentes alternativas de grasas y proteínas animales. Los campesinos de la China tradicional no compartían la alta cocina de las clases superiores y la corte imperial. En su lugar, tenían fama de hacer un «uso muy juicioso de toda clase de verduras comestibles, insectos y despojos». En consonancia con su frugal régimen dietético, los campesinos chinos consumían grandes cantidades de gusanos de seda, sobre todo en las provincias productoras de ésta. Las jóvenes que desenredaban los capullos echaban los gusanos en una cacerola con agua caliente, que se mantenía a punto para el desovillado, asegurándose así una provisión de alimentos recién cocinados a lo largo de toda la jornada. «Parece que se pasan el día comiendo, ya que trabajan a un ritmo sostenido durante muchas horas seguidas y siempre tienen delante los gusanos hervidos. Al atravesar una factoría de desovillado se percibe el agradable aroma de la comida en el fuego.» En algunas regiones productoras de seda, los campesinos recolectaban los capullos durante la primavera, en pleno ajetreo de la siembra, por lo que tenían que esperar hasta el verano para desovillar los capullos. Los sistemas empleados para matar la crisálida sin echar a perder la seda consistían, bien en poner los capullos al horno, bien en conservarlos en salmuera. Una vez desovillados, los agricultores dejaban que los gusanos salados secasen al sol con objeto de almacenarlos para los meses de escasez. Llegado el momento de consumirlos, se ponían a remojo y después se freían con cebolla o, si el agricultor disponía de gallinas ponedoras, se mezclaban con huevo.

Al abordar las costumbres insectívoras de las sociedades no occidentales, no se debe perder de vista que la dieta de la población campesina preindustrial adolece de una acusada carencia de proteínas y grasas animales. Durante el siglo XIX los coolies de la China septentrional, por ejemplo, comían «batata tres veces al día, todos los días y a lo largo de todo el año, acompañada de pequeñas cantidades de nabos salados, queso de soja y habas en salmuera». Para estos desdichados, las cucarachas y las chinches acuáticas eran un lujo.

Por sus hábitos alimentarios intensamente insectívoros los pueblos del sudeste asiático rivalizaban con los chinos. Según parece, laosianos, vietnamitas y tais eran muy aficionados a las chinches acuáticas. Además, los laosianos comían huevos de cucaracha y diversas especies de arañas de gran tamaño (que, por supuesto, no son insectos, pero que también son criaturas pequeñas con mala reputación entre los occidentales). A principios del decenio de 1930, W. S. Bristowe realizó una descripción detallada de las costumbres dietéticas laosianas, recalcando que las gentes comían arácnidos y otros artrópodos tales como escorpiones no sólo para alejar el espectro del hambre, sino porque les gustaba su sabor. No veo en ello contradicción alguna: es perfectamente lógico que la gente acabe por aficionarse a las cosas que evitan la inanición. El propio Bristowe hizo la prueba de comer arañas, escarabajos peloteros, chinches acuáticas, grillos, saltamontes, termitas y cigarras, encontrando que

> ninguno de ellos era desagradable y algunos bastante sabrosos, en particular la chinche acuática gigante. En su mayoría eran insípidos, con un leve sabor vegetal, ¿pero acaso no se preguntaría quien comiese, por ejemplo, pan por primera vez por qué consumimos

un alimento que no sabe a nada? Un escarabajo pelotero o una araña tostados tienen un exterior delicadamente crujiente y un interior tierno, con la consistencia del soufflé, que no es en modo alguno desagradable. Se suele añadir sal, a veces guindilla o hierbas aromáticas, y en ocasiones se comen acompañados de arroz o se ponen con salsas o currys. El sabor es extraordinariamente difícil de definir, pero la lechuga es, a mi entender, lo que mejor describe el gusto de las termitas, las cigarras y los grillos; lechuga y patata cruda, el de la araña gigante Nephila, y queso gorgonzola concentrado el de la chinche acuática gigante (Lethocerus indicus). Comer estos insectos no me produjo ningún efecto perjudicial.

Añadamos algo más sobre estas arañas. Bristowe describe cómo fue a cazarlas con un amigo laosiano y en una hora recolectaron seis ejemplares de Melpoeus albostriatus, con un peso total de un cuarto de kilo. Otros notorios comedores de arañas son los habitantes de Nueva Caledonia, los kamchatkas, los san del Kalahari y los habitantes de Madagascar. Los indios guaharibos de Sudamérica muestran una particular afición por las tarántulas.

Antes de la invención del jabón y de los insecticidas, los piojos parasitaban al ser humano tanto como a los primates; los familiares se despiojaban mutuamente las cabelleras y reventaban el cuerpo de los parásitos entre los dientes. Muchos resolvían el problema de asegurarse de que las huidizas criaturas no volverían a infestarles al estilo de los monos: tragándoselas después de reventarlas. Bodenheimer cita la descripción de la ingestión de piojos entre los nómadas kirghizes (a quienes ya conocíamos como grandes aficionados a la carne de caballo) que realizó un naturalista decimonónico: «Fui testigo de una escena, conmovedora aunque bárbara, de devoción conyugal. El hijo de nuestro anfitrión estaba profundamente dormido... Mientras tanto, su cariñosa y devota esposa aprovechó la ocasión para limpiar su camisa de los piojos que la infestaban... De forma sistemática iba tomando cada pliegue y cada costura y los pasaba entre sus dientes, blancos y resplandecientes, mordisqueando rápidamente. Los crujidos podían escucharse con toda claridad».

En definitiva, mis observaciones personales y mis lecturas de las descripciones de ingestión de insectos disponibles, complementadas por consultas dirigidas a mis compañeros de profesión, me convencen de que, hasta hace poco, la abrumadora mayoría de las sociedades humanas consideraban al menos algunos insectos aptos para consumo. Pero no puedo dar testimonio de la verdadera difusión de los hábitos insectívoros en el mundo actual porque la aversión hacia éstos que sienten los europeos y los norteamericanos se ha transmitido a los expertos en alimentación de los países en vías de desarrollo, haciéndoles renuentes a estudiar la contribución de los insectos a la dieta nacional o incluso a admitir que sus compatriotas los coman en absoluto. Otra complicación más estriba en la posibilidad de que el insectivorismo se encuentre efectivamente en declive en países como China y Japón. Pero aun en tal caso, el enigma del menosprecio del insectivorismo seguiría intacto, ya que éste ha sido o es todavía un hábito alimentario aceptado en cientos de culturas.

Es, asimismo, evidente que la mayoría de las culturas del mundo no comparten todavía el aborrecimiento hacia los insectos que se expresa en los hábitos dietéticos europeos y norteamericanos. El particular interés de esta aversión radica en que no hace mucho (desde una óptica antropológica) los propios europeos practicaban el insectivorismo. Aristóteles, por ejemplo, estaba lo suficientemente familiarizado con el consumo de cigarras para poder afirmar que sabían mejor en su fase de ninfas antes de la última transformación y que entre las formas adultas «los mejores para comer son los primeros machos, pero después de la copulación con las hembras, que a la sazón se encuentran llenas de huevos blancos». Aristófanes define a los saltamontes como «volatería con cuatro alas» y da a entender que los consumían las clases más pobres de Atenas. La Historia natural de Plinio atestigua que también los romanos comían insectos; en particular, una larva denominada cossus, que mora en el corcho y se servía con los que Plinio calificaba de «platos más delicados». Pero a partir de la época medieval, salvo unas pocas referencias a soldados alemanes que comen gusanos de seda en Italia, o a gourmets que consumen larvas de abejorro rebozadas en harina y pan rallado, hasta los franceses se abstuvieron de comer insectos. De hecho, durante el siglo XIX, mientras algunos científicos y hombres de letras trataron de convencer a los franceses de que consumieran carne de caballo, otros intentaron convencerles, con menos éxito, de que comieran insectos. En el decenio de 1880 se celebró, por lo menos, un banquete elegante a base de insectos en un restaurante de lujo de París (pálido reflejo de los banquetes de carne de caballo celebrados pocos años antes) cuya pièce de resistance fueron las larvas de abejorro. En 1878, con ocasión de un debate en el Parlamento francés sobre una ley encaminada a la erradicación de las plagas de insectos, un senador, M. W. de Fonvielle, publicó una receta para hacer sopa de abejorros. Entre tanto, el vicepresidente de la Sociedad Entomológica de París ilustró una conferencia sobre su teoría del control de insectos, basada en la «absorción», echándose al coleto un puñado de estos insectos con «gestos de gran satisfacción».

Como los defensores de la carne de caballo, algunos de los entusiastas europeos del consumo de insectos abrazaron esta causa por mor del suministro de carne barata a las clases obreras. El hacendado inglés V. H. Holt, indignado por el hecho de que los insectos se comieran «todas las benditas verduras que existen», publicó en 1885 un libro titulado ¿Por qué no comer insectos? Si los jornaleros se dedicasen a recolectar diligentemente los ciempiés, las típulas y los abejorros y sus larvas, no sólo se doblaría la cosecha de trigo, sino que los niños no se meterían en líos y los pobres ya no tendrían que quejarse de no poder permitirse el consumo de carne. «En estos días de depresión agrícola debemos hacer cuanto podamos para aliviar los sufrimientos de los jornaleros agrícolas. ¿No deberíamos ejercer nuestra influencia señalándoles una reserva de alimentos olvidada?» Esta propuesta, que suena bastante racional, estaba, sin embargo, condenada al fracaso.

Desde el punto de vista de la alimentación, la carne de insecto es casi tan nutritiva como la carne roja o las aves de corral. Cien gramos de termitas africanas contienen 610 calorías, 38 gramos de proteínas y 46 gramos de materia grasa. En comparación, cien gramos de hamburguesa cocinada con un contenido de materia grasa medio ofrecen solamente 245 calorías, 21 gramos de proteínas y 17 gramos de materia grasa. Una porción equivalente de larvas de polilla contiene casi 375 calorías, 46 gramos de proteínas y 10 gramos de materia grasa. Las langostas oscilan –en peso seco– entre un 42 y un 76 por 100 de proteínas y entre un 6 y un 50 por 100 de materia grasa. Las humildes crisálidas de la mosca común contienen un 63 por 100 de proteínas y un 15 por 100 de materia grasa, en tanto que las de abeja se componen, una vez secas, de más de un 90 por 100 de proteínas y de un 8 por 100 de materia grasa. La única comparación desfavorable que puede hacerse entre los insectos y la carne roja, las aves de corral o el pescado afecta a la calidad de sus proteínas, medida en términos de los aminoácidos esenciales; pero algunos insectos tienen combinaciones de aminoácidos casi tan buenas como las del vacuno o el pollo. Al igual que otros alimentos cárnicos, los insectos son ricos en lisina, que suele ser el aminoácido que más escasea en cereales y tubérculos. Y lo que quizás revista más importancia, la combinación de altos contenidos en materia grasa y en proteínas surte el efecto de «ahorro de proteínas», aconsejable desde el punto de vista nutritivo para gentes enfrentadas a una escasez crónica tanto de las segundas como de las primeras. En este aspecto los insectos parecerían un mejor «negocio» alimentario que artrópodos como las gambas, los cangrejos, la langosta y demás crustáceos (parientes cercanos de los insectos), que tienen un contenido alto en proteínas y bajo en materia grasa, o que las almejas, las ostras y demás moluscos, con bajo contenido en grasas y calorías. Para satisfacer las necesidades diarias de calorías hay que comer 3.300 gramos de gambas frente a sólo 500 gramos de termitas aladas.

Un posible inconveniente de los insectos es que están cubiertos por una sustancia dura denominada quitina, que los seres humanos no pueden digerir. Aunque el pensamiento de tener que quebrar las patas espinosas, las alas y los caparazones quitinosos de criaturas como los saltamontes y los escarabajos puede resultar perturbador para quienes no están habituados al consumo de insectos, el carácter indigerible de la quitina no sirve para explicar el rechazo euronorteamericano de los insectos en tanto alimentos, de la misma manera que tampoco cabe explicar la renuncia a comer langosta o gambas por el hecho de que su «cáscara» (que, casualmente, también se compone de quitina) sea indigerible. La solución al problema de la quitina es bien sencilla: cómanse los insectos en su fase de crisálida o larva, antes de que les crezcan patas o alas y de que su piel se vuelva espesa y dura; o si no, arránquense las patas y alas de las formas adultas y consúmanse sólo las partes más tiernas. Es cierto que aun las formas tiernas e inmaduras contienen pequeñas cantidades de quitina, pero esto puede incluso resultar una ventaja, ya que ésta actúa como sustancia fibrosa, la cual, como se indicó en el capítulo consagrado a la carne, escasea en otros tipos de carne.

Esto nos lleva a la racionalización fundamental del aborrecimiento euronorteamericano de los insectos: que transportan y transmiten enfermedades espantosas. Nadie negará que transportan o albergan hongos, virus, bacterias, protozoos y larvas que pueden tener efectos negativos sobre la salud humana. Pero como señalé en el capítulo sobre el tabú antiporcino, en ausencia de una ganadería basada en principios sanitarios científicos, lo mismo sucede con el ganado vacuno, las ovejas, los cerdos, los pollos y todos los demás animales de granja que se conocen. Hay, en general, una solución sencilla al problema de la carne contaminada: cocinarla. Y como no existe razón alguna para que no puedan cocinarse los insectos, este mismo consejo es aplicable al problema de la carne de insecto contaminada. Probablemente, los seres humanos no consumen insectos crudos con mayor frecuencia de la que consumen carne cruda. Éstos, con excepción de la hormiga melífera, cuyo abdomen hinchado de miel se arranca de un mordisco y se traga entero, o de alguna que otra langosta, larva, etc., se fríen o tuestan en su mayoría, lo cual los libra de vello y espinas, y les da un exterior crujiente. Las formas adultas también se pueden tostar o hervir, con lo que resulta fácil separar las molestas alas y patas. Las chinches acuáticas gigantes, las cucarachas, los escarabajos y los grillos se hierven y luego se ponen a remojo en vinagre. No se trata de tragárselos crudos, sino de picarlos en trozos una vez cocinados y servirlos con rodajas de bambú, más o menos como se hace al picar la carne de cangrejo o langosta. Ciertamente, bajo su aspecto de bocado comestible, los insectos no ponen en peligro la salud humana. Hasta las moscas comunes y las cucarachas –por citar los peores casos– son muchísimo más peligrosas cuando se pasean por platos, útiles de cocina y alimentos listos para servir, que hervidas en una sopa o fritas en aceite.

En los últimos tiempos, los científicos han descubierto que determinados escarabajos y cucarachas pueden producir o contener carcinógenos, y que determinadas personas tienen reacciones alérgicas a cucarachas, polillas y escarabajos de la harina, así como a los gorgojos de los cereales. Pero últimamente los científicos han descubierto también que cualquier cosa, desde las setas hasta los bistecs a la brasa, presenta riesgos carcinógenos y, por lo que respecta a las reacciones alérgicas, el trigo, las fresas y los mariscos contienen algunos de los agentes alérgicos más potentes que se conocen.

En este punto podría ser tentador el recurso al razonamiento de que lo «malo para pensar» es «malo para comer». Aunque admitamos que los insectos puedan ingerirse sin efectos perjudiciales, sigue subsistiendo el hecho de que a muchas criaturas que se arrastran o reptan se las asocia con la suciedad y la falta de higiene, que a su vez se relacionan con las enfermedades. Esta asociación mental, con independencia de que en realidad sea verdadera o falsa, es la causa de que el consumo de insectos no apetezca nada a la mayoría de los euronorteamericanos. Ahora bien, ¿por qué han de asociarse con la suciedad las langostas, las larvas de escarabajo, los gusanos de seda, las termitas, las larvas de polilla y cientos de especies de vida limpia que pasan sus días al aire libre, lejos de los humanos, comiendo hierba, hojas y madera? En todo caso, los insectos son, en su mayoría, tan limpios como la mayor parte de los productos de campos y granjas. ¿Acaso no se basó la agricultura europea históricamente en la fertilización mediante estiércol de vaca, caballo, cerdo y otros animales? Si todo lo que hace falta para que una especie caiga en descrédito es su asociación con la suciedad, la humanidad hubiera muerto de hambre hace mucho tiempo. Además, el rechazo europeo de los insectos en tanto alimentos estaba ya firmemente arraigado mucho antes de que se vinculasen las enfermedades con la falta de higiene y de que se considerase ésta como un peligro para la salud pública.

La única forma de alcanzar la respuesta basada en principios que buscamos consiste en examinar los costes y beneficios comparativos de comer insectos u otras criaturas de pequeño tamaño. Debemos comenzar por considerar los insectos como posibles fuentes de alimento en el marco de sistemas globales de producción alimentaria. Los insectos, aunque figuran entre las criaturas más abundantes de la Tierra, y constituyen una forma rica y saludable de obtener proteínas y grasas, también pertenecen, por su propia naturaleza, a las fuentes menos eficaces y fiables de estos nutrientes que existen en el reino animal. Desde el punto de vista de los costes en tiempo y energía por unidad recolectada, la mayor parte de ellos son ampliamente superados, tanto por los animales domésticos comunes, como por muchos vertebrados salvajes y animales invertebrados. Es este aspecto de su utilización con fines alimentarios por parte de los humanos el que aporta la clave fundamental para comprender por qué unas veces son objeto de evitación y otras de preferencia, y por qué cuando se practica su consumo determinadas especies se comen más que otras.

Los ecólogos han prestado mucha atención a problemas como éstos en relación con las dietas de los animales cazadores/recolectores, es decir, aquellos animales que deben buscar su alimento. Contrariamente a lo que imagina la mayoría de la gente, los monos, los lobos o los roedores, que pertenecen a esta categoría de animales, no consumen cualquier cosa comestible que les sale al paso en su hábitat natural. En este sentido, se comportan de forma muy parecida a los seres humanos. De los cientos de especies que podrían comer y digerir, recolectan, persiguen, capturan y consumen sólo un pequeño número, aunque entren en contacto frecuente con las especies despreciadas. Con el fin de explicar esta conducta melindrosa, los ecólogos han desarrollado un conjunto de principios denominado teoría de la caza/recolección óptima [optimal foraging theory]. Esta teoría no sólo predice que los cazadores/recolectores seleccionarán los mejores «negocios» alimentarios a su alcance, desde el punto de vista de la relación coste/beneficios, sino que proporciona un método para calcular el momento preciso en que un determinado alimento se vuelve demasiado costoso para justificar su recolección o captura.

La teoría que nos ocupa predice que los cazadores o recolectores perseguirán o cosecharán únicamente aquellas especies que maximicen la tasa de rendimiento calórico con respecto al tiempo de caza/recolección. Siempre habrá, como mínimo, una especie que se cazará o recolectará cuando se la encuentre, a saber, la que arroje la tasa de rendimiento calórico más elevada por hora de «manipulación» (tiempo empleado en perseguir, matar, recolectar, transportar, preparar y cocinar la especie después del encuentro). Los cazadores/recolectores sólo tomarán una segunda, una tercera, una cuarta especie, etc., al encontrarlas si con ello aumentan la tasa de rendimiento calórico de su esfuerzo total. Supóngase, a modo de ejemplo, que en un bosque determinado sólo hay tres especies: cerdos salvajes, osos hormigueros y murciélagos. Supóngase, además, que en cuatro horas de búsqueda por este bosque un cazador puede esperar encontrar un cerdo salvaje y que la «manipulación» (persecución, muerte, cocinado, etc.) de éste cuesta dos horas, en tanto que su valor calórico asciende a 20.000 calorías. Si el tiempo de manipulación del oso hormiguero es también de dos horas, pero su rendimiento calórico asciende solamente a 10.000 calorías, ¿deberá el cazador detenerse para cazarlo cuando lo encuentre o reservarse para el cerdo salvaje? Si se dedica exclusivamente a este último, en cuatro horas de búsqueda la tasa de rendimiento calórico del cazador será:

$$\frac{20.000 \text{ calorías}}{4\,\text{h}+2\,\text{h}} = \frac{20.000}{6\,\text{h}} = \frac{3.333 \text{ calorías}}{1\,\text{h}}$$

Si se detiene para cazar un oso hormiguero, la tasa pasará a ser:

$$\frac{20.000 + 10.000 \text{ calorías}}{4\,h + 2\,h + 2\,h} = \frac{30.000}{8\,h} = \frac{3.750 \text{ calorías}}{1\,h}$$

Así pues, no deberá dejar pasar al oso hormiguero, ya que 3.750 es más que 3.333. ¿Qué sucede con los murciélagos? Supóngase que el «tiempo de manipulación» de los murciélagos equivale también a dos horas, pero que su rendimiento calórico sólo asciende a 500 calorías. ¿Deberá detenerse por un murciélago?

$$\frac{20.000 + 10.000 + 500 \text{ calorías}}{4\,h + 2\,h + 2\,h + 2\,h} = \frac{30.500}{10\,h} = \frac{3.050 \text{ calorías}}{1\,h}$$

No. Si lo hiciera en lugar de reservarse para un oso hormiguero o un cerdo salvaje, «perdería el tiempo».

La teoría de la caza/recolección óptima predice, en otras palabras, que los cazadores/recolectores seguirán añadiendo especies a su dieta en tanto éstas aumenten (o no disminuyan) la eficacia global de las actividades de caza/recolección. Esta predicción reviste especial interés con respecto al problema de cómo influye la abundancia de una determinada especie –de insectos, por ejemplo– en su presencia o ausencia en la «lista» dietética óptima. Las especies que disminuyen la tasa global de rendimiento calórico no se añaden a la lista por mucho que abunden. Sólo la abundancia de las especies más rentables influye en la amplitud de ésta: a medida que una de ellas empieza a escasear, se añaden otras que hasta ese momento habían sido demasiado ineficaces para figurar en ella. La razón estriba en que como debe emplearse más tiempo para encontrar la especie más rentable, la tasa media de rendimiento de toda la lista disminuye, con lo cual deja de ser una pérdida de tiempo detenerse por una especie poco rentable.

Estas relaciones pueden comprenderse de forma intuitiva si imaginamos un bosque en el que alguien, mediante pinzas, haya colgado billetes de dólar y de 20 dólares de las ramas más altas de los árboles. ¿Deberemos trepar para coger los billetes de dólar? Es evidente que la respuesta depende de la cantidad de billetes de 20 que haya. Si sólo hay unos cuantos en todo el bosque, nos conformaríamos con los primeros. Pero si hubiera muchos, cometeríamos un grave error dedicándonos a los de dólar, aunque hubiera también muchísimos. Sin embargo, por escasos que fueran los billetes de 20, nunca dejaríamos pasar uno cuando topáramos con él.

En un estudio sobre las tasas efectivas de rendimiento calórico que se observan entre los achés del Paraguay oriental, Kristen Hawkes y sus colaboradores descubrieron que, durante una expedición de caza y recolección, solamente 16 especies se tomaban al encontrarlas. La tasa media de rendimiento de estos 16 recursos oscilaba entre las 65.000 calorías por hora de los pécaris y las 946 calorías por hora de una especie de fruto de palmera. Como predice la teoría, pese a que cada uno de estos recursos presenta una eficacia decreciente, medida en calorías posteriores al encuentro por hora, su inclusión en la dieta elevaba la eficacia general del sistema de caza y recolección de los achés. Por ejemplo, si éstos sólo se dedicaran a las dos primeras especies de la lista –pécaris y venados–, su eficacia global se reduciría a 148 calorías por hora, ya que, pese a su elevado rendimiento calórico, estas especies escasean y se encuentran con poca frecuencia. Al añadir los recursos que ocupan los puestos tercero y cuarto –pacas y coatíes–, la eficacia global se eleva a 405 calorías por hora. Cuando se van agregando las restantes especies, de valor cada vez más reducido, la tasa global de rendimiento sigue incrementándose, pero las subidas son en cada caso menores. La lista termina en una especie de fruto de palmera, que, como he señalado, únicamente rinde 946 calorías por hora. Cabe suponer que los achés no añaden especies adicionales porque han descubierto, por ensayo y error, que no hay ninguna disponible que no rebaje la eficacia global de caza/recolección (aproximadamente 872 calorías por hora con respecto a los 16 recursos). Ahora bien, ¿qué sucede con los insectos?

En sus expediciones los achés sólo se detienen a recolectar un insecto: la larva de una especie de escarabajo de las palmeras. Dichas larvas son muy abundantes en los troncos de palmera podridos. Para recolectarlas, los achés cortan trozos de estos troncos y deshacen la madera, muy reblandecida, con las manos. Las larvas, con una tasa media de rendimiento post-encuentro de 2.367 calorías por hora, ocupan el undécimo lugar en la lista, por debajo de otro tipo de pécaris y por encima del pescado. Al añadirlas a la dieta, la eficacia global de caza/recolección de los achés se eleva de 782 a 799 calorías por hora.

Así pues, la teoría de la caza/recolección óptima permite explicar lo que, de otro modo, podría parecer una indiferencia dietética absolutamente arbitraria por parte de muchas sociedades con respecto a miles de especies vegetales y animales comestibles existentes en su hábitat. También ofrece un marco para predecir posibles cambios, pasados o futuros, en la relación de productos que consumen los cazadores/recolectores, de acuerdo con las fluctuaciones en la abundancia de los recursos alimentarios más rentables. Por ejemplo, si los pécaris y el venado abundaran cada vez más, los achés no tardarían en descubrir que recolectar los frutos de palmera era una pérdida de tiempo; a la larga, renunciarían al consumo de larvas de cocotero, y si las tasas de encuentro con venados y pécaris aumentaran hasta el extremo de que detenerse para cazar/recolectar cualquier otro recurso disminuyera la tasa global de rendimiento, los achés acabarían por dedicarse, exclusivamente, a estas dos especies. Imagínese la situación contraria: si los venados y pécaris escasearan cada vez más, los achés no dejarían de cazarlos cada vez que los encontraran, pero no considerarían ya como una pérdida de tiempo detenerse para recolectar recursos –incluidos los insectos– que hoy día menosprecian.

La teoría de la caza/recolección óptima resulta particularmente estimulante al aplicarla a los insectos y demás criaturas de pequeño tamaño, porque contribuye a explicar cómo es posible que pueblos con dietas escasas renuncien a recursos muy abundantes en su hábitat, como los insectos o las lombrices de tierra. No es la abundancia o escasez de un determinado recurso alimentario lo que permite predecir su inclusión o exclusión de una dieta, sino su contribución a la eficacia global de la producción alimentaria. Un recurso eficaz pero escaso pasará a formar parte de la combinación óptima, en tanto que puede que no se utilice otro que sea ineficaz pero abundante.

Por desgracia, no puedo citar más datos con objeto de contrastar estas predicciones en lo que atañe a las criaturas de pequeño tamaño. No obstante, en un sentido cualitativo amplio la teoría parece aplicable al problema de las causas del abandono del consumo de insectos en Europa. Aunque éstos sean fáciles de capturar y ofrezcan un elevado rendimiento calórico y proteínico por unidad de peso, el beneficio que rinde la captura y preparación de la mayoría de los insectos es minúsculo en comparación con los grandes mamíferos, el pescado o incluso los vertebrados más pequeños, como roedores, aves, conejos, lagartos o tortugas. Cabe predecir, por lo tanto, que aquellas sociedades con menor acceso a las especies de los grandes vertebrados tendrán las dietas más amplias y se dedicarán más intensamente al consumo de insectos y otras criaturas de pequeño tamaño. Aquí radica, en parte, la explicación de que algunos de sus más aplicados consumidores tengan por hábitat el bosque tropical, en el cual –como expliqué al examinar la incidencia del ansia de carne en la Amazonia– es raro encontrar animales grandes, y aun los grupos de cazadores más reducidos agotan rápidamente la caza. Y en el lado opuesto del espectro puede apreciarse por qué el consumo de insectos abandonó las cocinas europeas y nunca se convirtió en un elemento importante de las dietas euronorteamericanas. Recordando la caracterización de la Europa posmedieval por Fernand Braudel como el «centro mundial del consumo de carne», si podía menospreciarse la carne de caballo debido a la abundancia de cerdo, carnero, cabra, aves de corral y pescado, ¿qué falta hacían los insectos?

Los principios de la teoría de la caza/recolección óptima no sólo sugieren las condiciones en que una cultura abandonará el consumo de insectos, sino que también proporciona un medio de predecir qué especies se preferirán cuando éste se practique.

La mayoría de los insectos presentan el inconveniente como fuente alimentaria de que, pese a existir en gran número, son pequeños y se encuentran sumamente dispersos. Los insectos consumidos con mayor avidez reúnen justamente las características contrarias: tienen cuerpos de tamaño considerable y pueden recolectarse, no de uno en uno, sino en enjambres muy concentrados. El caso paradigmático lo constituyen las langostas, que pueden llegar a medir más de siete centímetros de largo y cuyos enjambres se componen de miles de millones de individuos. Una de las especies que forman enjambre, la langosta del desierto (Schistocera gregaria), invade 65 países, desde Mauritania al Pakistán, y es consumida en todos ellos. Las langostas existen normalmente en forma solitaria como saltamontes. Los enjambres se desarrollan debido a la incubación simultánea de huevos que yacen en el suelo en estado latente hasta que son humedecidos por una sucesión de fuertes lluvias. Cuando madura una generación, la sobrepoblación desencadena la respuesta del vuelo gregario. Una nube de tamaño medio puede contener 40.000 millones de langostas y cubrir una superficie de 350 kilómetros cuadrados. Las nubes pueden recorrer centenares de kilómetros y alcanzar alturas de

3.000 metros. Al pasar la nube zumbadora, un número enorme de langostas cae al suelo y se capturan con facilidad mientras intentan darse un banquete con los cultivos y la vegetación natural. Durante una plaga, las gentes recogen las langostas a centenares en la ropa, en las paredes y en las plantas; las reúnen en redes y cestos, y las arrojan en agua hirviendo o sobre una capa de brasas calientes.

Como las langostas ocasionan la devastación de los cultivos y pastos naturales, alteran la disponibilidad de los recursos más apreciados –los cultivos y los productos derivados de los animales domésticos– y se aseguran un lugar en la dieta óptima. Enfrentadas a la destrucción de los recursos vegetales y animales, las víctimas no tienen otra alternativa que ampliar su dieta y devorar a los devoradores. Este mismo principio puede aplicarse también a especies que no forman enjambres. Por ejemplo, las chinches acuáticas gigantes, muy apreciadas en China y el sudeste asiático, se recolectan individualmente pero comparten dos rasgos con las langostas: tienen un tamaño considerable y comen cosas que también comen los seres humanos; en este caso, los alevines de los peces que los campesinos crían en sus campos de arroz inundados y que constituyen para éstos una fuente importante de proteínas animales.

Una consecuencia interesante de los especiales atributos de la langosta –su gran tamaño, los gigantescos enjambres que forma y los devastadores efectos que tiene sobre las cosechas y los pastos– es que quedó excluida de la prohibición del consumo de insectos en el Levítico (también quedan exceptuados otros insectos, pero su identidad como especie no está clara).

> He aquí de entre éstos los que comeréis: toda especie de langosta: de solam, de jargol y de jagab, según sus clases.

La importancia práctica del consumo de insectos para los israelitas fue puesta a prueba por Juan el Bautista, que sobrevivió en el desierto a partir de langosta y miel, exclusivamente. La teoría de la caza/recolección óptima tiene, por cierto, implicaciones para toda la relación de aves prohibidas y demás animales ineficaces que el Levítico convierte en tabú. Dada la abundancia de recursos rentables, como los ganados vacuno, ovino y caprino, la prohibición de especies tales como las gaviotas, los pelícanos y los murciélagos no sería irracional ni aun en el caso de que los israelitas encontraran gran cantidad de estas criaturas en su patria.

Pero volvamos a la langosta. Pese al permiso o estímulo del Viejo y del Nuevo Testamento, los europeos nunca se aficionaron a ella. ¿Puro capricho? Lo dudo. Si se inspecciona un mapa con las invasiones máximas de Schistocera gregaria que se han registrado, se comprueba que la práctica totalidad de Europa occidental, con excepción de la franja meridional de la Península Ibérica, cae fuera de los límites septentrionales de las nubes. Los agricultores no estaban completamente libres de otras especies de langosta, pero las variedades europeas rara vez causaban la destrucción de cosechas y pastos característica de las regiones en que el consumo de las langostas era a menudo la única alternativa a la muerte por inanición.

Las termitas y las hormigas ocupan, probablemente, el segundo puesto después de la langosta por lo que se refiere a cantidades consumidas a lo largo y ancho del mundo. Ambas son de tamaño reducido, pero constituyen buenas «ofertas» energéticas porque forman densas colonias de millones y miles de millones de individuos. Algunas especies construyen nidos subterráneos y los humanos las recolectan tal como hacen los chimpancés: metiendo y sacando un palo en el hormiguero. Un sistema más corriente de procurarse hormigas y termitas consiste en atacar los montículos en que anidan y que dominan el paisaje en muchos hábitats tropicales. Entre los pueblos del África occidental es tradición fumigar los nidos para obligar a sus pobladores a salir. Empero, la mejor época para recolectar hormigas y termitas es el comienzo de la estación lluviosa, cuando éstas, después de echar alas y ganar en materia grasa, parten masivamente de forma voluntaria. A veces, como resultado de una fuerte lluvia, todas las termitas de una zona abandonan los nidos el mismo día, formando nubes gigantescas y zumbantes que alcanzan alturas de hasta 70 metros y oscurecen el sol. Para capturarlas, las mujeres y los niños de Costa de Marfil colocan escobas de paja de forma cónica sobre los orificios de salida. Cuando se ha reunido una gran masa de insectos en las escobas, éstas se sacuden en cubos de agua traídos al efecto; los insectos, con las alas mojadas, no pueden ya salir volando. En otros lugares se tapan todos los orificios menos uno y se recolectan los enjambres mediante ingeniosas trampas confeccionadas con hojas y cestos.

En los trópicos, como es bien sabido, los insectos abundan mucho más que en zonas templadas como Europa. En la Amazonia, por ejemplo, la mayor parte de la biomasa animal se compone de insectos y lombrices de tierra. Comparada con los trópicos, Europa –lo mismo que todas las regiones templadas– dispone de menos especies de insectos, presenta una ausencia de formas gigantes y tiene una carencia relativa de especies que formen enjambres o existan en colonias concentradas y fácilmente cosechables. Ciertamente, como en el caso de las langostas, Europa también tiene su cuota de hormigas y termitas. Ahora bien, éstas no son de la clase que construye nidos del tamaño de casas y forma enjambres de tales proporciones que llegan a oscurecer el sol. Europa no destaca por las chinches acuáticas de nueve centímetros de longitud y más de doscientos gramos de peso, como la Beostoma indica, ni por criaturas como la mosca dobson de los indios yukpas, cuyas alas tienen una envergadura de 15 centímetros, ni tampoco por los montones de troncos de palmera podridos infestados de larvas gigantes.

Lo que quiero decir se reduce a lo siguiente: si un hábitat es rico en fauna insectil -en particular especies de gran tamaño y/o que forman enjambre- y si al mismo tiempo es pobre en especies animales vertebradas, salvajes o domésticas, de gran tamaño, las dietas mostrarán una tendencia a ser altamente insectívoras. Pero si un hábitat es pobre en fauna insectil -en particular, especies de gran tamaño y/o que formen enjambre- y si es al mismo tiempo rico en especies, domésticas o salvajes, de grandes vertebrados, las dietas mostrarán una tendencia a excluir los insectos. En realidad, las situaciones que deben tenerse presentes son cuatro, más que dos. Una sencilla tabla de doble entrada servirá para mostrar a qué me refiero:

	Ausencia de grandes vertebrados	Presencia de grandes vertebrados
Presencia de insectos que forman enjambre.	1	2
Ausencia de insectos que forman enjambre.	3	4

La casilla 1 representa la situación en que el consumo de «bichitos» tiene probabilidades de ser más intenso, como sucede en la Amazonia o en las regiones de bosque tropical de África: numerosas especies de insectos que forman enjambre y pocas especies de vertebrados. La casilla 4 representa la situación en que el consumo de «bichitos» tiene más probabilidades de ser mínimo, como sucede en Europa o Canadá y los Estados Unidos: pocos insectos que formen enjambre y numerosos vertebrados de gran tamaño. Las casillas 2 y 3 representan dos situaciones diferentes, con probabilidades ambas de estar relacionadas con consumos intermedios de «bichitos»: numerosos grandes vertebrados e insectos que forman enjambre, por una parte, y escasez de ambos, por otra.

Queda todavía un cabo suelto: el peculiar aborrecimiento que acompaña al rechazo euronorteamericano de los insectos como alimento. Lo interesante del caso es que la mayoría de los occidentales no sólo se abstienen de ingerir insectos, sino que el solo pensamiento de comer un gusano o una termita –¡por no decir una cucaracha!– hace que se le revuelvan las tripas a muchas personas. Y tocar un insecto –peor aún, que uno trepe por nosotros– es en sí mismo un acontecimiento repugnante. Los insectos, en otras palabras, son para los norteamericanos y los europeos lo que los cerdos para musulmanes y judíos. Se trata de especies parias. La afirmación tópica de que los insectos son sucios y repugnantes tiene tan poco sentido como la afirmación tópica de que los cerdos son sucios y repugnantes. Ya he formulado una teoría (en el capítulo consagrado al cerdo) para predecir cuándo se convertirá en paria o deidad una especie que no es buena para comer. Permítaseme aplicarla al caso que nos ocupa.

Una especie será objeto de apoteosis o abominación dependiendo de su utilidad residual o de su carácter nocivo. Una vaca hindú que no es comida proporciona bueyes, leche y estiércol. Es objeto de apoteosis. Un caballo que no es comido gana batallas y ara campos. Es una criatura noble. Un cerdo que no es comido es inútil: ni ara campos, ni produce leche, ni gana guerras. Por lo tanto, es abominado. Los insectos no consumidos son peores que los cerdos no consumidos. No sólo devoran los cultivos en el campo, sino que se comen la comida de nuestro propio plato, nos producen mordeduras, picaduras y comezones, y chupan nuestra sangre. Nosotros no los comemos, pero ellos sí nos comen. Todo en ellos es dañino, nada bueno.

Las pocas especies útiles, como los insectos que se alimentan de otros insectos o que polinizan las plantas, no compensan por la multitud incontable de sus parientes nocivos.

Para hacerse todavía más detestables a los ojos de los occidentales, los insectos llevan una existencia furtiva en estrecha proximidad de los humanos; penetran en casas, retretes y armarios, ocultándose durante el día y surgiendo sólo por la noche. No es extraño que muchos reaccionemos a ellos fóbicamente. Y dado que no los comemos, nada nos impide identificarlos con la quintaesencia del mal –enemigos que nos atacan desde dentro– y convertirlos en símbolos de la suciedad y objetos de temor y aborrecimiento.

Mi teoría de la utilidad residual ha de parecer sin duda falsa e irrespetuosa a determinado tipo de amantes de los animales. ¿Acaso he olvidado que los norteamericanos y los europeos mantienen en sus casas deliberadamente cierta clase de animales que ni se consideran comestibles ni tienen utilidad alguna?

9. Perros, gatos, dingos y demás mascotas

Hace poco unos amigos míos se mudaron a una casa en las afueras, situada en una parcela de dos hectáreas, con el fin de cultivar su pasión por la cría de caballos. Estaba trabajando en el capítulo de este libro dedicado a la carne de equino cuando me invitaron a una fiesta. Mientras contemplábamos un par de caballos castrados y una gruesa yegua a través de una ventana panorámica, se me ocurrió comentar, como quien no quiere la cosa: «Conozco a un tipo que quiere abrir una cadena de restaurantes de comida rápida a base de hamburguesas de caballo». Cuando mi anfitrión se calmó lo suficiente para tratarme como a un antropólogo estúpido y no como a un cuatrero en potencia, balbuceó: «¿Comer caballos? Ni pensarlo. Son nuestras mascotas».

«¿No comen las personas mascotas?», me pregunté (a mí mismo, naturalmente... no quería arriesgarme a un nuevo malentendido). Los europeos, los norteamericanos o los neozelandeses de filiación europea (mi amigo había nacido en Nueva Zelanda) piensan que es evidente que las mascotas no son aptas para consumo. Sin embargo, como antropólogo, no veo nada de evidente en ello. Muchos animales que reciben un trato propio de mascotas pueden acabar, aun así, en los estómagos de sus dueños (o, con el consentimiento de éstos, en los de otras personas).

Después de todo, ¿qué es una mascota? Yo diría, para empezar, que se trata de animales hacia los que las personas sienten cariño, que alimentan y cuidan, y con los cuales conviven voluntariamente. Las especies mascota son los contrarios lógicos de las especies paria. A estas últimas no las alimentamos ni cuidamos. En vez de ello, intentamos exterminarlas (como hacemos con las cucarachas o las arañas) y desterrarlas del entorno humano. En cambio, en lugar de desterrar a las mascotas de nuestro entorno, las estrechamos contra nosotros, las acariciamos, rascamos, adornamos y besuqueamos; las invitamos a nuestros hogares, las tratamos como si fueran miembros de la familia y las dejamos ir y venir a su antojo.

Antes de proseguir debo señalar que la distinción entre especies paria y mascota está sujeta a una cierta variación individual entre los miembros de cada cultura. Una minoría de norteamericanos siente hostilidad hacia gatos y perros, y un pequeño porcentaje es aficionado a las boas constrictor, las tarántulas y las cucarachas. Efectivamente, en Animal People, de Gale Cooper, Geoff Alison describe cómo disfrutan sus cucarachas sibilantes gigantes de Madagascar trepando por sus dedos: «Se lo pasan de miedo metiéndose por debajo y por encima, subiendo y bajando». En todas las sociedades hay individuos que se desvían de la norma. Esto explica que en las pajarerías se vendan también especies paria como mascotas. Ahora bien, si éstas tuvieran que subsistir exclusivamente de la venta de serpientes y cucarachas sibilantes gigantes de Madagascar, no tardarían en cerrar. Por qué ocurren estas desviaciones es un tema interesante, pero no se trata de algo que podamos investigar aquí.

El problema que se nos plantea consiste en dilucidar si un animal que forma parte de la cocina habitual de un determinado pueblo puede seguir siendo una mascota. Probablemente, la mayor parte de los dueños de mascotas norteamericanos estará de acuerdo con mis amigos propietarios de caballos, pero los antropólogos saben que entre los seres humanos y los animales considerados comestibles pueden existir relaciones muy parecidas a las que se dan entre las mascotas y sus propietarios. En el capítulo dedicado a la carne subrayé lo fuerte que es el deseo de comer carne de porcino entre los pueblos de Nueva Guinea y Melanesia. La carne de cerdo es tan buena que se sienten obligados a compartirla con sus antepasados y sus aliados. Con todo, en otros aspectos dan a sus cerdos un trato que un norteamericano consideraría muy semejante al que recibe una mascota. Permítaseme presentar algunos detalles. Como el cuidado y la alimentación de los cerdos es labor propia de las mujeres, en tanto que su sacrificio es obligación masculina, las mujeres neoguineanas tienen más oportunidades de desarrollar una relación afectuosa con ellos. Entre los grupos de las Tierras Altas, las mujeres y los niños comen y duermen separados de los varones en la misma cabaña que los cerdos. Los hombres viven aparte, en «clubes» exclusivos para varones. Si un cochinillo ha sido separado de su madre, las mujeres no dudarán en amamantarlo a sus propios pechos al lado de una criatura humana. Y, como hacen con sus propios hijos, transportan a los cerdos al ir y volver de los distantes huertos de ñames y batatas. Cuando el cochinillo se desarrolla le dan de comer de sus propias manos y le prodigan toda clase de cuidados; si enferma se preocupan por él como se preocuparían por sus propios hijos. Hasta que el cerdo no ha alcanzado un tamaño considerable, las mujeres no limitan sus movimientos dentro de la casa. Y a tal efecto construyen un corral cerca del lugar en que ellas duermen. Margaret Mead observó en una ocasión que en Nueva Guinea «se mima y consiente tanto a los cerdos que éstos adquieren todas las características de los perros: agachan la cabeza cuando se les regaña, se aprietan contra el amo para recobrar su favor, y así sucesivamente». Yo añadiría: «Y, además, son objeto de consumo como los perros de Nueva Guinea». Pues llega un momento en que hasta el cerdo más mimado acaba siendo comido en un festín aldeano o donado a otro poblado para hacer feliz al antepasado de otra persona.

El África oriental es otra región célebre por el trato de mascota que se dispensa a animales considerados comestibles. Los dinkas, los nuer, los shilluk, los masais y otros pueblos pastores que habitan en el Sudán nilótico y el norte de Kenia miman y consienten a sus reses vacunas como si se tratara de cerdos neoguineanos. Sólo que aquí son los hombres, no las mujeres, quienes se ocupan del ganado y quienes desarrollan con éste los vínculos más íntimos. Los hombres ponen un nombre a cada ternero y cortan y retuercen gradualmente su cornamenta para darle formas artísticamente curvadas. Hablan de sus bueyes y vacas en sus conversaciones y en sus canciones, les prodigan cuidados, los adornan con borlas, abalorios de madera y cencerros. Entre los dinkas, los hombres construyen establos con techos de cañas y hierba para proteger a sus seres de los mosquitos y los depredadores. Como en Nueva Guinea, los maridos y esposas dinkas duermen separados; pero en su caso el marido duerme en el establo, entre sus reses, mientras que la mujer y los hijos lo hacen en cabañas cercanas. Como la mayoría de los pueblos pastores, estos amantes nilóticos de los bovinos obtienen el grueso de sus alimentos de origen animal a partir de la leche y los derivados lácteos. No obstante, también tienen una afición bien desarrollada por la carne de vacuno, que satisfacen cuando una res vieja fallece de muerte natural o con motivo de festines que celebran acontecimientos importantes, tales como funerales, matrimonios y cambios de estación.

En su estudio clásico sobre los nuer, el antropólogo Evans Pritchard observó que «aunque en circunstancias normales los nuer no sacrifican sus reses para comérselas, el fin de cualquiera de ellas es, en definitiva, la olla, con lo que éstos obtienen carne suficiente para satisfacer sus deseos y no tienen ninguna necesidad apremiante de cazar animales salvajes». Para poder comerlos, los bovinos de los nuer, al igual que los cerdos neoguineanos, deben ser sacrificados ritualmente y compartidos con los dioses ancestrales. «En tales ocasiones el deseo de carne se muestra sin rebozo» y «los nuer admiten que algunos hombres sacrifican sin causa debida». En algunas ceremonias «se organiza una pelea generalizada por el cuerpo de la res» y en la estación lluviosa «los jóvenes se reúnen con el propósito de sacrificar bueyes y darse un banquete con su carne».

Lo que sugieren estos ejemplos es que la condición de mascota no es un estado del ser excluyente. La gente puede dar a los animales tratos de mascota más o menos acentuados. En lugar de discutir si la boa de una pajarería, un cerdo neoguineano o una vaca nuer son o no auténticas mascotas, deberíamos identificar el grado en que las relaciones entre humanos y animales en culturas concretas exhiben cualidades propias de una relación, fuerte o débil, de amo-mascota. La relación con una especie que sea paria para casi todos menos para su dueño puede exhibir estas cualidades, pero no puede considerarse prototípica con arreglo a criterios objetivos, por mucho cariño que se tengan ambos. Además, las especies paria como boas y tarántulas no cumplen, por lo menos, otro de los criterios de dicha relación: aunque vivan bajo el mismo techo que sus excéntricos amigos humanos, hay que mantenerlas en jaulas con barrotes o paredes de cristal. No se pueden pasear libremente por la casa. Animales domésticos como los bovinos de los dinkas o los nuer o los cerdos neoguineanos sacan mejor nota en esta prueba; los seres humanos no sólo los meten en casa, sino que incluso duermen a su lado. La afición a la carne de sus cariñosos amos, sin embargo, rebaja muy considerablemente su estatus como mascotas. Aunque se les permite compartir la intimidad de la familia, también son sacrificados y acaban en el estómago de ésta, forma de comunión de la que los miembros humanos del grupo doméstico (aun entre los caníbales, como se verá en el próximo capítulo) suelen estar exentos. En un nivel más elevado encontramos a la vaca hindú y al caballo anglonorteamericano, ambos objetos de grandes amores. La comunión espiritual anula absolutamente cualquier pensamiento de comer carne de vacuno o de equino, pero la comunión física no está a la altura del ideal. Ambas criaturas son demasiado grandes para acompañar a la familia dentro de casa y hay que disfrutar de ellas al aire libre o desde la ventana del cuarto de estar. Esta relación de criterios de definición demuestra por qué, a los ojos de los occidentales, los gatos y los perros son los modelos supremos de mascota: los alimentamos y cuidamos de ellos; viven en nuestras casas y duermen en la misma habitación, aun en la misma cama, que nosotros, y nuestro mutuo cariño no se ve nunca empañado por un deseo de ingerir su carne (refrenamiento que, por lo que parece, suele ser recíproco).

Un animal que se considere comestible no puede ni sumirse en los abismos de la abominación ni ascender a las alturas de la condición de mascota. Estos extremos quedan exclusivamente reservados para la carne prohibida. Puede decirse, por lo tanto, que en el nivel más elevado de la condición de mascota éstas no son buenas para comer. Pero eso no quiere decir, como les gustaría creer a mis amigos propietarios de caballos, que no comamos determinados animales porque son mascotas. La condición de mascota no es nunca un factor independiente de los hábitos alimentarios. Las causas de que no se coma una especie determinada y de que se convierta en mascota, y no en paria, siguen dependiendo de cómo encaje ésta en el sistema global de producción de alimentos y otros bienes y servicios de cada cultura.

Permítaseme demostrar esta afirmación con el caso del perro. Los occidentales se abstienen de comer perros no porque sean su mascota favorita, sino fundamentalmente porque éstos, al ser carnívoros, constituyen una fuente de carne ineficaz; los occidentales disponen de toda una variedad de fuentes alternativas de alimentos de origen animal, y los perros prestan numerosos servicios que tienen muchísimo más valor que su carne. En cambio, las culturas comedoras de cánidos carecen, en general, de una variedad de fuentes alternativas de alimentos de origen animal y los servicios que los perros pueden prestar no bastan para prescindir de los productos que suministran después de muertos. En China, por ejemplo, donde la escasez perenne de carne y la ausencia de una industria láctea han dado lugar a una pauta bien arraigada de vegetarianismo involuntario, el consumo de carne canina es la norma, no la excepción. Una anécdota archiconocida sobre dos aficionados a los perros, chino el uno, inglés el otro, ilustra esta pronunciada diferencia cultural. Se cuenta que, durante una recepción en la residencia del embajador británico en Pekín, el ministro de Asuntos Exteriores chino expresó su admiración por la hembra de spaniel del embajador. Éste le dice que la perra está para dar a luz y que se sentiría muy honrado si el ministro quisiera aceptar uno o dos cachorros como regalo. Cuatro meses más tarde, una canasta con dos cachorrillos es entregada en casa del ministro. Pasan unas pocas semanas y los dos hombres vuelven a encontrarse con motivo de una ceremonia oficial. «¿Qué le parecieron los cachorros?», preguntó el embajador. «Estaban deliciosos», respondió el ministro.

Es posible que los acontecimientos narrados no ocurrieran en realidad, pero no hay nada de apócrifo en lo que respecta a la diferencia fundamental entre las actitudes china y euronorteamericana hacia la carne canina. Según informa Newsweek, la administración municipal de Pekín ha establecido normas muy estrictas contra la cría de perros en hogares urbanos. En dos años, el ayuntamiento «exterminó» 280.000 canes. Desconozco cuántos de ellos acabaron en el puchero, pero un restaurante pekinés declara utilizar un promedio de 30 perros diarios. En China, donde escasea la carne y los insectos se consideran aptos para consumo, su carne es un añadido al menú que se acoge con satisfacción. Tradicionalmente, los chinos criaban los perros en el campo, dejando que éstos buscaran su sustento entre los desperdicios y las basuras del corral. La prohibición del ayuntamiento de Pekín sugiere que los chinos no son todavía lo suficientemente ricos para criar perros para carne en sus apartamentos urbanos. Los perros urbanos de China, a diferencia de sus homólogos occidentales, tienen pocas utilidades residuales que compensen el coste de su sustento. Con bajos índices de delincuencia, un reducido mercado para los objetos robados y los barrios organizados para la vigilancia política, la gente no necesita perros guardianes que protejan sus propiedades. Y en cuanto a los servicios que prestan en otros lugares como animales de compañía, si algo abunda en un país con mil millones de habitantes es compañía. Más adelante volveremos sobre este aspecto de las mascotas actuales.

Antes, me gustaría contrastar mi explicación de las diferencias entre los que comen y los que no comen perro por medio de dos notables estudios sobre el papel de estos animales en las culturas no occidentales. Uno, realizado por Katherine Luomala, de la Universidad de Hawai, se refiere a las personas y los perros en Polinesia; el otro, llevado a cabo por Joel Savachinsky, de Ithaca College, a las gentes y los perros de la Norteamérica ártica.

Tres de los principales grupos polinesios, los tahitianos, los hawaianos y los maoríes de Nueva Zelanda, poseían perros antes de ser visitados por los navíos europeos. (Los perros también existían en las Tuomotus, pero se sabe poco sobre el uso que se les daba.) Prácticamente todos los canes polinesios acababan sus vidas formando parte de una comida humana. Los polinesios alojaban a algunos de sus perros en sus propias casas; a otros los mantenían en cabañas especiales, rodeadas de una cerca, o bajo un árbol protector. A la mayor parte de los perros se les dejaba buscar su sustento entre las basuras, pero otros eran cebados de manera sistemática mediante verduras cocidas suplementadas con sobras de pescado. Algunos eran alimentados a la fuerza, para lo cual se les sujetaba boca arriba y obligaba a engullir pescado y pasta de verdura. La carne de perro alimentado con verdura era muy apreciada por su delicado sabor. Para preparar al animal antes de cocinarlo, ataban su hocico y lo estrangulaban con las manos o aplicándole presión mediante un palo; a veces, lo asfixiaban apretándole la cabeza contra el pecho. Acto seguido, era destripado, socarrado para eliminar el pelo, untado con sangre recogida en una cáscara de coco y asado en un horno de tierra. Los perros polinesios eran tan buenos para comer que las gentes tenían que compartirlos con los dioses. De ello se encargaban, en Tahití y las islas Hawai, sacerdotes que sacrificaban gran número de canes con motivo de acontecimientos públicos importantes. Aunque una pequeña porción de los animales sacrificados quedaba sin consumir, por lo general, los sacerdotes, o bien comían ellos mismos la carne de éstos, o bien se llevaban a casa las partes menos sagradas para compartirlas con sus mujeres e hijos. En circunstancias normales, sólo los sacerdotes y los aristócratas hawaianos y tahitianos estaban autorizados a disfrutar de su carne. Ni las mujeres ni los niños debían comer perro, pero tras un sacrificio los plebeyos tahitianos «llevaban las sobras a su familia en secreto». Y si una mujer maorí tenía, durante el embarazo, el antojo de carne de perro, su marido estaba obligado a proporcionársela.

Todos estos grupos -hawaianos, tahitianos y maoríes- consideraban los perros como posesiones preciadas y patrones de valor. Los hawaianos pagaban honorarios, rentas, impuestos y derechos con canes. Y para descubrir al responsable de la magia que había causado la muerte de una persona tenían que dar decenas, a veces centenares, de ellos a los adivinos. Los polinesios apreciaban de sus perros no sólo la carne, sino también el pelo, la piel, los dientes y los huesos. Los mantos de piel canina eran los bienes hereditarios más preciados del jefe maorí. Los hawaianos adornaban sus tobillos y muñecas mediante brazaletes confeccionados con cientos de colmillos de perro machiembrados. Éstos también se colocaban en hileras en las bocas abiertas de las imágenes de madera que representaban a los dioses hawaianos, mientras que los guerreros tahitianos adornaban sus petos con pelo blanco de perro y fabricaban peines y anzuelos con los dientes y quijadas de este animal.

El interés por la carne y por los servicios y subproductos de los canes muertos, más que de los vivos, concuerda bien con la característica fundamental del sistema polinesio de producción alimentaria: que carecía de herbívoros domesticados. De hecho, los perros eran la única especie doméstica que poseían los maoríes. Es cierto que hawaianos y tahitianos disponían de cerdos y gallinas, además de cánidos, y que, puestos a elegir, unos y otros preferían la carne de porcino a la de perro, pero sus islas estaban densamente pobladas y carecían de suficientes bosques de baja altitud en que pudieran hozar los cerdos. Además, tampoco poseían un cultivo apto para servir de pienso porcino. El elemento energético básico de las cocinas hawaiana y tahitiana era el poi, pasta feculenta que resulta de cocinar, aporrear y amasar la raíz de taro. El problema del taro es que, en estado crudo, sus raíces tienen un elevado contenido de ácido oxálico, que los cerdos encuentran desagradable. De manera que, para alimentarlos, primero hay que cocinarlo, lo cual convierte su carne en un lujo análogo a la de perro (cuya dieta también se basa en productos vegetales cocinados). En cuanto a las gallinas, éstas se crían óptimamente a base de lombrices o rebuscando entre las sobras de la trilla o la molienda. Ahora bien, los polinesios no poseían cereales –ni arroz ni trigo ni maíz– y la carne de pollo era aún más escasa que la de perro.

Los canes polinesios, particularmente útiles después de muertos como fuente de carne, no resultaban demasiado útiles vivos como fuente de productos o servicios valiosos. Lo que es todavía más importante, ni los hawaianos ni los tahitianos los empleaban para cazar, por la sencilla razón de que no había grandes animales que cazar –ya fuesen presas o depredadores– en su hábitat insular. Los maoríes sí los utilizaban con fines cinegéticos, pero sus animales no estaban especialmente dotados a tal efecto. Su principal presa eran los kiwis, ave no voladora, y determinadas especies de orugas que habitan entre las hojas de las plantas de batata. Aunque esto demuestra que los perros maoríes servían para la caza, desde el punto de vista de la teoría de la caza/recolección óptima, el hecho de que capturasen orugas es asimismo indicativo de lo apurados que andaban los maoríes en cuestión de alimentos de origen animal (asunto sobre el cual volveremos en el próximo capítulo). Existe también la posibilidad de que los canes maoríes estuvieran entrenados para atacar a los forasteros y a enemigos en el campo de batalla. Pero al ser el único animal doméstico en Nueva Zelanda, hubieran tenido que prestar servicios mucho más decisivos y de mayor peso para evitar que se les considerase comestibles.

James King, que acompañó al capitán Cook, tuvo la oportunidad de observar a los hawaianos antes de que sus costumbres cambiaran. En 1779 escribió que no podía «recordar un solo caso en que se tratara al perro como un compañero al estilo de lo que hacemos en Europa». King no estaba dispuesto a aceptar la posibilidad de que la condición de mascota estuviese sujeta a variaciones. A su entender, la costumbre de comer carne canina era «una barrera insuperable para su admisión en la sociedad, y como en la isla no hay ni animales de presa ni objetos de caza, es probable que las cualidades sociales del perro, su fidelidad, su afectuosidad y su sagacidad, sigan siendo desconocidas para los indígenas». Sin embargo, pese a su afición por la carne canina, los polinesios daban a sus perros un trato muy semejante al que reciben las mascotas. Las mujeres hawaianas los amamantaban como hacían las guineanas con sus cochinillos. «A veces los perros se convertían en mascotas tan queridas que sus amas de cría los entregaban a regañadientes y con gran pesar.» Pero siempre acababan entregándolos, pues los hawaianos estimaban que los perros alimentados con leche humana eran los más sabrosos. Los varones maoríes también podían mostrarse afectuosos con sus animales, llevándoselos consigo en sus expediciones en canoa y en viajes largos, y los hawaianos expresaban un afecto análogo por sus canes al transportarlos en brazos o llevarlos a la espalda durante sus reuniones sociales y religiosas. ¿No es evidente, pues, que lo que impedía en Polinesia que éstos se convirtieran en mascotas tan apreciadas como en Europa era su importancia como recurso alimentario y no ninguna falta de voluntad o incapacidad para tratarlos como mascotas por parte de los polinesios?

Permítaseme abordar ahora el caso de un pueblo que habita un entorno muchísimo más hostil y que mantiene muchos más canes per cápita que los polinesios, pero que evita su carne con tanta intensidad como cualquier amante de los perros euronorteamericanos de nuestros días. Ochenta kilómetros al norte del Círculo Ártico, cerca del lago Colville, en los territorios del noroeste canadiense, vive un grupo de hares, pueblo de lengua atabascana, cuya subsistencia se basa en la caza y la colocación de trampas. Su aborrecimiento de la carne canina concuerda perfectamente con la tesis según la cual si un animal tiene mayor utilidad vivo que muerto, éste no será objeto de consumo. Durante los ocho meses que dura el invierno ártico, los hares se desplazan continuamente de un campamento a otro a la caza del caribú, el alce, la marta, el visón, el zorro, el castor y el armiño, y a la pesca de especies de agua dulce, como la trucha, el esturión blanco y el lucio. Los perros no se utilizan para acechar y acorralar a determinadas especies de presa, como el caribú o el pescado, pero constituyen un medio indispensable para trasladarse de unas zonas cinegéticas a otras. Según el antropólogo Savachinsky:

> Los desplazamientos entre el poblado y los campamentos; el proceso de tender, comprobar y extender los sistemas de trampas; el acarreo de madera, pescado, carne y pertrechos; el traslado a las zonas del caribú; los viajes periódicos para comerciar con pieles y renovar provisiones: éstas son algunas de las tareas absolutamente esenciales que requieren el empleo de traíllas de perros.

En el transcurso de un mismo invierno-primavera, un cazador –con sus perros– puede llegar a recorrer 3.500 kilómetros. Este durísimo estilo de vida impone a cada familia la necesidad de poseer una traílla de perros (y cada una de éstas ha de componerse de un mínimo de cuatro a seis animales). Los 75 miembros de la comunidad del lago Colville poseen 224 perros, a razón de tres canes per cápita. Esto significa que deben emplear tanto tiempo en suministrar carne y pescado a estos animales como a las personas. Pero resulta más rentable mantenerlos, y cazar y desplazarse con ellos, que comerlos, y cazar y desplazarse sin ellos. Los canes de los indios del Ártico, a diferencia de los polinesios, ayudan a sus amos a producir un excedente de carne, que comparten perros y humanos.

A los hares no sólo les horroriza la perspectiva de comer carne canina, sino que les resulta tremendamente difícil deshacerse de perros enfermos, lisiados o inútiles, a pesar de que subsisten gracias a la matanza rutinaria de otros animales. A las gentes del lago Colville les causa tanta repugnancia matar a sus perros enfermos o inútiles que tratan de pagar a otros para que lo hagan. Estas ofertas se rechazan a menudo.

«¿Yo? –suele ser la respuesta–. Yo no podría mirar al perro y dispararle.» Si algún policía montado se encuentra de visita en el poblado, es posible que los desesperados dueños suelten al perro con la esperanza de que el policía cumpla con su deber de dar muerte a los canes abandonados. Como último recurso, se deja al animal demasiado viejo en el campamento de caza para que fallezca por congelación. Ahora bien, ésta es una forma de muerte a la que, en otros tiempos, los seres humanos también estaban expuestos cuando una banda afrontaba colectivamente la alternativa entre morir junto al compañero enfermo o dejar que él o ella perecieran y proseguir con el fin de salvar al grupo.

En comparación con Polinesia, los indígenas norteamericanos no eran, por lo general, aficionados a la carne canina. Según un estudio, de una muestra compuesta de 245 culturas norteamericanas autóctonas, sólo en 75 se comía perro. Sin embargo, los indígenas norteamericanos carecían, al igual que los polinesios, de herbívoros domesticados y ni siquiera poseían cerdos (aunque sí disponían de una o dos especies de ave parcialmente domesticadas: el pato y el pavo). La razón de que la carne canina les tentara menos que a los polinesios estriba en que, normalmente, tenían acceso a una variedad mucho más amplia de animales de caza que éstos. En los casos en que los perros realizaran una contribución decisiva a la caza, como sucede en la cultura hare, habría pocos motivos para consumirlos. Las 75 culturas comedoras de perro corresponden, en su mayor parte, a una categoría intermedia: o bien el perro no era esencial para la caza, o bien los animales de caza eran relativamente escasos. En las Grandes Llanuras, por ejemplo, desde el Canadá meridional a Texas, el búfalo era el más importante recurso alimentario. Los perros, sin ser indispensables para localizar y dar muerte a animales tan grandes, tampoco son absolutamente inútiles. Con anterioridad a la difusión del caballo europeo, los perros prestaban, además, un buen servicio al ayudar a las mujeres a acarrear los tipis y otras posesiones de un campamento a otro. Los indios de las llanuras, por lo tanto, tenían sentimientos encontrados con respecto al consumo de su carne y muchos la consideraban principalmente como un alimento al que sólo recurrirían en caso de hambruna u otra emergencia. La carne canina resultaba más atractiva para los indios de la California central, que no tenían acceso a animales de caza de gran tamaño y cuyas dietas se basaban fundamentalmente en semillas y bellotas, con un generoso acompañamiento de lagartos, conejos e insectos. Consumidores más ávidos de esta carne podían encontrarse entre los grupos cuya subsistencia dependía no tanto de la caza como del maíz y otras plantas domesticadas. Doce de las 75 culturas norteamericanas que la consumían criaban o cebaban deliberadamente perros con fines culinarios. Michael Carrol, de la Universidad de Western Ontario, ha demostrado que los entusiastas norteamericanos de la carne canina eran en su práctica totalidad pueblos, o bien fundamentalmente agrícolas, o bien fundamentalmente recolectores de variadas plantas silvestres.

El mayor foco, con diferencia, de consumo de carne canina, de Norteamérica y tal vez del mundo entero, se encontraba en el México precolombino, donde las condiciones que inhibían el consumo de ésta entre los hares estaban totalmente invertidas. En el México central, por ejemplo, los grandes animales de caza, como sucedía en Polinesia, eran prácticamente inexistentes. Pero si los mexicanos no precisaban de perros para la caza, los necesitaban de forma apremiante para procurarse carne, ya que, como otros pueblos autóctonos de Norteamérica, no poseían más animales domésticos que los perros y los pavos. ¿Es pura coincidencia que el México precolombino, además de ser célebre por el consumo de carne canina, lo fuera todavía más por su gran afición a la carne humana? (De ello trata el siguiente capítulo.)

En seguida abordaré el problema de la utilidad residual que convierte a perros y gatos en animales ineptos para fines culinarios en las modernas sociedades industriales. Pero antes permítaseme ocuparme de un mito tenaz referente a una mascota canina supuestamente inútil que poseen los pueblos aborígenes de Australia. El dingo (Canis antarticus) es una especie de perro semisalvaje que me ha intrigado desde que Robert Lowie lo citara como uno de los mejores ejemplos de «irracionalidad caprichosa». En palabras de Lowie: «El australiano mantenía a su perro, sin entrenarlo para la caza ni para prestar ningún tipo de servicio». Muchos observadores coinciden en que los aborígenes ni se comían a los dingos ni los utilizaban para perseguir o dar muerte a las piezas de caza. Los aborígenes los adoraban. Las mujeres indígenas eran tan propensas como las hawaianas a amamantar a los cachorrillos. Hasta que alcanzaban la madurez, los dingos recibían un trato muy parecido al de los niños. Los aborígenes los frotaban con la misma mezcla de grasa y ocre rojo con que untaban a los seres humanos, y con idéntico propósito: fortalecer sus cuerpos y hacerlos resistentes a las enfermedades. Ponían a cada uno un nombre, los besaban en el hocico, les susurraban palabras cariñosas, los llevaban en brazos para «proteger sus tiernas pezuñas de espinas y cardos». Pero después de todos estos cariñosos y tiernos cuidados, llegaba un día en que los dingos sentían un impulso irresistible de abandonar la compañía del ser humano y partían para no regresar jamás. Los aborígenes nunca trataban de impedírselo. De hecho, la presencia en el campamento de los dingos ya crecidos se consideraba poco deseable y molesta. La gente dejaba de mimarlos y de darles de comer, y su partida no se lamentaba lo más mínimo. Debe señalarse que, como es costumbre en las sociedades cazadoras-recolectoras, los aborígenes mantenían crías de otras especies animales en sus campamentos para que los niños jugaran con ellas. Ahora bien, a diferencia de los dingos, estas «mascotas» solían acabar muy pronto en el puchero. A decir verdad, éstos también eran objeto de consumo. Ciertamente, no constituían uno de los elementos básicos de su dieta, pero casi todos los aborígenes los comían en época de escasez. Y, por lo menos, algunos grupos consumían dingo con tanta frecuencia como cualquier otra carne. Un informe científico redactado a comienzos de siglo los enumeraba entre los «alimentos nativos» y declaraba que «se los caza y come con avidez; normalmente son alanceados junto a una charca». «Si bien domestican el dingo y lo convierten en mascota –afirmaba otro informe de finales del siglo XIX–, también lo comen, asunto sobre el cual no cabe la menor duda.» Por razones que en seguida aclararemos, los aborígenes preferían no comerse a los ejemplares que tenían como mascotas. Pero en épocas de escasez sí que se comían a sus compañeros de campamento caninos, cachorros incluidos si la cosa se ponía suficientemente fea.

Dada la importancia de los animales de caza en la dieta aborigen, resulta particularmente desconcertante que no cazaran con ayuda de los dingos. Verdaderamente no había ninguna escasez de especies de pequeño y mediano tamaño, a cuya captura los perros pueden contribuir de forma decisiva. La prueba fehaciente de la presencia de especies al alcance de la capacidad cinegética canina estriba en que, con la introducción de variedades cazadoras europeas, los aborígenes adoptaron con entusiasmo diversos cruces híbridos de dingos y perros europeos para fines cinegéticos. Con objeto de cazar distintas clases de canguro, utilizaban cruces de dingo con lebrel, con galgo ruso o con galgo noruego. Y por lo que respecta a la caza menor, empleaban híbridos que eran un cruce entre dingos y corgis, pequeños perros galeses.

Ahora bien, aunque es verdad que los aborígenes no los utilizaban para fines cinegéticos en la forma en que los europeos utilizaban sus perros de caza, sí se servían de ellos para cazar de otra forma. Cuando los dingos salvajes perseguían a sus presas por el chaparral, los aborígenes se precipitaban tras ellos, guiados por sus ruidosos ladridos. Los cazadores, que entraban en escena instantes después de que los dingos hubieran dado muerte a su presa, espantaban a éstos sin dificultad y se apropiaban de la pieza.

El dingo también prestaba servicios como centinela. Antaño los aborígenes eran bastante belicosos y muy dados a emboscadas, incursiones y ataques por sorpresa, que realizaban chamanes enemigos. Ocultos entre los matorrales, estos chamanes disparaban contra sus víctimas dardos afilados que podían atravesar el cuerpo y destruir el alma cual primitivo rayo de la muerte. Hoy día los aborígenes ya no practican la guerra. Sin embargo, una de las principales razones que aducen para tener gran número de perros alrededor de sus campamentos es que los violentos ladridos de éstos dan la alerta cuando se aproximan forasteros y espíritus malignos invisibles. Y en el pasado, cuando los aborígenes todavía practicaban la guerra, los servicios de centinela que prestaban los dingos serían aún más apreciados.

Éstos rendían otro servicio más al ayudar a los aborígenes a combatir el frío durante la noche. Como sucede en otras regiones áridas, el interior de Australia es caluroso durante el día y frío por la noche. Los aborígenes dormían amontonados con todos los dingos que podían agenciarse (un explorador contó dos mujeres y catorce dingos bajo una misma manta). Es posible que el calor corporal fuera una de las razones de la afición de los aborígenes a transportarlos de un lado para otro. Con frecuencia las mujeres se los ponían alrededor de la cintura, agarrando las patas delanteras y el hocico con una mano y las patas traseras y el rabo con la otra, como si se tratara de almohadillas caloríferas portátiles.

Algunos datos adicionales ayudarán a acabar de una vez por todas con el mito del dingo inútil. No hay que perder de vista que éste no era una criatura completamente domesticada. Como he señalado, a los aborígenes les gustaban los cachorros y ejemplares jóvenes, pero cuando los animales crecían dejaban de alimentarlos. A las horas de comer el dingo adulto debía guardar las distancias y es muy probable que más de un infortunado animal se viera obligado a subsistir casi exclusivamente a base de excrementos humanos. Como los dingos, a diferencia de los perros plenamente domesticados, terminaban abandonando, antes o después, la compañía del ser humano, no se reproducían mientras convivían con éste. ¿Cómo se procuraban, pues, los aborígenes sus compañeros de campamento caninos? No por medio de la cría, sino de la caza. «Durante la época de cría, se seguía a la madre hasta la madriguera y se la alanceaba [y comía]; algunos de los cachorros se llevaban de vuelta al campamento para convertirlos en mascotas temporales.»

Todos estos fragmentos de erudición sobre los dingos van encajando para formar un sistema de relaciones sumamente práctico entre humanos y animales durante lo que podemos calificar, sin lugar a dudas, como fase incipiente o rudimentaria de domesticación canina.

El dingo es puesto bajo custodia humana cuando es un cachorrillo, presta durante una temporada servicios como calentador corporal, centinela, compañero y reserva de carne de emergencia, y después se le deja en libertad para que se reproduzca en estado salvaje, poblando así el hábitat con un animal de caza que para los seres humanos resulta particularmente fácil capturar y comer (si sus ladridos no les conducen a animales de caza de mayor tamaño). El hecho de que los aborígenes no tardaran en desarrollar un sistema completamente diferente de crianza y utilización de los perros cuando obtuvieron variedades cazadoras europeas sugiere que las limitaciones del sistema anterior venían impuestas por condicionamientos de tipo genético al grado en que el dingo podía utilizarse como especie plenamente domesticada, no por la estupidez o el sentimentalismo de los aborígenes. A diferencia de los presuntos antepasados del perro, el dingo no caza en jaurías, sino solo o en pareja. Esta característica explica probablemente su retorno periódico al estado salvaje. El dingo, inadaptado a la caza cooperativa en su condición adulta, pasa de una alta a una baja densidad de interacción social a medida que madura. Los aborígenes, por su parte, que no podían ni entrenarlos ni confiar en ellos cuando habían crecido del todo, no tenían la posibilidad de utilizarlos como hacen otros grupos humanos con los perros plenamente domesticados. Pero de aquí a afirmar que los mantenían en calidad de mascotas completamente inútiles media un abismo.

Aunque los elementos de juicio que he presentado indican de forma convincente que el factor que determina que una mascota sea o no comida es su utilidad residual, sin duda el dueño de mascota contemporáneo rebatirá apasionadamente este descubrimiento. La mayoría de los norteamericanos piensa que la característica esencial de la condición de mascota es la inutilidad, más que la utilidad. Hasta los diccionarios lo dicen:

«Mascota [pet]: animal domesticado que se tiene por placer, no por su utilidad.» Pero esta definición contiene un grave error, ¿verdad? (No me refiero a la idea, falsa y extraña, de que los peces de colores y los periquitos que se venden en las pajarerías sean animales domesticados.) ¿Desde cuándo se oponen el placer y la utilidad? ¿Acaso una vaca hindú que proporcione cantidades abundantes de utilísima leche da menos placer a su dueño que una vaca seca y estéril? O volviendo a los hares y sus perros de trineo, asombrosamente útiles: si una traílla de perros demuestra gran inteligencia y resistencia, ¿disminuye por ello el placer del dueño? Al contrario, cuanto más deprisa y más lejos pueda ir la traílla, mayor será el placer de su amo, no sólo por las pieles y la carne que le ayudan a conseguir, sino por el mero hecho de contemplarla y de poder alardear ante otros de lo buena que ésta es.

Denegar funciones útiles a los perros se compadece mal con la historia evolutiva de las especies mascota más populares. Ni los perros, ni los gatos, ni los caballos se hubieran domesticado de no ser por los servicios que prestaban en materia de caza, protección de la propiedad, lucha contra los roedores, transporte y guerra. Además de estos servicios más visibles, las mascotas han prestado también otros de distinta índole, que en muchos casos todavía hay que considerar como beneficios tangibles que deben sopesarse frente a los costes de la moderna posesión de mascotas.

La idea de que las mascotas son inútiles se deriva de las costumbres de posesión de animales de las clases aristocráticas. En las cortes imperiales de todo el mundo antiguo, desde China hasta Roma, existían jardines zoológicos donde se exhibían animales y aves exóticos con fines de esparcimiento y como símbolos de riqueza y poder. La realeza egipcia tenía predilección por los felinos, en particular por los cheetahs, en tanto que los emperadores romanos apostaban leones delante de las alcobas en que dormían. Considerar estos animales como inútiles supone ignorar el valor de la pompa y el lujo imperiales para exhibir y validar el poder y la autoridad. Los plebeyos no podían menos que sentirse impresionados por la habilidad de sus gobernantes para mantener leones y tigres devoradores de hombres como mascotas, especialmente porque estas fieras eran alimentadas con esclavos díscolos y prisioneros de guerra. Por añadidura, los animales exóticos servían, junto con el oro y las joyas, como instrumentos de relaciones exteriores y figuraban entre los más preciados regalos que intercambiaban los poderosos que deseaban sellar alianzas. Una costumbre relacionada era la de llevar serpientes vivas alrededor del cuello, que practicaban las mujeres aristocráticas egipcias, lo mismo que las mujeres pudientes contemporáneas (o las que aspiran a serlo) se ponen visones muertos sobre los hombros. En la Europa medieval las casas reales albergaban toda clase de animales, que eran mimados por las mujeres, mientras sus maridos hacían lo propio con enanos y humanos deformes. En el siglo XVII las damas elegantes llevaban perritos sobre el pecho, se sentaban con ellos a la mesa del comedor y los alimentaban con golosinas. Pero el pueblo llano no podía permitirse el lujo de tener animales que carecieran de utilidad para la protección, la caza, el pastoreo o la captura de roedores. Al surgir las clases mercantiles o capitalistas, la posesión de mascotas consentidas se convirtió, por lo tanto, en una de las principales formas de demostrar que se había dejado de ser un plebeyo. Sin embargo, poseer animales para tal propósito no es en modo alguno una actividad inútil, ya que la admisión en los círculos del dinero o del poder se consigue gracias al consumo de prestigio. Con la democratización de la economía, la posesión de mascotas caras ha dejado de ser tan valiosa para los contactos sociales como solía ser, si bien todavía reporta ventajas a quienes logran que se les admita en la «alta sociedad canina y equina» local.

Desde la más remota Antigüedad hasta nuestros días, las mascotas han prestado servicios como entretenedores. Desde este punto de vista, las mascotas contemporáneas no pueden, ciertamente, rivalizar con los combates entre leones y elefantes o personas del circo romano. Con todo, un gato cazando ratones imaginarios o un perro que persigue y recoge una pelota pueden ser, por lo menos, tan entretenidos como la película del sábado por la noche, por no hablar de las diversiones más excéntricas que pueden permitirse las personas cuyos gustos en materia de mascotas se inclinan del lado de los peces carnívoros de Sudamérica o los lagartos que no comen otra cosa que grillos vivos.

Una tenue línea ha separado siempre el entretenimiento de los dueños de mascotas de su educación. Cuentan los antropólogos que los pueblos cuya provisión de alimentos de origen animal depende de la caza, mantienen invariablemente una serie de animales salvajes jóvenes en calidad de mascotas en sus campamentos o aldeas. Muy probablemente, los cazadores, además de obtener pelo o plumas de estos animales, adquieren también una considerable cantidad de información sobre su fisiología y comportamiento, que será de gran utilidad a la hora de rastrear y dar muerte a los ejemplares adultos de estas especies. Esta función educativa subsiste aún como motivo para la tenencia de mascotas en las sociedades contemporáneas, en las cuales los padres explican a menudo que éstas son necesarias para familiarizar a sus hijos con el coito, el embarazo, el nacimiento, la lactancia y la muerte, dadas las limitadas ocasiones que tienen los niños urbanos de observar ejemplos humanos de estos «hechos de la vida».

Hay, por último, un vínculo entre la utilización de estos animales con fines de entretenimiento y su utilización deportiva. Cuando la caza dejó de ser ante todo un medio de subsistencia, retuvo su utilidad como deporte de elite en el que perros y caballos siguieron desempeñando un papel valioso. Hoy día, con la democratización de la vida social, los aspectos elitistas de la caza son menos prominentes, pero ésta ha recuperado parte de su antigua importancia como actividad de subsistencia. Además, en tanto deportes modernos, la caza y la equitación han adquirido una nueva función al ofrecer una saludable alternativa a los sedentarios estilos de vida urbanos.

Pero aún debo abordar las dos funciones más importantes de las mascotas actuales. Al solicitar a una muestra aleatoria de dueños de perros y gatos de Minnesota que evaluasen una lista de «ventajas» de la posesión de mascotas, las posibilidades que se seleccionaron con mayor frecuencia fueron, por orden de clasificación: 1) compañía (75 por 100); 2) amor y cariño (67 por 100); 3) placer (58 por 100); 4) protección (30 por 100), y 5) belleza (20 por 100). Entre las restantes ventajas percibidas figuraban: el valor educativo para los niños de gatos y perros (11 por 100) y su utilidad para el deporte (5 por 100). Sólo el 1 por 100 de los encuestados indicó que la posesión de gatos o perros no reportaba ventaja alguna. En esencia, el punto 1, «compañía», y el punto 2, «amor y cariño», se refieren a la misma función; el punto 3, «placer», por repetir mis anteriores objeciones a la oposición entre placer y utilidad, no es una función independiente, sino una consecuencia de todos los demás puntos, mientras que el punto 5, «belleza», hace referencia a una cualidad demasiado imprecisa para distinguirla del «placer». Esto deja a los factores «compañía» y «protección» claramente en cabeza con respecto a las demás funciones útiles de perros y gatos. Consideremos, en primer lugar, la «protección».

El estudio de Minnesota estaba indudablemente sesgado en el sentido de subestimar los servicios de protección que pueden prestar los perros, ya que mezcló indiscriminadamente a dueños de canes y de felinos, y se realizó en una urbanización con bajos índices de delincuencia. Un estudio de dueños de perro, con exclusión de los de gatos, llevado a cabo en Melbourne, Australia, arrojó resultados considerablemente distintos: el 90 por 100 de los encuestados opinaba que sus animales les proporcionaban compañía, mientras que el 75 por 100 sentía la necesidad de estar físicamente protegido por un perro. Un estudio realizado en Gotemburgo, Suecia, llegó a conclusiones parecidas: el 66 por 100 de los encuestados sentía la necesidad de estar físicamente protegido por sus perros. Éstos, al actuar como centinelas y al ahuyentar con sus ladridos a agresores y ladrones en potencia, sirven de elemento disuasorio de los delitos contra las personas y la propiedad. Se trata de un servicio que resulta particularmente útil a los modernos dueños de casas y habitantes de pisos, los cuales poseen bienes muebles, deben dejar sus casas y pisos desatendidos durante muchas horas al día, y son muchas veces los únicos ocupantes permanentes de la vivienda.

Según la revista Money, el precio de compra de un perro de tamaño medio más los gastos resultantes del alojamiento inicial, el equipo y el veterinario asciende a 365 dólares. Si se amortiza dicha suma a lo largo de un lapso vital de diez años y se añaden 348 dólares anuales en concepto de alimentación, higiene, cuidados veterinarios periódicos y alojamiento, el animal viene a costar a su dueño unos 385 dólares en efectivo anuales. Para higiene, paseo y alimentación hace falta, más o menos, una media hora diaria. No asignaremos un coste monetario a estos factores ya que normalmente no implican desembolsos en efectivo, ni tampoco pérdidas de «ingresos previstos» (ingresos que el dueño del perro hubiera ganado de no haber dedicado su tiempo al cuidado del perro). Además, el ejercicio les sienta bien a los dueños. No puedo afirmar cuántos delitos frustra un perro a lo largo de su vida, pero bastaría con que espantase a uno o dos ladrones en diez años para hacer rentable la inversión de 3.850 dólares. Una inversión idéntica, a lo largo del mismo período, en pestillos, llaves, cerrojos, candados, detectores electrónicos, verjas, vallas, instalaciones de iluminación, reflectores y electricidad tampoco sería nada fuera de lo normal y nadie puede decir tampoco cuántos delitos exactamente impiden en realidad estos artefactos (los sistemas de vigilancia automatizados cuestan por sí solos 1.750 dólares, sin contar reparaciones y mantenimiento).

Así pues, aunque no añadamos el valor de los restantes servicios que prestan, cabe ver que los perros siguen siendo sumamente útiles en un sentido práctico. En cambio, los gatos y las demás mascotas carecen, en su mayor parte, de valor disuasorio frente a la delincuencia y la explicación de su condición depende de que se atribuya utilidad práctica a la compañía. Ello no entraña dificultad.

El valor práctico de la compañía está arraigado en la naturaleza humana. En muchos experimentos se ha demostrado que los primates infrahumanos son criaturas intensamente sociales que nacen con la necesidad de asociarse unas con otras para madurar. Privados de compañía, los monos contraen graves neurosis que pueden poner en peligro sus vidas. Se quedan sentados en sus jaulas con la vista perdida en el vacío, se mueven en círculos de forma estereotipada y repetitiva, se agarran la cabeza con manos y brazos, se mecen durante largos períodos de tiempo. Aunque no disponemos de datos experimentales referentes a seres humanos criados en aislamiento, los científicos de la conducta coinciden en general en que éstos también vienen al mundo con una necesidad innata de relaciones íntimas, de amor y apoyo.

El valor de compañía que poseen las mascotas de todos los tipos aporta la clave de su popularidad cada vez mayor en las urbanizadas sociedades industriales. La compañía es un componente tan capital de su utilización que algunos cuidadores profesionales de animales han dejado de llamar mascotas a las «mascotas» y han empezado a llamarlas, en su lugar, «animales de compañía». Por ejemplo, la clínica del hospital de animales de la Escuela de Veterinaria de la Universidad de Pennsylvania se denomina Clínica de Animales de Compañía. Algunos activistas de los derechos de los animales defienden el abandono del término mascota [pet]. Michael Fox, de la Humane Society (Sociedad Humanitaria), por ejemplo, escribe: «Espero que en el futuro el término "mascota" desaparezca del uso general y sea sustituido por el de "animal de compañía", a cargo no de un "amo", sino de "guardián humano"». Las sociedades contemporáneas han resuelto muchos problemas relacionados con necesidades humanas tales como la vivienda, una oferta adecuada de alimentos y la prevención y curación de las enfermedades; pero han fracasado estrepitosamente en lo que atañe a proporcionar relaciones de compañía de calidad basadas en el apoyo mutuo. Los pueblos del nivel de las bandas y aldeas solían vivir (algunos todavía viven) en grandes familias rodeadas de vecinos, los cuales no sólo se conocían entre sí, sino que estaban emparentados por lazos de filiación y matrimonio. La soledad no era para ellos un problema acuciante. Aunque hasta cierto punto los animales también proporcionaran compañía, el valor de este servicio no podía ser tan elevado como en la actualidad.

Las condiciones específicas responsables de que la compañía sea una de las funciones sobresalientes de las mascotas contemporáneas están estrechamente relacionadas con las que son responsables de que los perros resulten tan útiles en la disuasión de la delincuencia. Las gentes viven separadas, aisladas de los amigos y la familia, en hogares formados por una o dos personas, faltos de vecinos amistosos, en comunidades en las que carecen de raíces y que, en todo caso, sólo lo son en un sentido geográfico, no interactivo. Es cada vez más frecuente que los jóvenes pospongan su matrimonio o, sencillamente, no se casen. Cuando lo hacen, tienen uno o dos hijos, y muchas parejas no tienen ninguno. Los índices de divorcio no paran de aumentar y el número de hogares con un único progenitor está creciendo más rápidamente que el de cualquier otro tipo de unidad doméstica. Al mismo tiempo, la gente alcanza edades más avanzadas y el síndrome del «nido vacío» aparece antes y dura la mayor parte de la vida. Análoga importancia reviste la calidad de las relaciones. La competencia en torno a las calificaciones escolares, la admisión en la universidad, los empleos, los ascensos, los negocios, mina la confianza y la seguridad de las personas. «En el mundo de los negocios no te fías de nadie –explicó al Wall Street Journal una víctima de un fraude informático–. Las personas en quienes confías son las que te la van a jugar.» Con excepción de unos pocos afortunados, la mayoría de las personas tiene empleos que dependen de obedecer y respetar a jefes, directores, ejecutivos, capataces y otros «superiores», y esto tiene como resultado inevitable humillaciones, orgullo herido o desconfianza en las propias posibilidades.

Los animales de compañía compensan parcialmente estas relaciones humanas poco satisfactorias. La utilidad primordial de las mascotas en la sociedad contemporánea consiste en que pueden sustituir a los seres humanos a la hora de colmar nuestra específica carencia cultural de relaciones cálidas que nos aporten apoyo mutuo y amor. Ni el término «mascota» ni el de «animal de compañía» reflejan con objetividad la capital importancia de esta función. No nos apresuraríamos tanto en definir la esencia de la condición de mascota como su inutilidad, si identificáramos a los animales de compañía contemporáneos con lo que en realidad son en su mayor parte: sustitutos de seres humanos. Como tales, nos ayudan a superar el anonimato y la falta de comunidad social que engendra la vida de las grandes ciudades; «caldean el aire mortecino» de los apartamentos vacíos, y proporcionan a muchísima gente sola un motivo, en forma de ser vivo, para volver a casa. Como sustitutos del ser humano, pueden reemplazar a maridos, esposas o hijos ausentes o poco cariñosos, llenan el nido vacío y alivian la carga de la soledad que, en las culturas hiperindustrializadas, es a menudo consustancial a la vejez. Y pueden hacer todo esto sin imponer los recelos y castigos que son característicos de los seres humanos reales atrapados en relaciones altamente competitivas, estratificadas y explotadoras.

Cabe suponer que para sustituir del todo a los humanos las mascotas tendrían que comunicarse como éstos. Por desgracia, no pueden sostener realmente una conversación. Pero como saben desde hace mucho los sacerdotes católicos y los psicoanalistas freudianos, frustraciones y angustias se alivian por el mero hecho de tener a alguien que nos escuche o aun aparente escucharnos. Las mascotas constituyen excelentes sustitutos de tales oyentes. La Clínica de Animales de Compañía de la Universidad de Pennsylvania descubrió que el 98 por 100 de los dueños de mascotas hablaban con sus animales, el 80 por 100 las trataba como «personas, no como animales», y un 28 por 100 se confiaba a ellas y les contaba los acontecimientos de la jornada. Según una encuesta de la revista Psychology Today, el 99 por 100 de los dueños de mascotas hablaba con ellas, empleando un lenguaje infantil o contándoles sus cuitas. Me gustaría poder citar datos comparativos relativos a sociedades menos agobiadas por el problema de la compañía con objeto de comprobar si en ellas también se habla a las mascotas como si fueran personas. Los nómadas asiáticos cantaban sobre yeguas en sus canciones de amor y los nuer entonaban cánticos de alabanza sobre su ganado, pero dudo que hablaran a los caballos y a las vacas sobre los acontecimientos de la jornada como si se tratara de personas. ¿Qué razones podrían tener para hacerlo si siempre estaban rodeados de oyentes humanos reales?

Psiquiatras, veterinarios y asistentes sociales están empezando a darse cuenta de las implicaciones que tiene el hecho de que, en sociedades como los Estados Unidos y similares, las mascotas sirvan de sustitutos del ser humano y están creando rápidamente toda una industria de las terapias asistidas por mascotas, basada en el principio de que los animales pueden proporcionar compañía y apoyo a personas privadas de seguridad, calor y amor en sus relaciones con seres humanos reales. Al introducir animales en los hospitales psiquiátricos, se descubre que algunos pacientes que se niegan a hablar con personas lo hacen con perros, gatos y peces, y que, una vez conseguido este avance, dichos pacientes se vuelven más comunicativos hacia sus médicos y, al final, acaban hablándoles a ellos también. Las terapias asistidas por mascotas también hacen furor en asilos para ancianos y clínicas, donde la soledad, la depresión, el aburrimiento y el ensimismamiento son problemas graves. Tras adquirir una mascota, los residentes de la clínica se relacionan más, tanto con el personal como con los demás residentes. Y según informan pacientes externos con diversas clases de problemas de salud, las mascotas les ayudan a reír, soportar la soledad y aumentar su nivel de actividad física. Éstas se están introduciendo, asimismo, en las prisiones, con el fin de combatir la desmoralización e impedir las peleas entre reclusos.

Se han realizado experimentos que demuestran que mientras las personas acarician a sus mascotas disminuyen el ritmo cardíaco y la presión arterial, tanto en los humanos como en los animales. La mera contemplación de un pez en un acuario casero rebaja la presión arterial en un grado clínicamente significativo. Otros estudios muestran que dividiendo a las víctimas de ataques cardíacos en dos grupos –los que tienen y los que no tienen animales en casa–, sólo el 72 por 100 de los que no poseían mascotas seguían vivos al año de su hospitalización, en comparación con el 96 por 100 en el caso de los que sí las poseían. Como es natural, otras variables contribuyeron a favorecer la supervivencia, pero la posesión de mascotas fue responsable de una proporción mayor de la diferencia que cualesquiera de los restantes factores.

Así pues, como sucede con las vacas hindúes y los dingos australianos, los animales de compañía norteamericanos, supuestamente inútiles, resultan ser un magnífico negocio cuando se examinan más de cerca. No hacen posible la agricultura, pero hacen mucho más llevadera la vida en la sociedad urbana e industrial. Como sustitutos del ser humano, una o dos mascotas pueden ocupar el lugar de todo un ejército de trabajadores del sector servicios. Pueden entretenernos como consumados comediantes, educarnos como profesores de biología, ponernos en forma como entrenadores deportivos, relajarnos como esposas o maridos, querernos como hijos, escucharnos como psiquiatras, confesarnos como sacerdotes y curarnos como médicos. Y todo por unos cuantos centenares de dólares al año. Pero no debemos perder de vista la otra cara de la moneda. Los perros, los gatos, los caballos, las ratas, los ratones, los hamsters, los peces de colores y, sí, incluso las cucarachas sibilantes gigantes de

Madagascar, tienen todos algo en común: comparados con vacas, cerdos y pollos son fuentes sumamente ineficaces de productos de origen animal. De acuerdo con la teoría de la caza/recolección óptima, lo que elimina a estas especies de nuestra dieta óptima no es el hecho de que sean mascotas, sino la abundancia de las especies rumiantes mejor clasificadas.

Y esto nos lleva a una pregunta intrigante: si los sustitutos de seres humanos se consideran aptos o ineptos para consumo dependiendo del equilibrio entre su utilidad residual y la relativa abundancia de transformadores más eficaces de productos vegetales en productos animales, ¿qué sucede con los humanos reales? ¿Se aplican también al consumo de carne humana los mismos principios que al de la carne de perros, gatos, dingos y demás mascotas?

10. Antropofagia

El enigma del canibalismo tiene que ver con el consumo de carne humana, sancionado socialmente, cuando se dispone de otros alimentos. No voy a explicar la práctica de la antropofagia cuando el único alimento disponible es la carne humana. Tal clase de antropofagia se produce de vez en cuando en todas partes, con independencia de que los devoradores y los devorados procedan de sociedades que la aprueban o la reprueban. No hay ningún enigma en cuanto al porqué de dicha práctica. Los marineros que navegan a la deriva en botes salvavidas, los viajeros bloqueados por la nieve en puertos de montaña y la gente atrapada en ciudades sitiadas deben devorar a veces los cadáveres de sus compañeros o morir de inanición. Nuestro enigma no se refiere a tales emergencias, sino al hecho de que las personas se coman unas a otras teniendo acceso a recursos alimentarios alternativos.

Para explicar la preferencia o el rechazo del consumo de carne humana en situaciones que no sean de emergencia debe hacerse una distinción adicional. Se debe reconocer que, como en todas las formas alimentarias enigmáticas, la producción precede al consumo. Antes de que podamos entender por qué razón unas culturas prefieren la carne humana y otras la detestan, debemos enfrentarnos al problema de cómo se proveen los antropófagos de comida humana. Básicamente, sólo existen dos maneras de conseguir un cadáver comestible: o los devoradores cazan, capturan y matan por la fuerza a los devorados, o bien obtienen pacíficamente el cuerpo de un pariente fallecido de muerte natural. La obtención pacífica y el consumo de cuerpos o partes de cuerpos es un aspecto de los rituales funerarios; la obtención de cuerpos por procedimientos violentos es un aspecto de la guerra. Estas dos modalidades de producción caníbal tienen costes y beneficios totalmente diferentes y, por lo tanto, no pueden incluirse en una misma teoría explicativa. (Adviértase que he descartado la adquisición pacífica mediante compra de cuerpos pertenecientes a extraños. Es muy raro que se vendan cadáveres. La afirmación de Diego Rivera de que se alimentó de cadáveres comprados en la morgue de México D. F. cuando era estudiante de Anatomía debe probablemente acogerse con reservas, ya que el gran pintor era demasiado dado a lo que su biógrafo llama «la creación de mitos».)

Si bien las costumbres funerarias de muchas sociedades del nivel de las bandas y aldeas requerían el consumo de una parte de los restos de los parientes muertos, en general, sólo se ingerían las cenizas, la carne carbonizada o los huesos triturados del difunto. Tales residuos no constituían una fuente considerable de proteínas o calorías (aunque es posible que, en hábitats tropicales, las cenizas y los huesos representaran un importante medio de reciclar los escasos minerales). El consumo de las cenizas y los huesos de un ser querido que había fallecido era la prolongación lógica de la cremación. A menudo, una vez consumido por las llamas el cuerpo del difunto, se recogían sus cenizas y se guardaban en recipientes para ingerirlas posteriormente (por lo común mezcladas con una bebida, lo cual parece mucho más higiénico que esparcirlas en el Ganges o, como se propuso hace poco, proyectarlas al espacio exterior). Otra manera muy frecuente de deshacerse de los muertos consistía en enterrar el cadáver y esperar a que la carne desapareciera (cosa que apenas tardaría unos días en producirse en los suelos tropicales). Entonces se exhumaba con cuidado amoroso parte o la totalidad de los huesos y se volvían a enterrar en la casa familiar o se colocaban en cestas colgadas de las vigas del techo. Finalmente, se pulverizaban, se mezclaban con un brebaje y se consumían con gran aflicción.

He aquí un testimonio antropológico sobre el canibalismo funerario entre los guiacas, pueblo que habita en aldeas en el Alto Orinoco, en Sudamérica:

> Nosotros mismos hemos observado varios casos de cremación del difunto en la plaza del pueblo el día de su muerte, recogida cuidadosa de los huesos semicarbonizados entre las cenizas y trituración de los mismos en un mortero de madera. El polvo resultante se introducía en pequeñas calabazas y éstas se entregaban a los parientes más cercanos del finado, que las colocaban cerca del tejado de sus chozas. En ocasiones especiales... los parientes ponían parte de este polvo en una calabaza grande, llena hasta la mitad de sopa de plátano, y bebían la mezcla entre lamentos. La familia ponía el máximo cuidado en que no se derramara lo más mínimo...

Viajeros, misioneros y científicos relatan que estos grupos amazónicos practicaban muchas variaciones interesantes sobre este mismo tema básico. Los craquietos, por ejemplo, asaban a fuego lento a sus caciques muertos, hasta que los cadáveres quedaban totalmente secos, y envolvían los restos momificados en una hamaca nueva, que colgaban en la choza abandonada del cacique. Varios años después, sus parientes celebraban un gran festín, quemaban la momia y tomaban las cenizas mezcladas con chicha, bebida elaborada con maíz fermentado. Varias culturas quemaban los cadáveres, los exhumaban transcurrido un año e ingerían con chicha u otra bebida fermentada el polvo obtenido al quemar los huesos. Algunos grupos aguardaban hasta quince años antes de exhumar los huesos y triturarlos. Otros comían las cenizas. Los cunibos quemaban únicamente el pelo de los niños muertos y tragaban las cenizas mezcladas con alimentos o caldo de pescado. Aunque hay también noticias de gentes que devoraban porciones de carne del difunto asada, éstas son mucho menos frecuentes que las referentes al consumo de cenizas o de huesos triturados y carecen de detalles verosímiles sobre el grado de carbonización de la carne.

Creo que esta indiferencia ante el potencial valor alimentario de los cadáveres obtenidos pacíficamente (en comparación con los obtenidos violentamente mediante la guerra) refleja de modo parcial el carácter ineficaz y nocivo para la salud de tales recursos alimentarios; ineficaz porque la mayoría de las muertes naturales va precedida de una considerable pérdida de peso que deja demasiado poca carne para justificar el gasto de cocinar el cadáver; nociva para la salud por la posibilidad de que una enfermedad contagiosa hubiera debilitado o hecho sucumbir al difunto. (Por contraste, es probable que los individuos muertos o capturados en la guerra estuvieran bien alimentados y gozaran de buena salud antes de encontrar la muerte. A este respecto, el relato de Diego Rivera tiene visos de autenticidad. Rivera afirma que él y sus compañeros comían sólo los cuerpos de personas fallecidas en circunstancias violentas: «muertas recientemente y que no estuvieran enfermas o fueran viejas».) La inhumación y la carbonización de los cuerpos de los muertos reflejan, a mi parecer, un reconocimiento cultural, alcanzado por ensayo y error, de los peligros físicos que se derivan de deshacerse de los difuntos por el sistema de comérselos o de conservar sus restos en descomposición cerca de la vivienda. Ahora bien, ésta no puede ser toda la explicación, ya que, como argumenté con respecto a los insectos, la carne de cerdo y las vacas y caballos muertos, una cocción enérgica reduce sus propiedades dañinas. En efecto, se da también un peligro social. El canibalismo practicado sobre el cadáver reciente y entero de un pariente podría avivar fácilmente las llamas de la sospecha y de la desconfianza mutua. Podría haber miembros del grupo local que, real o imaginariamente, parecieran demasiado deseosos de zamparse al enfermo o al moribundo. (Las culturas del nivel de las bandas y aldeas –de hecho, casi todos los grupos premodernos– carecen del concepto de muerte natural y atribuyen las muertes de los parientes, a las fuerzas malignas y a la brujería.) La carbonización o la inhumación de la persona recién fallecida acalla las sospechas, que alcanzan su punto máximo inmediatamente después de la muerte del ser querido, a la vez que reducen la exposición a las enfermedades. En los casos en que el cadáver del pariente fuera objeto de un aprovechamiento más intenso, es muy probable que los necrófagos estuvieran sometidos a una situación de estrés causada por una desnutrición proteínico-calórica, con lo que los beneficios de comerse el cuerpo sin carbonizar o sin dejarlo enterrado hasta que los huesos quedaran limpios pesarían más que los riesgos de contraer enfermedades o las acusaciones de brujería.

Ésta, al menos, parece ser la explicación de la práctica de devorar los cadáveres de los parientes que se daba entre los forés de las tierras altas de Nueva Guinea. D. Carleton Gadjusek recibió el Premio Nobel de Medicina por relacionar dicha práctica con una enfermedad causada por un «virus lento», un tipo de agente patógeno desconocido anteriormente, pero que desde entonces se ha vinculado a muchas otras enfermedades, cáncer incluido. Como sucedía entre otros pueblos de las tierras altas de Nueva Guinea, los ritos funerarios de los forés obligaban a las mujeres de la familia del difunto a enterrar su cadáver en una sepultura poco profunda. Tradicionalmente, tras un período de tiempo de duración desconocida, las mujeres exhumaban los huesos y los limpiaban, pero no comían la carne. Durante la década de

1920, las mujeres cambiaron esta costumbre, posiblemente con el fin de compensar una disminución de las raciones de carne que lograban obtener de sus hombres. Las mujeres dieron en exhumar el cadáver transcurridos sólo dos o tres días y empezaron a comerse todo el cuerpo, deshuesado y cocinado en cilindros de bambú junto con hojas de helechos y otros vegetales. (A causa de la gran altitud de la región en que viven los forés, hervir los alimentos no constituía una defensa eficaz contra la comida contaminada.) Tres décadas después, los forés saltaron a las primeras páginas de los periódicos por ser víctimas de una «enfermedad de la risa», de carácter letal y desconocida hasta la fecha, llamada «kuru». En las fases avanzadas del kuru, las víctimas, mujeres en su mayoría, perdían el control de los músculos faciales, dando la impresión de que reían hasta la muerte. La investigación por la que Gadjusek recibió el Premio Nobel reveló que el kuru lo causaba un «virus lento» transmitido, probablemente, a consecuencia de los inusitados ritos funerarios practicados por los forés; a saber, la manipulación del cadáver parcialmente descompuesto y el consumo de su carne.

Dado que ni Gadjusek ni ninguno de los antropólogos que han convivido con los forés presenciaron efectivamente la práctica del consumo de carne humana, se ha sugerido que el virus se propagó más por el simple contacto con el cadáver que por comer pedazos de carne infectados. Sin embargo, las propias mujeres forés reconocieron abiertamente ante varios investigadores haber participado en prácticas de canibalismo funerario. Es perfectamente posible que su decisión de consumir la carne putrefacta de cadáveres tuviera una motivación de carácter alimentario. Aunque no se realizó ningún estudio sobre la dieta de los forés en la época en que éstos adoptaron el canibalismo funerario, las investigaciones muestran que probablemente prevalecían las pautas habituales de distribución desigual de los alimentos de origen animal entre hombres y mujeres. En época de Gadjusek, tras la supresión del canibalismo, las mujeres consumían diariamente sólo un 56 por 100 de las proteínas recomendadas y, de éstas, la práctica totalidad procedía de alimentos de origen vegetal. Como ocurre en muchos grupos de Sudamérica, los hombres se reservaban la carne de los animales grandes, dejando las ranas, la caza menor y los insectos para las mujeres y los niños. Y, como cabía esperar, entre los forés se registraba un alto nivel de acusaciones de brujería contra las mujeres. Se puede suponer que muy frecuentemente los intentos, protagonizados por otras culturas, de devorar los cuerpos de parientes y vecinos en el marco de los ritos funerarios se vieron acompañados de efectos negativos parecidos sobre la salud y la cohesión social, contribuyendo a limitar la popularidad de tales prácticas. Permítaseme pasar ahora a la explicación de la más común de las formas de antropofagia importantes desde el punto de vista de la nutrición: el canibalismo practicado con cuerpos adquiridos por la fuerza.

En todas partes existen fuertes sanciones que impiden a los miembros adultos de los grupos primarios matarse y devorarse unos a otros. De hecho, el tabú contra el asesinato y consumo de los propios parientes constituye la condición previa fundamental de la convivencia y la cooperación cotidiana entre las personas. Dicho tabú supone de forma automática que si el canibalismo ha de practicarse sobre cuerpos adquiridos por la violencia, tales cuerpos deberán pertenecer a individuos socialmente distante: extranjeros o enemigos mortales. En otras palabras, sólo podrán adquirirse como resultado de algún tipo de conflicto armado. Y puesto que la guerra define adecuadamente la mayoría de los conflictos armados conducentes a la adquisición violenta de cuerpos humanos, me referiré a esta variedad de canibalismo denominándola «canibalismo bélico».

Debemos uno de los primeros y más completos testimonios directos sobre el canibalismo bélico a Hans Staden, artillero naval alemán y víctima de un naufragio a quien unos indios brasileños, los tupinambas, hicieron cautivo. Staden, que pasó nueve meses durante 1554 en un poblado tupinamba antes de escapar y retornar a Europa, vio con sus propios ojos la tortura ritual y el desmembramiento de prisioneros de guerra, así como la cocción, distribución y consumo de su carne. Staden no especifica con exactitud cuántos actos de canibalismo presenció, pero describe tres ocasiones concretas en que vio cómo se cocinaban y comían seres humanos, los cuales sumaron por lo menos un total de sesenta víctimas. He aquí su descripción general del destino de los prisioneros de guerra de los tupinambas*:

Cuando traen para casa a sus enemigos, las mujeres y los niños los abofetean. Después los adornan con plumas pardas, les cortan las pestañas de «arriba de los ojos», danzan en torno a ellos y los amarran bien para que no huyan. Les dan una mujer para cuidarlo y también para tener relaciones con ella...

Le dan buena comida, y así lo tratan durante algún tiempo; comienzan los preparativos, hacen muchas vasijas especiales en las que ponen todo lo necesario para pintarlo... Cuando todos los preparativos están dispuestos, señalan el día del sacrificio. Convidan a los salvajes de otras aldeas para reunirse allí en aquella época. Llenan todas las vasijas de bebidas y uno o dos días antes de que las mujeres hayan hecho las bebidas pasean al prisionero una o dos veces por la plaza y danzan a su alrededor.

Cuando están reunidos todos los que vienen de fuera, el jefe de la cabaña les da la bienvenida y dice: «Venid a ayudar a devorar vuestro enemigo»... Pintan la cara del prisionero, y mientras una de las mujeres lo está pintando las otras cantan. Y cuando comienzan a beber, llevan al prisionero para allá y conversan con él.

Cuando acaban de beber, al día siguiente descansan; después hacen una cabaña pequeña para el prisionero en el mismo lugar donde debe morir. Allí permanece toda la noche, bien custodia-

* Las citas de Staden se han cotejado con la versión española publicada por Argos Vergara: Verdadera historia y descripción de un país de salvajes desnudos. Trad. de Juan Arpitarte, Barcelona, 1983.

do. Por la mañana, y antes de clarear el día, van a danzar y a cantar alrededor del palo con que lo deben matar. Entonces sacan al prisionero de la cabaña..., le dan piedrecitas para que las arroje contra las mujeres que corren en torno a él y amenazan con devorarlo. Éstas están ahora pintadas y preparadas para, cuando él esté reducido a tajadas, comerse alrededor de las cabañas los cuatro primeros pedazos. En esto consiste su diversión. Cuando está todo listo, hacen un fuego a unos dos pasos del prisionero, que debe ver el fuego. Después viene una mujer corriendo con el Iwera Pemme..., grita de alegría y lo pasea delante del prisionero para que éste lo vea.

Hecho esto, un hombre toma el palo, se dirige al prisionero, se para frente a él y le muestra el garrote para que éste lo vea. Mientras tanto, el que debe matar al prisionero va con otros 14 o 15 y pinta su propio cuerpo de gris, con ceniza. Vuelve entonces con sus compañeros hacia el lugar en que está el prisionero, y el que se había quedado frente a éste le entrega el palo. Viene ahora el rey de las cabañas, toma el palo y lo pasa entre las piernas del que debe dar el golpe mortal.

Esto es considerado por ellos como un gran honor. El que debe matar al prisionero vuelve a coger el palo y dice: «Sí, aquí estoy, quiero matarte, porque los tuyos también mataron a muchos de mis amigos y los devoraron». El otro responde: «Cuando esté muerto, aún tengo muchos amigos que seguro me han de vengar». Entonces le descarga un golpe en la nuca, los sesos saltan e inmediatamente, las mujeres cogen el cuerpo, lo arrastran hacia el fuego, lo raspan hasta que queda bien blanco y le meten un palito por detrás para que nada se les escape.

Una vez que ya está desollado, un hombre lo coge y le corta las piernas por encima de las rodillas, y también los brazos. Vienen entonces las mujeres, cogen los cuatro pedazos y echan a correr alrededor de las cabañas, haciendo un gran escándalo.

Después le abren los costados, separan el espaldar de la parte delantera y se lo reparten... Cuando todo está acabado, cada uno vuelve a su casa y lleva su parte consigo. El que ha matado gana otro nombre... Después, ese mismo día, tiene que quedarse acostado en su red; le dan un pequeño arco con una flecha para pasar el tiempo disparando a un blanco de cera. Esto se hace para que los brazos no se le queden temblones del susto de haber matado.

Esto así lo vi y presencié.

Antes de que intente explicar el fundamento de coste-beneficio de la antropofagia entre los tupinambas y del canibalismo bélico en general, permítaseme abordar el problema de la autenticidad de la descripción de Staden. El antropólogo William Arens, en su popular libro The Man-Eating Myth, afirma que el relato de Staden, como todas las demás descripciones de canibalismo (excepción hecha del que se produce en situaciones de emergencia) es un cuento descomunal. Arens expone tres argumentos para desacreditar el relato de Staden: éste no pudo haber traducido literalmente las palabras de sus apresadores desde el primer día de cautiverio, puesto que no hablaba tupí-guaraní, la lengua de los nativos; reconstruyó los actos de canibalismo con detalles imposiblemente precisos nueve años después de la pretendida realización de tales actos, y, por último, se valió de la ayuda de Juan Dryander, médico alemán, para falsificar el manuscrito. Otro antropólogo, Donald Forsyth, ha refutado estas afirmaciones. En realidad, Staden fue miembro de la expedición dirigida por el capitán español Diego de Sanabria, que zarpó de Sevilla en la primavera de 1549. Dos de los tres barcos de la expedición fondearon en un puerto brasileño próximo a la actual Florianópolis. El mayor de los dos navíos se hundió en el puerto. Durante dos años, Staden y sus compañeros de naufragio sobrevivieron trocando los restos del naufragio por comida con los indígenas de habla tupí-guaraní. Cuando los restos se agotaron, los supervivientes se dividieron en dos grupos. El grupo de Staden partió con la embarcación más pequeña rumbo al Norte, a lo largo de la costa. Después de otro naufragio, Staden y sus compañeros alcanzaron la colonia portuguesa de San Vicente –precursor colonial del actual puerto de Santos– en enero de 1553. El año siguiente, Staden trabajó de artillero para los portugueses y se mantuvo en estrecho contacto por lo menos con un nativo de habla tupí-guaraní, a quien él describía como su «esclavo» y que lo acompañaba de cacería. Además conocía bien a las otras personas de habla tupí-guaraní que residían en la colonia portuguesa.

En enero de 1554, Staden fue capturado por un grupo de tupinambas durante un ataque por sorpresa. Los tupinambas se lo llevaron a su poblado, donde pasó los nueve meses siguientes bajo el temor constante de ser asesinado y devorado. En septiembre de 1554 escapó de sus apresadores y se dirigió a la costa, siendo rescatado por un barco francés. La nave atracó en Honfleur, Normandía, hacia el 20 de febrero de 1555. Al llegar a su Marburgo natal en Alemania, Staden solicitó rápidamente la ayuda del doctor Juan Dryander, distinguido erudito y amigo de la familia. El motivo de que recurriera a Dryander se desprende con claridad de lo que afirma éste en la introducción al libro de aquél. Staden quería que alguien de elevada reputación le sirviese de testigo de carácter y avalase su relato:

> ... conozco al padre del autor hace más de cincuenta años (pues nacimos en el mismo estado de Wetter, donde fuimos educados) como hombre que tanto en su tierra natal como en Homberg, es considerado franco, devoto y valiente, que estudió las buenas artes...
>
> ... no cabe duda de que Hans Staden cuenta y escribe con exactitud y fidelidad su historia y su viaje, no de oídas, sino a partir de la propia experiencia y sin falsedad; tampoco pretende obtener de esta manera la gloria ni la fama, sino únicamente la gloria divina, alabando y agradeciendo los favores recibidos y su liberación.

El libro de Staden se terminó a más tardar en diciembre de 1556, menos de dos años después de su regreso a Europa y menos de tres años desde la fecha de su captura, aunque en realidad no se publicó hasta comienzos de 1557. Forsyth ha comprobado todos los hechos, fechas y nombres principales mediante referencias cruzadas a individuos concretos que, según Staden, se encontraban en determinados lugares en tales o cuales fechas. Con arreglo a este estudio queda claro que Staden, además de alemán, hablaba español y portugués, y que tuvo suficientes oportunidades durante los cinco años (de 1549 a 1554) que precedieron a su captura para haber aprendido tupí-guaraní; que no tardó nueve años en poner sus experiencias por escrito, sino dos como máximo, y que solicitó y recibió la ayuda de Dryander no para inventar y embellecer una descomunal mentira, sino para asegurar al lector de su piedad y honestidad.

Otros relatos del siglo XVI, sin relación alguna con éste, corroboran las características fundamentales del canibalismo bélico en la forma en que lo practicaban los tupinambas. Los misioneros jesuitas enviados al Brasil escribieron cientos de páginas en cartas e informes sobre esta práctica. La mayoría de ellos pasaron años viajando por los poblados tupinambas y visitándolos, y casi todos aprendieron a hablar tupí-guaraní. En 1554, el padre José de Anchieta, por ejemplo, que dominaba el tupí-guaraní lo suficiente como para componer la primera gramática de esta lengua, dijo lo siguiente sobre el canibalismo:

> Si capturan a cuatro o cinco enemigos suyos, regresan [inmediatamente a su poblado] para devorarlos en un gran festín..., tal que ni siquiera las uñas [de los prisioneros] se desperdician. Toda su vida estarán orgullosos de esta victoria singular. Hasta los prisioneros sienten que se les trata de forma noble y excelente, y piden una muerte gloriosa a su modo de ver las cosas, pues dicen que sólo los cobardes y los débiles mueren y son enterrados y deben soportar el peso de la tierra, que ellos creen pesada en extremo.

Anchieta no era un etnógrafo de gabinete. La información la obtuvo no sólo hablando con los tupinambas, sino viajando por sus poblados y viviendo en ellos, donde tomó nota de acontecimientos concretos como el recogido en su relato sobre el sacrificio de un «esclavo» enemigo el 26 de junio de 1553:

Por la tarde, empero, cuando estaban ahítos de vino, llegáronse a la casa donde nos alojábamos y quisieron llevarse al esclavo para matar[lo]... los indios, como lobos, tiraron de él [el esclavo] con gran furia; finalmente, llevároselo fuera y rompiéronle [abriéndole] la cabeza, y con él mataron otro enemigo, a quien despedazaron con gran regocijo, especialmente de las mujeres, que corrían de un lado para otro cantando y bailando. Algunas [de las mujeres] atravesaban con palos afilados los miembros amputados [del cuerpo], otras untaban sus manos con la grasa de la [víctima] y se dedicaban a untar [con grasa] las caras y bocas de los demás, y era un espectáculo abominable ver cómo recogían la sangre [de la víctima] en sus manos y la lamían hasta hartarse con aquella carnicería.

Juan de Aspilicueta Navarro, otro padre jesuita, escribió sobre un encuentro directo con el canibalismo que tuvo en 1549, en un poblado próximo a la actual ciudad de San Salvador:

... a mi llegada, me dijeron que acababan de matar a una muchacha y me mostraron la casa; cuando entré en ella, vi que habían cocinado a la muchacha para comérsela y que su cabeza estaba colgada de una viga; y empecé a reprender y censurar aquella cosa tan abominable y contra natura... Y después fui a otras casas en las que encontré pies, manos y cabezas de hombres sobre la lumbre.

En una carta fechada el 28 de marzo de 1550, Navarro aporta este testimonio adicional:

Un día, muchos [de los hombres] de los poblados donde enseño se fueron a la guerra y muchos de ellos murieron a manos de sus enemigos. Para vengarse, volvieron [a la guerra] bien preparados y mataron a traición a muchos de sus enemigos, de los que obtuvieron gran cantidad de carne humana. De forma que, cuando fui a visitar uno de los poblados en los que enseño..., y al entrar en la segunda casa encontré una olla, parecida a una tinaja, en la que estaban cocinando carne humana; cuando llegué, estaban sacando brazos, pies y cabezas de humanos, lo que constituía una visión espantosa. Vi siete u ocho viejas que a duras penas podían mantenerse de pie bailando alrededor de la olla y avivar el fuego, de suerte que parecían demonios en el infierno.

El padre Antonio Blásquez fue otro de los jesuitas que presenció los rituales caníbales de los tupinambas. En 1557, después de pasar cuatro años en el Brasil, Blásquez escribió que los indios encontraban «su felicidad en matar a un enemigo, para después, por venganza, comer su carne..., no hay otra carne que les guste más». Blásquez tampoco era un investigador de gabinete:

Entraron en la plaza seis mujeres desnudas cantando a su manera y gesticulando y moviéndose de tal forma que parecían demonios; iban cubiertas de los pies a la cabeza con algo [que parecía] escarabajos hechos de plumas amarillas; en sus espaldas llevaban un manojo de plumas que semejaban crines de caballo y, para animar el festejo, tocaban flautas hechas con las tibias de sus enemigos muertos. Con ese atuendo andaban [por todas partes] ladrando como perros y haciendo como si hablasen con tales muecas que no sé con qué compararlas. Llevaban a cabo todas esas ocurrencias siete u ocho días antes de matarlo. Como en aquel momento había siete [prisioneros para matar], [los] hicieron correr y arrojar piedras y naranjas, mientras sus mujeres los aprisionaban con cuerdas atadas al cuello; aunque [el prisionero] no quiera, hácenle arrojar naranjas desafiándole a ello... Los [cautivos] están convencidos de que [participando] en estas ceremonias son valientes y fuertes, y si por temor a la muerte niéganse [a participar], llámenlos débiles y cobardes; y, por lo tanto, huir es en su opinión un gran deshonor. Ellos [es decir, los cautivos], cuando están a punto de morir, hacen cosas que si no se hubiesen visto no podrían creerse...

Como es natural, los jesuitas trataron de impedir el sacrificio de prisioneros. Una y otra vez narran cómo confiscaban personalmente carne humana cocinada o ahumada, o cuerpos enteros listos para ser cocinados, y rescataban o bautizaban a prisioneros a punto de ser inmolados y devorados. Si los tupinambas no hubiesen practicado realmente el canibalismo, los jesuitas no sólo serían unos crédulos consumidores de rumores repugnantes, sino unos embusteros consumados. Me niego a creer la afirmación de Arens en el sentido de que los jesuitas se mintieron unos a otros, que mintieron a sus superiores de Roma y que siguieron haciéndolo durante cinco años, sin que un único hombre honrado entre ellos pronunciara una sola palabra de protesta.

Muchos relatos testimonian la existencia de un complejo similar de tortura, ejecución ritual y consumo de prisioneros de guerra entre otros pueblos indígenas de América, especialmente al norte del estado de Nueva York y en el Canadá meridional. Por ejemplo, en 1652, el explorador Peter Raddison presenció cómo uno de sus camaradas era devorado: «Cortaron parte de la carne del desdichado, la asaron y se la comieron». Wentworth Greenhalg, otro explorador, narró la captura de cincuenta prisioneros el 17 de junio de 1667 cerca del poblado iroqués de Cannagorah. Al día siguiente, Greenhalg fue testigo de la muerte por tortura de cuatro hombres, cuatro mujeres y un niño: «Las crueldades duraron alrededor de siete horas, y cuando estaban casi muertos, los dejaron a merced de los muchachos y arrancaron los corazones de los que estaban muertos para darse un banquete».

Como en el caso de los tupinambas, los misioneros jesuitas nos han dejado las descripciones más detalladas de las prácticas caníbales de iroqueses y hurones. Un indio hurón cristianizado relató un célebre incidente, en el que los iroqueses torturaron hasta la muerte a dos misioneros y devoraron sus corazones. El padre Ragnaut, superior de los jesuitas, a quien el hurón había contado la historia, afirma haber presenciado actos similares de tortura y antropofagia: «No tengo ninguna duda sobre la verosimilitud de lo que acabo de contar [la historia del hurón] y lo firmaría con mi propia sangre porque he visto a los salvajes hurones darles el mismo trato a los prisioneros iroqueses capturados en la guerra...».

El más largo y detallado testimonio ocular sobre tortura y canibalismo se refiere al trato que recibió un cautivo iroqués en 1637. Estaban presentes tres misioneros: los padres Paul le Jeune, Garnier y François le Mercier, el narrador. El relato comienza con la entrada del prisionero, cantando, en el pueblo, escoltado por la multitud. Iba «vestido con una hermosa túnica de pieles de castor y en el cuello llevaba un collar de cuentas de porcelana». Durante dos días, sus apresadores lo cuidaron con esmero, le limpiaron las heridas y le dieron de comer frutas, cidra cayote y carne de perro. Por la tarde, lo condujeron a la casa alargada del consejo:

> Las gentes reuniéronse de inmediato. Los ancianos tomaron posiciones en la parte de arriba, en una especie de tribuna que se extiende, a todo lo largo, a ambos lados de la choza. Los jóvenes colocáronse abajo, pero en número tal que estaban prácticamente los unos sobre los otros, de forma que apenas se podía pasar entre las hogueras. Gritos de alegría resonaban por doquier; unos con teas, otros con trozos de corteza, todos proveyéronse de algo con que quemar a la víctima. Antes de que se introdujera al prisionero en la choza, el [jefe] alentóles a todos a cumplir con su obligación, describiéndoles la importancia de este acto, el cual –dijo– era contemplado por el Sol y el Dios de la Guerra. Ordenó que para empezar quemáranle sólo las piernas al prisionero, para que durase hasta el amanecer; esa noche, además, no debían ir al bosque a solazarse [tener relaciones sexuales].

Después hicieron atravesar al prisionero un pasillo humano que se extendía de punta a punta de la casa, mientras lo golpeaban con objetos en llamas:

> ... todos peleábanse para quemarlo a su paso. Mientras tanto, la víctima chillaba como alma en pena; la multitud imitaba sus lamentos o, más bien, los apagaba con aullidos horribles... La cabaña entera parecía arder. A través de las llamas y el denso humo que de allí salía, aquellos bárbaros –que se amontonaban unos sobre otros, que gritaban hasta desgañitarse, que empuñaban antorchas y cuyos ojos destellaban rabia y furia– semejaban otros tantos demonios

que no daban respiro a aquel pobre desgraciado. Muchas veces lo paraban en la otra punta de la cabaña y algunos cogían sus manos y rompíanles los huesos, otros horadaban las orejas de la víctima con astillas que dejaban clavadas en ellas; otros apresaban sus muñecas con cuerdas que apretaban brutalmente y de cuyos cabos tiraban con todas sus fuerzas. Si acabada la vuelta deteníase a recobrar el aliento, poníanlo sobre cenizas calientes y brasas ardiendo. Describo horrorizado todo esto a Su Reverencia, pero en verdad padecimos un dolor indecible mientras contemplamos aquello.

En la séptima vuelta a la cabaña, el prisionero se desmayó. Entonces, el jefe intentó reanimarlo: derramó agua sobre su boca y le dio de comer maíz. Cuando pudo cantar de nuevo se reanudó el tormento.

Apenas le quemaron por parte alguna salvo en las piernas, las cuales, verdaderamente redujeron a un estado lamentable, con toda la carne a jirones. Algunos aplicábanle en ellas teas ardientes y no las retiraban hasta que daba un fuerte grito y, tan pronto como dejaba de proferir alaridos, empezábanle a quemar de nuevo, y así hicieron siete u ocho veces. Muchas veces avivaban soplando el fuego que ponían cerca de la carne. Otros atábanlo con cuerdas que luego quemaban; de esta manera, abrasábanlo lentamente y causábanle la más terrible agonía. Algunos hacíanle poner los pies sobre hachas al rojo vivo y luego apoyarse en ellas. Se podía escuchar el ruido de la carne chamuscada y ver el humo que desprendía su carne subir hasta el techo de la cabaña. Con garrotes golpeábanlo en la cabeza y atravesábanle las orejas con pequeñas astillas; luego rompieron el resto de sus dedos y avivaron el fuego alrededor de sus pies.

Finalmente, el prisionero volvió a desmayarse, y esta vez lo mataron, desmembraron y devoraron:

Tanto lo atormentaron que al final cayó exhausto; derramaron agua en su boca para fortalecer su corazón y el [jefe] gritóle que tenía que tomar aliento. Pero él siguió con la boca abierta y casi inmóvil. Por temor a que muriese de forma distinta al acuchillamiento, uno cortó un pie, otro una mano y, casi al mismo tiempo, un tercero separó la cabeza del cuello y la arrojó sobre la multitud, donde alguien recogióla para llevársela [al jefe], a quien se había reservado, para que se regalase con ella. En cuanto al tronco, éste permaneció en Arontaen, donde tuvo lugar un banquete el mismo día. Encomendamos su alma a Dios y regresamos a casa a decir misa. Por el camino, encontramos a un salvaje que llevaba en un pincho una mano a medio asar de la víctima.

He citado por extenso las descripciones de los jesuitas sobre prácticas caníbales para refutar la opinión maliciosa de Arens en el sentido de que «los documentos de los misioneros jesuitas que se han recopilado, que a menudo se califican de fuentes para conocer el canibalismo y las crueles costumbres de los iroqueses, no contienen testimonios oculares sobre éste». Es cierto que los testimonios jesuitas sobre tortura y canibalismo entre los iroqueses y los hurones proporcionan más información con respecto a la tortura que con respecto a la parte del procedimiento relativa a cocina y masticación. Pero creo obvia la razón de esto: como testigos cuya cultura prohibía la antropofagia, a los jesuitas les repugnaba el consumo de carne humana, pero en tanto hombres que no estaban habituados a ver cómo se torturaba a la gente (aunque sus compatriotas europeos empleaban la tortura más profusamente que los indios), les horrorizaba y repugnaba aún más la forma en que se mataba a las víctimas que la manera de cocinarlas.

Permítaseme detenerme en este punto para efectuar algunas estimaciones preliminares sobre los costes y beneficios del canibalismo bélico. Si consideramos la guerra como una forma de caza organizada para conseguir carne, los costes exceden con mucho los beneficios. Aunque los humanos son animales grandes, capturar unos pocos cuesta un esfuerzo enorme. Las presas están tan alerta, son tan escurridizas y se hallan tan bien informadas sobre la caza como los cazadores. Y, como especie de presa, los humanos tienen otra característica única: a diferencia de los tapires, los peces o las langostas, resultan menos atractivos como presas cuanto más excede su cuantía el número de los cazadores. Esto se debe a que los humanos son la presa más peligrosa del mundo y tienen tantas probabilidades de matar a alguno de sus perseguidores como éstos de matarlos a ellos. Con arreglo a la teoría de la caza/recolección óptima, sería raro esperar que los cazadores trataran de cobrarse una pieza humana al encontrarla. Les resultará más rentable dejarla de lado y dedicarse a las larvas de gusanos y las arañas.

Pero los que practicaban el canibalismo bélico no eran cazadores de carne humana, sino guerreros dedicados a perseguir, matar y torturar a sus congéneres como resultado de la política intergrupal. Por lo tanto, no pueden achacarse a la caza los gastos principales y riesgos contraídos en la obtención y sacrificio de víctimas destinadas a prácticas caníbales; más bien, deben achacarse a la guerra. Los tupinambas, los hurones o los iroqueses no hacían la guerra para conseguir carne humana; la conseguían como producto lateral de hacer la guerra. Así pues, consumir la carne de los prisioneros de guerra constituía un acto bastante racional desde la perspectiva de la relación coste-beneficios y una alternativa prudente, desde el punto de vista de la nutrición, al desperdicio de una fuente de alimento de origen animal perfectamente adecuada (y que, además, no tenía consecuencias perjudiciales como en el caso de los forés). Como fuente adicional de alimento de origen animal, la carne de los prisioneros era sin duda especialmente bien recibida por quienes llevaban la peor parte en el reparto de carne, en particular las mujeres, que padecían más a menudo «hambre de carne» que sus hombres. Esto explica el destacado papel que desempeñaban las mujeres tupinambas e iroquesas en los rituales que acompañaban a los festines caníbales.

Para iroqueses y hurones, la guerra tenía su «compensación» no sólo porque se capturaban hombres y mujeres enemigos, sino porque se llevaban al poblado de los apresadores con objeto de torturarlos. La tortura en sí misma tenía su propia y brutal economía, sin relación alguna con los costes de devorar carne humana. Las sociedades guerreras, como la iroquesa y la hurón, utilizaban la tortura para adiestrar a sus jóvenes a ser agresivos e implacables con el enemigo. El cuerpo vivo de un prisionero constituía, sin lugar a dudas, un instrumento de entrenamiento más efectivo que los maniquíes rellenos de arena y los blancos de plástico modernos. La tortura purgaba a los jóvenes del poblado de los últimos vestigios de piedad hacia el enemigo y los acostumbraba al fragor del combate. Y no sólo los preparaba para enfrentarse con su propio dolor, sino que los advertía del espantoso destino que les estaba reservado en el caso de que les fallase el valor y se dejasen capturar por el enemigo.

No puedo decir gran cosa sobre el número de prisioneros que llevaban iroqueses y hurones a sus poblados para torturarlos y devorarlos. Los relatos de los jesuitas dan la impresión de que no eran muchos. Por otra parte, ni los iroqueses ni los hurones tenían tanta necesidad de alimentos de origen animal como los tupinambas, puesto que su hábitat de bosque templado estaba muy bien dotado de especies de caza mayor, tales como el ciervo, el alce y el oso. Me resulta difícil, por consiguiente, conceder mucho significado alimentario a la práctica de devorar a los prisioneros llevados a los poblados. Aunque los costes eran mínimos (descontados los relativos a la guerra), los beneficios resultantes eran insignificantes. Pero el canibalismo de iroqueses y hurones no se limitaba a los prisioneros llevados al poblado. Parece ser que consumían una cantidad de carne humana muchísimo mayor mientras se encontraban lejos del poblado como resultado de las batallas campales que mantenían con sus enemigos. En dichas batallas, las víctimas se veían obligadas a conseguir alimentos de cualquier tipo y los cuerpos de los enemigos muertos representaban una contribución decisiva a sus raciones de combate. Por ejemplo, después de la batalla contra los franceses que tuvo lugar el 19 de enero de 1693 cerca de Schenectady, Peter Schuyler, alcalde de Albany, informó que sus aliados iroqueses «de acuerdo con su bárbara naturaleza, descuartizaron, asaron y devoraron a los enemigos muertos». Cadwallader Colden, historiador y gobernador de Nueva York, que interrogó a Schuyler sobre el incidente, confirmó y amplió dichas informaciones. Colden escribió:

> Los indios comiéronse los cadáveres de los franceses que encontraron... Schuyler (como él mismo me refirió), que en aquel momento iba con los indios, fue invitado a beber un caldo que habían preparado algunos de ellos. Schuyler bebió hasta que los indios metieron el cazo en la olla y sacaron la mano de un francés, cosa que puso fin a su apetito.

Puesto que los mohawk eran los aliados de los ingleses contra los franceses, ni Colden ni Schuyler podían estar interesados en poner de relieve el «salvajismo» de las costumbres iroquesas.

Los franceses, por su parte, sabían también que sus aliados hurones utilizaban la carne humana como ración de combate. Jacques Devonville, gobernador de Nueva Francia, informó que los hurones, tras una batalla que libraron contra los sénecas en 1687, devoraron a los enemigos caídos: «Presenciamos el doloroso espectáculo de las habituales crueldades de los salvajes. Éstos descuartizaron a los muertos, como en las carnicerías, para que cupiesen en la marmita. A la mayor parte abriéronles aún calientes, para que se pudiese beber su sangre».

El consumo de los guerreros enemigos caídos para completar las raciones de combate fue, al parecer, una práctica común entre las sociedades del nivel de las aldeas en diferentes partes del mundo. El bien documentado caso de los maoríes de Nueva Zelanda suministra algunos detalles importantes. Las partidas maoríes llevaban consigo, deliberadamente, poca comida. Vivían de la tierra, donde ello era posible, para aumentar su movilidad y el factor sorpresa. Durante la marcha, «esperaban con ansia los víveres de origen humano y hablaban de lo dulce que sabría la carne del enemigo». Los maoríes cocinaban a los muertos en el campo de batalla y a la mayoría de los cautivos poco después de ésta. Si había más carne de la que podían comer la deshuesaban y la colocaban en cestos para consumirla durante el viaje de vuelta. Algunas veces se perdonaba la vida a los prisioneros para que transportasen dichos cestos y sirviesen, posteriormente, de «esclavos» hasta que eran inmolados y devorados en un festín caníbal. Aunque no puedo proporcionar ningún detalle sobre la contribución global de la carne humana a la subsistencia de los maoríes, el significado alimentario del canibalismo durante las expediciones bélicas es indiscutible. Según el antropólogo Andrew Vayda: «Independientemente de que los maoríes creyesen tomar venganza, conseguir maná, adquirir alimento o recibir placer mediante la digestión, el hecho era que la carne humana tenía valor nutritivo. Este hecho hizo del canibalismo una práctica útil en tiempo de guerra».

Ahora bien, aunque la incorporación de los cadáveres de los enemigos a la intendencia de primera línea constituía una práctica nutritiva, no siempre era factible desde un punto de vista militar. Para que una fuerza militar victoriosa pueda acampar, recoger los cadáveres del enemigo, encender hogueras y cocinar y celebrar una comida caníbal, ha de aplastarse al enemigo de tal forma que no exista posibilidad de contraataque. Para realizar sus comidas caníbales, los vencedores deben tener la seguridad de que el enemigo no tiene ninguna posibilidad de reagruparse o recurrir a la ayuda de sus aliados y volver al combate. Esta clase de seguridad implica por su parte un nivel de operaciones militares que grupos como los tupinambas no podían alcanzar. Las operaciones militares de éstos consistían en cautos ataques contra poblados cuando todo el mundo estaba durmiendo. La respuesta característica de las víctimas era echarse a correr hacia el bosque y, tras una breve carnicería, el combate –que podría describirse más apropiadamente como correría en lugar de una batalla– terminaba. Los vencedores daban media vuelta en seguida y se dirigían a casa, temerosos de que el enemigo disperso pudiese reagruparse, convocar a sus aliados y volver al combate en condiciones más favorables.

Estas mismas circunstancias militares implicaban que, para no reducir su movilidad como partida algarera, los vencedores sólo podían conducir al poblado un pequeño número de prisioneros. Estas consideraciones explican también por qué muchas sociedades del nivel de las bandas y aldeas sólo conseguían llevar de vuelta piezas simbólicas del enemigo –cabezas, cabelleras, dedos–, en vez de cadáveres enteros o prisioneros vivos. En otras palabras, la práctica de la guerra daba lugar a una afición por la carne humana, en el campo de batalla, en casa o en ambos lados, que probablemente se satisfacía dondequiera que el canibalismo fuese compatible con la estrategia y la logística militares.

Si lo que acabo de decir es cierto, cabría esperar que, al aumentar la capacidad militar para capturar prisioneros y devorarlos en el campo de batalla o llevarlos a casa, aumentase también la intensidad y la amplitud del canibalismo bélico. Como veremos en seguida, esta predicción se cumple hasta cierto punto con la aparición de las sociedades de jefatura o cacicazgos. Pero con el desarrollo de las formas de organización política de carácter estatal, el canibalismo bélico dejó de practicarse de forma bastante brusca. Desde la Antigüedad hasta los tiempos modernos, casi todas las sociedades que se han organizado como Estado han condenado con más energía el consumo de carne humana que el de cualquier otro tipo de alimento de origen animal. Sin embargo, la capacidad militar de los estados en cuanto a capturar y comer soldados enemigos es diez mil veces mayor que la de los tupinambas o los iroqueses. Una de las grandes ironías de la Historia es que, a lo largo de los cinco mil últimos años, las gentes que combatieron en las batallas más sangrientas, en las que intervinieron un mayor número de combatientes y se alcanzaron los más altos niveles de destrucción, que lucharon en guerras de magnitud y crueldad tan asombrosas que un pobre caníbal no podría ni imaginar, se horrorizaban y se horrorizan aún con la sola idea de consumir los restos de un único ser humano (los aztecas constituyeron la única gran excepción, tema que luego se abordará con más detalle).

Me gustaría poder decir que estados e imperios como Sumeria, Egipto, la China de la dinastía Han, Roma o Persia rechazaban el canibalismo porque poseían valores religiosos y morales más elevados que los tupinambas, los maoríes, los iroqueses y otros pueblos que carecían de gobiernos centrales y ejércitos permanentes. Me gustaría poder decir que los cristianos, los musulmanes, los judíos y los hindúes se habían hecho «demasiado» civilizados para comerse los unos a los otros. Desgraciadamente, tiene tan poco sentido dar esta explicación como afirmar que nos hemos hecho «demasiado» civilizados para comer insectos o caballos. Michel de Montaigne, el gran ensayista francés, deshinchó hace tiempo el exagerado autobombo etnocéntrico de los occidentales, que querían hacer de la antropofagia la medida última de la depravación moral. Cuando tuvo conocimiento del canibalismo tupinamba a través de un conocido que había pasado doce años en Brasil, rechazó decididamente la idea de que los indios fuesen por caníbales más salvajes que sus propios compatriotas.

> No me preocupa tanto que nos fijemos en la horrible barbarie de tales actos, sino más bien que, mientras enjuiciamos correctamente sus errores, seamos tan ciegos para con nosotros mismos. Creo que es más bárbaro comerse a un hombre vivo que a uno muerto [esto se refiere a un francés que había cortado un trozo del cuerpo de su enemigo y se lo había comido en público], descoyuntar en el

potro y torturar el cuerpo de un hombre todavía lleno de sensibilidad, asarlo en trozos y echarlo a los perros y los cerdos para que lo muerdan y despedacen (cosa que no sólo hemos leído, sino que hemos presenciado recientemente y no entre enemigos ancestrales, sino entre vecinos y conciudadanos, y lo que es peor, so color de piedad y religión), que asarlo y comerlo una vez que ha caído muerto... Podemos, por consiguiente, llamar bárbaras a esas gentes [los tupinambas] con respecto a las leyes de la razón, pero no con respecto a nosotros, que las sobrepasamos en todas las clases de barbarie.

Este texto me pone en la triste obligación de añadir que nada ha cambiado desde que Montaigne escribió su ensayo hace cuatrocientos años. Nuestra supuesta civilización no nos ha disuadido de quemar, hacer volar por los aires y desmembrar a una cantidad sin precedentes de semejantes como medio de resolver los conflictos entre los grupos humanos. En todo caso, por lo que toca a la guerra, hemos caído más bajo que cualquiera de nuestros predecesores, puesto que antes de la era atómica nunca jamás dos enemigos planearon hacer una guerra capaz de aniquilar el mundo entero, sin distinguir entre amigos, enemigos y simples espectadores, con el fin de dirimir sus diferencias. Y por lo que se refiere a la crueldad, según Amnistía Internacional, una tercera parte de los países del mundo emplea todavía la tortura contra los enemigos interiores y exteriores. No, lamento tener que decir que, en esencia, la carne humana dejó de ser comestible por las mismas razones de que los brahmanes dejaran de comer carne de vacuno y los norteamericanos no coman carne de perro: porque la relación coste-beneficios cambió; se empezó a disponer de fuentes más eficaces de alimentos de origen animal y la utilidad residual de los prisioneros de guerra aumentó, haciéndolos más valiosos vivos que muertos. Permítaseme explicar la forma en que se produjeron estos cambios.

Existen tres diferencias básicas entre los estados y las sociedades del nivel de las bandas o de las aldeas: las sociedades estatales disponen, en primer lugar, de economías más productivas que permiten a sus agricultores y trabajadores producir grandes excedentes de alimentos y otros bienes; en segundo lugar, las sociedades estatales poseen sistemas políticos capaces de someter a los pueblos y territorios conquistados bajo un único gobierno; en tercer lugar, tienen una clase gobernante cuyo poder político y militar depende de la recaudación de tributos e impuestos al pueblo llano y los vasallos. Como todos los agricultores y trabajadores de una sociedad estatal pueden producir excedentes de bienes y servicios, cuanto más crece su población, más grande es la producción de excedentes, mayor la base tributaria, y más poderosa su clase gobernante. Por el contrario, las sociedades del nivel de las bandas y aldeas son incapaces de producir grandes excedentes. Además, carecen de una organización política y militar capaz de unificar a los enemigos derrotados bajo un gobierno central o una clase gobernante que se beneficie de imponerles tributos. Por consiguiente, en éstas, la estrategia militar que más beneficia a los vencedores es la que consiste en matar o dispersar la población de los grupos vecinos para que disminuya la presión de la población sobre los recursos. Debido a sus bajos niveles de productividad, las sociedades del nivel de las bandas y aldeas no pueden obtener beneficios a largo plazo del aprisionamiento de enemigos. Dado que los cautivos no pueden producir excedentes, llevar uno a casa supone sencillamente una boca más que alimentar. Sacrificarlos y devorarlos es, pues, el resultado previsible; si el cautivo no puede producir excedentes, resulta más útil como alimento que como productor de alimento. En cambio, en la mayoría de las sociedades estatales, matar y comerse a los cautivos atentaría contra los intereses de la clase gobernante de ampliar la base tributaria. Puesto que los cautivos pueden producir un excedente, da mejor resultado consumir el producto de su trabajo que la carne de sus cuerpos, especialmente si ese excedente incluye carne y leche de animales domésticos (no disponibles para la mayoría de los pueblos del nivel de las bandas o aldeas).

El abandono del canibalismo bélico tenía ventajas adicionales para los gobernantes que trataban de crear sistemas imperiales expansionistas. Al asegurar al enemigo que la rendición no le llevaría a ser objeto de inmolación y consumo, obtenían una gran ventaja psicológica. Los ejércitos que avanzaban bajo el pretexto de extender una «civilización» superior encontraban menos resistencia que los que lo hacían bajo el estandarte del «hemos venido a matarte y a comerte». En resumidas cuentas, la renuncia al canibalismo bélico formó parte del desarrollo general de los sistemas éticos y morales característicos de los estados imperialistas, evolución que condujo finalmente a la aparición de las religiones universalistas que hacían hincapié en la unidad del género humano y rendían culto a dioses misericordiosos que premian el amor y la bondad.

Permítaseme anticipar una reacción escéptica. Después de la lucha, el campo de batalla quedaría salpicado de cadáveres. ¿Por qué impedir que los vencedores se los comieran? Si el tabú contra el canibalismo se aplicase sólo a los enemigos sobrevivientes, ¿no podrían los soldados vencedores obtener raciones de combate adicionales sin poner en peligro el valor productivo de los prisioneros vivos? Podría plantearse una objeción similar con respecto al origen del tabú antiequino. Como ya vimos, con el desarrollo de dicho tabú, hasta los caballos que yacían en el campo de batalla dejaron de ser aptos para consumo. Una solución similar parece adecuada para ambos casos. El tabú más fuerte es el que no admite excepciones. Cuanto mayor es la tentación de violarlo, más fuerte tiene que ser éste. Para proteger de la muerte o de ser comidos a los prisioneros de guerra o a los caballos de batalla vivos, la carne humana o equina debe ser igualmente tabú viva que muerta. Debe señalarse también que la tentación de consumir carne prohibida no podía ser tan fuerte entre los altos funcionarios y los aristócratas como entre el pueblo llano. A las elites les resultaba más fácil renunciar a la carne humana, lo mismo que a la de caballo. Después de la batalla, los cautivos iban a trabajar en beneficio de las elites, no del pueblo llano. Y como siempre, los funcionarios y los aristócratas disfrutaban de una abundancia privilegiada de alimentos alternativos de origen animal. El pueblo llano, hambriento de carne, tenía ante sí un panorama menos halagüeño: no podía disfrutar de la abundancia de alimentos alternativos de origen animal, ni tampoco de la fuerza de trabajo de los pueblos conquistados. Como no ganaba nada dejando vivos a sus antiguos enemigos, se le tuvo que adoctrinar con sentimientos generales muy intensos contra cualquier forma de canibalismo. Hubo que infundirle una repugnancia tan fuerte hacia la carne humana que incluso pensar en comerse a los muertos en el campo de batalla le hiciera sentirse indispuesto. El pueblo llano, hambriento de carne, podría todavía acercarse sigilosamente a los campos de batalla y devorar de forma clandestina lo impensable; pero los propietarios de hombres y caballos vivos podían dormir más tranquilos sabiendo que la gente «civilizada» no comía ni hombres ni caballos, estuvieran vivos o muertos.

Dicho sea de paso, es posible comprender por qué la práctica de devorar los cadáveres de parientes muertos tampoco se da en las sociedades estatales, ni siquiera de forma simbólica. Cualquier desviación con respecto a la prohibición del consumo de carne humana hubiera debilitado el cometido estatal de erradicar el canibalismo bélico. A los estados no les hubiese resultado fácil evitar que la gente devorase a los enemigos muertos, permitiendo el consumo de parientes difuntos. De esta manera, se difundió en el Viejo Mundo la noción de que, lo mismo que los caballos, los humanos, estuvieran vivos o muertos, fueran amigos o enemigos, no eran buenos para comer, independientemente de lo buenos que resultaron para matar.

La teoría que he esbozado pronostica un aumento en amplitud e intensidad de la práctica del canibalismo bélico con el desarrollo de las jefaturas o cacicazgos y su rápida desaparición posterior durante la transición de las jefaturas al Estado. Oceanía aporta una prueba particularmente interesante. Cuando los europeos entraron en contacto por primera vez con ellos, los pueblos de Nueva Guinea, del norte de Australia y de la mayoría de las islas de Melanesia, como las Islas Salomón, Nuevas Hébridas y Nueva Caledonia, practicaban algún tipo de canibalismo bélico. La mayoría de estos grupos estaban organizados en forma de bandas o aldeas; ninguno había superado el nivel de las jefaturas de escasa entidad. Fidji constituía la excepción principal. Allí, los ejércitos de poderosos jefes supremos batallaban encarnizadamente entre sí para alzarse con la hegemonía sobre una densa población, sin haber logrado, sin embargo, nada que se pareciese a un gobierno centralizado. Y es precisamente en Fidji donde el canibalismo bélico alcanzó unos extremos de ferocidad sin par en el resto de Oceanía. Relatos de testigos oculares de principios del siglo XIX señalan que los prisioneros capturados, en el exterior de una jefatura fidjiana o aprehendidos entre los rebeldes en el interior de ella, eran sacrificados y devorados bajo la supervisión ritual de los sacerdotes con motivo de acontecimientos importantes, tales como la consagración de un templo, la construcción de la casa del jefe, la botadura de canoas y las visitas de los jefes aliados. «Era cosa natural que los vencedores se comieran a los enemigos muertos en combate, después de ofrendar sus cadáveres al espíritu.» Los fidjianos creían que la carne humana era el alimento de los dioses. Consideraban el sacrificio y el consumo de seres humanos como una forma de comunión en la que dioses y mortales compartían la comida (del mismo modo que los vedas, los israelitas y los teutones sacrificaban el ganado vacuno y compartían su carne con los dioses). El canibalismo fidjiano que acompañó a las guerras de principios del siglo XIX «era un fenómeno frecuente y, algunas veces, orgiástico». Un misionero estimó que «en un período de cinco años, durante el decenio de 1840, un mínimo de 500 personas habían sido devoradas en un radio de 25 kilómetros alrededor de su residencia». El número de personas que podían ser comidas tras el saqueo de pueblos grandes se acercaba probablemente a las trescientas. Un jefe conmemoraba sus comidas caníbales colocando una pieza por cada víctima. Al final de su vida había puesto 872.

Aunque las jefaturas fidjianas eran más grandes y estaban mejor organizadas que la mayoría de las agrupaciones políticas melanesias, con frecuencia se registraban períodos de escasez prolongada y tensión alimentaria. La estación del hambre, cuando disminuían las provisiones de ñame y de taro, duraba de noviembre a febrero. Aunque los fidjianos poseían cerdos domesticados, no eran capaces de criarlos en cantidades considerables, y su dieta resultaba particularmente pobre en alimentos de origen animal. El hecho de que los fidjianos sólo devoraran a sus prisioneros después de participar en complicados rituales oficiados por sacerdotes no disminuye la importancia alimentaria de la carne ingerida, de la misma forma que los rituales de arios e israelitas durante el sacrificio de ganado vacuno y el consumo de su carne tampoco disminuyen la importancia alimentaria de ésta. La consagración de los cautivos al dios principal de la guerra, oficiada por un jefe o sacerdote, «liberaba el resto de los cadáveres capturados para un consumo más generalizado». Pero sería incorrecto decir que los fidjianos hacían la guerra para comer carne humana; más bien, como en otros casos de canibalismo bélico, una vez en guerra incrementaban sus beneficios materiales devorando al enemigo además de matarlo.

A diferencia de los melanesios, la mayoría de los pueblos de Polinesia, otra área cultural insular del Pacífico, no practicaban el canibalismo bélico, lo cual concuerda con el desarrollo en Polinesia de organizaciones políticas autóctonas basadas en formas tributarias y de reclutamiento laboral de carácter rudimentario. En Hawai, por ejemplo, los poblados se agrupaban en distritos y éstos en reinos de ámbito insular. En los poblados los jefes de distrito recaudaban «regalos» como telas de tapa *, aparejos de pesca y alimentos, y los entregaban al rey. Si no se recibía una cantidad apropiada de «regalos», los guerreros reales saqueaban los poblados que no cooperaban. Los reyes utilizaban las rentas para mantener a sus criados personales y a sus guerreros, y también a los artesanos y obreros que trabajaban en la ampliación de las acequias y la construcción de viveros de pescado. Cuando las tormentas dañaban dichas obras, el rey y sus subjefes distribuían alimentos de emergencia y provisiones guardadas en sus almacenes. Gracias a una agricultura altamente productiva, a los viveros de pescado y a las canoas de pesca de altura, los hawaianos, al igual que los habitantes de Tonga y los tahitianos, disponían de un suministro de alimentos seguro y abundante, relativamente rico en productos de origen animal (con inclusión, por supuesto, de sus «mascotas» caninas rellenas de poi).

Para recapitular, no todos los habitantes de Polinesia se abstenían de practicar el canibalismo bélico. Los maoríes, los habitantes de las Marquesas y, posiblemente, los samoanos constituían las principales excepciones. Pero estas islas carecían de la organización política centralizada de Tonga, Tahití y Hawai. La organización política de los maoríes se parecía a las fragmentadas jefaturas de Melanesia, mientras que la de los habitantes de las Islas Marquesas y Samoa no era más centralizada que la de Fidji. Los tres grupos polinesios que practicaban el canibalismo bélico carecían también

* Corteza utilizada por los polinesios para fabricar tejidos, esteras, etc. (N. de los T.)

de la agricultura altamente productiva característica de las islas polinesias políticamente centralizadas. En resumen, por lo menos en Oceanía, la relación predicha entre canibalismo bélico y nivel de organización política parece cumplirse: con el desarrollo de los gobiernos centralizados, los prisioneros de guerra se hicieron más rentables como contribuyentes y campesinos que como carne comestible.

Como dije antes, los aztecas de México constituyen la única excepción a la norma según la cual en todas partes las sociedades estatales suprimen el canibalismo bélico. Quizá existan otras excepciones, pero si es así los historiadores nunca las han descrito y han pasado desapercibidas para los arqueólogos. Temo que mi explicación de las razones que tienen las sociedades estatales para matar personas sin comérselas no resulte convincente, a menos que pueda explicar por qué los aztecas siguieron comiéndoselas además de matarlas.

Cuando la expedición de Hernán Cortés entró en contacto con ellos en 1519, los aztecas no sólo habían fracasado en reprimir el consumo de enemigos muertos, sino que practicaban una suerte de sacrificio humano y canibalismo patrocinados por el Estado de una magnitud tal que carece de parangón en la historia anterior o posterior. Las estimaciones sobre el número de víctimas inmoladas y consumidas cada año oscilan entre un mínimo de 15.000 y un máximo de 250.000. En su mayoría se trataba de soldados enemigos que acababan de capturarse en el campo de batalla o habían prestado temporalmente servicio como esclavos domésticos. Los aztecas también sacrificaban y devoraban cautivas y esclavas. Una pequeña parte de las víctimas estaba constituida por niños y menores expropiados a las familias del pueblo llano o donados por éstas. Como en las formas preestatales de canibalismo bélico, los aztecas seguían un procedimiento muy ritualizado, cargado de simbolismo, en el sacrificio de sus víctimas y la distribución de su carne. Al igual que los fidjianos creían que la carne humana era el alimento de los dioses. Pero los aztecas celebraban los ritos sacrificiales en un escenario de plazas y templos, ante multitudes de espectadores que se reunían a diario para contemplarlos. Equipos de sacerdotes-carniceros despachaban a las víctimas en la cúspide de las pirámides escalonadas que emergían en el centro de la capital azteca, Tenochtitlán. Ante las estatuas de piedra de los dioses principales, cuatro de estos sacerdotes sujetaban a la víctima, tirando cada uno de una extremidad, y la colocaban de espaldas, con los miembros extendidos, sobre una piedra baja y redonda. Después, un quinto sacerdote le abría el pecho con un cuchillo, arrancaba el corazón aún palpitante y lo aplastaba contra la estatua mientras sus ayudantes empujaban suavemente el cadáver de la víctima por la escalinata. Cuando éste llegaba a la base, otros ayudantes seccionaban la cabeza y entregaban el resto a la casa del «propietario», el capitán o noble cuyos guerreros habían capturado al difunto. Al día siguiente, el cadáver se troceaba, cocinaba y comía en un festín al que asistían el propietario y sus invitados. La receta preferida consistía en un estofado condimentado con pimientos, tomates y flores de calabaza. Existen algunas dudas sobre lo que se hacía con el tronco y las vísceras. Según una de las crónicas, los aztecas los arrojaban a los animales del zoológico real. Pero otro cronista refiere que la casa del propietario recibía cadáveres enteros sin cabeza ni corazón. Todos los cronistas coinciden en que la cabeza se empalaba en un mástil de madera y se ponía a la vista en una suerte de enrejado o «anaquel de calaveras» junto a las cabezas de víctimas anteriores. El mayor de estos anaqueles estaba situado en la plaza principal de Tenochtitlán. Un testigo contó el número de estacas y mástiles, y llegó a la conclusión de que contenía 136.000 cráneos. Un escéptico contemporáneo ha vuelto a calcular ese total con arreglo a la altura máxima de los árboles existentes en tiempo de los aztecas y la anchura media de un cráneo, deduciendo que el mencionado anaquel de calaveras no podría haber contenido en realidad más de 60.000.

Pero éste no era el anaquel de calaveras que existía en la capital azteca. En la misma plaza había otros cinco, más pequeños, y también dos elevadas torres hechas de innumerables cráneos y mandíbulas, sujetos con cal. Dichos cráneos no se acumulaban a un ritmo constante. Aunque había días de fiesta establecidos a lo largo del año en los que se sacrificaban hasta cien prisioneros de una vez, los sacerdotes inmolaban muchísimos más en ocasiones especiales para conmemorar grandes acontecimientos históricos, tales como las victorias militares, la coronación de un nuevo rey o la construcción o ampliación de pirámides o templos. Por ejemplo, los aztecas ampliaron o volvieron a consagrar la pirámide principal de Tenochtitlán por lo menos seis veces. Las crónicas indígenas cuentan que los sacerdotes sacrificaron 80.400 prisioneros en cuatro días con sus noches cuando se volvió a consagrar, por última vez, antes de la conquista española, en 1487. Asignando dos minutos por sacrificio el historiador y demógrafo Sherburne Cook llegó a la conclusión de que no se pudieron inmolar más de 14.000 prisioneros. Sin embargo, Francis Robicsek, un cirujano cardiovascular familiarizado con la historia del México precolombino, sostiene que un cirujano con experiencia habría necesitado sólo veinte segundos por víctima. Lo que elevaría nuevamente la capacidad de sacrificio de los expertos equipos de cirujanos que operaban en la cúspide de las pirámides a 78.000 víctimas. Una cuestión importante es la de saber si los prisioneros cooperaban o no. La mayoría de los estudiosos de los aztecas siguen el ejemplo del Ministerio de Turismo mexicano y tratan de ocultar la naturaleza monstruosa de la religión azteca, alegando que los prisioneros anhelaban someterse al cuchillo porque consideraban un honor ser devorados por los dioses. Esta propensión a atribuir sentimientos a la brutalidad en nombre del relativismo cultural no concuerda en absoluto con los hechos conocidos. El documento histórico de más importancia sobre los aztecas, el Códice Florentino de Bernardino de Sahagún, cuenta que los señores de los esclavos cautivos «los arrastraban por los pelos hasta la piedra sacrificatoria en que iban a morir». Y en la Historia de los indios de Nueva España de Motolinía, escrita en el siglo XVI, encontramos la siguiente advertencia:

> Que nadie piense que aquellos a quienes se sacrificaba dándoles muerte y arrancándoles los corazones, o de cualquier otra manera, iban a la muerte voluntariamente y no por la fuerza, sino que habían de someterse a ella con gran congoja por su muerte y soportaban un dolor espantoso.

Frente a los intentos de reducir el número de víctimas caníbales, yo señalaría que los ejércitos aztecas partían para el combate acompañados de contingentes de sacerdotes que realizaban sacrificios rituales inmediatamente después de la victoria en la batalla. Existen también indicios de que los aztecas, obligados por las circunstancias, comían los cadáveres abandonados en el campo de batalla. Pero, aun admitiendo la posibilidad de que las víctimas destinadas al sacrificio, como las dedicadas al dios de la lluvia, no siempre fuesen comidas, y teniendo en cuenta la tendencia de españoles y aztecas a exagerar el número de víctimas disponibles para los festines antropofágicos, quedaría en pie el hecho de que los aztecas practicaban el canibalismo bélico en proporciones sin precedentes. Y nadie puede negar que el Estado y la religión azteca fomentaban su práctica en lugar de prohibirla.

¿Cómo explicar el fracaso, único en su género, del Estado azteca en la represión del canibalismo bélico? Creo que se aplica la misma relación coste-beneficios tanto para la excepción como para la regla. Como en otras sociedades, la elite azteca tuvo que poner, en un platillo de la balanza, los beneficios alimentarios de la carne humana y, en el otro, los costes políticos y económicos de la destrucción del potencial productor de riqueza del trabajo humano. Los aztecas eligieron comerse el equivalente humano de la gallina de los huevos de oro. La razón de que hicieran esta singular elección era que su sistema de producción de alimentos carecía en grado extraordinario de fuentes eficaces de alimentos de origen animal. Los aztecas nunca consiguieron domesticar ni un solo herbívoro u omnívoro de gran tamaño. No poseían ni rumiantes ni ganado porcino. Sus principales animales domésticos eran el pavo y el perro. Los pavos son buenos transformadores de cereales en carne; pero sólo pueden utilizarse de forma masiva para la producción de carne cuando la población humana puede permitirse las pérdidas energéticas del noventa por ciento que se producen al comer la carne en lugar de los cereales. Del mismo modo, el perro es seguramente el tipo de criatura menos deseable para la producción en masa de alimentos de origen animal. La mejor manera de alimentar a los perros es a base de carne. ¿Qué sentido tiene cebar con carne a un perro para dar carne a las personas? Aunque los aztecas trataron efectivamente de desarrollar variedades caninas capaces de engordar mediante maíz y fríjoles cocidos, hubieran hecho mejor limitándose a los pavos, que por lo menos pueden ingerir alimentos de origen vegetal sin cocinar. Pero ni los perros ni los pavos hubieran podido en modo alguno suministrar algo más que una cantidad simbólica de carne per cápita, aun en el caso de que sólo los consumiesen las elites aztecas.

Quizá sea preciso señalar en este punto que el nivel total de pobreza y hambre no constituía la diferencia fundamental entre el sistema de subsistencia azteca y el de las sociedades estatales que lograron reprimir con éxito el canibalismo. Los campesinos indios y chinos no vivían probablemente mejor que los aztecas. La necesidad no se producía entre las masas, sino entre las elites militares y religiosas, y sus seguidores. Al reprimir el canibalismo bélico, las elites del Viejo

Mundo obtuvieron aumentos sensibles en su riqueza y poder. Perdonando la vida de los cautivos, pudieron intensificar la producción de artículos de lujo y alimentos de origen animal para su consumo personal y para redistribuirlos entre los seguidores. Es posible que los plebeyos también se beneficiaran hasta cierto punto, pero éste no era el aspecto decisivo. Entre los aztecas, la práctica del canibalismo no contribuía gran cosa a mejorar la condición del campesinado. Pero persistió porque siguió beneficiando a las elites; reprimirla no hubiera aumentado, sino disminuido su riqueza y poder.

Esta relación entre el fracaso singular de los aztecas a la hora de reprimir el canibalismo y la carencia de herbívoros domesticados la propuso en 1977 el antropólogo Michael Harner. La tormenta de censuras con que se acogió la modesta propuesta de Harner es, a mi entender, mucho más notable que la afición de los aztecas a la carne humana. A nadie se le ha ocurrido jamás negar que los aztecas libraran guerras incesantes a lo largo y ancho del México central; nadie ha tratado tampoco de protegerlos contra la imagen de ser los campeones mundiales en la práctica del sacrificio humano. La mayoría de los estudiosos aceptan incluso que los aztecas fueron caníbales consumados. Pero lo que ha sacado de sus casillas a los estudiosos, personas de modales apacibles en circunstancias normales, es la propuesta de que los aztecas hacían la guerra, construían pirámides y sacrificaban a miles de prisioneros, como dijo un crítico, «con el fin de conseguir algo de carne». Esta interpretación deshonesta no es sino fruto de los prejuicios y la desinformación, y no tiene nada que ver con la explicación del canibalismo bélico azteca fundada en factores alimentarios que acabo de presentar. Expresa un punto de vista frontalmente opuesto al enfoque basado en la relación coste-beneficios que he venido siguiendo, puesto que imputa los costes de la guerra, de la construcción de pirámides y del sacrificio de los prisioneros a la producción de carne humana, mientras que todo lo que se ha afirmado sobre las causas del canibalismo bélico parte de la premisa de que éste es un subproducto de la guerra y que sus costes pueden amortizarse casi enteramente como costes bélicos en los que se habría incurrido, independientemente de que los combatientes se comiesen o no unos a otros.

De acuerdo con estas presunciones, completamente distintas y absolutamente erróneas, los críticos de la teoría de que el canibalismo azteca refleja una peculiar situación alimentaria han intentado demostrar que éstos no padecían escasez alguna de alimentos de calidad, saludables, ricos en calorías y proteínas. El antropólogo Ortiz de Montellano, por ejemplo, ha recopilado diligentemente toda clase de informaciones sobre la extraordinaria variedad de alimentos que los aztecas consumían para probar que el ansia de carne no pudo ser el motivo de su canibalismo. En efecto, además de sus productos principales –maíz, fríjoles, chia y amaranto–, es cierto que los aztecas comían una enorme variedad de frutas y verduras tropicales. Y aunque los pavos y perros eran sus únicos recursos alimentarios de origen animal, también es cierto que cazaban y consumían gran variedad de especies animales salvajes. Según la relación de Montellano, entre éstas figuraban el ciervo, el armadillo, treinta variedades de aves acuáticas, ardillas, comadrejas, serpientes de cascabel, ratones, peces, ranas, salamandras, huevas de pescado, moscas de agua, escarabajos peloteros, huevos de escarabajo, larvas de libélula, saltamontes, hormigas y gusanos. Otro experto en hábitos alimentarios aztecas añade la codorniz, la perdiz, el faisán, los renacuajos, los moluscos, los conejos, las liebres, las zarigüellas, los jabalíes, los tapires, los crustáceos y el tecutitutl, especie de «verdín de lago» formado por los huevos de una mosca acuática con el que «fabricaban un pan con sabor a queso». La amplitud de dicha dieta es verdaderamente notable, pero lleva a una conclusión totalmente opuesta a la que Montellano trata de probar. Montellano tiene razón al decir: «Los aztecas consumían una variedad de alimentos más amplia que nosotros». Pero los caníbales bélicos de la Amazonia, hambrientos de carne, también. Si los aztecas comían de todo, desde ciervos a huevos de escarabajo acuático, pasando por verdín, ¿por qué sorprenderse de que comiesen también personas? Una vez más, permítaseme remitirme a los principios básicos de la teoría de la caza/recolección óptima: «los bichitos» –insectos, gusanos y larvas de mosca– constituyen recursos muy poco eficaces. Su importancia en la dieta azteca no puede esgrimirse como prueba de que los aztecas disfrutaban de una abundancia de alimentos de origen animal. Por el contrario, lo que demuestra la amplitud de su dieta es que las especies mejor clasificadas, como el ciervo y el tapir, eran extremadamente escasas. Debido a la cantidad exorbitante de tiempo que los aztecas precisaban para recoger y preparar las especies comestibles peor clasificadas, y debido a la ineficacia energética de sus animales domésticos, los alimentos de origen animal sólo podían constituir una pequeña fracción de la dieta azteca. A pesar de la impresión de abundancia de alimentos de origen animal, si éstos se distribuyen per cápita y año entre el millón aproximado de personas que vivían en un radio de 30 kilómetros de la capital azteca, la ración diaria de carne, pescado y aves no superaba casi con toda seguridad unos pocos gramos. A la vista de la carencia de fuentes alternativas y eficaces de alimentos de origen animal, cualquier intento de impedir que los caudillos militares emplearan la carne humana como recompensa para sus seguidores hubiera encontrado mucha más resistencia en el caso azteca que en la mayoría de los estados e imperios del Viejo Mundo, los cuales poseían varias especies de rumiantes domésticos.

Y al tiempo que elevaba el valor del enemigo como «carne andante», dicha carencia disminuía su valor como siervo, esclavo o contribuyente. Y ello, de dos maneras. En primer lugar, la carencia de rumiantes domésticos y ganado porcino significaba que, aun en el caso de que se perdonase la vida a las poblaciones conquistadas en lugar de devorarlas, no habría forma de aprovechar su fuerza de trabajo aplicándola a la tarea de aumentar la oferta de alimentos de origen animal. Y por encontrarse las especies salvajes prácticamente extinguidas a causa de una caza y una recolección excesiva, el incremento de la caza-recolección habría producido beneficios exiguos. En segundo lugar, la carencia de grandes herbívoros domésticos que pudiesen servir de animales de carga disminuía el valor del enemigo como productor de alimentos de origen vegetal. A falta de ganado vacuno o caballos, los aztecas se veían obligados a depender de porteadores humanos para transportar la cosecha desde las provincias tributarias hasta la capital. Los porteadores humanos tienen la clara desventaja de que hay que alimentarlos con una buena parte de las cosechas que transportan para poder llevar su carga. Comparados con el ganado vacuno y los equinos, que pueden subsistir con vegetales ineptos para el consumo humano, los animales de carga humanos constituyen una costosa forma de trasladar las cosechas de cereales de una región a otra. Se comprende, por consiguiente, que los aztecas prefiriesen a sus prisioneros muertos, como carne, que vivos, como siervos y esclavos. Los aztecas estaban extraordinariamente mal abastecidos de carne y otros productos de origen animal, y las poblaciones tributarias eran extraordinariamente ineficaces como fuente de trabajo servil, no podían mitigar la necesidad de carne de los aztecas y ellas mismas consumían buena parte de los excedentes de cereales al transportarlos hasta sus señores. La solución de los aztecas fue macabra pero eficaz desde el punto de vista de los costes: trataron a sus cautivos de la misma manera que los agricultores del Corn Belt a sus cerdos. La cosecha de cereales alcanzaba «por su propio pie» Tenochtitlán, transformada en carne humana.

Los aztecas nunca consiguieron crear un sistema estable de gobierno imperial porque, además de devorar al segmento productivo de la población, le imponían tributos. En cuanto una provincia recuperaba su capacidad demográfica, trataba de rebelarse contra el opresor. Los aztecas retornaban entonces y sentaban las bases de la siguiente rebelión llevándose de vuelta a Tenochtitlán una nueva cosecha de prisioneros.

Espero que haya quedado claro que no creo que la «escasez de proteínas» fuese el motor del canibalismo azteca, ni que éste «resultase de la necesidad» o fuese «una respuesta a una insuficiencia dietética», ni tampoco que «el hambre de proteínas» entre los aztecas constituyese la «fuerza impulsora del canibalismo» (todas estas ideas completamente distorsionadas aparecen en un mismo artículo de Ortiz de Montellano). Antes bien, mi opinión es que la práctica del canibalismo bélico constituía un subproducto habitual de la guerra preestatal y que la pregunta que ha de contestarse no es qué llevaba a las sociedades estatales a practicarlo, sino qué las llevaba a no hacerlo. La escasez de alimentos de origen animal no obligaba a los aztecas a comer carne humana; sencillamente, restaba peso a las ventajas políticas de suprimir el canibalismo al hacer que los prisioneros de guerra tuviesen más o menos la misma utilidad residual que en sociedades como la tupinamba y la iroquesa.

Sospecho que la razón de que a tantos estudiosos les dé por poner patas arriba esta relación es que ellos mismos son miembros de sociedades estatales que han suprimido el canibalismo bélico hace miles de años y que, por lo tanto, encuentran abominable la noción de antropofagia, lo que les lleva a suponer de manera etnocéntrica que debe existir una razón poderosísima para que las personas hagan algo tan horrible como devorar carne humana. Son incapaces de comprender que el verdadero enigma es que nosotros, que vivimos en una sociedad que perfecciona constantemente el arte de producir cadáveres en masa en los campos de batalla, pensemos que a los hombres se les puede matar pero no comer.

Ortiz de Montellano, considerándose en el deber de probar que los aztecas no hacían la guerra «para conseguir algo de carne», estudió también la relación entre las épocas de carencia de alimentos y los meses en que se sacrificaba un mayor número de prisioneros. Descubrió que la época del año de mayor hambre era justamente aquella en que se devoraban menos prisioneros. Puesto que «el mayor consumo de carne humana tenía lugar... a mediados de la cosecha de maíz», dedujo que el complejo sacrificial en su totalidad no tenía nada que ver con el hambre de carne, sino que era simplemente «una expresión de gratitud y comunión», un gesto de «agradecimiento y reciprocidad hacia los dioses». Pero la coincidencia entre la estación de los sacrificios y la estación de la cosecha es exactamente lo que cabría esperar en el caso de que los aztecas, en vez de hacer la guerra para comer prisioneros, los comiesen como resultado de hacer la guerra. En el valle de México, la estación del hambre es la época de las lluvias invernales; la cosecha se recoge durante la estación seca. Todos los ejércitos, incluidos los actuales, evitan las campañas durante las estaciones lluviosas; el terreno seco facilita los movimientos y, además, las cosechas en sazón de los campos enemigos permiten vivir de la tierra. Las cosechas constituyen también tentadores botines de guerra para transportar a casa sobre las cabezas y espaldas de los prisioneros. El «gesto de agradecimiento y reciprocidad» de Montellano existe indudablemente, pero no contradice de ninguna manera el significado alimentario de los rituales. ¿Quién no agradecería a los dioses el regalo del maíz y la carne? Todas las religiones estatales celebran ceremonias de acción de gracias en la época de la cosecha. La única diferencia en el caso de los aztecas es que la carne ofrendada era humana. Afirmar que comer carne humana formaba parte de su religión no nos lleva a ninguna parte. Es como decir que los hindúes aborrecen la carne de vacuno porque su religión prohíbe el sacrificio de vacas o que los norteamericanos no comen cabras porque no saben bien. Nunca me quedaré satisfecho con este tipo de explicaciones.

11. Comer mejor

Hay un frecuente malentendido a propósito de las teorías de la optimización que es necesario examinar en este momento. Afirmar que un hábito alimentario representa una optimización de costes y beneficios no quiere decir que se trate de un hábito óptimo. Optimización no es lo mismo que óptimo (la teoría de la caza/recolección óptima es, en rigor, una expresión inadecuada; se la debería llamar teoría de la optimización de la caza-recolección).

Hace años, durante un debate sobre las funciones útiles del tabú hindú contra el sacrificio del ganado vacuno, John Bennet, de la Washington University de St. Louis, me acusó de haber «presentado una defensa tan convincente de la eficacia del presente sistema que nos incita a aceptarlo como lo mejor que la India puede ofrecer». Mi réplica, que parece retrospectivamente un tanto histérica, consistió en declararme «inocente de tal barbaridad». Acuñé entonces la expresión (o al menos creo haber sido yo quien la acuñó): «funcionalismo panglossiano», para distanciarme de aquellos que, como el doctor Pangloss del Cándido de Voltaire, consideraban que aun desastres como los terremotos e inundaciones ocurrían «para bien en el mejor de los mundos posibles». No soy un doctor Pangloss. No sólo rechazo la idea de que éste sea el mejor de los mundos posibles, sino que creo que todos tenemos la obligación de intentar convertirlo en un mundo mejor. Pero si no comprendemos las causas de los sistemas existentes, no parece probable que podarnos idear sistemas mejores para sustituirlos. O, como dije a Bennet, sería conveniente que el complejo cultural del ganado vacuno en la India pudiera considerarse como un producto absolutamente nocivo de supersticiones idiotas y administración mala e ignorante. En tal caso, cualquier cosa que funcionase sería mejor que el sistema presente. Pero si la vaca sagrada encarnara, de hecho, una forma práctica de contabilidad de costes, sería responsabilidad de los innovadores no sólo introducir un sistema que funcionase, sino introducir uno que funcionase mejor.

Muchos expertos bienintencionados no se dan cuenta de que algunos tipos de estrategia de mejora parten del supuesto de que los hábitos alimentarios están dominados por pensamientos irracionales, no por costes y beneficios prácticos. Si las costumbres dietéticas son, en esencia, resultado de la ignorancia, la religión o el simbolismo, en tal caso lo que habrá que cambiar será lo que la gente piensa. Si, por el contrario, lo que parecen nocivos pensamientos simbólicos o religiosos forman en realidad parte del conjunto de circunstancias prácticas que rodea la producción y asignación de los recursos alimentarios o está condicionado por éste, en tal caso serán dichas circunstancias prácticas lo que habrá que cambiar. La incapacidad para comprender el fundamento práctico de las preferencias y aversiones en materia de alimentación puede, por lo tanto, dificultar gravemente los intentos de hacer lo bueno mejor para comer. Puede conducir a remedios no sólo ineficaces, sino peligrosos. Ya abordé este asunto al examinar la utilización de la leche en los programas de ayuda internacionales y apunto como motivo de fondo en los capítulos dedicados a la carne y a la vaca sagrada. Pero aún no lo hemos situado en el centro del escenario. Permítaseme hacerlo mediante un breve examen de dos últimos rompecabezas directamente relacionados con los problemas de la desnutrición en los países del Tercer Mundo. El primero se refiere a una peculiar pauta de limitaciones que se aplica a las dietas de las mujeres embarazadas y lactantes; el segundo, a una terrible enfermedad derivada de la nutrición que es causa de ceguera. Vayamos por partes.

Dado que el embarazo y la lactancia suscitan necesidades nutritivas extraordinarias en las mujeres, cabría esperar que las familias del Tercer Mundo trataran de dar a las mujeres lactantes o en estado de buena esperanza cantidades extra de alimentos de alta calidad. Sin embargo, siempre me ha sorprendido que en buena parte del Tercer Mundo existan costumbres y creencias cuyo objeto parece cifrarse en rebajar, en lugar de elevar, la condición de estas mujeres en materia de nutrición. Por citar un popular libro de texto: «Aunque las necesidades de proteínas aumentan durante el embarazo, hemos encontrado reiteradamente tabúes, supersticiones y prohibiciones que sirven para eliminar o reducir fuentes potenciales de proteínas de la dieta femenina durante la menstruación, el embarazo o la lactancia».

La India es célebre por tener estas creencias aparentemente estrafalarias. Según un estudio realizado en el estado de Tamil Nadu, hay más de un centenar de alimentos que las mujeres calificaban de inadecuados para comer durante el embarazo o la lactancia. Entre los artículos prohibidos figuraban la carne y los huevos, muchas clases de fruta y diversos tipos de semillas comestibles, legumbres y cereales. Y pese a su condición generalmente baja desde el punto de vista de la nutrición, en Tamil Nadu las madres se abstenían de ingerir cualquier alimento sólido durante los primeros días después del parto y de toda clase de carnes y pescados durante una semana como mínimo. El autor de este estudio sostiene que los tabúes en cuestión reflejan valores culturales y creencias religiosas puramente arbitrarios, y que dan lugar a gravísimas privaciones alimentarias. Yo, en cambio, afirmo que es irresponsable abandonar el problema en este punto.

Como en los casos anteriores, son necesarios datos adicionales. El estudio no nos dice qué alimentos toman las mujeres antes, durante y después del embarazo y del parto. Por recordar las conclusiones de los capítulos precedentes, nadie consume de todo. No se puede enjuiciar las dietas por lo que la gente no come; lo que cuenta es lo que come. Así pues, lo que nos hace falta saber es cuáles son exactamente las diferencias entre la dieta femenina normal y la correspondiente a los períodos pre y posparto. Aun cuando aceptemos la premisa de que las mujeres embarazadas y lactantes sólo ingieren en realidad los tipos de alimentos que dicen comen, esto no significa forzosamente que se condenen por ello a una dieta peor en ningún aspecto a la normal. Todo depende, en buena medida, de cuánto coman, ¿verdad? En Tamil Nadu, lo mismo que en otras regiones de la India, la leche y los derivados lácteos constituyen normalmente la más importante fuente de proteínas animales. Más del 57 por 100 de las mujeres de esta región aprobaba el consumo de leche durante el embarazo. Y entre aquellas que solían comer carne, pescado y huevos, el 87 por 100 afirmaba que estaba permitido seguir comiendo pescado. ¿Consumían efectivamente más, menos o igual cantidad de leche y pescado durante el embarazo? En el caso de que renunciaran a algún que otro bocado de carne, pero comieran más pescado y bebieran más leche, saldrían ganando, no perdiendo. Análogas reservas se aplican a los demás tabúes de los habitantes de Tamil Nadu.

La fruta destaca entre los alimentos que se deben evitar. Ahora bien, las únicas frutas de las que se afirma generalmente que deben despreciarse son la piña tropical y la papaya. ¿Comían piña y papaya cuando no estaban embarazadas las mujeres que decían rechazarlas? ¿Y qué pasaba con el consumo de las demás frutas? ¿Aumentaba o descendía? Había unanimidad general en cuanto a la evitación de las semillas de sésamo. Pero muchas otras semillas no estaban prohibidas. El cereal que debe evitarse con mayor frecuencia es la Setari italica. Pero los habitantes de Tamil Nadu lo consideran como el mijo «del pobre» y la mayoría de la gente prefiere no comerlo de todas formas. Análogamente, la leguminosa más evitada es la Dolichos biflorus, otro «alimento de pobres» de escasa importancia. Por último, el autor del estudio escribe que «las restricciones relativas a otros cereales y leguminosas eran extremadamente escasas». En potencia, al menos, esto resta importancia a la lista de alimentos tabú, ya que lo que las mujeres comen normalmente son los «demás cereales y leguminosas».

En cuanto al período puerperal, las mujeres afirman atenerse a un conjunto de tabúes aún más rigurosos que durante el embarazo. Sin embargo, la observancia meticulosa de la relación de prohibiciones dietéticas tampoco tiene por qué producir una disminución de los niveles alimentarios. Durante los «primeros días» únicamente deben ingerirse alimentos líquidos, pero estos líquidos podían ser bastante nutritivos, ya que entre ellos figuraban la leche, el agua de arroz, las sopas y el café azucarado. Aunque la mayoría de las mujeres afirmaba evitar la comida no vegetariana por lo menos durante una semana, solamente el 6 por 100 de las no vegetarianas decía practicar una dieta puramente vegetariana durante un mes o más. En cualquier caso, «a los pocos días» se podía añadir pan, legumbres, verduras y arroz a la dieta líquida. Por lo tanto, pese a la lista recortada de comestibles, las mujeres lactantes no tenían que interrumpir su dieta normal de arroz y legumbres, complementada con leche, derivados lácteos, carne y pescado. Y una vez más, no sabemos si se registran cambios en las cantidades de alimentos permitidos y efectivamente consumidos. No obstante, la cuestión más preocupante es si es posible obtener una imagen fiable de lo que la gente come únicamente preguntándoselo. A lo mejor las mujeres indias consumen en realidad lo que dicen evitar; o tal vez tomen otra cosa, tan buena o mejor que el alimento tabú.

Puedo citar otro estudio sobre tabúes del embarazo y la lactancia en el que salen a relucir acusadas discrepancias de ambos tipos. En una aldea de pescadores malaya, llamada Ru Mada, la antropóloga Christine Wilson solicitó a cincuenta mujeres que le contaran qué alimentos comían o rechazaban después del parto. Las mujeres afirmaron que había que abstenerse de toda clase de fruta, con excepción del plátano y del durian, de todos los alimentos fritos, de diversas especies de pescado y de todo tipo de currys, purés y salsas. Estas prohibiciones tenían, se afirmaba, una vigencia de cuarenta días. En cuanto a lo que se debía comer durante la cuarentena, las mujeres enumeraron los siguientes alimentos: arroz, pequeños pescados con poca materia grasa, bollos de pan europeo, huevos, plátanos, café azucarado, galletas normales, levadura y, como condimento, las pimientas negra y turmérica. La antropóloga tuvo después ocasión de anotar lo que dos madres de Ru Mada consumieron efectivamente en uno de los cuarenta días del período de tabúes alimentarios puerperales. En un solo día de observación por madre, las mujeres tomaron tres productos –pescado frito, salsa de soja y curry– que en teoría les estaban expresamente vedados. También consumieron otros seis productos –té, cocos, chiles, margarina, una bebida fortificada a base de sorgo y chocolate, así como leche condensada– que no figuraban en la dieta puerperal ideal. A mi entender, reviste un especial significado que tres de estos añadidos –la margarina, la bebida fortificada y la leche condensada– sean caros y prestigiosos y que normalmente el campesino del sudeste asiático no los consuma. Es evidente que constituyen un intento de suplementar, no de reducir, la dieta de las madres lactantes.

Según la antropóloga Wilson, la dieta de las dos madres lactantes era inadecuada con arreglo a criterios médicos prudentes. Pero no me encuentro nada a gusto con esta conclusión. Las mujeres de Ru Mada limitan rigurosamente sus actividades a lo largo de la maternidad. Durante la cuarentena de restricciones dietéticas renuncian a todas las tareas fatigantes, como transportar cestos pesados o cortar madera. En vez de ello pasan de dos a cinco horas diarias tumbadas en la cama al amor de la lumbre. Hasta cierto punto, esta reducción de la actividad física puede servir de compensación por las calorías extra que se necesitan para producir la leche materna. No sugiero que la dieta sea adecuada, sino sencillamente que hay motivo para sospechar que representa una mejora con respecto a lo que comen normalmente las mujeres. La conclusión de Wilson de que las «severas restricciones de la dieta puerperal [son] perjudiciales para la salud de la mujer» es infundada, porque en verdad la autora no presenta prueba alguna de que la dieta del parto sea inferior a la de las mujeres no embarazadas y no lactantes como consecuencia de prohibiciones dietéticas puerperales.

Una explicación muchísimo más probable de las dietas inferiores al nivel medio que se siguen durante el embarazo y la lactancia es que las familias, especialmente en lugares pobres, subdesarrollados y superpoblados, como Tamil Nadu y Ru Mada, no pueden permitirse los consumos diarios recomendados. El embarazo y la lactancia suelen tener por efecto una sensible reducción de la contribución de la mujer a las ganancias familiares y ello aumenta el esfuerzo que deben realizar el marido, los hijos mayores y otros parientes para mantener sus propios niveles de nutrición. Tales familias y, concretamente, sus mujeres, se enfrentan a elecciones penosas. Deben colocar en un plato de la balanza las exigencias de raciones extra del embarazo, la lactancia y el naonato, y en el otro las necesidades permanentes del marido, los hijos mayores y los adultos que trabajan. En otras palabras, donde la escasez de alimentos sea endémica, la desviación de raciones hacia las mujeres durante los períodos anterior y posterior al parto, o hacia niños por nacer o recién nacidos, puede ser un «lujo» imposible de lograr sin afectar de forma adversa a otras personas.

Una de las razones de que los occidentales saquen precipitadamente la conclusión de que los hábitos alimentarios del Tercer Mundo están dominados por la ignorancia y por creencias religiosas irracionales consiste en que los primeros no tienen que realizar las difíciles elecciones que la pobreza extrema obliga a realizar a los segundos. A los opulentos occidentales les resulta difícil comprender la estrechísima gama de posibilidades que tienen las familias de renta baja del Tercer Mundo a la hora de asignar los ingresos familiares a la adquisición de comestibles. Cuanto mayor sea la dependencia de dichos ingresos con respecto a un trabajo físico duro, mayor importancia tendrá asegurarse de que la persona que es la principal fuente de los mismos reciba los alimentos suficientes para ir al trabajo, aunque esto signifique que otros miembros de la familia apenas reciban alguno. Otro antropólogo, Daniel Gross, que ha estudiado las elecciones en materia de nutrición de las familias campesinas del nordeste brasileño, acuñó la expresión «efecto cabeza de familia» para designar este fenómeno. Tuve ocasión de observar una interesante manifestación del mismo en la India. Las calles de Trivandrum, capital del estado de Kerala, están flanqueadas por un número considerable de pequeños restaurantes o «casas de té», cuya clientela principal está constituida por trabajadores manuales. Entre los clientes que comen regularmente en estos establecimientos figuran algunas madres pertenecientes a las familias más pobres y menesterosas de la vecindad. ¿Por qué comen fuera tan a menudo estas mujeres, solas y separadas de sus hijos? Resulta que en Kerala las mujeres de las castas inferiores se ven obligadas a emplearse en trabajos sumamente duros. Machacan piedras destinadas a pavimentar calles, se pasan horas enteras dobladas sobre sí mismas trasplantando arroz y transportan 35 kilos de piedras o 20 ladrillos a la vez sobre sus cabezas mientras caminan por estrechos diques o suben por precarias escaleras de mano. Leela Gulati, que estudió las vidas de algunas de estas madres, informa que gastan dos rupias al día, de un salario de siete rupias escasas, en comer, ellas solas, en restaurantes, aunque reconocen que la misma comida les costaría mucho menos preparada en casa. Mi interpretación de esta aparente extravagancia es que como principal y a veces única fuente de ingresos de la familia es absolutamente esencial que se alimenten lo suficientemente bien para compensar los duros esfuerzos que se exigen de sus organismos. Comer en casa resultaría más barato, pero significaría tomar porciones mayores de alimentos de mayor calidad delante de otros miembros de la familia, sin compartir nada con ellos: una perspectiva impensable. Sencillamente, no es posible que estas mujeres conserven su trabajo y coman en casa.

Todo esto me lleva a sugerir que los tabúes nutritivamente adversos observados durante el embarazo y la lactancia no son resultado de creencias y supersticiones arbitrarias. Antes bien, probablemente constituyan un intento de racionalizar una situación en la cual, por circunstancias crueles, la mujer se ve a menudo obligada a alimentar a su embrión y criatura literalmente de su propia carne y sangre. Además, estos tabúes ejemplifican tal vez las ventajas dietéticas que los varones tratan de sacar para sí mismos a costa de las mujeres y a las que aludí al examinar la distribución de los alimentos de origen animal. Quizá representan, más exactamente, una mezcla de autoexplotación por parte de las mujeres y de explotación de éstas por los varones. En consonancia con esta explicación, otro estudio realizado en Tamil Nadu informa que el 74 por 100 de las mujeres encuestadas afirma que lo mejor para una embarazada es no comer ni más ni menos de lo que come normalmente. ¿Creen las mujeres verdaderamente esto o es que han aprendido sencillamente que, debido al «efecto cabeza de familia», los hombres esperan que las mujeres embarazadas no planteen exigencias adicionales de alimentos que, de todas formas, no es posible satisfacer?

Una cuestión todavía más intrigante relacionada con esta línea de investigación es por qué, según ellas mismas dicen, muchas mujeres del sudeste asiático creen que es mejor tener un niño pequeño que uno grande, a pesar de que las estadísticas médicas occidentales demuestran que cuanto menos pese una criatura al nacer menores son sus probabilidades de supervivencia. Una posibilidad es que, en las poblaciones subalimentadas, los bebés pequeños, los niños pequeños y los adultos pequeños tengan más probabilidades de sobrevivir, ya que suelen requerir, en proporción, mucha menos comida que los bebés, niños y adultos de gran tamaño. ¿O acaso refleja esta creencia sencillamente el hecho de que las madres pequeñas y subalimentadas tienen partos menos dolorosos y peligrosos con criaturas pequeñas que con criaturas grandes? ¿O acaso se trata, una vez más, de que las madres sencillamente se rinden ante lo inevitable y reconocen que ellas y sus hijos por nacer deben compartir las incertidumbres que impone la pobreza? Desconozco la respuesta a estas preguntas, pero es mucho más interesante planteárselas que aceptar la opinión de que los tabúes relativos al embarazo y la lactancia existen porque a las mujeres les gusta concebir pensamientos irracionales. Además, volviendo a mi razonamiento principal, los dos enfoques conducen a perspectivas completamente diferentes de lo que debe hacerse para mejorar la condición alimentaria de mujeres y niños en Tamil Nadu, Ru Mada y otras culturas tercermundistas. Si son fundamentalmente los pensamientos los que perjudican las dietas, en tal caso el remedio primordial debe consistir en cambiar la forma en que la gente piensa. Esto sugiere que la necesidad más acuciante de las mujeres del Tercer Mundo es que se les instruya en los principios científicos de la nutrición. Ahora bien, si ya prevalece la razón práctica, lo que más necesitan es un aumento en los ingresos disponibles de su familia.

Las antropólogas Gretl Pelto y Kathleen Dewalt llaman la atención sobre este punto en su estudio sobre una aldea rural mexicana. Dewalt y Pelto llegan a la conclusión de que la forma más rápida de conseguir mejoras espectaculares en los niveles alimentarios consiste en aumentar los recursos que explotan las familias pobres. Yo añadiría solamente que la forma más lenta de conseguir que la gente coma mejor es decirles qué deben comer cuando no pueden permitírselo.

Pasemos ahora a nuestro segundo ejemplo de los peligros que encierra la preferencia por las explicaciones que atribuyen los hábitos dietéticos de apariencia perniciosa a creencias y valores culturales arbitrarios. Se trata aquí de la relación entre una aversión dietética muy extendida y una enfermedad ocular causante de ceguera que sufren millones de niños, especialmente entre los dos y los tres años de edad, en los países subdesarrollados. Esta enfermedad se denomina xeroftalmia, literalmente: «desecación del ojo». Cada año, entre 400.000 y 500.000 niños en edad preescolar de Indonesia, India, Bangladesh y las Filipinas contraen una forma activa de esta enfermedad. Aunque no se dispone de cifras exactas, cerca de un millón de niños en edad preescolar de todo el mundo manifiestan cada año síntomas relacionados con la xeroftalmia; de éstos, un 30-50 por 100 perderá la vista en ambos ojos. La causa inmediata de este mal se conoce desde hace muchos años. La enfermedad resulta de una falta de vitamina A. En ausencia de ésta, las células de la córnea segregadoras de mucosa dejan de producir lubricantes húmedos y depositan, en cambio, una proteína seca y dura llamada queratina. El ojo, desprovisto de humedad lubricante y protectora, se recubre de queratina, lo cual produce la ulceración del globo ocular y, finalmente, su obliteración. Aplicando un tratamiento adecuado antes de que se produzcan úlceras muy profundas se puede invertir el curso de la enfermedad y restaurar, parcial o totalmente, la visión. En los casos graves se precisan inyecciones masivas de vitamina A, pero un aumento en el consumo de fuentes dietéticas de vitamina A impide la aparición de la enfermedad y la cura durante las fases iniciales.

La vitamina A es un nutriente de fácil obtención. Prácticamente cualquier dieta que incluya hígado, grasas animales o leche entera contendrá sin duda suficiente vitamina A para prevenir la xeroftalmia. Pero aun en el caso de que se sea demasiado pobre para consumir alimentos de origen animal existen muchas plantas ricas en vitamina A que pueden cumplir la misma función. Las frutas y verduras de color amarillo, naranja y verde oscuro que contienen pigmentos de carotina son una buena fuente de la sustancia precursora de la vitamina A. Parece, por lo tanto, paradójico que la xeroftalmia sea tan frecuente en los países tropicales, donde tales frutas y verduras se cultivan fácilmente. Todo lo que necesita un niño indio o indonesio normal para satisfacer los niveles de vitamina A recomendados son unos 30 gramos diarios de verduras de carácter hojoso como el amaranto, la espinaca o la col rizada. Por desgracia, se diría que la aversión al consumo de verduras de carácter hojoso y color verde oscuro –aversión que en los Estados Unidos se manifiesta en la legendaria lucha del niño contra las espinacas– también se da en el trópico. Esto ha llevado a muchos expertos en nutrición a considerar esta enfermedad como un caso prototípico de aversión alimentaria perjudicial e irracional. En cita conocidísima del experto Donald McLaren: «La xeroftalmia es una enfermedad que desmiente verdaderamente la creencia común de que las deficiencias en materia de nutrición se deben a la escasez de ciertos alimentos. Los carotenoides pro-vitamina A abundan en las hojas verdes que por todas partes se presentan a la vista de quien visite una típica aldea de los trópicos monzónicos. Lo malo es que el arroz, alimento básico en esas regiones, carece de carotina y la gente no se da cuenta de la importancia de las hojas verdes». No se trata de discutir el hecho de que en los niños normales la xeroftalmia se pueda prevenir y curar consumiendo alimentos vegetales de carácter hojoso y color verde oscuro. Pero es dudoso que esta enfermedad se deba primordialmente a preferencias alimentarias arbitrarias y no a una escasez de alimentos. Los niños que presentan síntomas clínicos de xeroftalmia consumen menos verduras ricas en carotina que los niños normales con ojos sanos, pero también comen menos de prácticamente todo lo demás. En Indonesia, el 92 por 100 de los niños en los que la xeroftalmia había producido ceguera en uno o ambos ojos estaban gravemente desnutridos, pesando menos del 70 por 100 del peso por altura previsible. En la clínica xeroftálmica de Madurai, India, todos los niños mostraban síntomas de desnutrición en términos de calorías y proteínas; el 80 por 100 pesaba menos del 60 por 100 del peso por altura normal. Lo «malo», por tanto, no es que el arroz sea el alimento básico, sino que los niños xeroftálmicos no coman prácticamente nada más que arroz en menoscabo de alimentos más caros, pero más nutritivos como la carne, el pescado y los derivados lácteos. Así pues, al contrario de lo que afirma McLaren, es una escasez de alimentos lo que ocasiona la alta incidencia de la xeroftalmia, puesto que el consumo de alimentos de origen animal prevendría ésta a la vez que la desnutrición. Si se intenta invertir esta lógica y aducir que lo que causa la ceguera es el hecho de que no se coman más alimentos vegetales de carácter hojoso y color verde oscuro, la cosa se torna una broma de mal gusto. La xeroftalmia se asocia con una tasa de mortalidad sumamente elevada. Pero los niños que la padecen no mueren por su culpa; mueren porque están desnutridos en términos de proteínas y calorías (o a causa de infecciones respiratorias o gastrointestinales a las que dicha desnutrición les hace vulnerables). Aunque algunos datos indican lo contrario, es concebible que tratando a los niños desnutridos con vitamina A o haciéndoles comer alimentos vegetales de carácter hojoso y color verde oscuro se podría preservar su vista hasta el momento de su muerte; pero su tasa de mortalidad quedaría inalterada. Los datos en contrario a que aludimos señalan que los niños con síntomas leves de xeroftalmia tienen una tasa de mortalidad más elevada que los niños de ojos normales, independientemente de su condición alimentaria, juzgada por la relación peso-altura. Esto podría significar que una deficiencia leve de vitamina A predispone a los niños a sufrir infecciones gastrointestinales o respiratorias de consecuencias mortales. También podría significar sencillamente que los niños que más fácilmente manifiestan los síntomas oculares de la falta de vitamina A son, además, más propensos a contraer afecciones gastrointestinales o respiratorias. Pero hasta los expertos que sostienen que la falta de vitamina A aumenta las tasas de mortalidad independientemente de la condición alimentaria general reconocen que «también existe la posibilidad de que las diarreas y afecciones respiratorias incrementen el riesgo de contraer la xeroftalmia, creándose así un círculo vicioso».

En realidad, cuanto más grave sea la desnutrición, en términos de proteínas y calorías, más difícil resulta prevenir o curar la xeroftalmia nada más que aumentando el consumo de carotina o vitamina A. Los datos clínicos de que se dispone indican que en los niños que reciben dosis terapéuticas de vitamina A, la recuperación de los daños causados por la xeroftalmia se retrasa o es sólo transitoria, a menos que también reciban tratamiento con respecto a la desnutrición proteínico-calórica. En un artículo de Proceedings of the Nutrition Society, A. Pirie, especialista británico en xeroftalmia, escribe: «La corrección de la desnutrición proteínico-calórica es fundamental para asegurar una curación química sostenida y una terapia repetida de vitamina A es aconsejable hasta que ello ocurra».

Una vez enfoscados estos lúgubres detalles empieza a formarse una imagen significativamente diferente de la evitación de los alimentos vegetales de carácter hojoso y color verde oscuro por parte de los niños del Tercer Mundo.

No voy a aducir que dicha evitación represente una optimización de los costes y beneficios prácticos, ya que no estoy dispuesto a sopesar los costes respectivos de morir prematuramente con xeroftalmia y morir prematuramente sin ella. Ahora bien, parece probable que la aversión hacia este tipo de verduras represente un intento de satisfacer primero las necesidades más urgentes de calorías y proteínas que tiene el niño. Si debido a la pobreza sólo se puede elegir entre comer arroz o verduras hojosas, el primero es el que constituye con diferencia el mejor negocio. El ser humano puede subsistir mediante arroz. La prioridad máxima en materia de nutrición del niño pobre debe ser comer grandes cantidades del mismo: tanto como pueda posiblemente meterse en su pequeño estómago. Y esto puede ser más de lo que las finanzas familiares sean capaces de proporcionar. En cierto sentido, por lo tanto, es posible que el niño no coma demasiado arroz, sino demasiado poco, dada la ausencia de alimentos alternativos. Ahora bien, ¿no sería mejor que, en cualquier nivel de consumo de arroz, se tomasen alimentos vegetales de carácter hojoso y color verde oscuro? No necesariamente. Lo que sugieren los datos clínicos sobre la relación entre desnutrición proteínico-calórica y el tratamiento de la xeroftalmia es que en los niños gravemente desnutridos pueden hacer falta cantidades realmente masivas de esas verduras: mucho más que los 30 gramos diarios recomendados para niños sanos y normalmente alimentados. Si se precisan grandes cantidades de este tipo de verduras para que tengan algún efecto, se suscitan una serie de cuestiones relativas a costes de producción y usos del suelo. ¿Existe de verdad un excedente de tierra y mano de obra agrícola suficiente para suministrar grandes cantidades de estos alimentos?

Por último, uno se pregunta espontáneamente qué sucedería si bajo la presión de los padres los niños de dos o tres años renunciaran a su aversión hacia los alimentos vegetales de carácter hojoso y color verde oscuro. Teniendo en cuenta las angustiosas elecciones que las familias campesinas se ven obligadas a hacer a la hora de distribuir la comida, ¿no se produciría acaso una tendencia a dar a los miembros económicamente improductivos más verduras y menos arroz? En tal caso, no sería irracional menospreciar las primeras. ¿Cómo censurar a unos niños recién destetados y hambrientos por no desear que se les alimente a base de hojas que son, después del agua y la hierba, la fuente menos eficaz de proteínas y calorías de que dispone la humanidad? Echar las culpas de tal rechazo a una aversión idiota hacia las verduras supone ignorar completamente el hecho de que las dietas de Asia y el sudeste asiático contienen cantidades considerables de estas verduras (como ya se señaló en el capítulo consagrado a los lactófilos y lactófobos). De hecho, estudios realizados en Indonesia demuestran que «las familias, con y sin xeroftalmia, consumían ya verduras hojosas ricas en beta-carotina». En todo caso, cuanto más pobre es la familia, más verduras y menos arroz consume. Así pues, no hay certeza alguna de que aconsejando a las familias más pobres que den más verduras a sus pequeños, y sin hacer nada más, se consigan mejoras sustanciales en las tasas globales de morbilidad y mortalidad infantiles.

Como ya he señalado, no identificar las causas racionales de hábitos alimentarios aparentemente irracionales puede llevar a remedios ineficaces o peligrosos. Convencida de que la xeroftalmia era, ante todo, resultado de un pensamiento viciado, la Organización Mundial de la Salud llegó a declarar en 1976 que: «Si se puede aumentar sustancialmente el consumo por parte de los niños de corta edad de alimentos vegetales de carácter hojoso y de color verde oscuro y de fruta fresca apropiada, tenemos todos los motivos para pensar que el problema se resolverá». Afortunadamente, la mayor parte de los expertos en nutrición son conscientes de que la prevención y el tratamiento de la xeroftalmia debe formar parte de programas mucho más amplios encaminados a aumentar el consumo de proteínas y calorías, además del de vitamina A.

Aunque en la mayoría de los países desarrollados la opulencia ha hecho que sea innecesario sopesar los costes respectivos de dejar que sean los adultos o los niños quienes mueran de hambre, ciertamente no ha disminuido la importancia del cómputo de costes y beneficios en la determinación de lo que comemos. En todo caso, con la aparición de las empresas transnacionales dedicadas a la producción y venta de comestibles en el mercado mundial, nuestros hábitos dietéticos se ven constreñidos por una forma de cómputo de costes y beneficios cada vez más precisa, pero también más parcial. En grado cada vez mayor, lo que es bueno para comer es lo que es bueno para vender. Además, la opulencia ha resultado tener sus propias e imprevistas limitaciones en forma de costumbres alimentarias cuyos peligros derivan no de la escasez, sino de la abundancia excesiva de alimentos. Hoy día nos hemos dado cuenta de que los mecanismos que «encienden» el apetito humano son mucho más sensibles que los que lo «apagan». Este defecto genético es una invitación permanente a la industria alimentaria para que sobrealimente a sus clientes. Pero el coste en términos de obesidad y trastornos cardiovasculares ha llevado ya a una aversión cada vez más extendida hacia los alimentos de origen animal con alto contenido en grasas y colesterol. Ni la sobrealimentación ni la reacción que ha producido pueden comprenderse sin referirse a la compleja interacción de las limitaciones y oportunidades prácticas y sus efectos, a menudo inversamente proporcionales, según se trate de consumidores, agricultores, políticos y empresarios. Como se señaló al comienzo de este libro, la optimización no lo es para todo el mundo. He ahí la razón de que éste no sea el momento histórico para proponer la idea de que los hábitos alimentarios están dominados por símbolos arbitrarios. Para comer mejor debemos saber más sobre las causas y consecuencias prácticas de nuestros mudables hábitos alimentarios. Debemos saber más sobre el aspecto nutritivo de los alimentos y debemos saber más sobre su aspecto lucrativo. Sólo entonces seremos verdaderamente capaces de conocer su aspecto cogitativo.

Bibliografía

Abrams, H. Leon (1980), «Vegetarianism: An Anthropological/Nutritional Evaluation», Journal of Applied Nutrition, 12:53-87.

— (1983), «Cross Cultural Survey of Preferences for Animal Protein and Animal Fat», comunicación al Simposio número 94 de la Wenner-Gren Foundation, 23-30 de octubre, Cedar Key, Florida.

Abler, Thomas (1980), «Iroquois Cannibalism: Fact Not Fiction», Ethnohistory, 27:309-316.

Ahmed, H. F. (1975), «Irritable-Bowel Syndrome with Lactose Intolerance», Lancet, 2:319-20.

Arens, William (1979), The Man-Eating Myth, Nueva York: Oxford University Press.

Ariel, Irving (1981), «Theories Regarding the Etiology of Malignant Melanoma», Malignant Melanoma, ed. Irving Ariel, 9-32, Nueva York: Appleton-Century-Crofts.

Armour, J. O. (1906), The Packers and the People, Filadelfia: Henry Aetemus.

Bachrach, Bernard (1970), «Charles Martel, Mounted Shock Combat, the Stirrup and Feudalism», Studies in Medieval and Renaissance History, 7:49-75.

Barr, Terry (1981), «The World Food Situation and Global Grain Prospects», Science, 214:1087-95.

Bates, Marston (1960), «Insects in the Diet», American Scholar, 29:43-52.

Batra, S. M. (1981), Cows and Cow-Slaughter in India, La Haya: Institute of Social Studies, Occasional Papers.

Bayless, T. M., y N. S. Rosensweig (1966), «A Racial Difference Incidence of Lactase Deficiency: A. Survey of Milk Intolerance and Lactase Deficiency in Healthy Adult Males», Journal of the American Medical Association, 197:968-72.

Bellamy, Edward (1917), Looking Backward, 2000-1887, Boston: Houghton Miffin.

Benenson, Abram, ed. (1980), Control of Communicable Diseases in Man, 13.ª ed., Washington, D. C.: The American Public Health Association.

Bennet, John (1967), «On the Cultural Ecology of Indian Cattle», Current Anthropology, 8:251-52.

Berdan, Frances (1982), Aztecs of Central Mexico, Nueva York: Holt, Rinehart and Winston.

Bernal Díaz del Castillo (1956), The Discovery and Conquest of Mexico, 1517-1521, Nueva York: Farrar, Straus and Giroux.

Bernheim, S., y P. Rousseau (1908), Le cheval aliment, París: Librairie J. Rousset.

Block, Abraham (1980), The Biblical and Historical Background of Jewish Customs and Ceremonies, Nueva York: KTAV Publishing House.

Blyskal, Jeff (1928), «The Burger Boom Slows Down», Forbes (11 de octubre): 45-46.

Binswanger, Hans (1977), «The Economics of Tractors in the Indian Subcontinent», International Crops Research Institute for the Semi-Arid Tropics, Occasional Papers, Hyderabad.

Bodenheimer, F. S. (1951), Insects as Human Food, La Haya: W. Junk Publishers.

Bondi, A. (1982), «Nutrition and Animal Productivity», CRC Handbook of Agricultural Productivity, ed. Miloslav Recheigl, 195-212, Boca Raton, Florida: CRC Press.

Bose, A. N. (1961), Social and Rural Economy of Northern India, 600 B. C.-200 A. D., Calcuta: K. L. Mukhopadhyay.

Bourne, G. H. (1953), «The Food of the Australian Aboriginal», Proceedings of the Nutrition Society, 12:58-65.

Braudel, Fernand (1972): The Mediterranean and the Mediterranean World in the Age of Phillip II, 2 vols., Nueva York: Harper & Row.

— (1973), Capitalism and Material Life: 1400-1800, Nueva York: Harper & Row.

Breeders Gazette (1919), «Horse Meat is a Fact», 76:598.

Brereton, J. M. (1976), The Horse in War, Nueva York: Arco Publishing.

Bristowe, W. S. (1932), «Insects and Other Invertebrates for Human Consumption in Siam», Transactiones of the Entomological Society of London, 80:387-404.

Buck Ernest (1981), «Consumer Acceptance of a Flaked and Formed Horsemeat Steak Product», informe redactado para M & R Packing Company, Hartford, CT.

Bulliet, Richard (1975), The Camel and the Wheel, Cambridge: Harvard University Press.

Bunch, Karen (1985), «U. S. Food Consumption on the Rise», National Food Review (Invierno-primavera): 1-4.

Carroll, Michael (1984), «Why We Don't Eat Dogs-Usually», manuscrito inédito.

Chakravarti, A. K. (1985), «Cattle Development Problems and Programs in India: A Regional Analysis», Geo Journal 10 (no. 1): 21-45.

Chang, K. C., ed. (1977), Food in Chinese Culture: Anthropological and Historical Perspective, New Haven: Yale University Press.

Charnov, Eric (1976), «Optimal Foraging: The Marginal Value Theorum», Theoretical Population Biology, 9:129-36.

Chase, Charlotte (1982), «Food Symbolism and Proletarian Unrest in Poland», comunicación leída en la reunión anual de la American Association for the Advancement of Science, 3-8 de enero, Washington, D. C.

Cheryan, M. (1980), «Phytic Acid Interaction in Food Systems», CRC Critical Reviews in Food Science, Nutrition, 13:297.

Clutton-Brock, Juliet (1981), Domesticated Animals from Early Times, Londres: British Museum of Natural History.

Cochet, Bernard, et al. (1983), «Effects of Lactose on Intestinal Calcium Absorption in Normal and Lactase-Deficient Subjects», Gastroenterology, 84:935-40.

Cohn, Rabbi Jacob (1936), The Royal Table: An Outline of the Dietary Laws of Israel, Nueva York: Block.

Cole, Arthur (1938), Wholesale Commodity Prices in the United States 1700-1861, Cambridge: Harvard University Press.

Conley, Robert (1969), «Teeth of the Wind», National Geographic, 136 (no. 2): 202-27.

Cook, Sherburne (1946), «Human Sacrifice and Warfare As Factors in The Demography of Pre-Colonial Mexico», Human Biology, 18:81-102.

Coon, Carleton (1951), Caravan, Nueva York: Henry Holt.

Cooper, Gale (1983), Animal People, Boston: Houghton Mifflin.

Corbett, L., y A. Newsome (1975), «Dingo Society and Its Maintenance: A Preliminary Analysis», The Wild Canids, ed. Michael Fox, 369-79, Nueva York: Van Nostrand Reinhold.

Corn, Ronald (s. f.), Hippophagy, informe redactado para Ronald J. Corn, presidente de M. y R. Packing Company y Marco International, Hartford.

Creasy, Edward (1969), The Fifteen Decisive Batties of the World, Nueva York: Heritage Press.

Crittenden, Ann (1981), «Consumption of Meat Rising in the Developing Countries», New York Times (25 de agosto): 1.

Cross, B. A. (1977), «Comparative Physiology of Milk Removal», Comparative Aspects of Lactation, ed. M. Peaker, 193-210, Nueva York: Academic Press.

Cuatrecasas, A., et al. (1965), «Lactase Deficiency in the Adult: A Common Occurrence», Lancet, 1:14-18.

Dahl, G., y A. Hjort (1976), Having Herds: Pastoral Herd Growth and Household Economy, Estocolmo: Stockholm Studies in Anthropology.

Darby, William, P. Ghalioungui y L. Givetti (1977), Food: The Gift of Osiris, vol. 1, Nueva York: Academic Press.

Debongnie, J. D., et al. (1979), «Absorption of Nutrients in Lactase Deficiency», Digestive Disease Sciences, 24-255.

Decroix, Emile-François (1864), L'Alimentation par la viande de cheval, París: Asselin.

De Foliart, G. R. (1975), «Insects as a Source of Protein», Bulletin of the Entomological Society of America, 21:161-63.

Dennel, Rabin (1982), European Economic Prehistory, Nueva York: Academic.
Dentan, Robert (1968), The Semai: A non-Violent People of Malaya, Nueva York: Holt, Rinehart and Winston.
De Walt, Billie (1983), «The Cattle Are Eating the Forest», Bulletin ofThe Atomic Scientists, 39:18 23.
— (1985), «Mexico's Second Green Revolution», Mexican Studies, 1:29-60.
Dewalt, Kathleen y Gretl Pelto (1977), «Food Use and Household Ecology in a Modernizing Mexican Community», Nutrition and Anthropology in Action, ed. T. Fitzgerald, 74-93, Amsterdam: Van Gorcum.
Dolberg, Frands (1982), Livestock Strategies in India, Institute of Political Science, Aarhus, Dinamarca.
Dolphin, David, ed. 1982, B12, 2 vols., Nueva York: John Wiley.
Douglas, Mary (1966), Purity and Danger: An Analysis of Concepts of Pollution and Taboo, Nueva York: Praeger.
Drake, Katherine (1981), «Companionship's Comparative Costs», Money (diciembre): 56 ss.
Drennan, Robert (1984), «Long Distante Movement of Goods in the Mesoamerican Formative and Classic», American Antiquity, 49: 27-43.
Driver, Harold (1961), Indians of North America, Chicago: University of Chicago Press.
Driver, Harold, y J. Coffin (1975), «Classification and Development of North American Indian Culture: A Statistical Analysis of the Driver-Massey Sample», Transactions of the American Philosophical Society, 47: 165-456.
Duby, Georges (1974), The Early Growth of the European Economy, Ithaca: Cornell University Press.
Ducos, P. (1968), L'Origine des animaux domestiques en Palestine, Burdeos: Imprimeries Delmas.
— (1969), «Methodology and Results of the Study of the Earliest Domesticated Animals in the Near East (Palestine)», The Domestication and Exploitation of Plants and Animals, ed. P. Ecko y G. Dimbleby, Chicago: Aldine.
Dufour, Darna (1979), «Insects in the Diet of Indians in the Northwestern Amazona». Comunicación leída en la 48 reunión anual

de la Association of Physical Anthropology, abril, San Francisco.
Durham, William (1986), Coevolution: Genes, Cultures, and Human Diversity, Stanford: Stanford University Press.
Earle, Timothy (1977), «A Reappraisal of Redistribution in Complex Hawaiian Chiefdoms», Exchange Systems in Prehistory, ed. Timothy Earle y Jonathan Ericson, 213-32, Nueva York: Academic Press.
Eaton, S. B., y M. Konner (1985), «Paleolithic Nutrition. A. Consideration of Its Nature and Current Implications», New England Journal of Medicine, 213:283-89.
The Economist (1980) (19 de julio): 43.
The Economist (1981) (1-7 de agosto): 42-43.
Ensminger, M. Eugene (1977), Horses and Tack, Boston: Houghton Mifflin.
Epstein, H. (1971), The Origin of Domestic Animals in Africa, 2 vols., Nueva York: Africana Publishing Co.
Erskine, John (1853), Journal of a Cruise Among the Island of the Western Pacific, Londres: Dawsons of Pall Mall.
Essig, E. O. (1934), «The Value of Insects to the California Indians», Scientific Monthly, 38:181-86.
Evans-Pritchard, E. E. (1940), The Nuer: A Descripton of the Modes of Livelihood and Political Institutions of a Nilotic People, Oxford: Clarendon Press.
Federal Trade Commission (1979), California Milk Producers Advisory Board, et al., Final Order, etc. in Regard to Alleged Violation of Secs. 5 and 12 of the Federal Trade Commission Act. Docket 8988, Washington, D. C.: Federal Trade Commission Decisions.
Ferro-Luzzi, G. E. (1980a), «Food Avoidance at Puberty and Menstruation in Tamiland»; «Food Avoidances in Pregnant Women in Tamiland»; «Food Avoidances during the Peuperium and Lactation in Tamiland», Food, Ecology and Culture: Reading in the Anthropology of Dietary Practices, ed. John Robson, 92-100; 101-8; 109-17, Nueva York: Gordon and Breach.
— (1980b), «Comentary: Lactose Malabsorption Reconsidered», Ecology of Food and Nutrition, 9:247-256.

Fischler, Claude (1981), «Food Preferences, Nutritional Wisdom and Sociocultural Preferences», Food, Nutrition and Evolution: Food As an Environmental Factor in the Genesis of Human Variability, ed. Dwain Walcher y Norman Kretchmen, 59-67, Nueva York: Masson Publishing.

Fisher, Maxine (1983), «Of Pigs and Dogs: Pets as Producc in Three Sacieties», New Perspectives on Our Lives with Companion Animals, ed. Aaron Watcher y Alan Beck, 132-37, Filadelfia: University of Pennsylvania Press.

Flatz, Gebhard, y Hans Rotthauwe (1977), «The Human Lactase Polymorphism: Physiology and Genetics of Lactase Absorption and Malabsorption», Progress in Medical Genetics, ed. A. G. Steinberg et al., 205-49, Filadelfia.

Forsyth, Donald (1983), «The Beginnings of Brazilian Anthropology: Jesuits and Tupinamba Cannibalism», Journal of Anthropological Research, 39:147-78.

— (1985), «Three Cheers for Hans Staden: The Case for Brazilian Cannibalism», Ethnohistory, 32:17-36.

Fox, Michael (1981), «Relationship Between Human and Non-Human Animals», Interrelations Between People and Pets, ed. Bruce Fogle, 23-40, Springfield, IL: Charles C. Thomas.

Friedman, Thomas (1985), «In Israel New Fight over Pork Sales Turns Pigs into Endangered Species», New York Times (20 de julio): 2.

Gade, Daniel (1970), «Horsemeat as Human Food in France», Ecology of Food and Nutrition, 5:1-11.

Gajdusek, D. Carleton (1977), «Unconventional Viruses and the Origin and Disappearance of Kuru», Science, 197:943-60.

Gallo, Anthony (1983), «Food Consumption Patterns: Concentration and Frequency», National Food Review (primavera): 5-7.

Gallo, Anthony, y William Boehm (1979), «What Influences Demand for Red Meat?», National Food Review (verano): 24-27.

Gallo, Anthony, y James Blalock (1981), «Foods Not Eaten by Americans», National Food Review (verano): 22-24.

Gandhi, Mohandas (1954), How To Serve the Cow, Ahmadabad: Navajvan Publishing House.

Gates, Paul (1960), The Farmer's Age: Agriculture: Economic History of the United States, vol. 3, Nueva York: Holt, Rinehart and Winston.

Gauthier-Pilters, Hilde, y Anne Dagg (1981), The Camel: Its Evolution to Man, Chicago: University of Chicago Press.

Geoffroy Saint-Hilaire, Isidore (1956), Lettres sur les substances alimentaires et particulièrement sur la viande de cheval, París: Librairie de Victor Masson.

Glubb, Sir John (1964), Great Arab Conquests, Englewood Cliffs, N. J.: Prentice Hall.

Good, Kenneth (1982), «Limiting Factors in Amazonian Ecology», comunicación leída en la reunión anual de la American Anthropological Association, Washington, D. C.

Goody, Jack (1982), Cooking, Cuisine, and Class: A Study in Comparative Sociology, Nueva York: Cambridge University Press.

Gorham, J. Richard (1979), «The Significance for Human Health of Insects in Food», Annual Review of Entomology, 24:209-24.

Gross, Daniel (1975), «Protein Capture and Cultural Development in the Amazon Basin», American Anthropologist, 77:526-49.

Grzimek, Bernhard (1984), Animal Life Encyclopedia, Nueva York: Van Nostrand Reinhold.

Gulati, Leela (1981), Profiles in Female Poverty: A Study of Five Poor Working Women in Kerala, Delhi: Hindustan Publishing.

Hamilton, Annette (1972), «Aboriginal Man's Best Friend?», Mankind, 8:287-95.

Hamilton, Willian (1983), «Omnivorous Primate Diets and Their Relevance to Contemporary Human Dietary Overconsumption of Meat and Other Goodies», comunicación leída en el simposio núm. 94 de la Wenner-Green Foundation, 23-30 de octubre, Cedar Key, FL.

Harding, Robert (1975), «Meat Eating and Hunting in Baboons», Socioecology and Psychology of Primates, ed. R. H. Tuttle, 245-257, La Haya: Mouton.

Harland, B. F., y L. Prosky (1979), «Development of Dietary Fiber Values for Foods», Cereal Foods World, 24:387.

Harlow, Harry, y M. Harlow (1962), «Social Deprivation in Monkeys», Scientific American, 207(5):137-46.

Harner, Michael (1977), «The Ecological Basis for Aztec Sacrifice», American Ethnologist, 4:117-35.

Harris, Marvin (1967), «Reply to John Bennet», Current Anthropology, 8:252-53.

— (1977), Cannibals and Kings, Nueva York: Random House.

— (1984), «Animal Capture and Yanomano Warfare: Retrospect and New Evidence», Journal of Anthropological Research, 40:183-201.

Hawkes, Kristen, Kim Hill y J. O'Connell (1982), «Why Hunters Gather, Optimal Foraging and the Aché of Eastern Paraguay», American Ethnologist, 9:379-98.

Hawkes, Jaquetta (1973), The First Great Civilizations, Nueva York: Alfred Knopf.

Hehn, Victor (1976), Cultivated Plants and Domesticated Animals in Their Migration from Asia to Europe, Amsterdam: John Benjamins.

Henlen, Paul (1959), Cattle Kingdoms in the Ohio Valley, Lexington: University of Kentucky Press.

Heródoto (1947), The Persian Wars, Nueva York: Modern Library.

Heston, Alan (1971), «An Approach to the Sacred Cow of India», Current Anthropology, 12:191-210.

Hintz, Harold (1977), «Digestive Physiology», The Horse, ed. J. W. Evans, 241-58, San Francisco: W. H. Freeman.

Hitchcoc, Stephen W. (1962), «Insects and Indians of the Americas», Bulletin of the Entomological Society of America, 8:181-87.

Holt, Vincent M. (185), Why Not Eat Insects?, reimpreso en 1969, Londres: E. W. Classey.

Hooker, Richard (1981), Food and Drink in America, Nueva York: Boobs Merrill.

Horn, Jack, y Jeff Meer (1984), «The Pleasure of Their Company», Psychology Today (agosto): 52 ss.

Jaffrey, Madhur (1973), An Invitation to Indian Cooking, Nueva York: Alfred Knopf.

Johnson, J. D., et al. (1978), «Lactose Malabsorption among Adult Indians of the Great Basin and American Southwest», American Journal fo Clinical Nutrition, 31:381-87.

Kahn, M. U., E. Hague y M. R. Kahn (1984), «Nutritional Ocular Diseases and Their Association with Diarrhoea in Matlob, Bangladesh», British Journal of Nutrition, 52:1-9.

Katcher, Aaron (1981), «Interaction Between People and Their Pets: Form and Function», Interrelations Between People and Pets, ed. Bruce Fogel, 41-67, Springfield, IL: Charles C. Thomas.

Kifner, John (1985), «Poles Fairly Calm Over Price Rise», New York Times, 14 de febrero.

Klein, Isaac (s. f.), A Guide to Jewish Religious Practice, Nueva York: The Jewish Theological Seminary of America.

Kleinfield, N. R. (1984), «America Goes Chicken Crazy», New York Times (9 de diciembre): Sección 3.

Kolars, J. C., et al. (1984), «Yogurt-An Autodigesting Source of Lactose», New England Journal of Medicine, 310:1-3.

Kolata, Gina (1984), «Does a Lack of Calcium Cause Hypertension?», Science, 225:705-6.

— (1985a), «Heart Panel's Conclusions Questioned», Science, 227:40-41.

— (1985b), «Testing for Trichinosis», Science, 227:621-624.

Kosambi, Damodar (1975), An Introduction to the Study of Indian History, Bombay: Popular Prakashan.

Kozlowsky, Zygmunt (1981), «Special Focus: Food Consumption Problems in Poland», Food Policy, 6:47-52.

Kroc, Ray (1977), Grinding It Out: The Making of McDonald's, Chicago: Henry Regnery.

Kust, Matthew (1983), Man and Horse in History, Alexandria, Va.: Plutarch Press.

Larrey, Dominique (1812-17), Mémoires de chirugie militaire et campagnes, París: J. Smith.

Law, Robin (1980), The Horse in West African History, Oxford: Oxford University Press.

Lee, Richard (1979), The !Kung San: Men, Women and Work in a Foraging Society, Nueva York: Cambridge University Press.

Lewis, W. A. (1955), The Theory of Economic Growth, Homewood, Il.: R. D. Irwin.

Lindenbaum, Shirley (1974), Kuru Sorcery: Disease and Danger in the New Guinea Higlands, Palo Alto, Calif.: Mayfield.

— (1984), «Lipid Research Clinics Coronary Primary Prevential Trial Results», Journal of the American Medical Association, 251:351-74.

Lisker, R., et al. (1980), «Double Blind Study of Milk Lactose Intolerance in a Group of Rural and Urban Children», American Journal of Clinical Nutrition, 33:1049-53.

Lodrick, Deryck (1981), Sacred Cows, Sacred Places, Berkeley: University of California Press.

Lowie, Robert (1938), «Subsistence», General Anthropology, ed. Franz Boas, 282-326; Nueva York: Heath.

Luomala, Katherine (1961), «The Native Dog in the Polynesian System of Values», Essays in Honor of Paul Radin, ed. Stanley Diamond, 1920-239, Waltham: Brandeis University.

Luxemberg, Stanley (1985), Roadside Empires: How the Chains Franchised America, Nueva York: Viking Penguin.

Macintosh, N. W. G. (1975), «The Origin of the Dingo: An Enigma», The Wild Canids, ed. Michael Fox, 87-106, Nueva York: Van Nostrand Reinhold.

MacLaughlin, Julia, y M. Holick (1983), «Photobiology of Vitamin D_3 in the Skin», Biochemistry and Physiology of the Skin, ed. Lowell Goldsmith, 734-54, Nueva York: Oxford University Press.

Maga, J. A. (1982), «Phytate: Its Chemistry, Occurrence, Food Interaction, Nutritional Significance y Methods of Analysis», Journal of Agricultural Food Chemistry, 30:1.

Malkerison, F., y J. Keane (1983), «Radiobiology of the Skin», Biochemistry and Physiology of the Skin, ed. Lowell Goldsmith, 769-814, Nueva York: Oxford University Press.

Maimónides, Moises (1976), The Guide for the Perplexed, traducción de M. Friedlander, Londres: Pardes.

Malik, S. L. (1979), «Comment on' Questions in the Sacred-Cow controversy' by F. J. Simoons», Current Anthropology, 22:484.

Markov, Walter (1979), Battles of World History, Nueva York: Hippocrene Books.

Marshall, Lorna (1976), «Sharing, Talking and Giving: Relief of social Tensions Among the !Kung», Kalahari Hunter-Gatherers: Studies of !Kung San and Their Neighbors, ed. Richard Lee e Irven Devore, 349-72, Cambridge: Harvard University Press.

McCarron, David, et al. (1984), «Hypertension and Calcium», Science, 226:386-89.

McGrew, William (1977), «Socialization and Object Manipulation of Wild Chimpanzees», Primate Bio-Social Development, ed. Susan Chevalier-Skolinkoff y Frank Poirier, 261-88, Nueva York: Garland.

McLaren, Donald (1974), «The Great Protein Fiasco», Lancet, 2: 93-96.

— (1976), «Historical Perspective of Nutrition in the Community», Nutrition in the Community, ed. Donald McLaren, 25-34, Nueva York: Wiley.

McNeil, N. I. (1984), «The Contribution of the Large Intestine to Energy Supplies in Man», American Journal of Clinical Nutrition, 39:338-342.

Mead, Margaret (1977), Letters from the Field: 1925-1972, Nueva York: Harper & Row.

Meggit, M. J. (1965), «The Association Between Australian Aborigines and Dingoes», Man, Culture, and Animals, ed. A. Leeds y A. P. Vayda, 7-26, Washington, D. S.: The American Association for the Advancement of Science.

Metraux, Alfred (1947), «Mourning Rites and Buvial Forms of the South American Indians», American Indigana, 7:7-44.

Migne, J. P., ed. (1850), Patrologiae, vol. 89:578.

Military Market (1982), 11 de agosto.

Milton, Katherine (1983), «The Role of Food Processing Factors in Primate Food Choice: An Examination of Some Determinants of Dietary Variation Among Non-Human Primates and Implications for the Hominid Diet», comunicación leída en el Simposio núm. 94 de la Werner-Gren Foundation, 23-30 de octubre, Cedar Key, Florida.

Mitra, Rajendra (1881), Indo-Aryans, vol. 1, Calcuta: W. Newan y Co.

Molnar, Stephan (1983), Human Variation: Races, Types, and Ethnic Groups, 2.ª ed., Englewood Cliffs, N. J.: Prentice Hall.

Montaigne, Michel Eyquem de (1927), The Essays of Montaigne, Nueva York: Oxford University Press.

Motolinia, Toribio (1951), History of the Indians of New Spain, Washington, D. C.: Academy of American Franciscan History, Ed. cast. Madrid, Alianza Editorial, 1988.

Mount, Lawrence (1968), The Climatic Physiology of the Pig, Londres: Edward Arnold.

Myers, Norman (1982), «Homo Insectivorus», Science Digest (mayo): 14-15.

Nair, Narayanan (1983), «Animal Protein Consumption and the Sacred Cow Complex in India», comunicación leída en el Simposio número 84 de la Wernner-Gren Foundation, 23-30 de octubre, Cedar Key, Florida.

National Research Council (1982), Diet, Nutrition and Cancer, Washington, D. C.: National Research Council.

Newcomer, Albert, et al. (1978), «Lactase Deficiency: Prevalence in Osteoporosis», Annals of Internal Medicine, 89:218-20.

Newsweek (1983), 12 de diciembre.

New York Times (1962), 7 de enero.

Nichter, Mark, y Mimi Nichter (1983), «The Ethnophysiology and Folk Dietetic of Pregnancy: A Case Study from South India», Human Organization, 42:235-46.

O'Donovan, J. (1940), The Economic History of Livestock in Ireland, Dublín: Cork University Press.

Office in the Federal Register (1984): Code of Regulatiins: Animals and Animal Products, Washington, D. C.: National Archives and Records Service, General Services Administration.

Oliveira, J. F. Santos, et al. (1976), «The Nutritive Value of Four Species of Insects Consumed in Angola», Ecology of Food and Nutrition, 5:91-97.

Olsen, Stanley (1984), «The Early Domestication of the Horse in North China», Archaelogy (enero-febrero): 62-63; 77.

Omwale (1979), «The Meat Myth and Caribbean Food Planning», Jamaica: Institute of Social and Economic Research, University of the West Indies, Working Paper, 25.

Ortiz de Montellano, B. R. (1978), «Aztec Canibalism: An Ecological Necessity?», Science, 200:611-17.

— (1983), «Counting Skulls: Comment on the Aztec Cannibalism Theory of Harner-Harris», American Anthropologist, 85: 403-6.

Pabst, Henry (1979), «The Hamburger Phenomenon», Proceedings of the 32d Annual Meat Conference, Chicago: National Livestock and Meat Board.

Pennington, Jean, y Helen Church (1980), Food Values of Portions Commonly Used, Nueva York: Harper & Row.

Perissé, J., F. Slizaret y P. François (1969), «The Effects of Income on the Structure of Diet», Nutrition News Letter, 7.

Phillips, S. F. (1981), «Lactose Malabsorption and Gastrointestinal Function: Its Effect of Gastrointestinal Transit and Absorption of Other Nutrients», Lactose Digestion: Clinical and Nutritional Implications, ed. David Paige y Theodore Bayless, 51-57, Baltimore: Johns Hopkins University Press.

Pimentel, David, et al. (1975), «Energy and Land Constraints in Food Protein Production», Science, 190:754-61.

Pimentel, David, y M. Pimentel (1979), Food, Energy and Society, Nueva York: John Wiley.

Pirie, A. (1983), «Vitamin A Deficiency and Child Blindness in the Developing World», Proceedings of the Nutrition Society, 42:53-64.

Pond, G. Wilson, y Jeronme Maner (1984), Swine Production and Nutrition, Westport, Conn.: AVI.

Pond, Wilson, y K. Haupt (1978), The Biology of the Pig, Ithaca: Comstock Publishing Associates.

Quigley, J., L. Vogel y R. Anderson (1983), «A Study of Perception and Attitudes towards Pet Ownership», New Perspectives on Our Lives with Companion Animals, ed. Aaron Katcher y Alan Bach, 266-75, Filadelfia: University of Pennsylvania Press.

Redford, Ken, y José Dorea (1984), «The Nutritional Value of Invertebrates with Emphasis on Ants and Termites as Food for Mammals», Journal of the Zoological Society of London, 203:385-95.

Redford, Kent, G. Bouchardet da Fonseca y T. E. Lacher, Jr. (s. f.), «The Relationship Between Frugivory and Insectivory in Primates», mimeografiado.

Reed, Patsy (1980), Nutrition: An Applied Science, San Francisco: West Publishing.

Reed, Lucy, y D. Carleton Gajdusek (1969), «Nutrition in the Kuru Region», Acta Tropical, 26:331-45.

Reinhold, J. G., B. Faradji, P. Abadi y F. Ismail-Geigi (1976), «Decreased Absorption of Calcium, Magnesium, Zinc and Phosphorus by Humans Due to Increased Fiber and Phosphorus

Consumption as Wheat Bread», Journal of Nutrition, 106: 493-503.

Remington, Charles, L. (1946), «Insects as Food in Japan», Entomological News, 57 (no. 5):119-21.

Rivera, Diego (1960), My Art, My Life: An Autobiography, con Gladys March, Nueva York: The Citadel Press.

Root, Waverly (1974), «They Eat Horses, Don't They?», Esquire, 81 (enero): 82-85.

Root, Waverly, y Richard de Rochemont (1976), Eating in America, Nueva York: William Morrow.

Ross, Eric (1980), «Patterns of Diet and Forces of Production: An Economic and Ecological History of the Ascendancy of Beef in the United States Diet», Beyond the Myths of culture: Essays in cultural Materialism, ed. Eric Ross, 181-225, Nueva York: Academic.

— (1983), «The Riddle of the Scottish Pig», Bio Science, 33:99-106.

Rossier, Emanuel (1982), Viande chevaline, París: Cereopa.

Rudbeck, J., y P. Meyers (1982), Feed Grains: The Sluggish Demand Means Tepped-Up Competition», Foreign Agriculture (enero): 10-11.

Ruddle, Kenneth (1973), «The Human Use of Insects: Examples from the Yukpa», Biotopica, 5:94-101.

Russel, Charles (1905), The Greatest Trust in the World, Nueva York: Ridgway-Thayer.

Russell, Kenneth (1985), «The Differential Adoption of Post-Pleistocene Subsistence Strategies in the Near East», tesis doctoral, University of Utah.

Sahagún, Bernardino de (1951), The General History of the Things of New Spain: Florentine Codex, libro 2, Santa Fe, Nuevo México, School of American Research, Salt Lake Cicy, Utah: University of Utah Press.

Sahlins, Marshall (1958), Social Stratification in Polynesia, Seattle: University of Washington Press.

— (1976), Culture and Practical Reason, Chicago: University of Chicago Press.

— (1978), «Culture As Protein and Profit», New York Review of Books (23 de noviembre): 45-53.

— (1983), «Raw Women, Cooked Men and Other Great Things of the Fiji Islands», The Ethnography of cannibalism, ed. Paula Brown y Donald Tugin, 72-93, Society for Psychological Anthropology, Washington, D. C.: American Anthropological Association.

Salmon, Peter, e Ingrid Salmon (1983), «Who Owns Who? Psychological Research into the Human-Pet Bond in Australia», New Perspectives on Our Lives with Companion Animals, ed. Aaron Katcher y Alan Beck, 243-65, Filadelfia: University of Pennsylvania Press.

Savachinsky, Joel (1975), «The Dog and the Hare: Canine Culture in an Athabaskan Band», Proceedings of the Northern Athabaskan Conference, ed. A. Clark, vol. 2, 462-515, Ottawa: National Museum of Canada.

Savaiano, D., et al. (1984), «Lactose Malabsorption from Yogurt, Sweet Acidophilus Milk, and Cultured Milk in Lactase-Deficient Individuals», The American Journal of Clinical Nutrition, 40:1219-23.

Schofield, Sue (1979), Development and the Problems of Village Nutrition, Montclair, N. J.: Allenheld, Osmund.

Scrimshaw, Nevin (1977), «Through a Glass Darkly: Discerning the Practical Implications of Human Dietary Protein-Energy Interrelationships», Nutrition Reviews, 35:321-37.

Sherratt, Andrew (1981), «Plough and Pastoralism: Aspects of Secondary Products Revolution», Pattern of the Past: Studies in Honor of David Clarke, ed. I. Hodder, G. Isaac y N. Hammond, 261-305, Cambridge: Cambridge University Press.

— 1983, «The Secondary Exploitation of Animals in the Old World», World Archaeology, 15:90-104.

Shipp, E. R. (1985), «The McBurger Stand That Started It All», New York Times (27 de febrero): 14.

Simoons, Frederick (1961), Eat Not This Flesh, Madison: University of Wisconsin Press.

— (1981), «Geographic Patterns of Primary Adult Lactose Malabsorption: A Further Interpretation of Evidence for the Old World», Lactose Digestion: Clinical and Nutritional Implications, ed. Dawid Paige y T. Bayless, 23-48, Baltimore: Johns Hopkins Press.

Simpson, George G. (1951), Horses: The Story of the Horse Family in the Modern World and Through Sixty Million Years of History, Nueva York: Oxford University Press.

Siskind, Janet (1973), To Hunt in the Morning, Nueva York: Oxford University Press.

Smith, Eric (1983), «Anthropological Implications of Optimal Foraging Theory: A. Critical Rewiew», Current Anthropology, 24:625-51.

Soler, Jean (1979), «The Semiotics of Food in the Bible», Food and Drink in History: Selections from the Annales, Economies, Civilisations, ed. Robert Foster y Orest Ranum, 126-38, Baltimore: Penguin.

Sommer, Alfred (1984), «Increased Risk of Respiratory Disease and Diarrhea in Children with Preexisting Mild Vitamin A Deficiency», American Journal of Clinical Nutrition, 40: 1090-95.

Sommer, A., y Muhilal (1982), «Nutritional Factors in Corneal Xerophthalmia and Keratomalacia», Archives of Opththalmology, 100:399-411.

Sorenson, E., y D. Carlton Gajdusek (1969), «Nutrition in the Kuru Region», Acta Tropical, 26:281-330.

Spence, Jonathan (1977), «Chi Ing», Food in Chinese Culture: Anthropoligical and Historical Perspectives, ed. K. C. Chang, 261-294, New Haven: Yale University Press.

Speth, John (1983), Bison Kills and Bone Counts, Chicago: University of Chicago Press.

Staden, Hans (1929), The True History of His Captivity 1557, Nueva York: Robert McBride and Co.

Steadman, Lyle, y Charles Merbs (1982), «Kuru and Cannibalism?», American Anthropologist, 84:611-27.

Stefansson, Wilhajalmur (1944), Arctic Manual, Nueva York: Macmillan.

Subrahmanyan, K. V., y J. G. Ryan (1975), «Livestock as a Source of Power in Indian Agriculture: A Brief Review», International Crops Research Institute for the Semi-Arid Tropics, Occasional Papers, n. 12, Hyderabad.

Tapia, Andrés de (1971), Relación hecha por el Señor Andrés de Tapia sobre la conquista de México, en Colección de Documentos para la Historia de México, ed. J. G. Icozbalceta, vol. 2: 554-94. Liechtenstein: Nendelu. Reimpresión de Kraus.

Teleki, Geza (1981), «The Omnivorous Diet and Eclectic Feeding Habits of Chimpanzees in Gombe National Park, Tanzania», Omnivorous Primates: Gathering and Hunting in Human Evolution, ed. Geza Teleki y R. O. Harding, 303-43, Nueva York: Columbia University Press.

Thompson, Basil (1908), The Fijians: A Study of the Decay of Custom, Londres: Heinemann.

Thompson, J. (1942), The History of Livestock Raising in the United States 1607-1860, Washington, D. C.: United States Department of Agriculture.

Thwaites, R. G., ed. (1896-1901), The Jesuit Relations and Allied Documents: Travels and Explorations of the Jesuit Missionaries in New France, 83 vols., Cleveland: Burrows Brothers.

Tielsch, James, y A. Sommer (1984), «The Epidemiology of Vitamin A Deficiency and Xerophthalmia», Annual Review of Nutrition, 4:183-205.

Towne, R. W., y E. Wentwarth (1950), Pigs: From Cave to Corn Belt, Norman: University of Oklahoma Press.

— (1955), Cattle and Men, Norman: University of Oklahoma Press.

U. S. Department of Agriculture (1981), Policy Memo, 27 de marzo, «Labelings of Combinations of Ground Beef or Hamburger and Soy Products», Washington, D. C.: U. S. Department of Agriculture, Food Safety and Quality Service.

— (1983), Food Consumption, Prices and Expenditures 1962-82, Washington, D. C.: United States Department of Agriculture, Economic Research Service, Statistical Bulletin, 702.

Upadhye, A. N. (1975), «Trantrism», A Cultural History of India, ed. A. L. Basham, 100-110, Oxford: Clarendon Press.

Vaidyanathan, A., K. N. Nair y M. Harris (1982), «Bovine Sex and Species Ratios in India», Current Anthropology, 23: 365-73.

Van Bath, B. H. Slicher (1963), The Agrarian History of Western Europe: A. D. 500-1250, Londres: Edward Arnold.

Vayda, A. P. (1960), Maori Warfare, Polynesian Society Maori Monographs, núm. 2, Wellington: Polynesian Society.

Wall Street Journal, 1985 (14 de enero): 14.

Wen, C. P., et al. (1973), «Lactose Feeding in Lactose-Intolerant Monkeys», American Journal of Clinical Nutrition, 26: 1224-28.

Welsch, Roger (1981), «The Interdependence of Foodways and Architecture: A Foodways Contrast of the American Plains», Food in Perspective: Proceedings of the Third International Conference on Ethnological Food Research, Cardiff, Wales, 1977, ed. Alexander Fenton y T. Owens, 365-76, Edimburgo: John Donald.

Wentworth, G. E. (1917), «Shall We Eat Horses», Breeders Gazette, 72:911.

West, James King (1971), Introduction to the Old Testament, Nueva York: Macmillan.

White, Isobel (1972), «Hunting Dogs at Yalata», Mankind, 8: 201-5.

White, Lynn (1964), Medieval Technology and Social Change, Nueva York: Oxford University Press.

Whyte, Robert O. (1961), «Evolution of Land Use in South-Western Asia», A History of Land Use in Arid Regions, ed. L. D. Stamp, UNESCO Arid Zone Research, 17.

— (1974), Rural Nutrition in Monsoon Asia, Nueva York: Oxford University Press.

Wilson, Anne (1973), Food and Drink in Britain: From the Stone Age to Recent Times, Londres: Constable.

Wilson, Christine (1980), «Food Tabos of Childbirth: The Malay Example», Food, Ecology and Culture: Readings in the Anthropology of Dietary Practices, ed. John Robson, 67-74, Palo Alto, Calif.: Mayfair.

Winterhalder, Bruce, y Eric Smith, eds. (1981), Hunter-Gatherer Foraging Strategies: Ethnographic and Archaelogical Analysis. Chicago: University of Chicago Press.

Wood, Corinne (1979), Human Sickness and Health: A Biocultural View, Palo Alto, Calif.: Mayfair.

Wrangham, R. W. (1977), «Feeding Behavior in Chimpanzees in Gombe National Park, Tanzania», Primate Ecology: Studies of Feeding and Ranging Behavior in Lemurs, Monkeys and Apes, ed. T. H. Clutton-Brock, 503-38, Nueva York: Academic Press.

Yang, Arnand (1980), «Sacred Symbol and Sacred Space in Rural India: Community Mobilization in the "Anti-Cow Killing" Riot of 1893», Comparative Studies in Society and History, 22: 576-96.

Zarins, Juris (1976), «The Domestication of Equidae in Third Millennium B. C. Mesopotamia», Tesis doctoral, University of Chicago.

Zarries, Otto (1960), «El endocanibalismo en la América del Sur», Revista del Museo Paulista, 12:125-75.

Índice

Marvin Harris

Antropología cultural

CS 3002

ANTROPOLOGÍA CULTURAL proporciona una perspectiva global y comparativa que nos ayuda a entender el origen y el porvenir del mundo moderno. Tocando desde los fundamentos biológicos y evolucionistas de la cultura hasta los aspectos infraestructurales, estructurales y superestructurales de los sistemas socioculturales, MARVIN HARRIS explica por qué las costumbres y creencias difieren de una sociedad a otra y por qué, a pesar de todas las diferencias, existen enormes semejanzas en la forma en que viven los seres humanos, aun estando en las más distantes partes del globo.